U0916485

[清] 李渔 著

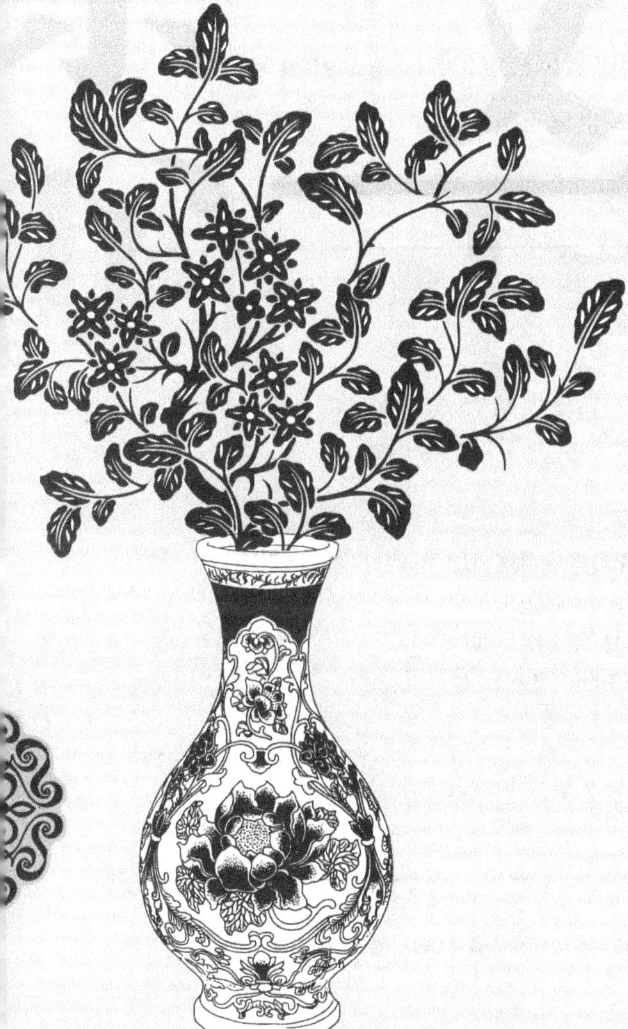

二十一世纪出版社集团
21st Century Publishing Group
21

图书在版编目(CIP)数据

连城璧/(清)李渔著.—南昌:二十一世纪出版社集团,2016.8(2025.7重印)
(经典书香.中国古典禁毁小说丛书)

ISBN 978-7-5568-2100-6

Ⅰ.①连… Ⅱ.①李… Ⅲ.①短篇小说-小说集-中国-清代 Ⅳ.①I242.7

中国版本图书馆 CIP 数据核字(2016)第174629号

新浪微博:@二十一世纪出版社官方

连城璧

李渔/著

策　　划	余伯刚
责任编辑	敖登格日乐
出版发行	二十一世纪出版社集团 (江西省南昌市子安路75号　330009) www.21cccc.com cc21@163.net
出 版 人	张秋林
经　　销	新华书店
印　　刷	三河市明华印务有限公司
版　　次	2016年10月第1版
印　　次	2025年7月第3次印刷
开　　本	620mm×889mm　1/16
印　　张	23
字　　数	255千字
书　　号	ISBN 978-7-5568-2100-6
定　　价	45.00元

赣版权登字—04—2016—580
如发现印装质量问题,请寄本社图书发行公司调换 0791-86524997

前　言

《连城璧》，又名《无声戏》。《无声戏》有初集、二集之分，初集收录小说十二篇，二集已散失。出版后大受欢迎，李渔友人杜濬选十二篇编成《无声戏合集》，又称《无声戏合选》，有七篇出自《无声戏初集》，另五篇选自《无声戏二集》。后因《无声戏》被封杀，李渔将《无声戏合集》改名为《连城璧》，并将《无声戏初集》余下的五篇外加新作的一篇合在一起称为《连城璧外编》，与《连城璧》合称为《连城璧全集》。

本书作者李渔，江苏雉皋（今如皋）人，初名仙侣，后改名渔，字笠鸿，一字谪凡，号笠翁，别署随庵主人、新亭樵客等。明末清初戏曲作家、戏曲理论家。李渔自幼受到良好教育，是明代秀才。清顺治十五年左右迁居南京，从事著述和指导戏剧演出。其居所被称为“芥子园”，刻售图书、画谱，广交达官贵人、文坛名流。康熙十六年，因境况日窘，李渔归隐杭州湖山，后逝于此。李渔所著戏曲有《奈何天》《风筝误》《凰求凤》《玉搔头》《双瑞记》等。此外，还有短篇小说《十二楼》、长篇小说《合锦回文传》《肉蒲团》以及杂著《闲情偶寄》等。

《连城璧》全集十二篇，外编六篇，每篇讲述一个故事。李渔毕竟精于人情世故且有文学才智，他所编造的故事里蕴含着人生的机趣。每个故事都有一个或仁义聪慧、或善良美丽、或淫浪害人、或狡猾奸邪的女主角，通过人物悲欢离合的经历，给世人以警示，重在惩恶劝善。上至达官显贵，下至穷苦百姓，在这部小说作品中都有描写，从而反映出当时社会广阔的生活面。本书从总体上着眼于人生社会，真实地展现了封建社会生活百态，既有对美好人性的赞美和讴歌，也有对荒淫无道的嘲讽和批判；既有对芸芸众生不同结局的冷静分析，又有对社会黑暗、制度腐朽的强烈抗议。

这次出版，我们对书中的笔误、缺漏和难解字词进行了订正、校勘和释义。由于时间仓促，水平有限，疏漏之处，还望专家和读者指正。

编　者
2016 年 5 月

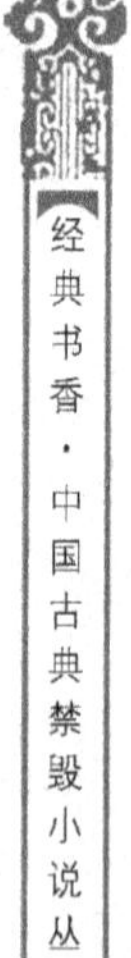

原　序

迷而不知悟，江河日下而不可返。此等世界，惩不能得之于夏楚，劝亦不能得之于遒铎；每在文人笔端，能使好善之心苏苏而动，恶恶之念油油而生。乃知天下能言之流，有裨世道不浅。吾友屏绝尘氛，闭户搦管，颔颔不休，视其书，非传奇即稗官野史。予谓："古人著书，如班固、袁宏、贾逵、郑玄之徒，皆以经史传当世，子何屑屑此事为?"吾友微笑不答。予因取其所著之书，趺坐冷然亭上，焚香煮茗而读之。其深心具见于是，极人情诡变，天道渺征，从巧心慧舌，笔笔钩出，使观者于心焰熛腾之时，忽如冷水浃背，不自知好善心生，恶恶念起。予因拍案大呼："吾友洵当世有心人哉！经史之学仅可悟儒流，何如此作为大众慈航也。裴光庭有言曰：'但见情伪变诈于是乎生，不知忠信节义于是乎在。'其斯之谓欤!"故予于前后二集皆为评次，兹复合两者而一之。稍可撙节者必为逸去，其意使人不病高价，则天下之人皆得见其书。天下之人皆得见其书，而吾友维持世道之心，亦沛然遍于天下。

睡乡祭酒漫题

目　　录

连城壁

连城壁外编

子　集

谭楚玉戏里传情　刘藐姑曲终死节

诗云：

从来尤物最移人，况有清歌妙舞身；

一曲《霓裳》千泪落，曾无半滴起娇颦。

又词云：

好妓好歌喉，擅尽风流。惯将欢笑起人愁。尽说含情单为我，魂魄齐勾。　　舍命作缠头，不死无休。琼瑶琼玖竟相投。桃李全然无报答，尚美娇羞。

这首诗与这首词，乃说世间做戏的妇人比寻常妓女另是一种娉婷，别是一般妩媚，使人见了最易销魂，老实的也要风流起来，悭吝的也会撒漫起来。这是什么缘故？只因他学戏的时节，把那些莺啼燕语之声、柳舞花翻之态操演熟了，所以走到人面前，不消作意，自有一种云行水流的光景。不但与良家女子立在一处，有轻清重浊之分；就与娼家姊妹分坐两旁，也有矫强自然之别。况且戏场上那一条毡单，又是件最作怪的东西，极会难为丑妇，帮衬佳人。丑陋的走上去，使他愈加丑陋起来；标致的走上去，使他分外标致起来。常有五、六分姿色的妇人，在台下看了，也不过如此；及至走上台去，做起戏来，竟像西子重生，太真复出，就是十分姿色的女子，也还比他不上。这种道理，一来是做戏的人，命里该吃这碗饭，有个二郎神呵护他，所以如此；二来也是平日驯养之功，不是勉强做作得出的。

是便是了，天下最贱的人，是娼、优、隶、卒四种，做女旦的，为娼不足，又且为优，是以一身兼二贱了。为什么还把他做起小说来？只因第一种下贱之人，做出第一件可敬之事，犹如粪土里面长出灵芝来，奇到极处，所以要表扬他。别回小说，都要在本事之前另说一桩小事，做个引子；独有这回不同，不须为主邀宾，只消借母形子，就从粪土之中，说到灵芝上去，也觉得文法一新。

却说浙江衢州府西安县，有个不大不小的乡村，地名叫做杨村坞。这块土上的人家，不论男子妇人，都以做戏为业。梨园子弟所在都有，不定出在这一处，独有女旦脚色，是这一方的土产。他那些体态声音，分外来得道地，一来是风水所致，二来是骨气使然。只因他父母原是做戏的人，当初交媾之际，少不得把戏台上的声音、毡单上的态度做作出来，然后下种，那些父精母血已先是些戏料了；及至带在肚里，又终日做戏，古人原有胎教之说，他那些莺啼燕语之声，柳舞花翻之态，从胞胎里面就教习起了；及至生将下来，所见所闻，除了做戏之外，并无别事。习久成性，自然不差，岂是半路出家的妇人所能仿佛其万一？所以他这一块地方，代代出几个驰名的女旦。别处的女旦，就出在娼妓里面，日间做戏，夜间接客，不过借做戏为由，好招揽嫖客；独有这一方的女旦不同，他有“三许三不许”。哪三许三不许？

许看不许吃；许名不许实；许谋不许得。

他做戏的时节，浑身上下，没有一处不被人看到，就是不做戏的时节，也一般与人玩耍，一般与人调情；独有香喷喷的那种美酒，只使人垂涎咽唾，再没得把人沾唇。这叫做许看不许吃。遇着那些公子王孙，富商大贾，或以钱财相结，或以势力相加，定要与他相处的，他也未尝拒绝；只是口便许了，心却不许，或是

推说身子有病，卒急不好同房；或是假说丈夫不容，还要缓图机会，捱得一日是一日，再不使人容易到手。这叫做许名不许实。就是与人相处过了，枕席之间十分缱绻①，你便认做真情，他却像也是做戏，只当在戏台上面与正生做几出风流戏文，做的时节十分认真，一下了台就不作准。常有痴心子弟要出重价替他赎身，他口便许你从良，使你终日图谋，不惜纳交之费，图到后来究竟是一场春梦，不舍得把身子从人。这叫做许谋不许得。他为什么缘故定要这等作难？要晓得此辈的心肠，不是替丈夫守节，全是替丈夫挣钱，不肯替丈夫挣小钱，要替丈夫挣大钱的意思。但凡男子相与妇人，那种真情实意，不在粘皮靠肉之后，却在眉来眼去之时，就像极馋的客人上了酒席，众人不曾下箸时节，自己闻见了香味，竟像那些肴馔都是不曾吃过的一般，不住要垂涎咽唾；及至到口之后，狼餐虎嚼吃了一顿，再有珍馐上来，就不觉其可想，反觉其可厌了。男子见妇人，就如馋人遇酒食，只可使他闻香，不可容他下箸，一下了箸，就不觉兴致索然，再要他垂涎咽唾，就不能够了。所以他这一方的女旦，知道这种道理，再不肯轻易接人，把这三句秘诀，做了传家之宝，母传之于女，姑传之于媳。不知传了几十世，忽然传出个不肖的女儿来，偏与这秘诀相左，也许看，也许吃，也许名，也许实，也许谋，也许得，总来是无所不许。古语道得好："有治人，无治法。"他圆通了一世，一般也替丈夫同心协力，挣了一注大钱，还落得人人说他脱套。

这个女旦姓刘，名绛仙，是嘉靖末年的人。生得如花似玉，喉音既好，身段亦佳，资性又来得聪慧。别的女旦只做得一种脚

---

① 缱绻（qiǎnquǎn）——情意缠绵不忍分离。

色，独是他有兼人之才，忽而做旦，忽而做生，随那做戏的人家要他装男就装男，要他扮女就扮女。更有一种不羁之才，到那正戏做完之后，忽然填起花面来，不是做净，就是做丑，那些插科打诨的话，都是簇新造出来的，句句钻心，言言入骨，使人看了分外销魂，没有一个男人不想与他相处。他的性子原是极圆通的，不必定要潘安之貌，子建之才，随你一字不识、极丑极陋的人，只要出得大钱，他就与你相处。只因美恶兼收，遂致贤愚共赏，不上三十岁，挣起一分绝大的家私，封赠丈夫做了个有名的员外。他的家事虽然大了，也还不离本业，家中田地倒托别人照管，自己随了丈夫，依旧在外面做戏，指望传个后代出来，把担子交卸与他，自己好回去养老。谁想物极必反，传了一世，又传出个不肖的女儿来，不但把祖宗的成宪视若弁髦①，又且将慈母的芳规作为故纸，竟在假戏文里面做出真戏文来，使千年万载的人看个不了。

这个女儿，小名叫做藐姑，容貌生得如花似玉，可称绝世佳人，说不尽他一身的娇媚，有古语四句，竟是他的定评：

施粉则太白，施朱则太红，加之一寸则太长，损之一寸则太短。

至于遏云之曲，绕梁之音，一发是他长技，不消说得的了。他在场上扮演的时节，不但使千人叫绝，万人赞奇，还能把一座无恙的乾坤忽然变做风魔世界，使满场的人个个把持不定，都要死要活起来。为什么缘故？只因看到那销魂之处，忽而目定口呆，竟像把活人看死了；忽而手舞足蹈，又像把死人看活了。所以人都赞叹他道：“何物女子，竟操生杀之权！”

---

① 弁（biàn）髦——比喻无用的东西。

他那班次里面有这等一个女旦，也就够出名了，谁想天不生无对之物，恰好又有一个正生，也是从来没有的脚色，与藐姑配合起来，真可谓天生一对，地生一双。那个正生又有一桩奇处，当初不由生脚起手，是从净丑里面提拔出来的。要说这段姻缘，须从根脚上叙起。

藐姑十二、三岁的时节，还不曾会做成本的戏文，时常跟了母亲，做几出零星杂剧。彼时有个少年的书生，姓谭，名楚玉，是湖广襄阳府人，原系旧家子弟，只因自幼丧母，随了父亲在外面游学。后来父亲又死于异乡，自己只身无靠，流落在三吴、两浙之间，年纪才十七岁。一见藐姑，就知道是个尤物，要相识他于未曾破体之先。乃以看戏为名，终日在戏房里面走进走出，指望以眉眼传情，挑逗他思春之念，先弄个破题上手，然后把承题、开讲的工夫逐渐儿做去。谁想他父母拘管得紧，除了学戏之外，不许他见一个闲人，说一句闲话。谭楚玉窥伺了半年，只是无门可入。

一日，闻得他班次里面样样脚色都有了，只少一个大净，还要寻个伶俐少年，与藐姑一同学戏。谭楚玉正在无聊之际，得了这个机会，怎肯不图？就去见绛仙夫妇，把情愿入班的话说了一遍。绛仙夫妇大喜，即日就留他拜了先生，与藐姑同堂演习。谭楚玉是个聪明的人，学起戏来自然触类旁通，闻一知十，不消说得的了。藐姑此时年纪虽然幼小，知识还强似大人，谭楚玉未曾入班，藐姑就相中他的容貌，见他看戏看得殷勤，知道醉翁之意决不在酒，如今又见他投入班来，但知香艳之可亲，不觉娼优之为贱，欲借同堂以纳款，虽为花面而不辞，分明是个情种无疑了，就要把一点灵犀托付与他。怎奈那教戏的先生比父亲更加严厉，念脚本的时节不许他交头接耳，串科分的时节唯恐他靠体沾身。谭楚玉竟做了梁山伯，刘藐姑竟做了祝英台，虽然同窗共学，不曾说得一句衷情，只好相约到来生变做一对蝴蝶，同飞共宿而已。

谭楚玉过了几时，忽然懊悔起来道："有心学戏，除非学个正生，还存一线斯文之体。即使前世无缘，不能够与他同床共枕，也在戏台上面，借题说法，两下里诉诉衷肠。我叫他一声妻，他少不得叫我一声夫，虽然作不得正经，且占那一时三刻的风流，了了从前的心事，也不枉我入班一场。这花面脚色，岂是人做的东西？况且又气闷不过，装扮出来的不是村夫俗子，就是奴仆丫环。自己睁了饿眼，看他与别人做夫妻，这样膀胱臭气，如何忍得过？"

一日，乘师父不在馆中，众脚色都坐在位上念戏。谭楚玉与藐姑相去不远，要以齿颊传情，又怕众人听见，还喜得一班之中，除了生旦二人，没有一个通文理的，若说常谈俗语，他便知道，略带些"之乎者也"，就听不明白了。谭楚玉乘他念戏之际，把眼睛觑着藐姑，却像也是念戏一般，念与藐姑听，道："小姐小姐，你是个聪明绝顶之人，岂不知小生之来意乎？"藐姑也像念戏一般，答应他道："人非木石，夫岂不知，但苦有情难诉耳。"谭楚玉又道："老夫人畔防①得紧，村学究拘管得严，不知等到何时，才能够遂我三生之愿？"藐姑道："只好两心相许，俟诸异日而已。此时十目相视，万无佳会可乘，幸勿妄想。"谭楚玉又低声道："花面脚色，窃耻为之，乞于令尊、令堂之前，早为缓颊，使得擢②为正生，暂缔场上之良缘，预作房中之佳兆，

① 畔（fēng）防——提防，小心防备，警惕。

② 擢（zhuó）——提拔，提升。

芳卿独无意乎?”藐姑道:“此言甚善,但出于贱妾之口,反生堂上之疑,是欲其入而闭之门也。子当以术致之。”谭楚玉道:“术将安在?”藐姑低声道:“通班以得子为重,子以不屑作花面而去之,则将无求不得,有萧何在君侧,勿虑追信之无人也。”谭楚玉点点头道:“敬闻命矣。”

过了几日,就依计而行,辞别先生与绛仙夫妇,要依旧回去读书。绛仙夫妇闻之,十分惊骇,道:“戏已学成,正要出门做生意了,为什么忽然要跳起槽来?”就与教戏的师父穷究他变卦之由,谭楚玉道:“人穷不可失志。我原是个读书之人,不过因家计萧条,没奈何就此贱业,原要借优孟之衣冠①,发泄我胸中之垒块。只说做大净的人,不是扮关云长,就是扮楚霸王,虽然涂几笔脸,做到那慷慨激烈之处,还不失我英雄本色;哪里晓得十本戏文之中,还没有一本做君子,倒有九本做小人。这样丧名败节之事,岂大丈夫所为?故此不情愿做他。”绛仙夫妇道:“你既不屑做花面,任凭尊意拣个好脚色做就是了,何须这等任性。”谭楚玉就把一应脚色都评品一番道:“老旦贴旦,以男子而屈为妇人,恐失丈夫之体;外脚末脚,以少年而扮作老子,恐销英锐之气;只是小生可以做得,又往往因人成事,助人成名,不能自辟门户,究竟不是英雄本色,我也不情愿做他。”戏师父对绛仙夫妇道:“照他这等说来,分明是以正生自居了。我看他人物声音,倒是个正生的材料。只是戏文里面,正生的曲白最多,如今各样戏文都已串就,不日就要出门行道了,即使教他做生,那些脚本一时怎么念得上?”谭楚玉笑一笑道:“只怕连这一脚正生,我还不情愿做;若还愿做,那几十本旧戏,如何经得我念?一日

---

① 优孟——春秋时楚国艺人。后以优孟衣冠指整场演戏。

念一本，十日就念十本了。若迟一月出门，难道三十本戏文还不够人家扮演不成？”那戏师父与他相处，一向知道他的记性最好，就劝绛仙夫妇把他改做正生，倒把正生改了花面。

谭楚玉的记性，真是过目不忘，果然不上一个月，学会了三十多本戏文，就与藐姑出门行道。起先学戏的时节，内有父母畦防，外有先生拘管，又有许多同班朋友夹杂其中，不能够匠心匠意，说几句知情识趣的话。只说出门之后，大家都在客边，少不得同事之人，都像弟兄姊妹一般，内外也可以不分，嫌疑也可以不避，捱肩擦背的时节，要嗅嗅他的温香，摩摩他的软玉，料想不是什么难事。谁料戏房里面的规矩，比闺门之中更严一倍。但凡做女旦的，是人都可以调戏得，只有同班的朋友调戏不得。这个规矩，不是刘绛仙夫妇做出来的，有个做戏的鼻祖，叫做二郎神，是他立定的法度。同班相谑，就如姊妹相奸一般，有碍于伦理。做戏的时节，任你肆意诙谐，尽情笑耍，一下了台，就要相敬如宾，笑话也说不得一句。略有些暧昧之情，就犯了二郎神的忌讳，不但生意做不兴旺，连通班的人都要生起病来。所以刘藐姑出门之后，不但有父母畦防，先生拘管，连那同班的朋友都要互相纠察，见他与谭楚玉坐在一处，就不约而同都去伺察他，唯恐做些勾当出来，要连累自己，大家都担一把干系。可怜这两个情人，只当口上加了两纸封条，连那“之乎者也”的旧话也说不得一句，只好在戏台之上借古说今，猜几个哑谜而已。别的戏子怕的是上台，喜的是下台，上台要出力，下台好躲懒故也。独有谭楚玉与藐姑二人，喜的是上台，怕的是下台，上台好做夫妻，下台要避嫌疑故也。

这一生一旦立在场上，竟是一对玉人，那一个男子不思，那一个妇人不想？又当不得他以做戏为乐，没有一出不尽情极致。

同是一般的旧戏，经他两个一做，就会新鲜起来。做到风流的去处，那些偷香窃玉之状，偎红倚翠之情，竟像从他骨髓里面透露出来，都是戏中所未有的一般，使人看了无不动情。做到苦楚的去处，那些怨天恨地之词，伤心刻骨之语，竟像从他心窝里面发泄出来，都是刻本所未载的一般，使人听了无不坠泪。这是什么缘故？只因别的梨园做的都是戏文，他这两个做的都是实事。戏文当做戏文做，随你扮演得好，究竟生自生而旦自旦，两下的精神联络不来，所以苦者不见其苦，乐者不见其乐。他当戏文做，人也当戏文看也。若把戏文当了实事做，那做旦的精神注定在做生的身上，做生的命脉系定在做旦的手里，竟使两个身子合为一人，痛痒无不相关，所以苦者真觉其苦，乐者真觉其乐。他当实事做，人也当实事看也。他这班次里面有了这两个生旦，把那些平常的脚色都带挈得尊贵起来。别的梨园每做一本，不过三四两、五六两戏钱，他这一班定要十二两，还有女旦的缠头在外。凡是富贵人家有戏，不远数百里都要来接他们。接得去的就以为荣，接不去的就以为辱。

刘绛仙见新班做得兴头，竟把旧班的生意丢与丈夫掌管，自己跟在女儿身边，指望教导他些骗人之法，好趁大注的钱财。谁想藐姑一点真心死在谭楚玉身上，再不肯去周旋别人。别人把他当做心头之肉；他把别人当做眼中之钉。教他上席陪酒，就说生来不饮，酒杯也不肯沾唇；与他说一句私话，就勃然变色起来，要托故起身。那些富家子弟拼了大块银子去结识他，他莫说别样不许，就是一颦一笑，也不肯假借与人。打首饰送他的，戴不上一次两次，就化作银子用了；做衣服送他的，都放在戏箱之中，做老旦、贴旦的行头，自己再不肯穿着。隐然有个不肯二夫要与谭楚玉守节的意思，只是说不出口。

一日做戏做到一个地方，地名叫做某某埠。这地方有所古庙，叫做晏公庙。晏公所职掌的，是江海波涛之事，当初曾封为平浪侯，威灵极其显赫。他的庙宇就起在水边，每年十月初三日是他的圣诞。到这时候，那些附近的檀越都要扮演戏文，替他上寿。往年的戏常请刘绛仙做，如今闻得他小班更好，预先封了戏钱遣人相接，所以绛仙母子赴召而来。往常间做戏，这一班男女都是同进戏房，没有一个参前落后。独有这一次，人心不齐，各样脚色都不曾来，只有谭楚玉与藐姑二人先到。他两个等了几年，只讨得这一刻时辰的机会，怎肯当面错过？神庙之中不便做私情勾当，也只好叙叙衷曲而已。说了一会，就跪在晏公面前，双双发誓说："谭楚玉断不他婚，刘藐姑必不另嫁。倘若父母不容，当继之以死，决不作负义忘情、半途而废之事。有背盟者，神灵殛之！"发得誓完，只见众人一起走到，还亏他回避得早，不曾露出破绽来，不然疑心生暗鬼，定有许多不祥之事生出来也。当日做完了一本戏，各回东家安歇不提。

却说本处的檀越里面有个极大的富翁，曾由赀郎①出身，做过一任京职。家私有十万之富。年纪将近五旬，家中姬妾共有十一房。刘绛仙少年之时，也曾受过他的培植，如今看见藐姑一貌如花，比母亲更强十倍，竟要拼一注重价娶他，好与家中的姬妾凑作金钗十二行。就把他母子留入家中，十分款待，少不得与绛仙温温旧好，从新培植一番，到那情意绸缪之际，把要娶藐姑的话恳恳切切的说了一番。绛仙要许他，又因女儿是棵摇钱树，若还熨得他性转，自有许多大钱趁得来，岂止这些聘礼；若还要回绝他，又见女儿心性执拗，不肯替爹娘挣钱，与其使气任性，得

① 赀（zī）郎——赀，同"资"。指凭资财而被朝廷任命为官。

罪于人，不如打发出门，得注现成财物的好。踌躇了一会，不能定计，只得把句两可之词回复他道：“你既有这番美意，我怎敢不从？只是女儿年纪尚小，还不曾到破瓜的时节；况且延师教诲了一番，也等他做几年生意，待我弄些本钱上手，然后嫁他未迟。如今还不敢轻许。”那富翁道：“既然如此，明年十月初三，少不得又有神戏要做，依旧接你过来，讨个下落就是了。”绛仙道：“也说得是。”过了几日，把神戏做完，与富翁分别而去。

他当晚回复的意思，要在这一年之内看女儿的光景何如，若肯回心转意，替父母挣钱，就留他做生意；万一教诲不转，就把这着工夫做个退步。所以自别富翁之后，竟翻转面皮来与女儿作对。说之不听，继之以骂，骂之不听，继之以打。谁想藐姑的性子坚如金石，再不改移。见他凌逼不过，连戏文也不情愿做，竟要寻死寻活起来。

及至第二年九月终旬，那个富翁早早差人来接。接到之时，就问绛仙讨个下落。绛仙见女儿不是成家之器，就一口应允了他。那富翁竟兑了千金聘礼，交与绛仙，约定在十月初三神戏做完之后，当晚就要成亲。绛仙还瞒着女儿，不肯就说，直到初二晚上，方才知会他道：“我当初生你一场，又费许多心事教导你，指望你尽心协力，替我挣一份人家。谁想你一味任性，竟与银子做对头。良不像良，贱不像贱，逢人就要使气，将来毕竟有祸事出来。这桩生意不是你做的，不如收拾了行头，早些去嫁人的好。某老爷是个万贯财主，又曾出任过，你嫁了他，也算得一位小小夫人，况且一生又受用不尽。我已收过他的聘礼，把你许他做偏房了。明日就要过门，你又不要任性起来，带挈①老娘

① 带挈——带领，携带。

咽气。”

藐姑听见这句话，吓得魂不附体，睁着眼睛把母亲相了几相，就回复道：“母亲说差了，孩儿是有了丈夫的人，烈女不更二夫，岂有再嫁之理？”绛仙听见这一句，不知从那里说起，就变起色来道：“你的丈夫在那里？我做爹娘的不曾开口，难道你自己做主，许了人家不成？”藐姑道：“岂有自许人家之理，这个丈夫是爹爹与母亲自幼配与孩儿的，难道还不晓得，倒装聋做哑起来？”绛仙道：“好奇话！这等你且说来是那一个？”藐姑道：“就是做生的谭楚玉。他未曾入班之先，终日跟来跟去，都是为我。就是入班学戏，也是借此入门，好亲近孩儿的意思。后来又不肯做净，定要改为正生，好与孩儿配合，也是不好明白说亲，把个哑谜与人猜的意思。母亲与爹爹都是做过生旦，演过情戏的人，难道这些意思都解说不出？既不肯把孩儿嫁他，当初就不该留他学戏；即使留他学戏，也不该把他改为正生。既然两件都许，分明是猜着哑谜，许他结亲的意思了。自从做戏以来，那一日不是他做丈夫，我做妻子？看戏的人万耳万目，那一个做不得证见？人人都说我们两个是天地生成，造化配就的一对夫妻，到如今夫妻做了几年，忽然叫我变起节来，如何使得？这样圆通的事，母亲平日做惯了，自然不觉得诧异；孩儿虽然不肖，还是一块无瑕之玉，怎肯自家玷污起来？这桩没理的事，孩儿断断不做！”

绛仙听了这些话，不觉大笑起来，把他啐了一声道：“你难道在这里做梦不成？戏台上做夫妻哪里作得准？我且问你，这个‘戏’字怎么样解说？既谓之戏，就是戏谑的意思了，怎么认起真来？你看见几个女旦嫁了正生的？”藐姑道：“天下的事，样样都可以戏谑，只有婚姻之事，戏谑不得。我当初只因不知道理，

也只说做的是戏，开口就叫他丈夫。如今叫熟了口，一时改正不来，只得要将错就错，认定他做丈夫了。别的女旦不明道理，不守节操，可以不嫁正生；孩儿是个知道理、守节操的人，所以不敢不嫁谭楚玉。”绛仙见他说来说去，都另是一种道理，就不复与他争论，只把几句硬话发作一场，竟自睡了。

到第二日起来，吃了早饭午饭，将要上台的时节，只见那位富翁打扮得齐齐整整，在戏台之前走来走去。要使众人看了，见得人人羡慕，个个思量，不能够到手的佳人，竟被他收入金屋之中，不时取乐，恨不得把“独占花魁”四个字写在额头上，好等人喝彩。谭楚玉看见这种光景，好不气忿。还只说藐姑到了此时，自有一番激烈的光景要做出来，连今日这本戏文决不肯好好就做，定要受母亲一番棰楚①，然后勉强上台。谁想天下的事尽有变局，藐姑隔夜的言语也甚是激烈，不想睡了一晚，竟圆通起来。坐在戏房之中，欢欢喜喜，一毫词色也不作，反对同班的朋友道：“我今日要与列位作别了，相处几年，只有今日这本戏文才是真戏，往常都是假的，求列位帮衬帮衬，大家用心做一番。”又对谭楚玉道：“你往常做的都是假生，今日才做真生，不可不尽心协力。”谭楚玉道：“我不知怎么样叫做用心，求你教导教导。”藐姑道：“你只看了我的光景，我怎么样做，你也怎么样做，只要做得相合，就是用心了。”谭楚玉见他所说的话，与自己揣摩的光景绝不相同，心上大有不平之气。

正在忿恨的时节，只见那富翁摇摇摆摆走进戏房来，要讨戏单点戏。谭楚玉又把眼睛相着藐姑，看他如何相待，只说仇人走到面前，定有个变色而作的光景；谁想藐姑的颜色全不改常，反

① 棰（chuí）楚——鞭棍击打。

觉得笑容可掬，立起身来对富翁道："照家母说起来，我今日戏完之后，就要到府上来了。"富翁道："正是。"藐姑道："既然如此，我生平所学的戏，除了今日这一本，就不能够再做了。天下要看戏的人，除了今日这一本，也不能够再看了。须要待我尽心尽意摹拟一番，一来显显自家的本事，二来别别众人的眼睛。但不知你情愿不情愿？"那富翁道："正要如此，有什么不情愿？"藐姑道："既然情愿，今日这本戏不许你点，要凭我自家作主，拣一本熟些的做，才得尽其所长。"富翁道："说得有理，任凭尊意就是，但不知要做那一本？"藐姑自己拿了戏单，拣来拣去，指定一本道："做了《荆钗记》罢。"富翁想了一想，就笑起来道："你要做《荆钗》，难道把我比做孙汝权不成？也罢，只要你肯嫁我，我就暂做一会孙汝权，也不叫做有屈。这等大家快请上台。"

众人见他定了戏文，就一起装扮起来，上台扮演，果然个个尽心，人人效力。曲子里面，没有一个打发的字眼；说白里面，没有一句掉落的文法。只有谭楚玉心事不快，做来的戏不尽所长，还亏得藐姑帮衬，等他唱出一两个字，就流水接腔，还不十分出丑。至于藐姑自己的戏，真是处处摹神，出出尽致。前面几出虽好，还不觉得十分动情，直做到遣嫁以后，触着他心上的苦楚方才渐入佳境，就不觉把精神命脉都透露出来，真是一字一金，一字一泪。做到那伤心的去处，不但自己的眼泪有如泉涌，连那看戏的一二千人，没有一个不痛哭流涕。再做到抱石投江一出，分外觉得奇惨，不但看戏之人堕泪，连天地日月都替他伤感起来。忽然红日收藏，阴云密布，竟像要混沌的一般。往常这出戏不过是钱玉莲自诉其苦，不曾怨怅别人；偏是他的做法不同，竟在那将要投江、未曾抱石的时节，添出一段新文字来，夹在说

白之中，指名道姓咒骂着孙汝权。恰好那位富翁坐在台前看戏，藐姑的身子正对着他，骂一句“欺心的贼子”，把手指他一指；咒一句“遭刑的强盗”，把眼相他一相。那富翁明晓得是教训自己，当不得他良心发动，也会公道起来，不但不怒，还点头称赞，说他骂得有理。藐姑咒骂一顿，方才抱了石块走去投江。别人投江是往戏场后面一跳，跳入戏房之中，名为赴水，其实是就陆；他这投江之法，也与别人不同，又做出一段新文字来，比咒骂孙汝权的文法更加奇特。那座神庙原是对着大溪的，戏台就搭在庙门之外，后半截还在岸上，前半截竟在水里。藐姑抱了石块，也不向左，也不向右，正正的对着台前，唱完了曲子，就狠命一跳，恰好跳在水中。果然合着前言，做出一本真戏。把那满场的人，几乎吓死，就一起呐喊起来，叫人捞救。

谁想一个不曾救得起，又有一个跳下去，与他凑对成双。这是什么缘故？只因藐姑临跳的时节，忽然掉转头来，对着戏房里面道：“我那王十朋的夫阿！你妻子被人凌逼不过，要投水死了，你难道好独自一个活在世上不成？”谭楚玉坐在戏箱上面，听见这一句，就慌忙走上台来，看见藐姑下水，唯恐追之不及，就如飞似箭的跳下去，要寻着藐姑，与他相抱而死，究竟不知寻得着寻不着。

满场的人到了此时，才晓得他要做《荆钗》全是为此，那辱骂富翁的着数，不过是顺带公文，燥燥脾胃，不是拼了身子嫁他，又讨些口上的便宜也。他只因隔夜的话都已说尽，母亲再不回头，知道今日戏完之后，决不能够完名全节。与其拖刀弄剑，死于一室之中，做个哑鬼；不如在万人瞩目之地，畅畅快快做他一场，也博个千载流传的话柄。所以一夜不睡，在枕头上打稿，做出这篇奇文字来。第一着巧处，妙在嬉笑如常，不露一毫愠色，使人不防备他，才能够为所欲为。不然，这一本担干系的戏文，就断断不容他做了；第二着巧处，妙在自家点戏，不由别人做主，才能够借题发挥，泄尽胸中的垒块。倘若点了别本戏文，纵有些巧话添出来，也不能够直捷痛快至此也；第三着巧处，又妙在与情人相约而死，不须到背后去商量，就在众人面前，邀他做个鬼伴，这叫做明人不做暗事。若还要瞒着众人，与他议定了才死，料想今日决死不成，只好嫁了孙汝权，再做抱石投江的故事也。后来那些文人墨士，都作挽诗吊他。有一首七言绝句云：

一誓神前死不渝，心坚何必怨狂且。

相期并跃随流水，化作江心比目鱼。

却说这两个情人一起跳下水去，彼时正值大雨初晴、山水暴发之际，那条壁峻的大溪又与寻常沟壑不同，真所谓长江大河，一泻千里，两个人跳下去，只消一刻时辰，就流到别府别县去了，哪里还捞得着？所以看戏的人口便喊叫，没有一个动手。刘绛仙看见女儿溺死，在戏台之上捶胸顿足，哭个不了。一来倒了摇钱树，以后没人生财；二来受过富翁的聘礼，恐怕女儿没了，要退出来还他，真所谓人财两失。哭了一顿，就翻转面皮来，顾不得孤老、表子相与之情，竟说富翁倚了财势，逼死他的女儿，要到府县去告状。那些看戏的人，起先见富翁卖弄风流，个个都有些醋意。如今见他逼出人命来，好不快心，那一个不摩拳擦掌，要到府县去递公呈。还亏得富翁知窍，教人在背后调停，把那一千两聘礼送与绛仙，不敢取讨；又去一、二千金，弥缝了众人，才保得平安无事。刘藐姑不曾娶得，白白做了半日孙汝权，只好把“打情骂趣”四个字消遣情怀，说曾被绝世佳人亲口骂过一次而已。

且说严州府桐庐县，有个滨水的地方，叫做新城港口，不多几户人家，都以捕鱼为业。内中有个渔户姓莫，人就叫他做莫渔翁，夫妻两口搭一间茅舍，住在溪水之旁。这一日见洪水泛滥，决有大鱼经过，就在溪边张了大罾①，夫妻两个轮流扳扯。远远望见波浪之中，有一件东西顺流而下，莫渔翁只说是个大鱼，等他流到身边，就一罾兜住。这件东西却也古怪，未曾入罾的时节，分明是浮在水上的；及至到了罾中，就忽然重坠起来，竟要沉下水去。莫渔翁用力狠扳，只是扳他不动，只得与妻子二人，四脚四手一起用力，方才拽得出水。伸起头来一看，不觉吃了一惊，原来不是大鱼，却是两个尸首，面对了面，胸贴了胸，竟像捆在一处的一般。莫渔翁见是死人，就起了一点慈悲之念，要弄起来埋葬他。就把罾索系在树上，夫妻两个费尽许多气力，抬出罾来。仔细一看，却是一男一女，紧紧搂在一处，却像在云雨绸缪之际，被人扛抬下水的一般。莫渔翁夫妇解说不出，把他两个面孔细看一番，既不像是死人，又不像是活人，面上手上虽然冰冷，那鼻孔里面却还有些温意，但不见他伸出气来。莫渔翁对妻子道："看这光景，分明是医得活的，不如替他接一接气，万一救得这两条性命，只当造了个十四级的浮屠，有什么不好?"妻子道："也说得是。"就把男子的口对了男子，妇人的口对了妇人，把热气呵将下去。不上一刻，两个死人都活转来。及至扶入草舍之中，问他溺死的缘故，那一对男女诉出衷情，原来男子就是谭楚玉，妇人就是刘藐姑，一先一后跳入水中，只说追寻不着，谁想波涛里面竟像有人引领，把他两个弄在一处，不致你东我西；又像有个极大的鱼，把他两个负在背上，依着水面而行，

① 罾（zēng）——渔网。

故此来了三百余里，还不曾淹得断气。只见到了罾边，那个大鱼竟像知道有人捞救，要交付排场，好转去的一般，把他身子一丢，竟自去了，所以起先浮在水上，后来忽然重坠起来。亏得有罾隔住，不曾沉得到底，故此莫渔翁夫妇用力一扳，就扳上来也。

谭楚玉与藐姑知道是晏公的神力，就望空叩了几首，然后拜谢莫渔翁夫妇。莫渔翁夫妇见是一对节义之人，不敢怠慢，留在家中款待几日，养好了身子，劝他往别处安身，不可住在近边，万一父母知道，寻访前来，这一对夫妻依旧做不成了。谭楚玉与藐姑商议道："我原是楚中人，何不回到楚中去？家中的薄产虽然不多，耕种起来，还可以稍供饘粥。待我依旧读书，奋志几年，怕没有个出头的日子？"藐姑道："极说得是。但此去路途甚远，我和你是精光的身子，那里讨这许多盘费？"莫渔翁看见谭楚玉的面貌，知道不是个落魄之人，就要放起官债来，对他二人道："此去要得多少盘费？"谭楚玉道："多也多得，少也少得。若还省俭用些，只消十两也就够了。"莫渔翁道："这等不难。我一向卖鱼趱聚得几包银子，就并起来借你。只是一件，你若没有好处，我一厘也不要你还；倘若读书之后，发达起来，我却要十倍的利钱，少了一倍，我也决不肯受的。"谭楚玉道："韩信受漂母一饭之恩，尚且以千金相报，你如今救了我两口的性命，岂止一饭之恩！就不借盘费，将来也要重报，何况又有如此厚情？我若没有好日就罢了，若有好日，千金之报还不止，岂但十倍而已哉！"莫渔翁夫妇见他要去，就备了饯行的酒席，料想没有山珍，只有水错，无非是些虾鱼蟹鳖之类。贫贱之家，不分男女，四个人坐在一处，吃个尽醉。睡了一晚，第二日起来，莫渔翁并了十两散碎银子，交付与他。谭楚玉夫妇拜辞而去，一路风食水宿，

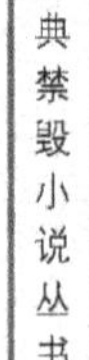

戴月披星，自然不辞辛苦。

不上一月，到了家中。收拾一间破房子，安住了身，就去锄治荒田，为衣食之计。藐姑只因自幼学戏，女工针织之事全然不晓，连自家的绣鞋褶裤都是别人做与他穿的，如今跟了谭楚玉，方才学做起来。当不得性子聪明，一做便会，终日替人家缉麻拈草，做鞋做袜，趁些银子，供给丈夫读书。起先还是日里耕田，夜间诵读，藐姑怕他分心分力，读得不专，竟把田地都歇了，单靠自己十个指头，做了资生的美产。连买些籴米之事，都用不着丈夫，只托邻家去做，总是怕他妨工的意思。

谭楚玉读了三年，出来应试，无论大考小考，总是矢无虚发。进了学，就中举；中了举，就中进士；殿试之后，选了福建汀州府节推。论起理来，湖广与福建接壤，自然该从长江上任，顺便还家，做一出衣锦还乡的好戏。怎奈他炫耀乡里之念轻，图报恩人之念重，就差人接了家小，在京口相会，由浙江一路上去，好从衢、严等处经过，一来叩拜晏公，二来酬谢莫渔翁夫妇。又怕衙门各役看见举动，知道他由戏子出身，不像体面，就把迎接的人都发落转去，叫他在浦城等候，自己夫妻两个一路游山玩水而来，十分洒乐。

到了新城港口，看见莫渔翁夫妇依旧在溪边罾鱼，就着家人拿了帖子上去知会，说当初被救之人，如今做官上任了，从此经过，要上来奉拜。莫渔翁夫妇听了，几乎乐死，就一起褪去箬帽，脱去蓑衣，不等他上岸，先到舟中来贺喜。谭楚玉夫妻把他请在上面，深深拜了四拜。拜完之后，谭楚玉对莫渔翁道：“你这扳罾的生意，甚是劳苦；捕鱼的利息，也甚是轻微。不如丢了罾网，跟我上任去，同享些荣华富贵何如？”藐姑见丈夫说了这句话，就不等他夫妻情愿，竟着家人上去收拾行李。莫渔翁一把扯住家人，不许他上岸，对着谭楚玉夫妻摇摇手道："谭老爷、谭奶奶，饶了我罢。这种荣华富贵，我夫妻两个莫说消受不起，亦且不情愿去受他。我这扳罾的生意虽然劳苦，打鱼的利息虽是轻微，却尽有受用的去处。青山绿水是我们叨住得惯，明月清风是我们僭享得多，好酒好肉不用钱买，只消拿鱼去换，好朋好友走来就吃，不须用帖去招。这样的快乐，不是我夸嘴说，除了捕鱼的人，世间只怕没有第二种。受些劳苦得来的钱财，就轻微些，倒还把稳；若还游手靠闲，动不动要想大块的银子，莫说命轻福薄的人弄他不来，就弄了他来，少不得要陪些惊吓，受些苦楚，方才送得他去。你如今要我跟随上任，吃你的饭，穿你的衣，叫做'一人有福，带挈一屋'，有什么不好？只是当不得我受之不安，于此有愧。况且我这一对夫妻，是闲散惯了的人，一旦闭在署中，半步也走动不得，岂不郁出病来？你在外面坐堂审事，比较钱粮，那些鞭扑之声，啼号之苦，顺风吹进衙里来，叫我这一对慈心的人，如何替他疼痛得过？所以情愿守我的贫穷，不敢享你的富贵。你这番盛意，只好心领罢了。"

谭楚玉一片热肠，被他这一曲《渔家傲》唱得冰冷，就回复他道："既然如此，也不敢相强。只是我如今才中进士，不曾做官，旧时那宗恩债还不能奉偿。待我到任之后，差人请你过来，多送几头份上，等你趁些银子，回来买田置地，赡养终身，也不枉救我夫妇一场。你千万不要见弃。"莫渔翁又摇手道："也不情愿，也不情愿。那打抽丰的事体，不是我世外之人做的，只好让与那些假山人、真术士去做。我没有那张薄嘴唇，厚脸皮，不会去招摇打点。只求你到一年半载之后，分几两不伤阴德的银子，或是俸薪，或是羡余，差人赍送与我，待我夫妻两口备些衣衾

棺椁，防备终身，这就是你的盛德了。我是断断不做游客的，千万不要来接我。”谭楚玉见他说到此处，一发重他的人品，就吩咐船上备酒，与他作别。这一次的筵席，只列山珍，不摆水错，因水族是他家的土产，不敢以常物相献故也。虽是富贵之家，也一般不分男女，与他夫妻二人共坐一席，因他是贫贱之交，不敢以宦体相待故也。四个人吃了一夜，直到五鼓，方才分别而去。

行了几日，将到受害的地方。彼时乃十一月初旬，晏公的寿诞已过了一月。谭楚玉对藐姑道：“可惜来迟了几时，若早得一月，趁那庙中有戏子，就顺便做本戏文，一来上寿，二来谢恩，也是一桩美事。”藐姑道：“我也正作此想，只是过期已久，料想那乡村去处没有梨园，只好备付三牲，哑祭一祭罢了。”及至行到之时，远远望见晏公庙前依旧搭了戏台，戏台上的椅桌还不曾撤去，却像还要做戏的一般。谭楚玉就吩咐家人上去打听，看是什么缘故。原来十月初旬下了好几日大雨，那些看戏的人除了露天，没有容身之地。从来做神戏的，名虽为神，其实是为人，人若不便于看，那做神道的就不能够独乐其乐了。所以那些檀越改了第二个月的初三，替他补寿。此时戏方做完，正要打发梨园起身，不想谭楚玉夫妻走到，虽是偶然的事，或者也是神道有灵，因他这段姻缘原以做戏起手，依旧要以做戏收场，所以留待他来，做一出喜团圆的意思也不可知。谭楚玉又着家人上去打听，看是那一班戏子。家人问了下来回复，原来就是当日那一班，只换得一生一旦。那做生的脚色就是刘绛仙自己，做旦的脚色，乃是绛仙之媳，藐姑之嫂，年纪也只有十七、八岁，只因死了藐姑，没人补缺，就把他来顶缸。这两个生旦虽然比不得谭、藐，却也还胜似别班，所以这一方的檀越依旧接他来做。

藐姑听见母亲在此，就急急要请来相会。谭楚玉不肯道："若还遽然①与他相见，这出团圆的戏就做得冷静了。须要如此如此，这般这般，才做得有些热闹。"藐姑道："说得有理。"就着管家取十二两银子，又写一个名帖，去对那些檀越道："家老爷选官上任，从此经过，只因在江中遇了飓风，许一个神愿，如今要借这庙宇里面了了愿心，兼借梨园一用，戏钱照例送来，一毫不敢短少。"那些檀越落得做个人情，又多了一本戏看，有什么不便宜？就欣然许了。谭楚玉又吩咐家人，备了猪羊祭礼，摆在神前。只说老爷冒了风寒，不能上岸，把官船横泊在庙前，舱门对了神座，夫妻二人隔着帘子拜谢。拜完之后，就并排坐了，一边饮酒，一边看戏。只见绛仙拿了戏单，立在官舱外面道："请问老爷，做那一本戏文？"谭楚玉叫家人吩咐道："昨日夫人做梦，说晏公老爷要做《荆钗》，就做《荆钗记》罢。"绛仙收了戏单，竟进戏房，装扮王十朋去了。

看官，你说谭楚玉夫妻为什么缘故，又点了这一本？难道除了《荆钗》，就没有好戏不成？要晓得他夫妻二人不是要看戏，要试刘绛仙的母子之情。藐姑当日原因做《荆钗》而赴水，如今又做《荆钗》，正要使他见鞍思马、睹物伤情的意思，若还做到苦处，有些真眼泪掉下来，还不失为悔过之人，就请进来与他相会；若还举动如常，没有些酸楚之意，就不消与他相会，竟可以飘然而去了。所以别戏不点，单点《荆钗》，这也是谭楚玉聪明的去处。只见绛仙扮了王十朋走上台来，做了几出，也不见他十分伤感；直到他媳妇做玉莲投江，与女儿的光景

① 遽（jù）然——突然，忽然。

无异，方才有些良心发动，不觉狠心的猫儿忽然哭起鼠来。此时的哭法，还不过是背了众人，把衣袖拭拭眼泪，不曾哭得出声：及至自己做到祭江一出，就有些禁止不住，竟放开喉咙哭个尽兴。起先是叫："钱玉莲的妻阿，你到那里去了?"哭到后面，就不觉忘其所以，"妻"字竟不提起，忽然叫起"儿"来。满场的人都知道是哭藐姑，虽有顾曲之周郎，也不忍捉他的错字。

藐姑隔着帘子，看见母亲哭得伤心，不觉两行珠泪界破残妆，就叫丫环把帘子一掀，自己对着台上叫道："母亲不要啼哭，你孩儿并不曾死，如今现在这边。"绛仙睁着眼睛把舟中一看，只见左边坐着谭楚玉，右边坐着女儿，面前又摆了一桌酒，竟像是他一对冤魂知道台上设祭，特地来受享的一般。就大惊大骇起来，对着戏房里面道："我女儿的阴魂出现了，大家快来!"通班的戏子听了这一句，那一个不飞滚上台，对着舟中细看，都说道："果是阴魂，一毫不错。"那些看戏的人见说台前有鬼，就一起害怕起来，都要回头散去。只见官船之上，有个能事的管家，立在船头高声吆喝道："众人不消惊恐，舱里面坐的不是什么阴魂，就是谭老爷、谭奶奶的原身。当初赴水之后，被人捞救起来，如今读书成名，选了汀州四府，从此经过。当初亏得晏公显圣，得以不死，所以今日来酬愿的。"那些看戏的人听了这几句话，又从新掉转头来，不但不避，还要挨挤上来，看这一对淹不死的男女，好回去说新闻。就把一座戏场挤做人山人海，那些老幼无力的，不是被人挤到水边，就是被人踏在脚底。

谭楚玉看见这番光景，就与妻子商议道："既已出头露面，瞒不到底，倒不如同你走上台去，等众人看个明白，省得他挨挨挤挤，夹坏了人。”藐姑道：“也说得是。”就一起脱去私衣，换了公服，谭楚玉穿了大红圆领，藐姑穿着凤冠霞帔，两个家人张了两把簇新的蓝伞，一把盖着谭楚玉，一把盖着藐姑，还有许多僮仆丫环，簇拥他上岸。谭楚玉夫妻二人先到晏公法像之前，从新拜了三拜，然后走上戏台，与绛仙行礼。行礼之后，又把通班的朋友都请过来，逐个相见过去。绛仙与同班之人问他被救的来历，谭楚玉把水中有人引领，又被大鱼负载而行，及至送入罾中，大鱼忽然不见，幸遇捕鱼人相救，得以不死的话，高声大气说了一遍，好使台上台下之人一起听了，知道晏公有灵，以后当愈加钦敬的意思。众人听了，惊诧不已。众檀越闻知此事，个个都来贺喜。当日要娶藐姑的富翁，恐怕谭楚玉夫妻恨他，日后要来报怨，连忙备了重礼，央众檀越替他解纷。谭楚玉一毫不受，对众檀越道：“若非此公一激之力，不但姻缘不能成就，连小弟此时还依旧是个梨园，岂能飞黄腾达至此？此公非小弟之仇人，乃小弟之恩人也，何报之有？”众人听了，啧啧称羡，都说他度量宽宏。

藐姑对绛仙道：“如今女婿中了进士，女儿做了夫人，你难道还好做戏不成？趁早收拾了行头，随我们上任，省得在这边出丑。”绛仙见女儿、女婿不念旧恶，喜之不胜，就把做戏的营业丢与媳妇承管，自家跟着女儿去享荣华富贵。谁想到了署中，不上一月，就生起病来，千方百药医治不好，只得叫女儿送他回去。及至送到家中，那病体不消医治，竟自好了。病愈之后，依旧出门做戏，康康健健，一毫灾难也不生。这是什么缘故？一来因他五行八字注定是个女戏子，所以一日也离不得戏场，离了戏场就要生灾作难。可见命轻福薄的人，莫说别人扶他不起，就是自家生出来的儿女，也不能够抬举父母做个以上之人。所以世间

的穷汉，只该安命，切不可仇恨富贵之人，说不肯扶持带挈他。二来因绛仙的身子终日轻浮惯了，一时郑重不来，就如把梅香升作夫人，奴仆收为养子，不但贱相要露出来，连他自己心上也不觉其乐，而反觉其苦。一觉其苦，就有疾病生出来。所以妓女从良，和尚还俗，若非出自本意，被人勉强做来的，久后定要复归本业，不能随主终身也。

却说谭楚玉到任之后，做了半年，就差人赍①了五百金送与莫渔翁，叫他权且收了，以后还要不时馈送，决不止千金而已。谁想莫渔翁十分廉介，只收一百两，做了十倍利钱，其余四百金尽皆返璧。谭楚玉做到瓜期之后，行取进京，又从衢、严等处经过，把晏公庙宇鼎新一番，又买了几十亩香火田，交与檀越掌管，为祭祀演剧之费。再到新城港口，拜访莫渔翁。莫渔翁先把几句傲世之言，挫去他的骄奢之色；后把许多利害之语，攻破他的利欲之心。谭楚玉原是有些根器的人，当初做戏的时节，看见上台之际十分热闹，真是千人拭目、万户倾心，及至戏完之后，锣鼓一歇，那些看戏的人竟像要与他绝交的一般，头也不回，都散去了。可见天地之间，没有做不了的戏文，没有看不了的热闹，所以他那点富贵之心还不十分着紧；如今又被莫渔翁点化一番，只当梦醒之时，又遇一场棒喝，岂有复迷之理？就不想赴京去考选，也不想回家去炫耀，竟在桐庐县之七里溪边，买了几亩山田，结了数间茅屋，要远追严子陵的高踪，近受莫渔翁的雅诲，终日以钓鱼为事。莫渔翁又荐一班朋友与他，不是耕夫，就是樵子，都是些有入世之才、无出世之兴的高人，终日往还，课些渔樵耕牧之事。藐姑又有一班女朋友，都是莫渔翁的妻子荐与

① 赍（jī）——带着。

他的，也是些能助丈夫成名、不劝良人出仕的智女，终日往来，学些蚕桑织纴之事。后来都活到九十多岁，才终天年。只可惜没有儿子，因藐姑的容貌过于娇媚，所以不甚宜男；谭楚玉又笃于夫妇之情，不忍娶妾故也。

丑 集

老星家戏改八字　穷皂隶陡发万金

诗云：

从来不解天公性，既赋形骸焉用命。
八字何曾出母胎，铜碑铁板先刊定。
桑田沧海易更翻，贵贱荣枯难改正。
多少英雄哭阮途，叫呼不转天心硬。

这首诗单说个命字。凡人贵贱穷通，荣枯寿夭，总定在八字里面。这八个字，是将生未生的时节，天公老子御笔亲除的。莫说改移不得，就要添一点减一画也不能够。所以叫做“死生由命，富贵在天”。

当初有个老者，一生精于命理，只有一子，未曾得孙。后来媳妇有孕，到临盆之际，老者拿了一本命书，坐在媳妇卧房门外伺候，媳妇在房中腹痛甚紧，收生婆子道：“只在这一刻了。”老者将时辰与年月日干一合，叫道：“这个时辰犯了关煞，是养不大的。媳妇做你不着，再熬一刻，到下面一个时辰，就是长福长寿的了。”媳妇听见，慌忙把脚牮①住，狠命一熬。谁想孩子的头已出了产门，被产母闭断生气，死在腹中。及至熬到长福长寿的时辰，生将下来，他又到别人家托生去了，依旧合着养不大的关煞。这等看来，人的八字果然是天公老子御笔亲除，断断改不得

① 牮（jiàn）——用力支撑。

的了。

如今却又有个改得的，起先被八字限住，真是再穷穷不去；后来把八字改了，不觉一发发将来。这叫做理之所无、事之所有的奇话，说来新一新看官的耳目。

成化年间，福建汀州府理刑厅，有个皂隶，姓蒋名成，原是旧家子弟。乃祖在日，田连阡陌，家满仓箱，居然是个大富长者。到父亲手里，虽然比前消乏，也还是个瘦瘦骆驼。及至父死，蒋成才得三岁。两兄好嫖好赌，不上十年，家资荡尽。等得蒋成长大，已无立锥之地了。

一日蒋成对二兄道："偌大家私都送在你们手里，我不曾吃父亲一碗饭，穿母亲一件衣。如今费去的追不转了，还有什么卖不去的东西，也该把件与我，做父母的手泽。"二兄道："你若怕折便宜，为什么不早些出世？被我们风花雪月去了，却来在死人臀眼里挖屁。如今房产已尽，只有刑厅一个皂隶顶首，一向租与人当的，将来拨与你，凭你自当也得，租与人当也得。"蒋成思量道："我闻得衙门里钱来得泼绰，不如自己去当，若挣得来，也好娶房家小，买间住房，省得在兄嫂喉咙下取气。又闻得人说：衙门里面好修行。若遇着好行方便处，念几声不开口的阿弥，舍几文不出手的布施，半积阴功半养身，何等不妙？"竟往衙门讨出顶首，办酒请了皂头，拣个好日，立在班篷底下伺候。

刑厅坐堂审事，头一根签就抽着蒋成行杖。蒋成是个慈心的人，那里下得这双毒手？勉强拿了竹板，忍着肚肠打下去，就如打在自己身上一般，犯人叫"阿哟"，他自己也叫起"阿哟"来。打到五板，眼泪直流，心上还说太重了，恐伤阴德。谁知刑厅大怒，说他预先得了杖钱，打这样学堂板子，丢下签来，犯人只打得五板，他倒打了十下倒棒。自此以后，轮着他行杖，虽不敢太轻，也不敢太重，只打肉，不打筋，只打臀尖，不打膝窟，人都叫他做恤刑皂隶。

过了几时，又该轮着他听差。别人都往房科买票，蒋成一来乏本，二来安分，只是听其自然。谁想不费本钱的差，不但无利，又且有害；不但赔钱，又且陪棒。当了一年差，低钱不曾留得半个，屈棒倒打了上千。要仍旧租与人当，人见他尝着苦味，不识甜头，反要拿捏他起来。不是要减租钱，就是要贴使费，没奈何，只得自己苦捱。那同行里面，也有笑他的，也有劝他的。笑他的道："不是撑船手，休来弄竹篙。衙门里钱这等好趁？要进衙门，先要吃一服洗心汤，把良心洗去；还要烧一份告天纸，把天理告辞；然后吃得这碗饭。你动不动要行方便，这'方便'二字是毛坑的别名，别人泻干净，自家受腌臜。你若有做毛坑的度量，只管去行方便；不然，这两个字，请收拾起。"蒋成听了，只不回言。那劝他的道："小钱不去，大钱不来，你也拼些赀本，买张票子出去走走，自然有些兴头；终日捏着空拳等差，有什么好差到你？"蒋成道："我也知道，只是去钱买的差使，既要偿本，又要求利，拿住犯人，自然狠命的需索了。若是诈得出的还好，万一诈不出的，或者逼出人命，或者告到上司，明中问了军徒，暗中损了阴德，岂不懊悔？"劝者道："你一发迂了。衙门里人将本求利，若要十倍、二十倍，方才弄出事来。你若肯平心只讨一两倍，就是半送半卖的生意了，犯人还尸祝你不了，有什么意外的事出来？"蒋成道："也说得是。只是刑厅比不得府县衙门，没有贱票，动不动是十两半斤，我如今口食难度，那有这项本钱？"劝者又道："何不约几个朋友，做个小会，有一半付与房科，他也就肯发票，其余待差钱到手，找账未迟。"蒋成听了这些话，如醉初醒，如梦初觉，次日就办酒请会，会钱到手，就去

打听买票。

闻得按院批下一起着水人命，被犯是林监生。汀州富户，数他第一，平日又是个撒漫使钱的主儿，故此谋票者极多。蒋成道："先下手为强。"即去请了承行，先交十两，写了一半欠票。次日签押出来，领了拘牌，寻了副手同去。不料林监生预知事发，他有个相知在浙江做官，先往浙江求书去了。本人不在，是他父亲出来相见。父亲须鬓皓然，是吃过乡饮的耆老①，儿子虽然慷慨，自己甚是悭吝，封了二两折数，要求蒋成回官。蒋成见他是个德行长者，不好变脸需索；况且票上无名，又不好带他见官。只得延捱几日，等他慷慨的儿子回来，这主肥钱仍在，不怕谁人抢了去。那里晓得刑厅是个有欲的人，一向晓得林监生巨富，见了这张状子，拿来当做一所田庄，怎肯忽略过去？次日坐堂，就问："林监生可曾拿到？"蒋成回言："未奉之先，往浙江去了。求老爷宽限，回日带审。"刑厅大怒，说他得钱卖放，选头号竹板，打了四十，仍限三日一比。蒋成到神前许愿：不敢再想肥钱，只求早卸干系。怎奈林监生只是不到，比到第三次，蒋成臀肉腐烂，经不得再打，只得磕头哀告道："小的命运不好，省力的事差到小的就费力了。求老爷差个命好的去拿，或者林监生就到也不可知。"刑厅当堂就改了值日皂隶。起先蒋成的话，一来是怨恨之辞，二来是脱肩之计，不想倒做了金口玉言，果然头日改差，第二日林监生就到，承票的不费一厘本钱，不受一些惊吓，趁了大块银子，数日之间，完了宪件。蒋成去了重本，摸得二两八折低银，不够买棒疮膏药，还欠下一身债负，自后再不敢买票。钻刺也吃亏，守分也吃亏，要钱也没有，不要钱也没

---

① 耆（qí）老——德高望重的老人。

有，在衙门立了二十余年，看见多少人白手成家，自己只是衣不遮身，食不充口，衙门内外就起他一个混名，叫做“蒋晦气”。吏书门子清晨撞着他，定要叫几声大吉利市。久而久之，连官府也知道他这个混名。

起先的刑厅，不过初一十五不许他上堂，平常日子也还随班值役。末后换了一个青年进士，是扬州人，极喜穿着，凡是各役中衣帽齐整、模样干净的就看顾他，见了那褴褛龌龊的，不是骂，就是打。古语有云：

楚王好细腰，宫中皆饿死。

只因刑厅所好在此，一时衙门大小，都穿绸着绢起来，头上簪了茉莉花，袖中烧了安息香，到官面前乞怜邀宠。蒋成手内无钱，要请客也请客不来。新官到任两月，不曾差他一次。有时见了，也不叫名字，只唤他“教化奴才”。蒋成弄得跼天蹐地①，好不可怜。

忽一日刑厅发了二梆，各役都来伺候，见官不曾出堂，大家席地坐了讲闲话。蒋成自知不合时宜，独自一人坐在围屏背后。众人中有一个道：“如今新到个算命的，叫做华阳山人，算得极准，说一句验一句。”又一个道：“果然，我前日去算，他说我驿马星明日进宫，第二日果然差往省城送礼。”又一个道：“他前日说我恩星次日到命，果然第二日赏了一张好牌。”众人道：“这等我们明日都去试一试。”那算过的道：“他门前挨挤不开，要等半日，才轮得着。”蒋成听见，思量道：“这等是个活神仙了。我蒋成偃蹇②半世，将来不知可有个脱运的日子？本待也去算算，只

① 跼天蹐地——形容处境困窘，惶恐不安。

② 偃蹇——困顿，窘迫。

是跟官的人，那有半日工夫去等？”踌躇未了，刑厅三梆出堂。只见养济院有个孤老喊状，说妻子被同伴打坏，命在须臾，求老爷急救。刑厅初意原是不肯准的，只因看见蒋成立在阶下，便笑起来道：“唤那教化奴才上来。我一向不曾差你，谁知有你这个教化差人，又有一对教化的原被告，也是千载奇逢，就差你去拿。”标一根签丢下来，蒋成拾了，竟往养济院去。从一个命馆门前经过，招牌上写一行字道：

华阳山人谈命，一字不着，不受命金。

蒋成道：“这就是他们说的活神仙了。”掀帘一看，一个算命的也没有。心上思忖道：“难得他今日清闲，不如偷空进去算算，省得明日来遇着朋友，算得不好，被他耻笑。”走进去，把年月日时说了一遍。山人展开命纸，填了八字五星，仔细一看，忽然哼了一声，将命纸丢下地去，道：“这样命算他怎的？”蒋成道：“好不好也要算算，难道不好的命就是没有命钱的么？”山人道：“这样八字，我也不忍要你命钱。”蒋成道：“什么缘故？”山人道：“凡人命不好看运，运不好看星。你这命局已是极不好的了，从一岁看起，看到一百岁，要一日好运、一点好星也没有。你休怪我说，这样八字，莫说求名求利，就去募缘抄化，人见了你也要关门闭户的。”蒋成被这几句话说伤了心，不觉掉下泪来道：“先生，你说的话虽然太直，却也一字不差。我自从出娘肚皮，苦到如今，不曾舒眉一日，终日痴心妄想，要等个苦尽甘来。据老先生这等说，我后面没有好处了。这样日子过他怎的？不如早些死了的干净！”起先还是含泪，说到此处，不觉痛哭起来。

山人劝他住又不住，教他去又不去，被他弄得没奈何，只得生个法子哄他出门。对他道：“你若要过好日子，只除非把八字改一改，就有好处了。”蒋成道：“先生又来取笑，八字是生成

的，怎么改得？”山人道：“不妨，我会改。”重新取一张命纸，将蒋成原八字只颠倒一颠倒，另排上五星运限，后面批上几句好话，折做几折，塞在蒋成袖中道：“以后人问你八字，只照这命纸上讲，还你自有好处。”蒋成知道是诨话，正要从头哭起，忽然有个皂头拿一根火签走进来道：“老爷拿你！”蒋成问什么事发，原来是养济院那个孤老等他不去拿人，又来禀官，故此刑厅差皂头来捉违限。

蒋成吃了一惊，随他走进衙去。只见刑厅怒冲冲坐在堂上，见他一到，不容分说，把签连筒推下叫打。蒋成要辩，被行杖的一把拖下，袖中掉出一张纸来。刑厅道：“什么东西？取来我看。”门子拾将上去，刑厅展开，原来是张命纸。从头看了一遍，大惊道：“叫他上来。你这张命纸从那里来的？是何人的八字？”蒋成道：“就是小人的狗命。”刑厅大笑道：“看你这个教化奴才不出，倒与我老爷同年同月同日同时。”当下饶了打，退堂进去。到私衙见了夫人，不住的笑道：“我一向信命，今日才晓得命是没有凭据的。”夫人问：“怎见得？”刑厅道：“我方才打一个皂隶，他袖中掉下一张命纸，与我的八字一般一样。我做官，他做皂隶，也就有天渊之隔了，况且又是皂隶之中第一个落魄的，你道从那里差到那里？这等看来，命有什么凭据？”夫人道：“这毕竟是刻数不同了。虽然如此，他既与你同时降生，前世定有些缘法，也该同病相怜，把只眼睛看看他才是。”刑厅道：“我也有这个意思。”

次日坐川堂，把蒋成叫进来，问他身上为何这等褴褛。蒋成哭诉从前之苦，刑厅不胜怜惜，吩咐衙内取出十两银子，教他买几件衣帽换了来听差。蒋成磕头谢了出去，暗中笑个不了。随往典铺买了几件时兴衣服，又结了一顶瓦楞帽子，到混堂洗一个澡，从头至脚脱旧换新。走出来恰好遇着个磨镜的，挑了一担新磨的镜子。蒋成随着他一面走，一面照，竟不是以前的穷相。心上暗想道："难道八字改了，相貌也改了不成？"走进衙门，合堂恭贺，又替他上个徽号，叫做"官同年"。那些穿绸着绢的，羡慕他这几件衣服，都叫做"御赐宫袍"。安息香也送他熏，茉莉花也送他戴，蒋成一时请客起来，弄得那六宫粉黛无颜色。

自此以后，刑厅教他贴堂服侍，时刻不离，有好票就赏他，有疑事就问他，竟做了腹心耳目。蒋成也不敢欺公作弊，地方的事，知无不言，言无不尽，倒扶持刑厅做了一任好官。古语道不差，官久自富。蒋成在刑厅手里不曾做一件坏法的事，不曾得一文昧心的钱，不上三年，也做了数千金家事，娶了妻，生了子，买了住房，只不敢奢华炫耀。忽一日想起：我当初若不是那个算命先生，那有这般日子？为人不可忘本，办了几色礼，亲自上门去拜谢。华阳山人见了，不知是那一门亲戚，问他姓名，蒋成道："不肖是刑厅皂隶，姓蒋名成，向年为命运迍邅①，来求先生推算，先生见贱造不好，替我另改一个八字。自改之后，忽然亨通，如今做了个小小人家，都是先生所赐，故此不敢忘恩，特来拜谢。"山人想了半日，才记起来道："那是我见你啼哭不过，假设此法，宽慰你的，那有当真改得的道理？"蒋成道："彼时我也知道是笑话，不想后来如此如此……"把刑厅见了命纸，回嗔作喜，自己因祸得福的话说了一遍。山人道："世间那有这等事？只怕还是你自己的命好，我当初看错了也不可知。你说来，待我再算一算。"蒋成将原先八字说去，山人仔细看了一遍道："原不差，这样八字，莫说成家，饭也没得吃的。你再把改的八字说来

① 迍邅（zhūnzhān）——困顿，处境不利。

看。”蒋成因那张命纸是起家之本，时刻带在身边，怎敢丢弃？就在夹袋中取出来，与山人一看，山人大笑道：“确然是这个八字上发来的，若照这个命，你不但发财，后来还有官做。”蒋成大笑道：“先生又来取笑，我这个人家已是欺天枉人骗来的，还怕天公查将出来，依旧要追了去，还想做什么官？”山人道：“既然前面验了，后面岂有不验之理？待我替你再判几句，留为后日之验。”提起笔来，又续上一个批语。蒋成袖了，作别而去。

不上月余，刑厅任满，钦取进京。临行对蒋成道：“我见你一向小心守法，不忍丢你，要带你进京，你可愿去？”蒋成道：“小的蒙老爷大恩，碎身难报，情愿跟去服侍老爷。”刑厅赏了银子安家。蒋成一路随行，到了京中，刑厅考选吏部，蒋成替他内外纠察，不许衙门作弊，尽心竭力，又扶持他做了一任好官。主人鉴他数载勤劳，没有什么赏犒，那时节朝中弊窦初开，异路前程可以假借，主人替他做个吏员脚色，拣上绝好县分，选了主簿出来；做得三年，又升了经历。两任官满还乡，宦囊竟以万计，却好又应着算命先生的话。这岂不是理之所无、事之所有的奇话？说来真个耳目一新。

说话的，若照你这等说来，世上人的八字，都可以信意改得的了？古圣贤“死生由命、富贵在天”的话，难道反是虚文不成？看官，要晓得蒋成的命原是不好的，只为他在衙门中做了许多好事，感动天心，所以神差鬼使，教那华阳山人替他改了八字，凑着这段机缘。这就是《孟子》上“修身所以立命”的道理，究竟这个八字不是人改，还是天改的。又有一说，若不是蒋成自已做好事，怎能够感动天心？就说这个八字不是天改，竟是人改的也可。

寅 集

乞儿行好事　皇帝做媒人

词云：

好汉从来难得饱，穷到乞儿犹未了。得钱依旧济颠危，甘死沟渠成饿莩。　　叫化铜钱容易讨，乞丐声名难得好。谁教此辈也成名，只为衣冠人物少。

——右调《玉楼春》

这首词是说明朝正德年间，一个叫化子的好处。世上人做了叫化子，也可谓卑贱垢污不长进到极处了，为什么还去称赞他？不知讨饭吃的这条道路虽然可耻，也还是英雄失足的退步，好汉落魄的后门，比别的歹事不同。若把世上人的营业从末等数起，倒数转来，也还是第三种人物。第一种下流之人是强盗穿窬，第二种下流之人是娼优隶卒，第三种下流之人，才算着此辈。此辈的心肠，只因不肯做强盗穿窬，不屑做娼优隶卒，所以慎交择术，才做这件营生。世上有钱的人，若遇此辈，都要怜悯他一怜悯，体谅他一体谅。看见懦弱的乞儿，就把第二种下流去比他，心上思量道："这等人若肯做娼优隶卒，哪里寻不得饭吃，讨不得钱用，来做这种苦恼生涯？有所不为之人，一定是可以有为之人，焉知不是吹箫的伍相国，落魄的郑元和？无论多寡，定要周济他几文，切不可欺他没用，把恶毒之言去诟詈他，把嘷蹴之食①去侮谩他。”看见凶狠的乞儿，就把第一种下流去比他，心上思量道：“这等人若做了强盗穿窬，黑夜之中走进门来，莫说家中财物任他席卷，连我的性命也悬在他手中，岂止这一文两文之钱，一碗半碗之饭？为什么不施舍他，定要逼人为盗？”人人都把这种心肠优容此辈，不但明去暗来，自身有常享之富贵，后世无乞丐之子孙；亦可使娼优渐少，贼盗渐稀；即于王者之政，亦不为无助。陈眉公云：“释教一门，乃朝廷家中绝大之养济院也。使鳏寡孤独之人悉归于此，不致有茕②民无告之忧。”我又云“卑田一院，乃朝廷家中绝大之招安寨也。使游手亡赖之人悉归于此，不致有饥寒窃发之虑。”这两种议论都出自己裁，不是稗官野史上面吸取将来的套话，看小说者，不得竟以小说目之。况且从来乞丐之中，尽有忠臣义士、文人墨客隐在其中，不可草草看过。至于乱离之后，鼎革之初，乞食的这条路数，竟做了忠臣的牧羊国，义士的采薇山，文人墨客的坑儒漏网之处，凡是有家难奔、无国可归的人，都托足于此。有心世道者，竟该用招贤纳士之礼，一食三吐哺，一沐三握发，去延揽他才是，怎么好把残茶剩饭去亵渎他？我如今先请两位教化陪客与本传做个引子，一个是太平时节的文人墨客，一个是乱离时节的义士忠臣，说来都可以新人耳目。

明朝弘治年间，曾有一个显宦，忘其姓名。他因出使琉球，还朝复命，从苏州经过，慕虎丘山上风景之胜，特地泊了座船，备了筵席，又开一樽名酒，叫做葡萄酥，是琉球国王送他做下程的，携到山顶之上。带了几个陪宾，把氍单铺了，一边饮酒，一

① 嘑（hū）蹴之食——同嗟来之食，意为带有侮辱性的施舍。

② 茕（qióng）——忧愁，悲愁。

边赋诗。正在那边搜索枯肠，忽然有个乞儿走上山来，立在面前讨酒吃。显宦大怒，说他阻挠笔兴，搅乱吟思，可恨之极，吩咐家人驱逐他。他不慌不忙，回复那显宦道："我只说列位老爷相公在这边做什么难事，所以怪人搅扰，却原来是做诗。做诗有什么难处，怕人搅扰？我自讨我的饭，你自做你的诗，两不相妨，何须发恼？"说了这两句，只是立了不动。那显宦对着家人，高声大怒道："面前立了个叫化子，如何做得好诗出来？还不快赶他去！"乞儿道："面前立了个叫化子，就做得好诗出来；若还立了个正经人，连好字也写不出了。亏那唐朝的李太白，面前坐了个皇帝，又立了贵妃，尚且下笔如流，做出《清平调》三首，为千古之绝唱。难道从古及今，只有李太白一个，才称得才子，列位老爷相公，还算不得诗翁么？"

显宦听了这些话，气得目定口呆，要忍耐又忍耐不住，要发作又发作不得，与那几个陪宾面面相视。有一个陪宾道："他不过在说评话的口里，听了几个故事来，在这边调唇弄舌，晓得《清平调》是什么东西？且待我盘他一盘。"就对乞儿道："我且问你，'清平调'是古风，是律诗，还是绝句？"乞儿道："不是古风，不是律诗，也只怕不是绝句。"众人道："这等是什么诗体？"乞儿道："'清平调'三个字，就是诗体了，何须问得？"众人笑了一阵，又问他道："这三首诗是为何而作？诗里面的意思，是说的一件什么东西？"乞儿道："'清平调'三个字，就是诗的意思了，又何须问得？"众人又笑了一阵，就对他道："何如？你的马脚露出来了。这三首诗，是为咏牡丹而作，叫做七言绝句。诗体尚且不知，题义全然不解，竟在这里瞎猜。横也是'清平调'，竖也是'清平调'，'清平调'是件什么东西，可是吃得的么？"乞儿道："这等说来，列位相公认错了。这三首诗，

不但不是绝句，亦且叫不得是诗，乃是三篇乐府。但凡诗词里面，可歌而不可唱者，谓之诗；可歌而兼可唱者，谓之乐府。若还这三首是诗，当初的题目，就该是‘咏牡丹’三字，不该叫做《清平调》了。所谓调者，就是词曲里面越调、商调、大石调之类是也。玄宗天子出这个题目与他，原是要被之管弦，使伶工演习，见得海宴河清，朝廷无事，圣天子安坐深宫，终日看名花，亲国色，宴乐清平的意思，所以叫做《清平调》。这三首乐府的妙处，在于文采既佳，宫商又协，所以喜动天颜，受了许多宠赐；若单单只取文采，不过是几首咏物诗罢了，为什么千古相传，以为绝调？如今列位相公，诗体也不叫做尽知，题义也不叫做甚解，亏得生在今时，做仕宦的陪宾，还可以藏拙；若还也生在唐朝，与李太白一同应制，只怕文字做来未必中式。不但赏赐轮不着，连那两盏龙凤灯笼还要借重尊手提了，送李太白回院也不可知。”说过这些话，又拱拱手道：“乞儿粗卤，不知忌讳，冲撞列位相公，莫怪莫怪。”众人听了，气得面如土色，恨不得把头发揪了过去，痛打一顿，方才畅快。只因碍了主人，不好动手。

那显宦见他应对如流，又且说得理明义畅，知道是个文人墨士流落下来的，词色之间，有些要优待他的意思。怎奈那些陪宾不服，不肯作兴他。内中有一个道：“他那些话，都是别处所来的，世上尽有谈今说古，口若悬河的人，及至提起笔来，一个字也写不出。如今求老先生考他一考，若还笔下写来的，也像口里这等便捷，晚生们情愿让他上坐。”那显宦就对乞儿道：“你会做诗么？”乞儿道：“像李太白那样的乐府，果然做不出，若还只要成篇，不论音律，与这几位相公唱和起来，或者也还应付得过。”显宦道：“取一幅诗笺、一副笔砚与他。”乞儿道：“这等求老爷命一个题，限一个韵。”显宦道：“诗的题目不过是登高眺远的意思，随意做来就是了。料你做叫化子的人识不多几个字，不好把险韵难你，限一个‘上大人’的‘上’字罢了。”乞儿提起笔来，先写个‘一’字，后写个‘上’字，就丢下笔来，袖手而立，却像做不出的光景。那些陪宾看了，个个都掩口而笑。显宦道：“我说你的胸中，不过一两点墨水罢了，晓得做什么诗。才写得两个字，就住了手，世上有两个字一首的诗么?”乞儿道：“不瞒老爷说，乞儿的才虽然不如李太白，平日做诗的毛病却与他一般，先有了斗酒，然后才有诗百篇。若还要我干做，其实是做不出的。”显宦道：“就赏他一碗酒。”管家斟了一大碗，放在桌上，乞儿一吸而尽，提起笔来，依旧写个“一”字，写个“上”字，又丢下笔来，袖手而立。显宦大怒道：“为何又是这两个字，写了这两个字又不动了?”乞儿道：“只因才多酒少，接济不来，所以笔机干涩，写不成篇。求老爷再赐几碗，还你一挥而就。”显宦道：“这等再赏他一碗。”管家又斟一碗与他。他吃尽了，提起笔来，增上个“又”字，再写“一上”二字，依旧丢下笔来，袖手而立。显宦道：“如今还有什么讲?”乞儿道：“毕竟是酒少的缘故，若饮尽此壶而诗不成者，罚以金谷酒数。”显宦对家人道：“我明晓得他是骗酒吃，就拼这一壶舍他，若还再做不出，一总与他算账就是了。”乞儿一手举笔，一手拿碗，叫管家不住的斟。吃了一碗，仍写“一上”二字。那些陪宾见他写来写去，不过是这两个容易字，知道是白丁无疑了，正要打点报仇，不想吃完之后，就把这几个容易字眼凑成一句，后面又续上三句，恰好是一首眺望的诗。显宦取去一看，不觉大惊大笑，喝彩起来。其诗云：

一上一上又一上，一上直与青天傍；

等闲回首白云低，四海五湖同一望。

显宦捏了这幅诗笺，扯那几个陪宾到背后去商议，说此人口气极大，必非以下之人，要拉他入席同饮。那几个陪宾众口一词，都说朝廷重臣与乞丐之人同坐，近于失体，旁人传播开去，有碍官箴。显宦踌躇了一会，掉转身来，正要与他说话，不想他诗成之后，飘然而去，任凭呼唤，再不回头。

显宦没奈何，只得吩咐一个管家尾他下山，察其动静。只见走到山脚之下，有三、四个绝标致的名妓接他下船，替他除去破帽，脱去破衣，换了新巾艳服，大家笑做一团，开船饮酒而去。连岸上的人，也都拍掌呵呵笑个不住。管家问道："方才上船去的是何等之人？为什么缘故假装这个模样？"岸上人道："这是本处一个解元相公，姓唐名寅，表字伯虎。字画文章俱是当今第一，极喜诙谐玩世，人都叫他风魔①解元。起先你家老爷将要上山的时节，他的酒船泊在你们船边，闻得你们船上开了一瓶好酒，他垂涎不过。后来见你老爷上山，他对那些名妓道：'怎么样生个法子，走上山去骗他几杯，尝一尝滋味才好。'有个名妓道：'如今的仕宦，那个不晓得名士之中有个唐伯虎，你拼得写个名帖走去拜他，怕他不留你坐首席？'唐伯虎道：'写晚生帖子干谒要津，是当今名士的长技，我一向耻笑他们的，此戒断不可破。况且明明白白走去撞席，也觉得没有波澜。须要生个妙法，去吃了他的酒来，还不使他知道姓名，方才有趣。'有个名妓道：'这等说，除非做齐人乞食的故事，方可必得，只怕你没有这副脸皮。'唐伯虎道：'才人玩世，何所不可？毕吏部为酒而做贼，贼尚可做，况于乞丐乎？'随即换了破衣破帽，扮做叫化子，走

① 风魔——疯癫，癫狂。

上山来骗酒吃。方才下山的时节，我见他沉醉醺醺，想是中了他的诡计了。”管家就把做诗吃酒的话，与他说了一遍，如飞走上山去，回复主人。显宦大惊道：“原来就是唐伯虎！这样一个大名公，竟与他当面错过，可惜可惜!”埋怨那些陪宾道：“我原要礼貌他，都是兄弟们不肯，阻塞贤路，使他做了玩世不恭的畸人，使我做了贤愚不辨的俗吏。这桩奇事，将来必传。万一有人做起戏来，我面上这两笔水粉，是兄弟们见惠的了。”把那几个陪宾说得哑口无言，羞惭满面。

第二日备了一副盛礼，又携了一樽葡萄醁，进城去访唐伯虎。唐伯虎辞了礼物，只受名酒一樽，当面开了，与他尽欢而别。临别之时，显宦问他求画。他就把昨日的故事，画做一幅着色山水，叫做《六如山人乞食图》。这幅名画与这桩韵事，至今流传，以为实迹。他虽然不是真正乞儿，却也捏了一时三刻的糙碗，穿了七拼八补的衲头，骗许多好酒吃下肚，还博个风流豪杰之名。这是文人墨客的故事了。

那个忠臣义士，去今不远，就出在崇祯末年。自从闯贼破了京城，大行皇帝遇变之后，凡是有些血性的男子，除死难之外，都不肯从贼。家亡国破之时，兵荒马乱之际，料想不能丰衣足食，大半都做了乞儿。闻得南京立了弘光，只说是个中兴之主，个个都伸开手掌，沿途抄化而来，指望辅佐明君，共讨国贼。谁想来到南京，见弘光贪酒好色，政出多门，知道不能中兴，大失从前之望。到那时节，卑田院中的隐士熬不得饥饿，出来做官的，十分之中虽有八、九分，也还有一、二分高人达士，坚持糙碗，硬着衲衣，宁为长久之乞儿，不图须臾之富贵。所以明朝末年的叫化子，都是些有气节、有操守的人。若还没有气节，没有操守，就不能够做官，也投在流贼之中，抢掳财物去了，那里还来叫化？彼时鱼龙混杂，好歹难分，谁知乞丐之中尽有人物。直到清朝定鼎，大兵南下的时节，文武百官尽皆逃窜，独有叫化子里面死难的最多，可惜不知姓名，难于记载。只有江宁府百川桥下投水自尽的乞儿，做一首靖难的诗，写在桥堍之上，至今脍炙人口。其诗云：

三百余年养士朝，一闻国难尽皆逃。

纲常留在卑田院，乞丐羞存命一条。

这岂不是乞丐里的忠臣义士？

话休烦絮，且把正事说来。明朝正德年间，山东路上有个知书识字的乞儿，混名叫做“穷不怕”。为人极其古怪，忽而姓张，忽而姓李，没有一定的姓氏。今日在东，明日在西，没有一定的住居。有时戴方巾，穿绸绢，做乞丐之中第一个财主；有时蓬头赤脚，连破衣破帽都没有，做叫化子里面第一个穷人。

为什么没有定姓？他原是个旧家子弟，只因为人轻财重义，把金银视为粪土，朋友当做性命；又喜替人抱不平，乡里之中有大冤大屈的事，本人懦弱不能告理，他就挺身出头，代他申诉。不上几场官司，几年挥霍，就把数千金产业费得罄尽，弄得仓无一粒，囊无半文。平昔受恩的朋友，见他穷了，分文不肯借贷；连自家的妻子，没穿少吃，饥寒不过，也逼他做起朱买臣来。他因看破世情，毫无眷恋，竟把妻孥弃了，飘然出门，随他嫁也得，守也得，只携一根棒，一只碗，做个不骄妻妾的齐人，在外面乞食。知道自己不长进，玷辱祖宗，怕人知道姓氏，说他是某人之子，某人之孙，要把“叫化”二字封赠先人，所以不肯说出真言，忽而姓张，忽而姓李。

为什么没有定居？他道：“叫化”两个字，也是随人解说得的，若还只顾口腹，不惜廉耻，把几十个“老爷”、“奶奶”换他一文低钱，叫了又叫，化了又化，这就是叫唤之“叫”、募化之“化”了；若还做得清高，讨得廉介，在乞丐里面行些道义出来，使人见了，个个思忖道：“乞丐之人尚且如此，岂可人而不如乞丐乎?”这等做来，就是劝教之“教”、变化之“化”了。每一户人家，终身只讨他一次，这一次又只讨他一文，在我不伤其廉，在人不伤其惠。当初做官的里面，有个“一钱太守。”做太守的人，每一个百姓取他一文钱，尚且不叫做贪墨，何况于乞丐之人？若还守定在一处，讨过的人家终日去讨，不但惹人憎嫌，取人唾骂，就是自己心上也觉得不安；不如周游列国，传食四方，使我的教化大行于天下，天下好施喜舍的人，要见我第二面也不能够，就像天上的神龙一般，使人见首而不见尾，何等清高，何等廉介！他立定了这个主意，所以今日在东，明日在西，再不曾在一个地方住上一年半载。

为何忽然财主，又忽然做了穷人？只因他天性慷慨，最恶的是悭吝之人。古语道得好：“江山易改，秉性难移。”他就做了叫化子，依旧还轻财重义。自己要别人施舍，讨来的钱钞又要施舍别人。财主人家见他讨饭讨得清高，做人做得硬挣，又且通今识古，会做几首粗浅诗词，都不把他做乞儿看待。见他走进门来，不是亲手递茶，就是唤人送饭；不是解开串头拣一大钱，就是摊开银包拈一小块，都不消他开口，输心乐意的施舍他。所以他的钱财，极来得容易，一日到晚，定有几百个绝大的铜钱，几十块极碎的银子。若肯攒积起来，不但不消叫化，还可以恢复旧业，做个中兴财主。怎奈他旧性不改，竟像银子钱财上面有刀锋剑铓，要割人手掌的一般，有了几分，定要散去，决不肯留在身边过夜。看见同伴之中，有时运不济，叫化不来的，论分论钱周济他；有病倒在床，不能出去叫化的，论年论月供给他。这或者是

同病相怜，物伤其类的意思，也还罢了。有时讨到穷苦人家，见他家中粮绝，灶上烟消，死者无棺，病者少药，就不觉动起恻隐心来。岂但不要他施舍，还向旧蒲包里倾出冷饭，倒送于施主充饥；破布袋中摸出金钱，反施与檀那作福。所以叫化得来的时节，三、五日不做好汉，买些衣服，穿着起来，就是乞丐之中第一个财主；撒漫去了的时节，一、两日没人接济，衣裳卖尽，出身露体，就是叫化里面第一个穷人。人见他穷到叫化的地步，还不回头，得了钱财，依旧浪用，竟像要与穷鬼打斗的一般。所以起他一个混名，叫做“穷不怕”。叫到后来，凡是北京、河南、山东、山西的人，没有一个不知其名，他竟做了乞丐之中的名士。人人都望他上门，要看是怎生一副面孔，做人这等异样。

一日讨到山西太原府，也是他运限不利，劫数难逃，名士的遭际忽然偃蹇起来。初到地方叫化，只有一个好善的妓妇，留他吃了一顿饱饭，出门的时节还约他再来走走。“穷不怕”是讨过一次不讨第二次的，怎么还肯再去？那晓得除了这个信女，再没有第二个善男。讨了四、五日，低钱不见一文。在人家门首立上几个时辰，讨不得半碗冷粥，一块锅巴。临舍他的时节，还要骂上几声，把饭食丢在地下，等他自拾；再没有和颜悦色，在手里递与他的。“穷不怕”是有侠骨的人，宁可忍饥受饿，使性出门，不肯受那嘑蹴之食。一连饿了几日，不觉眼中发花，耳内蝉鸣，一张没倚靠的肚皮，吸到背脊上去，看看要做伯夷、叔齐了。自己宿在冷庙之中，反复思量道：“我往常的叫化时运，是从来少有的，为什么没原没故倒起运来？虽然说是叫化的人，就活到一百岁少不得是饿死，只是我这叫化子比别人不同，多活一年，还替世上的人多做一年好事。难道不老不病，就是这等死了不成？”

想过一会，忽然醒悟转来道：“是了。往常人肯施舍，一来是重我的人品，二来是慕我的名声，所以一见了面，就相待如宾，钱财饭食，不求而至。我如今初到地方，又不曾有人替我先容，说有个轻财重义的‘穷不怕’，要到这边来行道，大家作兴他一作兴；我又不曾自己称名道姓，说我就是远近知名的‘穷不怕’，初到这边来糊口，求列位看顾一看顾。他知道我是何人，肯破格相待我？如今没奈何，只得要做毛遂自荐了。把近来做名士的诀窍也要试验出来，使他知道我，在盛名之下，终好尊敬我。”算计定了，就买一张大绵纸，褙做几层，做一首七言四句的诗，写在上面，就如星相医卜的招牌一般，捏在手里，走到人家去叫化。其诗云：

仗义疏财“穷不怕”，自书名号肩头挂。

别人施我我施人，叫化之中行教化。

拿了这张招牌，熬着饿肚，到街上去东走西撞。只说“穷不怕”三个字是棵摇钱树，街上人见了，只恨相见之晚，岂有当面错过，竟不延纳之理？谁想天下之事，尽有出之意外的。未挂招牌之先，银子铜钱虽然讨不着，还有些残茶剩饭与他看看，做个望梅止渴，画饼充饥；自挂招牌之后，冷粥要留来养猫，锅巴要拿去喂狗，没得与他见面。“穷不怕”立得腿酸，叫得口渴，还讨一顿棍子打了出来。一个太原城里，不知几十万人家，不约而同，都是如此，竟像写了合同议约，要饿死他的一般。不知是什么缘故？他只得叹口气道：“道之不行也欤，命也。‘穷不怕’其如命何！”回到冷庙之中，丢了招牌，也不求生，也不寻死，只是仰天僵卧，做个束手待毙而已。可怜他是饿坏的人，那里经得再饿？只消一日一夜，没有水浆下肚，就不觉四肢冰冷，目定口张，只有出气，没有进气了。

看官，你说“穷不怕”的教化处处大行，独有太原行不去；

别处的人都喜施舍，独有太原不喜施舍，这是什么缘故？要晓得太原的人，也是极慕他的，只因终日放在口里，说来说去，看见乞儿上门，就呵叱他道：“你不晓得叫化里面有个‘穷不怕’么？一户人家只讨一次，到第二次就请他也不来了，这才是个好花子。你为何不学他一学，三日两头只管上门来惹厌，我们就有钱也不舍你，要留在这边，等那‘穷不怕’。”人人都是这等说，传播开去，就有个远方乞儿，要射起利来，竟假冒“穷不怕”之名，先到太原来行道。太原的人都把他面庞举止细细看了一遍，然后把银钱送他，饭食请他，那个乞儿倒撰了一注大钱而去。临去的时节，又对众人道：“我‘穷不怕”是一匹好马，再不吃回头草的。如今扰过一次，以后再不来了。只恐怕有无耻之徒，等我去后，歇上一年半载，假冒我的贱名来搅扰地方，不但费了施主的钱钞，又且坏了不肖的名声。列位谨记此言，切不可被人欺骗。”所以太原之人，一来错认了前人之貌，二来误听了先人之言，起先既把假的当做真的，如今自然把真的当做假的了。所以一见了他，就像仇人一般，半个铜钱不肯轻舍，连那一块锅巴，半碗冷粥，勉强丢掷与他，还像违了圣旨的一般，怎么肯欢欢喜喜的出手？“穷不怕”只因名高致累，弄到生计索然，又没人对他说，他那里得知？

彼时饿到九死一生之际。本处的地方总甲，往常巴不得死了乞丐，好往各家科敛银钱，多少买几个芦席卷了死人，抬去埋了，余剩下来的，好拿去买酒肉吃。此时见“穷不怕”浑身冰冷，料想没有生机，就不等他断气，先到各家科敛。偶然敛到一个娼妇人家，那个娼妇姓刘，是太原城中第一个名妓，正接着一个财主嫖客，与他对坐下棋。听见说死了乞儿，就把棋子丢下了，连忙问道：“那叫化子是那里人？可晓得他的名字？”地方道："是山东路上来的，混名叫做'穷不怕'。"妓妇大惊道："这是一尊活菩萨，为什么没病没痛，就会死了？"地方道："是没人施舍，饿死了的。"妓妇连声叹息，说："这个乞儿，本处的人不晓得他的来历，我当初在山东居住，他也在山东叫化，只有我认得他，这个才是真正'穷不怕'，以前来的那一个是冒名的。"嫖客道："乞丐的人，有什么好处，别人冒起名来？"妓妇把他生平善行，对嫖客述了一遍。嫖客道："这只怕是传闻的话，乞丐里面那有这等好人？"妓妇道："耳闻是虚，眼见是实，他的好处我不但眼见，还亲自受他恩惠过的。不瞒相公说，我十二、三岁的时节，家里彻穷，母亲死了三日，不能备办棺衾。他叫化叫到我家来，我对他痛哭道：'母亲的尸骸暴露，尚且不能收殓，那有铜钱打发你？'他起先不信，及至领他看过尸首，他就动了恻隐之心，取出一包银子，虽然不上一两，倒有七、八百块，都是叫化来的，又凑上几百铜钱，送与我家父亲，措办棺木。我家正在危急之际，顾不得羞耻，只得受了他的。若不是他周济，母亲的骸骨几乎不能收殓，他竟是我的恩人。前日走进门来，我便认得他，他还认不得我。只留他吃得一顿饭，约他改日再来，要对他说出原情，重重的报他一报他。那里晓得几日不见，就饿死了，岂不可怜。"说完，不觉泪下起来。嫖客道："他既然助你葬亲，我如今也替你还他一口棺木，再做些好事超度超度他，也就可以报得他了。"妓妇道："若得如此，感恩不尽。"嫖客就吩咐家人，取五两银子，交与地方总甲备办棺衾，待收殓之后，再叫和尚超度他。妓妇恐怕地方总甲侵渔入己，叫家人跟去，面同收殓。

谁想买了棺木抬到庙中，把死人一看，还是不曾绝命的。家人讨些热汤灌了几口，就渐渐有些生气，再把粥汤灌灌，不觉对

人说起话来，说："我是饿死的人，一个铜钱、半碗冷饭，尚且没人施舍，这口棺木是从那里来的？满城的财主都要置我于死地，列位是何等之人，又为何肯来救我？"地方与家人把妓妇感他昔日之恩，嫖客助他棺衾之费的话，说了一遍。"穷不怕"大惊道："难道如今世上还有个知恩报德的人不成？这是桩奇事了。这等看来，不但我乞丐之中有人物，连娼优隶卒之中也有人物了。"惊喜了一会，就勉强挣扎起来，买些点心吃吃，央家人扶了，走去拜谢恩人。妓妇见他活了，不胜之喜，连忙取饭食款待他。嫖客问他道："你往常穷不怕，如今穷怕了么？"他点点头道："穷怕了。"嫖客道："你以后有了钱财，还敢浪用么？"他摇摇头道："再不敢浪用了。"嫖客对妓妇道："他大难不死，又能悔过，将来必有好处。你当初既受过他的恩惠，如今又没有亲人，何不与他结为兄妹。留在家中，把些闲饭养他，一来报恩，二来积德，何等不妙？"妓妇道："我也正要如此。"就在嫖客面前，对天拜了几拜。从此以后，妓妇呼他为兄，他呼妓妇为妹，两下相处得极好。

过了三、五日，"穷不怕"有些厌烦起来，自己思量道："我当初破家之后，只因不屑做娼优隶卒，所以出来叫化。如今争了十年饿气，又从新跟了妓女，做起乌龟亲眷来。图哺啜而丧声名，岂不是为小而失大？"就托故辞了妓妇与嫖客，要往别处走走。嫖客留他不住，只得吩咐他道："你这等一个人，为什么好事不做，只想去叫化？你看从来叫化里面，那一个是有收成的？我如今赠你五十两银子，你拿去做本钱，寻些生意做做，切不可再去叫化了。"说完，就吩咐家人开开皮匣，取出一锭大元宝，亲手交付与他。"穷不怕"再三推辞，推辞不脱，只得受了。妓妇又吩咐他道："你是个慷慨的人，有了这注银子，少不得看见穷人又要施舍；舍去之后，少不得又像前日的故事。只怕饿死在别处，没有第二个灌粥汤、舍棺木的人了。我如今把个戒指送你，你戴在手上，但凡要用银子的时节，就想着我的话，急急要止住了，不可再照以前撒漫。”说完，就退下一个金戒指，替他戴在手上。“穷不怕”千恩万谢，拜别出门。心上思量道：“有了五十两银子，自然该做生意了，难道还好叫化不成？只是一件，我自有生以来，不曾做过生意，不知那一桩买卖做得。万一做折了本，依旧叫化；不如把银子藏在身边，再叫化几时，看世上的生意是那一桩最稳，学些本事在肚里，然后去做，也不为迟。”算计定了，就离了太原地方，到北京保定府高阳县去行道。也亏他善听忠言，不违谏诤，把妓妇叮嘱的话紧紧记在心头，半个低钱不敢浪用，准准熬了一个月。

到一月之后，又是他月建不利，劫数难逃。每日清晨起来，到街上叫化，只见个四十多岁的妇人，跪在一个乡宦人家门首，不住的磕头。磕一个头，叫一声道：“天官老爷，还了我的人罢！”一连磕上几百个头，方才走了开去。今日如此，明日也如此。冤家凑巧，“穷不怕”不去，他再不来；他若不来，“穷不怕”也不去，竟像约定的一般，日日在他门首撞着。一连遇见十几次，“穷不怕”恻隐之心又有些动弹起来。待他转去的时节，跟住了他，走到个僻静去处，叫住了问道：“老奶奶，你为什么事跪在人家门首磕头？有什么苦情，对我说一说看。”那妇人正在悲苦之际，听见后面有人叫唤，巴不得立住了告诉一番，等人替他区处；及至回转头来，看见是个叫化子，那里有口对他说话？啐了一声，往前竟走。“穷不怕”不好再问，只得跟他回去，看他住在那里，再做计较。跟了许多路，跟到个冷落乡村，那妇人走进一间草屋，就把门拴上，放声大哭起来。哭了一阵，隔壁

有个妇人劝他道：“周大娘，不要哭，你家大姐是取不转来的了，落得省些脚步，以后不消去罢。”那妇人道：“我银子又措办不来，势力又敌他不过，难道把个活剥剥的女儿坑死在他家里不成？少不得日日去磕头，若讨得女儿人来，当做求他；讨不得人来，当做咒他。看他怎么样发落我？”

“穷不怕”未问之先，见他终日磕头礼拜，还怕是解不开的冤结；及至跟到门前，听见说出“银子”二字，心上就宽了一半，腰间那个元宝竟像要动起来的一般。就把妇人的门敲几下道：“周大娘，送女儿的来了，快些开门。”那妇人听见这一句，又惊又喜，只说果然是乡宦的管家送女儿上门，连那隔壁的妇人也替他欢喜不过，大家走出来迎接。谁想开门一看，就是那个不识高低、好管闲事的叫化子。妇人又啐一声道：“孽冤魂，穷饿鬼，为什么不去讨你的涝饭，只管跟住我歪缠？我的女儿在那里？为什么敲门打户，骗起人来？”“穷不怕”道：“大娘不要发恼，我这个叫化子比别的叫化子不同，是替人分得忧、挑得担的，我见你日日在人家门首磕头，毕竟有什么冤枉之事，所以跟住了问你。谁想你并不回言，我只得随你回来，察其动静。方才听见这位大娘劝你，你说势力又敌他不过，银子又设处不来。这等说，若有了银子，就可以取得人出了。请问你的令爱还是卖与他的，当与他的？请说一说，我替你区处。”那妇人笑一笑道：“好大力量，好大面皮，高阳城里不知多少财主，多少贵人，我个个都告诉过了，不曾见有一毫用处。你一个讨饭吃的人，自己性命养不活，要替人处起事来，可不是多劳的气力？”“穷不怕”道：“这等说起来，大娘见左了。如今世上那有个财主肯替人出银子、贵人肯替人讲公道的？若要出银子、讲公道，除非是贫穷下贱之人里面，或者还有几个。我这叫化的人，只因穷到极处，贱到至处，不想做财主，不望做公卿，所以倒肯替人代些银子，讲些公道。你但说来，只要银子取得人出，还你一个令爱就是了，何须管我叫化不叫化。”

那妇人还不肯信，只说是个油嘴花子，要骗他茶饭吃的，随他盘问，再不开口。隔壁的妇人道：“周大娘，你也忒煞执意。他虽是叫化的人，也难为他一片好意，便对他说说也不妨事，难道费你什么本钱不成?”那妇人却不得邻舍体面，只得告诉他道：“我这个女儿，今年十六岁了。三年之前，我丈夫去世，没有一个倚靠的人。地方上有几个光棍，见我女儿生得眉清目秀，就起了不良之心，没原没故生出诡计来，说我丈夫在日曾把女儿许他，要白白领去做媳妇。见我不肯，竟要告起状来。方才那个乡宦不知从那里知道，就教管家来对我说道：‘我家老爷闻得地方光棍要白占你女儿，十分不服，要替你出头。你若肯假写一张卖契，只说卖与我家老爷，他们自然断了妄想。若再来与你讲话，待我老爷拿个帖子送到县里去，怕不打断他狗筋。待事平之后，歇上一年半载，把女儿交付还你，寻好人家做亲就是。’我听了这些话，只说果然是好意，就央人写一张卖契，填了三十两虚价，连女儿送到他家。还磕了许多头，谢他的恩德。自从送去之后，地方上的光棍就果然断了妄想，不敢再提前事。如今过了三年，是非也息了，女儿也大了，我要领他回来，招个女婿养老。谁想那乡宦又起不良之心，要收我女儿做小。我知道落了圈套，跳不出来，只得依从了他。又谁想那乡宦的夫人，是高阳城里第一个妒妇，听见丈夫要收我女儿，就把女儿百般磨难，做定了规矩，每日要打一百皮鞭，逼我去领。及至我走去领，那乡宦又留住不发，说：‘你若要领去，须照卖契上的银子，一本一利，还得清清楚楚，我这里方才发人；若少一厘，不要痴想。’我如今

要赎，又没有这注银子；若还不赎，女儿又吃打不过，只得日日去磕头，指望他过意不去，或者把女儿还我也不可知。谁想哀告了几十天，头也磕过上万，他全然不理。昨日女儿寄信出来，说他的皮鞭也打过上万了，浑身的肌肉没有一寸不紫，没有一寸不烂，再经不得打了。赎与不赎，教我寄个回信与他。赎得成，再熬几顿；赎不成，待他好寻死。你说这样的事，教我苦不苦，急不急?”说完，又放声大哭起来。

“穷不怕”道：“大娘不要哭，且商量正事。请问这位令爱，要吃得多少银子，才赎得出?”妇人道：“他讲过了，照原契上一本一利。我当初并不曾得他一厘，只是不合写了这张虚契。如今若要取赎，须得三十两本钱，三十两利钱，共成六十两交送进去，方才领得出来。如今莫说六十，就是六两、六钱，也没得打桩，教我怎么处?”“穷不怕”道：“他说这些，难道就要这些不成?”妇人道：“他明是爱我女儿，舍不得发还，知道我没有银子，故此把这难题难我。我就有了六十两送去，还怕他不肯，又要把别话支吾；若还少了一两、五钱，不能足数，他一发却之有名，自然赎不出了。”“穷不怕”道：“就要这些，也不是什么难事，我现有一个元宝在此，就少十两也容易凑。只是一件，这个元宝是一个大恩人送与我活命的，我要都送与你，就是从井救人，万一叫化不来，依旧饿死，就负了他的盛意了。好事也要做，性命也要活，老实对你说，这六十两之中，我只好助你一半，那一半我替你生个法子出来，还你不上三、五日，就有女儿进门。”妇人道：“生个什么法子?”“穷不怕”道：“天下作福的事，人人肯做，只怕没有个唱首的人。我如今助你三十两，那三十两也要想一个人助你，就不能够。若还一两二两，三钱五钱，不拘多寡，凑集起来，料想也还容易。你如今就像化缘一般，做起一本册子来，待我把你自家口气做篇告助的引子，写在前面。开头一名是我写起，人见我乞丐之人尚且助你三十两，难道那些有体面、有身家的人不助你几两？一个不成，你到各家去写一写，料想不出三、五日，就可以完得数了。”妇人道：“合少成多的事，或者也还做得来。只是你这样穷人，怎好累你出一半？”“穷不怕”道：“我的银子是送人送得惯的，不消你替我肉疼，快些设法起来就是。”就先摸几个铜钱，走去买了一个毛边帖子，他的笔砚是时常带在身边，取将出来，替他写个引子道：

告助孀妇周门某氏，痛夫早亡，只生一女，向因葬夫之用，卖与乡宦某老爷为婢，得身价银三十两是实。今因氏老无儿，桑榆莫靠，蒙某老爷垂怜孤寡，恩许备价赎回，赘婿养老。可怜赤贫嫠妇①，囊无半文，本利不赀，何从措办？谨此奉告四方义士，三党懿亲，各发婆心，共垂佛手，或损半缣之费，或损一饭之资，割少成多，共襄义举。子母全归之日，即是娘儿永聚之期。德比二天，恩同再造。惠助者，请列大名于左。

写完，高声朗诵一遍，与妇人听了。然后提起笔来，大书一行字道：

海内知名乞儿“穷不怕”，义助赎女银叁拾两。

写完之后，又押了一个花字，递与妇人。妇人接便接了，心上还有些疑惑，说他是个叫化之人，那有这注大银子，恐怕是脱空扯谎的话，口里便欢喜，面庞举动之间，不大十分踊跃。“穷不怕”，知道他的意思，就在一个破布袋里摸出那锭元宝，放在妇人面前道：“大娘不要疑心，这件东西不是铜倾锡铸的，乡宦人家用得惯，拿去他自然认得。只是凿他开来要费许多气力，不

① 嫠（lí）妇——寡妇。

如就交与你，你明日告助来的银子，还我二十两，这个元宝就不消动得，囫囫囵囵送去就是了。”妇人看了这件东西，方才手舞足蹈起来，千“恩主”、万“好人”称谢个不了。连隔壁的妇人，也朝他念了几声“阿弥陀佛”。“穷不怕”把元宝交付与他，自己依旧去叫化。

妇人拿了这个帖子，到那些财主亲眷人家，凡是与他丈夫有一面的，挨家逐户去走一次。只说有了大头脑，不怕没有小帮助，难道一县的财主，抵不得一个叫化子不成？放心落意去求助。谁想天下的事，再料不定。起先只说把“叫化”二字，塞住众人的口，自家说得有理，使他回不出来。乞丐之人，尚且助我，他是何等之人，肯说我不如乞丐，免不得意思，定然要出手的了。谁想倒被“叫化”二字塞住自家的口，被他说得有理，自己反回不出来。俗语二句道得好：

无钱买茄子，只把老来推。

众人的本意，原是不肯破悭的。若没有前面这行大字，还不便直捷回他，只好说待别人写了，再来见我，做个缓兵之计。只因有了“穷不怕”这个尊名，写在缘簿之首，众人见了，就不约而同，都把“穷不怕”三个字当了回帖，说：“你把叫化子写在前面，教我们写在后面，明明说我是叫化不如的人了。既然叫化不如，那有银子助你？叫化子写三十两，我们除非写三百两才是，若还写二十九两，也是张不如叫化的供状了，如何使得？你既有了这个叫化檀越，只消再寻一位叫化施主写了第二行，就赎得女儿出了，何须要求众人？”还有几个是他丈夫的好朋友、好亲戚，银子便没得周济他，偏会责人以大义，说：“做寡妇的人，还该理烈些，不该容闲杂不食之人在家走动。做叫化子的怎得有三十两银子，只怕来历也有些不明。他与你是那一门亲眷，为什么没原没故，肯把这注银子助你？只怕名色也有些不雅。”妇人被他说得满面羞惭，无言可对。回到家中，闷闷的坐了几日，料想女儿赎不成，要等“穷不怕”来把元宝交还他去。

到第五、六日，“穷不怕”走进门来，问那三十两银子有了不曾。妇人三把眼泪，四把鼻涕，朝他哭了一场，然后回复。“穷不怕”不等说完，就截住道：“这等说，多份是没有了。也罢，一客何劳二主，这桩好事，待我一个叫化子做完了罢。那个元宝是五十两，我这几日又讨了几串铜钱，都换做银子在这里，算来也有八、九两，还不能够足数。我手上有个金戒指，是个结义的妹子送与我戒浪用的。我如今浪用戒不住，要他也没干，一发放在里面，凑成足数罢了。”说完，就把银子取出来，戒指勒下来，一总交付明白，催他去赎女儿，自己别了出门，约到明日来贺喜。

妇人拿了这注财物，走到乡宦门首，那些管家只说他要进去撒赖，不肯放他入门。妇人将元宝、金银把与他看，说：“为赎女而来。”家人信了，方才放他进去。妇人见过乡宦，磕了几个头，就取出身价，摆在他面前，求他称兑。那乡宦把元宝、戒指仔细一看，问他是那里来的，妇人就说：“是个财主乞儿赠我的。”乡宦踌躇了一会，吩咐他道：“我今日有事，没工夫兑银子，收在这边，明日来兑。”妇人不敢违拗，只得应声而去。

到第二日清晨，“穷不怕”走到妇人家里，问他女儿赎出不曾，妇人把乡宦事忙、约了今日的话说了一遍。“穷不怕”正要出门，不想有几个健汉，如狼似虎拥进门来，取一条铁链，把他锁在一头，把妇人锁在一头，不容分说，牵了出去。“穷不怕”问是什么缘故，众人不应；妇人问是什么情由，众人也不理。一直带到高阳县前，关在一间空屋里面。“穷不怕”与妇人两个跪

在地下哀求，要他说出锁拿之故。那些健汉道："打劫钱粮的事发了，难道你自家做的事自家不明白，还要问我不成?""穷不怕"与妇人面面相视，不知那里说起。再问几句，那些健汉就擎起铁尺，要打下来。"穷不怕"与妇人两个不敢开口，只得战战兢兢，抖做一团，缩在屋角头，等候发落。

看官，你道这是什么缘故？只因那一日乡绅看了元宝，心上动疑，说从来只有官府的钱粮，方才倾做元宝，随你财主人家银子，也不过是五两一锭，十两一锭。叫化的人，若不是做强盗打劫，这件东西从那里来？又有一个赤金戒指搭在里面，一发情弊显然了。况且元宝上面两边都有小字，乡宦是老年的人，眼睛不济，不曾戴得眼镜，看来不大分明，所以打发妇人回去，一来要细看元宝，二来要根究来历。及至妇人去后，拿到日头底下，戴了眼镜，仔细一看，一边是解户的名字，一边是银匠的名字。原来这解户与银匠就是高阳县人，半年之前，高阳县解一项钱粮进京，路上遇着响马，干净打劫了去。累那解户转来倾家荡产，从新赔出银子倾做元宝，解进京去，方才保得身家性命。这桩大事是通县皆知的，乡宦岂不闻得？如今看了这两行小字，不觉大惊大笑起来。随即打轿去拜知县，把替他访着强盗，拿住真赃的话，说了一遍。就把元宝取出来，付与知县亲验。知县看了，千称万谢，送了乡绅回去，就传捕快头目进衙门吩咐，叫他用心捉获，不可疏虞，所以"穷不怕"与妇人受了这场横祸。

等到知县升堂，捕快带了进去，少不得知县先审妇人，问他这注赃物是那里来的？妇人少不得说出真情，推到"穷不怕"身上。"穷不怕"不等知县拷问，就说"元宝、金银都是乞儿送与他的，要审来历，只问乞儿，不干这妇人之事。"知县道："这等你把打劫钱粮的情节，从直招来，省得我动刑具。""穷不怕"

道："一尺天，一尺地，乞儿并不曾打劫什么钱粮。这个元宝，是太原城里一个嫖客舍与乞儿的。这个戒指，也是太原城里一个妓妇送与乞儿的。这些散碎银子，是乞儿叫化了铜钱，在本处兑换来的。有凭有据，并没有来历不明的事，求老爷鉴察。"知县见他不招，就把怒棋①一拍，吩咐禁子："快夹起来！""穷不怕"平日虽然打过几场官司，都是从旁公举、代众伸冤的事，自己立在上风，看别人打板子、夹夹棍的，何曾受过这般刑罚？夹了一夹棍，没有话招。知县又吩咐禁子："重重的敲！"连敲上几百棍，"穷不怕"熬炼不过，知道招也是死，不招也是死，招了还死得迟，不招反死得快，只得信口乱说道："不消再夹，待小的招出来就是。这项钱粮，是我在某处路上打劫来的，只为好嫖好赌，都用尽了，只留得这锭元宝，赃真事实，死罪无辞。"知县说："打劫钱粮，决不是你一人，定有几个伙伴；顿寄赃物，决不在这一处，定有几个窝家。速速招来，不然我还要夹！""穷不怕"道："小的气力最大，本事最高，生平做强盗，再不用帮手，都是一个人打劫；到一处地方，只以乞丐为名，日走街坊，夜宿庙宇，再没有一个窝家。"知县道："你方才说，那个元宝是嫖客舍你的，那个戒指是妓妇送你的，这等看来，那嫖客就是伙伴，妓妇就是窝家了，为什么不招？""穷不怕"道："那都是信口支吾的话，其实不曾遇着什么嫖客，相处什么妓妇，不敢妄扳良善之人，求老爷鉴察。"知县道："盗情之事，不是一次审得出的，且把妇人讨保，强盗送监，待改日再审。"随即吩咐刑房出几张告示，张挂四门道：

---

① 怒棋——指旧时官吏庭审时用来拍打桌面从显示声威的长方形木块，也叫惊堂木。

高阳县正堂示：照得本县于本年某月解某项钱粮进京，途中被劫，致累本县捐俸赔偿，缉访多时，人赃未获。忽今天网不疏，大盗“穷不怕”挟带原赃，潜入本境，幸某乡绅访确密首，本县缉获审明。大盗“穷不怕”已经定罪监候，俟申详处决。但本县所失钱粮甚多，今只获元宝一锭；强盗党羽甚众，今只获“穷不怕”一人。盗首既至，党羽必随。除一面差捕缉拿外，仍着地方乡保，挨户严查，但有面生可疑之人，来历不明之物，即行密报，以便拘提；如有容隐疏纵等情，事发一体连坐。各保身家，毋贻后悔。特示。

告示挂了一月，不见有人出首贼党，缉获余赃。

忽然一日，“穷不怕”正在监中吃牢饭，外面有个差人，捏了一张硃票进来，要提他出去。“穷不怕”见了硃票，吓得三魂入地，七魄升天，只说要提他处决，眼泪汪汪，跟了差人出去。走到丹墀[1]之下，跪定身子，抬起头来，只见上面坐了三个官府，都是认不得的。两边厅柱上锁了两个犯人。仔细一看，谁想左边一个就是本县的知县，前日夹他夹棍、定他死罪的人；右边一个就是本处的乡绅，前日替他作对、首他到官的人。连那无辜受累的妇人，也提来跪在下面；还有一个十五、六岁的女子，跪在妇人旁边，头不梳，脸不洗，面上有许多血印，却像打伤的一般。“穷不怕”看了，知道就是妇人的女儿，但不知提在一处做什么，上面坐的三位是什么官府，难道三官大帝忽显神通，知道我这桩事情实系冤枉，青天白日现出真形，来替人伸冤雪枉不成？只见跪了一会，右边一个官府把知县、乡绅与下面一干人犯的名字唱了一遍，连人连卷交付与左边两个。左边两个收了文卷，就吩咐

① 丹墀——屋宇前面没有屋檐覆盖的平台，古时多涂成红色。

跟随的人押解起身。自己也上了马，一路同行同宿，不知带往那里去。及至走了三日，“穷不怕”细问解人，方才说出缘故；原来是圣上知道高阳县里有这桩大冤大枉的事，特差两个校尉来提知县、乡绅，并提一干人犯，带到京中，要亲自发落的。那唱名点解的官府，是本处按院，圣旨着他协拿的。“穷不怕”知道原由，却像死了几七从新活转来的一般，哪里喜欢得了！但不知皇帝坐在深宫，何从知道外面的事？就是有人传说进去，也只该发与本处抚按从新审鞫，超豁我的死罪罢了。为什么皇帝自己做官，替叫化子审起事来？一路猜疑到京，再不明白。

及至解到北京，校尉启奏皇上说：“高阳一起人犯提解到了。”皇上果然坐殿，亲自研审。先把知县叫上去，问他：“这个乞儿怎见得是强盗？这个元宝怎见得是真赃？为什么不审的确，就把无辜之人定了死罪？”知县说：“本犯手里现有劫去的元宝可凭，元宝上面现有解户、银匠的姓名可据。况且审鞫之时，本犯亲口供招，说打劫粮银是实，犯臣才定死罪，怎敢屈害无辜？”皇上又叫乡宦上去，问他：“为什么一毫身价不付，要白占良家子女？一毫影响没有，要陷害无罪良民？这个乞儿与你有什么冤仇，定要置他于死地？”乡宦道：“明中赤契，买人为婢，怎敢白占子女？真赃实犯，首他到官，怎敢罗织无辜？犯臣为他打劫钱粮，害民误国，从朝廷百姓起见，故此从公出首，其实与他没有私仇。”皇上又叫妇人上去，问他：“这个乞儿为什么缘故，就肯助你一个元宝，莫非与他有什么私情，故此这等相厚么？”妇人道：“犯妇只因女儿被占，终日跪在乡宦门前磕头，他出来叫化，日日撞着，动了恻隐之心。起先还只肯助我一半，要留一半养命，恐怕饿死了，辜负救他之人；后来见满城财主分文不肯帮助，他看不过，方才做了畅汉，一分不留。犯妇守寡多年，并无失节之事。就要失节，为什么不相处一个好人，却与叫化子通起奸来？”

皇上审完了众人，方才叫到“穷不怕”。“穷不怕”俯伏在地，不敢抬头。皇上问他道：“‘穷不怕’，你这个元宝与那个戒指，委实是打劫来的，还是别人与你的？照直说来，不可回护。”“穷不怕”道：“万岁爷在上，‘穷不怕’虽是个乞儿，也是有些操守、有些气节的人，怎肯做越理犯法之事？那个元宝，其实是太原城里一个嫖客，见乞儿做人疏财仗义，几乎饿死，赠与乞儿做本钱的。那个戒指，是太原城里一个妓妇，曾受过乞儿的恩惠，见嫖客赠了这注银子，恐怕乞儿留不住，又要送与别人，故此把乞儿带在手上，戒浪用的。有根有据，并非来历不明，求万岁爷超豁。”皇上道：“这等说来，你虽不曾打劫，或者是那个嫖客打劫来的也不可知。知县夹你的时节，你为什么不招出他来？招出他来，就脱了你的死罪了。”“穷不怕”道：“那个嫖客生得方面大耳，着实有些福相，决非盗贼之徒，怎好冤民作贼？就作他是打劫来的，他好意把钱财赠我，我不将恩报也罢了，怎好扳出他来，教他替我问罪？所以宁可自己死，决不扳扯别人。”皇上道：“这等说，你果然是个好汉，怪不得道路之人个个称赞你。这等那个嫖客你如今若遇着了他，可还认得么？”“穷不怕”道：“他是乞儿一个大恩人，时时刻刻放在心上，就是睡梦之中，却像立在面前的一般，恨不得买块沉香，刻他一个相貌，终日烧香礼拜的人，怎么会忘记。”皇上道：“你方才说他生得方面大耳，有些福相，不知他与寡人的面貌，还是那一个生得齐整？赐你抬起头来，相一相看。”“穷不怕”奉了圣旨，怎敢不依，只得抬起头来，把皇上的面貌仔细一相，不觉大惊小怪，伸头缩颈，心上有话，不敢说出口来。皇上道：“看你这个光景，莫非寡人的面貌，与他有些相似么？”“穷不怕”把舌头拳在口里，试了几试，方才答应道：“是，他的面孔果然与龙颜相似。”皇上笑一笑道：“若不相似，你如今被庸官势宦处死在狱中，不得到这边来了。老实对你说，那赠你元宝的嫖客，就是寡人。寡人只为要访民间利弊，所以私行出宫。偶然游到太原，在妓女刘氏家中住了几月，只不好说出姓名。连妓女刘氏也只说我是远方客人，不知就是当今正德皇帝。那日无心之中，不曾检点，赠你那个元宝，后来思想起来，着实替你害怕，岂有叫化之人带了元宝，不弄出事来之理？及至后来游到高阳，看见那张告示，知道你果然弄出事来。寡人又在地方住了一日，把你受害的缘故细细访在肚里，然后进京。进京之后，就差人来救你。你如今冤也伸了，祸也脱了，‘穷不怕’的好处，天下都知道了，劝你以后这样险事少要去做，留条性命，吃几年饱饭罢。”

说了这几句，就把知县、乡宦一起叫上去发落。对知县道：“亏你做官的人，一些民情也不知，一些吏弊也不谙。他若果然是个强盗，本处打劫的银子还该运到别处去，怎么肯把别处打劫的赃物反带到本处来？你说元宝上面有名字可据，这等你劫去之后，从新解来的元宝，难道是没有名字的么？寡人发到各处去用，难道也是打劫来的不成？就说事有可疑，也该明察暗访，待千真万确之后，才动刑具，才定死罪，也不为迟。为什么不管好歹，就动夹棍？不问虚实，就正典刑？问他一个死罪也罢了，还把夹棍套在脚上，叫他扳害良民。还亏他果然仗义，不肯招出送元宝的人来；若还招出姓名，说了窝处，连寡人都是你的囚犯了。即此一事糊涂，不知你往日做官，屈死了多少百姓！”说完，发与锦衣卫，重打四十棍，削职为民，以为不公不明之戒。又对乡宦道：“你做仕宦的人，也曾做过官府，管过百姓，为什么占

人子女，又要冤害良民？居乡如此，平日做官可知。你的罪重似县官，没有多话吩咐你。”发与刑部，立刻枭斩，为行势虐民之戒。

这些人犯个个都发落去了，只有妇人的女儿跪在金銮殿下，不曾叫得着。皇上抬头看见，就叫宣那女子上来。这个女儿原有十二分姿色，起先被妒妇磨难坏了，所以蓬头垢面，不似人形；如今离了妒妇，十几日不吃皮鞭，面上血痕消了，就有些红里透白起来，走到皇上面前，尽有一种嫣然之致。皇上把他从头至脚看了一遍，就对“穷不怕”道：“寡人知道你没有妻子，看这女儿尽有福相，你当初为他一人受了百搬磨折，若不把他配你，还教他嫁哪一个？就是寡人做媒，成就你这桩好事。”说了这一句，就叫他夫妇两个在金銮殿上拜堂。

拜完之后，又对“穷不怕”道：“你这样好人，莫说乞丐之中没有第二个，就是衣冠里面也寻不出来。寡人眼见这些好处，岂有不擢居民上之理？如今就要吩咐吏部，教他补你一个清要之官，替百姓做些好事，也强如在乞丐里面仗义疏财。”“穷不怕”叩头道：“万岁在上，别的赏赐臣只管谢恩，唯有这桩事不敢奉诏。衣冠乃朝廷之名器，怎么好赐与乞丐之人？臣叫化十年，足迹遍于天下，谁人不知‘穷不怕’是个有名的乞儿！一旦顶冠束带，立于缙绅之间，使人见了，视冠裳为秽器，等俸禄于残羹，不说叫化之中贤愚不等，只说朝廷之上贵贱不分。万一贤人君子都挂冠逃遁起来，万岁的天下与谁人共理？难道叫臣领些叫化子来替朝廷做事不成？所以这一桩事断断不敢奉诏。”皇上见他说得理正，虽然不好相强，心上毕竟丢他不下，踌躇了一会，又对他道：“不肯做官，也是你的好处，我如今另有个赏赐到你。那妓女刘氏已随寡人入宫，现拜贵妃之职。你当初曾与他结为姊妹，我就把你赐姓为刘，使异姓联为同族，封你做个皇亲国戚何如?”“穷不怕”想了一会，方才答应道：“皇亲国戚虽然荣贵，还有官无职，与临民治国的不同。自古道‘皇帝也有草鞋亲’，就下贱些也无碍，这等说臣就要奉诏了。”

当日谢了皇恩，回到寓处与周氏成亲。满朝文武见他封了皇亲，那一个不来庆贺?后来皇上的宠眷日隆，赏赉甚厚，又赐他一个宅子，住在皇城里面，荣华富贵，享用不了。起先穷不怕，后来富贵太过，倒有些怕起来。只恐命轻福薄，承载不起，要生出意外之灾，惹出非常之祸，所以见人一味谦虚，不敢放肆。朝中文武百官，称他为“老先生”；他称别人，不论尊卑，一概“老爷”到底，自已称为“小人”。自做皇亲之后，还时常扮做叫化子，出去私行，访民间利弊。凡有兴利除害之事，就入宫去说，劝皇上做。后来生了三子，都为显官。自己活到八十八岁，才终天年。这是从来叫化之中第一个异人，第一件奇事。看官们看了，都要借他来警策一番，切不可也把“叫化”二字做了回护，说乞丐之人我不屑学他，反去做乞丐不为之事也。

卯 集

清官不受扒灰谤 义士难伸窃妇冤

诗云：

从来廉吏最难为，不似贪官病可医。
执法法中生弊窦，矢公公里受奸欺。
怒棋响处民情抑，铁笔摇时生命危。
莫道狱成无可改，好将山案自翻移。

这首诗是劝世上做清官的，也要虚衷舍己，体贴民情，切不可说我无愧于天，无怍于人，就审错几桩词讼，百姓也怨不得我。这句话，那些有守无才的官府，个个拿来塞责，不知误了多少人的性命。所以怪不得近来的风俗，偏是贪官起身有人脱靴，清官去后没人尸祝，只因贪官的毛病有药可医，清官的过失无人敢谏的缘故。说便是这等说，叫那做官的也难。百姓在私下做事，他又没有千里眼、顺风耳，哪里晓得其中的曲直？自古道"无谎不成状"。要告张状词，少不得无中生有、以虚为实才骗得准。官府若照状词审起来，被告没有一个不输的了。只得要审口供。那口供比状词更不足信，原、被告未审之先，两边都接了讼师，请了干证，就像梨园子弟串戏的一般，做官的做官，做吏的做吏，盘了又盘，驳了又驳，直说得一些破绽也没有，方才来听审。及至官府问的时节，又像秀才在明伦堂上讲书的一般，那一个不有条有理，就要把官府骗死也不难。那官府未审之先，也在后堂与幕宾串过一次戏了出来的。此时只看两家造化，造化高的合着后堂的生旦，自然赢了；造化低的合着后堂的净丑，自然输了，这是一定的道理。难道造化高的里面就没有几个侥幸的、造化低的里面就没有几个冤屈的不成？所以做官的人，切不可使百姓撞造化。我如今先说一个至公至明、造化撞不去的，做个引子。

崇祯年间，浙江有个知县，忘其姓名，性极聪察，惯会审无头公事。一日在街上经过，有对门两家百姓争嚷。一家是开糖店的，一家是开米店的，只因开米店的取出一个巴斗量米，开糖店的认出是他的巴斗，开米店的又说他冤民做贼，两下争闹起来。见知县抬过，截住轿子齐禀。知县先问卖糖的道："你怎么讲？"卖糖的道："这个巴斗是小的家里的，不见了一年，他今日取来量米，小的走去认出来，他不肯还小的，所以禀告老爷。"知县道："巴斗人家都有，焉知不是他自置的？"卖糖的道："巴斗虽多，各有记认。这是小的用熟的，难道不认得？"说完，知县又叫卖米的审问。卖米的道："这巴斗是小的自己办的，放在家中用了几年，今日取出来量米，他无故走来冒认。巴斗事小，小的怎肯认个贼来？求老爷详察。"知县道："既是你自己置的，可有什么凭据？"卖米的道："上面现有字号。"知县取上来看，果然有"某店置用"四字。又问他道："这字是买来就写的，还是用过几时了写的？"卖米的应道："买来就写的。"知县道："这桩事叫我也不明白，只得问巴斗了。巴斗，你毕竟是那家的？"一连问了几声，看的人笑道："这个老爷是痴的，巴斗那里会说话？"知县道："你若再不讲，我就要打了！"果然丢下两根签，叫皂隶重打。皂隶当真行起杖来，一街两巷的人几乎笑倒。打完了，知县对手下人道："取起来，看下面可有什么东西？"皂隶取过巴斗，朝下一看，回复道："地下有许多芝麻。"知县笑道："有了

干证了。”叫那卖米的过来：“你卖米的人家，怎么有芝麻藏在里面？这分明是糖坊里的家伙，你为何徒赖他的？”卖米的还支吾不认，知县道：“还有个姓水的干证，我一发叫来审一审。这字若是买来就写的，过了这几年，自然洗刷不去；若是后来添上去的，只怕就见不得水面了。”即取一盆水，一把筅帚，叫皂隶一顿洗刷，果然字都不见了。知县对卖米的道：“论理该打几板，只是怕结你两下的冤仇。以后要财上分明，切不可如此。”又对卖糖的道：“料他不是偷你的，或者对门对户借去用用，因你忘记取讨，他便久假不归。又怕你认得，所以写上几个字。这不过是贪爱小利，与逾墙挖壁的不同，你不可疑他做贼。”说完，两家齐叫青天，磕头礼拜，送知县起轿去了。那看的人没有一个不张牙吐舌道：“这样的人，才不枉叫他做官。”至今传颂以为奇事。

看官，要晓得这事虽奇，也还是小聪小察，只当与百姓讲个笑话一般，无关大体。做官的人，既要聪明，又要持重。凡遇斗殴相争的小事，还可以随意判断；只有人命、奸情二事，一关生死，一关名节，须要静气虚心，详审复谳①，就是审得九分九厘九毫是实，只有一毫可疑，也还要留些余地，切不可草草下笔，做个铁案如山，使人无可出入。如今的官府只晓得人命事大，说到审奸情，就像看戏文的一般，巴不得借他来燥脾胃。不知奸情审屈，常常弄出人命来，一事而成两害，起初那里知道？如今听在下说一个来，便知其中利害。

正德初年，四川成都府华阳县有个童生，姓蒋名瑜，原是旧家子弟。父母在日，曾聘过陆氏之女，只因丧亲之后，屡遇荒

---

① 谳（yàn）——审判定罪。

年，家无生计，弄得衣食不周。陆家颇有悔亲之意，因受聘在先，不好启齿。蒋瑜长陆氏三年，一来因手头乏钞，二来因妻子还小，故此十八岁上，还不曾娶妻过门。

他隔壁有个开缎铺的，叫做赵玉吾，为人天性刻薄，惯要在外人面前卖弄家私，及至问他借贷，又分毫不肯。更有一桩不好，极喜谈人闺阃之事。坐下地来，不是说张家扒灰，就是说李家偷汉。所以乡党之内，没有一个不恨他的。年纪四十多岁，只生一子，名唤旭郎。相貌甚不济，又不肯长，十五六岁，只像十二三岁的一般。性子痴痴呆呆，不知天晓日夜。有个姓何的木客，家资甚富。妻生一子，妾生一女，女比赵旭郎大两岁。玉吾因贪他殷实，两下就做了亲家。不多几时，何氏夫妻双双病故。彼时女儿十八岁了，玉吾要娶过门，怎奈儿子尚小，不知人事；欲待不娶，又怕他兄妹年相仿佛，况不是一母生的，同居不便。玉吾是要谈论别人的，只愁弄些话靶出来，把与别人谈论。就央媒人去说，先接过门，待儿子略大一大，即便完亲，何家也就许了。及至接过门来，见媳妇容貌又标致，性子又聪明，玉吾甚是欢喜。只怕嫌他儿子痴呆，把媳妇顶在头上过日，任其所欲，求无不与。那晓得何氏是个贞淑女子，嫁鸡逐鸡，全没有憎嫌之意。

玉吾家中有两个扇坠，一个是汉玉的，一个是迦楠香的，玉吾用了十余年，不住的吊在扇上，今日用这一个，明日用那一个。其实两件合来直不上十两之数，他在人前骋富，说直五十两银子。一日要买媳妇的欢心，叫妻子拿去，任他拣个中意的用。何氏拿了，看不释手，要取这个，又丢不得那个；要取那个，又丢不得这个。玉吾之妻道："既然两个都爱，你一总拿去罢了。公公要用，他自会买。"何氏果然两个都收了去，一般轮流吊在

扇上。若有不用的时节，就将两个结在一处，藏的纸匣之中。玉吾的扇坠被媳妇取去，终日捏着一把光光的扇子，邻舍家问道："你那五十两头如今那里去了？"玉吾道："一向是房下收在那边，被媳妇看见，讨去用了。"众人都笑了一笑。内中也有疑他扒灰，送与媳妇做表记的；也有知道他儿子不中媳妇之意，借死宝去代活宝的。口中不好说出，只得付之一笑。玉吾自悔失言，也只得罢了。

却说蒋瑜因家贫，不能从师，终日在家苦读。书房隔壁就是何氏的卧房，每夜书声不到四更不住。一日何氏问婆道："隔壁读书的是个秀才，还是个童生？"婆答应道："是个老童生，你问他怎的？"何氏道："看他读书这等用心，将来必定有些好处。"他这句话是无心说的，谁想婆竟认为有意。当晚与玉吾商量道："媳妇的卧房与蒋家书房隔壁，日间的话无论有心无心，到底不是一件好事，不如我和你搬到后面去，叫媳妇搬到前面来，使他朝夕不闻书声，就不动怜才之念了。"玉吾道："也说得是。"拣了一日，就把两个房换转来。

不想又有凑巧的事，换不上三日，那蒋瑜又移到何氏隔壁，咿咿唔唔读起书来。这是什么缘故？只因蒋瑜是个至诚君子，一向书房做在后面的，此时闻得何氏在他隔壁做房，瓜李之嫌，不得不避，所以移到前面来。赵家搬房之事，又不曾知会他，他那里晓得？本意要避嫌，谁想反惹出嫌来。何氏是个聪明的人，明晓得公婆疑他有邪念，此时听见书声，愈加没趣，只说蒋瑜有意随着他，又愧又恨。玉吾夫妻正在惊疑之际，又见媳妇面带惭色，一发疑上加疑。玉吾道："看这样光景，难道做出来了不成？"其妻道："虽有形迹，没有凭据，不好说破他，且再留心察访。"看官，你道蒋瑜、何氏两个搬来搬去弄在一处，无心做出有心的事来，可谓极奇极怪了；谁想还有怪事在后，比这桩事更奇十倍，真令人解说不来。

一日蒋瑜在架上取书来读，忽然书面上有一件东西，像个石子一般。取来细看，只见：

形如鸡蛋而略匾，润似蜜蜡而不黄。手摸似无痕，眼看始知纹路密；远观疑有玷，近觌才识土斑生。做手堪夸，雕斫浑如生就巧；玉情可爱，温柔却似美人肤。历时何止数千年，阅人不知几百辈。

原来是个旧玉的扇坠。蒋瑜大骇道："我家向无此物，是从那里来的？我闻得本境五圣极灵，难道是他摄来富我的不成？既然神道会摄东西，为什么不摄些银子与我？这些玩器寒不可衣，饥不可食，要他怎的？"又想一想道："玩器也卖得银子出来。不要管他，将来吊在扇上，有人看见要买，就卖与他。但不知价值几何，遇着识货的人，先央他估一估。"就将线穿好了，吊在扇上，走进走出，再不见有人问起。

这一日合该有事，许多邻舍坐在树下乘凉，蒋瑜偶然经过。邻舍道："蒋大官读书忒煞用心，这样热天，便在这边凉凉了去。"蒋瑜只得坐下。口里与人闲谈，手中倒拿着扇子，将玉坠掉来掉去，好启众人的问端。就有个邻舍道："蒋大官，好个玉坠，是那里来的？"蒋瑜道："是个朋友送的，我如今要卖，不知价值几何？列位替我估一估。"众人接过去一看，大家你看我，我看你，都不作声。蒋瑜道："何如？可有个定价？"众人道："玩器我们不识，不好乱估，改日寻个识货的来替你看。"蒋瑜坐了一会，先回去了。众人中有几个道："这个扇坠明明是赵玉吾的，他说把与媳妇了，为什么到他手里来？莫非小蒋与他媳妇有些勾而搭之，送与他做表记的么？"有几个道："他方才说是人送

的。这个穷鬼，那有人把这样好东西送他？不消说是赵家媳妇嫌丈夫丑陋，爱他标致，两个弄上手，送他的了，还有什么疑得？”有一个尖酸的道：“可恨那老王八平日轻嘴薄舌，惯要说人家隐情，我们偏要把这桩事塞他的口。”又有几个老成的道：“天下的物件相同的多，知是不是？明日只说蒋家有个玉坠，央我们估价，我们不识货，叫他来估，看他认不认，就知道了。若果然是他的，我们就刻薄他几句，燥燥脾胃，也不为过。”算计定了。

到第二日，等玉吾走出来，众人招揽他到店中，坐了一会，就把昨日看扇坠估不出价来的话说了一遍，玉吾道：“这等何不待我去看看？”有几个后生的，竟要同他去，又有几个老成的，朝后生摇摇头道：“叫他拿来就是了，何须去得？”看官，你道他为什么不叫玉吾去？他只怕蒋瑜见了对头，不肯拿出扇坠来，没有凭据，不好取笑他，故此只叫一两个去，好骗他的出来。这也是虑得到的去处。谁知蒋瑜心无愧怍，见说有人要看，就交与他，自己也跟出来。见玉吾高声问道：“老伯，这样东西是你用惯的，自然瞒你不得，你道价值多少？”玉吾把坠子捏了，仔细一看，登时换了形，脸上胀得通红，眼里急得火出。众人的眼睛相在他脸上，他的眼睛相在蒋瑜脸上，蒋瑜的眼睛没处相得，只得笑起来道：“老伯莫非疑我寒儒家里，不该有这件玩器么？老实对你说，是人送与我的。”玉吾听见这两句话，一发火上添油，只说蒋瑜睡了他的媳妇，还当面讥诮他，竟要咆哮起来。仔细想一想道：“众人在面前，我若动了声色，就不好开交，这样丑声扬开来，不成体面。”只得收了怒色，换做笑容，朝蒋瑜道：“府上是旧家，玩器尽有，何必定要人送？只因舍下也有一个，式样与此相同，心上踌躇，要买去凑成一对，恐足下要索高价，故此察言观色，才敢启口。”蒋瑜道：“若是老伯要，但凭见赐就是，怎敢论价?”众人看见玉吾的光景，都晓得是了，到背后商量道：“他若拼几两银子，依旧买回去灭了迹，我们把什么塞他的嘴?”就生个计较，走过来道：“你两个不好论价，待我们替你们作中。赵老爹家那一个，与迦楠坠子共是五十两银子买的，除去一半，该二十五两。如今这个待我们拿了，赵老爹去取出那一个来比一比好歹。若是那个好似这个，就要减几两；若是这个好似那个，就要增几两；若是两个一样，就照当初的价钱，再没得说。”玉吾道：“那一个是妇人家拿去了，那里还讨得出来?”众人道：“岂有此理，公公问媳妇要，怕他不肯?你只进去讨，只除非不在家里就罢了，若是在家里，自然一讨就拿出来的。”一面说，一面把玉坠取来藏在袖中了。玉吾被众人逼不过，只得假应道：“这等且别，待我去讨；肯不肯明日回话。”众人做眼做势的作别。蒋瑜把扇坠放在众人身边，也回去了。

却说玉吾怒气冲冲回到家中，对妻子一五一十说了一遍。说完，捶胸拍桌，气个不了。妻子道：“物件相同的尽多，或者另是一个也不可知。待我去讨讨看。”就往媳妇房中，说：“公公要讨玉坠做样，好去另买，快拿出来。”何氏把纸匣揭开一看，莫说玉坠，连迦楠香的都不见了，只得把各箱各笼倒翻了寻。还不曾寻得完，玉吾之妻就骂起来道：“好淫妇，我一向如何待你?你做出这样丑事来！扇坠送与野老公去了，还故意东寻西寻，何不寻到隔壁人家去!”何氏道：“婆婆说差了，媳妇又不曾到隔壁人家去，隔壁的人又不曾到我家来，有什么丑事做得?”玉吾之妻道：“从来偷情的男子，养汉的妇人，个个是会飞的，不须从门里出入。这墙头上，房梁上，那一处扒不过人来，丢不过东西去?”何氏道：“照这样说来，分明是我与人有什么私情，把扇坠送他去了。这等还我一个凭据!”说完，放声大哭，颠作不了。

玉吾之妻道："好泼妇，你的赃证现被众人拿在那边，还要强嘴！"就把蒋瑜拿与众人看、众人拿与玉吾看的话备细说了一遍。说完，把何氏勒了一顿面光。何氏受气不过，只要寻死。玉吾恐怕邻舍知觉，难于收拾，只得倒叫妻子忍耐，吩咐丫环劝住何氏。

次日走出门去，众人道："扇坠一定讨出来了！"玉吾道："不要说起，房下问媳妇要，他说娘家拿去了，一时讨不来，待慢慢去取。"众人道："他又没有父母，把与那一个？难道送他令兄不成？"有一个道："他令兄与我相熟的，待我去讨来。"说完，起身要走。玉吾慌忙止住道："这是我家的东西，为何要列位这等着急？"众人道："不是，我们前日看见，明明认得是你家的，为什么在他手里？起先还只说你的度量宽宏，或者明晓得什么缘故把与他的，所以拿来试你。不想你原不晓得，毕竟是个正气的人，如今府上又讨不出那一个，他家又现有这一个，随你什么人，也要疑惑起来了。我们是极有涵养的，尚且替你耐不住，要查个明白；你平素是最喜批评别人的，为何轮到自己身上，就这等厚道起来？"玉吾起先的肚肠，一味要忍耐，恐怕查到实处，要坏体面。坏了体面，媳妇就不好相容。所以只求掩过一时，就可以禁止下次，做个哑妇被奸，朦胧一世也罢了。谁想人住马不住，被众人说到这个地步，难道还好存厚道不成？只得拚着媳妇做事了。就对众人叹一口气道："若论正理，家丑不可外扬。如今既蒙诸公见爱，我也忍不住。一向疑心我家淫妇与那个畜生有些勾当，只因没有凭据，不好下手。如今有了真赃，怎么还禁得住？只是告起状来，须要几个干证，列位可肯替我出力么？"众人听见，齐声喝彩道："这才是个男子。我们有一个不到官的，必非人类。你快去写起状子来，切不可中止。"

玉吾别了众人，就寻个讼师，写一张状道：

告状人赵玉吾，为奸拐戕命事：兽恶蒋瑜，欺男幼懦，觊媳姿容，买屋结邻，穴墙窥诱。岂媳憎夫貌劣，苟合从奸，明去暗来，匪朝伊夕。忽于本月某夜，席卷衣玩千金，隔墙抛运，计图挈拐。身觉喊邻围救，遭伤几毙。通里某等参证。窃思受辱被奸，情方切齿，诓财杀命，势更寒心。叩天正法，扶伦斩奸。上告。

却说那时节成都有个知府，做官极其清正，有“一钱太守”之名；又兼不任耳目，不受嘱托。百姓有状告在他手里，他再不批属县，一概亲提。审明白了，也不申上司，罪轻的打一顿板子，逐出免供；罪重的立刻毙诸杖下。他生平极重的是纲常伦理之事，他性子极恼的是伤风败俗之人。凡有奸情告在他手里，原告没有一个不赢，被告没有一个不输到底。赵玉吾将状子写完，竟奔府里去告，知府阅了状词，当堂批个“准”字，带入后衙。次日检点隔夜的投文，别的都在，只少了一张告奸情的状子。知府道：“必定是衙门人抽去了。”及至升堂，将值日书吏夹了又打，打了又夹，只是不招。只得差人叫赵玉吾另补状来。状子补到，即便差人去拿。

却说蒋瑜因扇坠在邻舍身边，日日去讨，见邻舍只将别话支吾，又听见赵家婆媳之间吵吵闹闹，甚是疑心。及至差人奉票来拘，才知扇坠果是赵家之物。心上思量道：“或者是他媳妇在梁上窥我，把扇坠丢下来，做个潘安掷果的意思。我因读书用心，不曾看见，也不可知。我如今理直气壮，到官府面前照直说去。官府是吃盐米的，料想不好难为我。”故此也不诉状，竟去听审。

不上几日，差人带去投到，挂出牌来，第一起就是奸拐戕命事。知府坐堂，先叫玉吾上去问道：“既是蒋瑜奸你媳妇，为什

么儿子不告状，要你做公公的出名？莫非你也与媳妇有私，在房里撞着奸夫，故此争锋告状么？”玉吾磕头道：“青天在上，小的是敦伦重礼之人，怎敢做禽兽聚麀①之事？只因儿子年幼，媳妇虽娶过门，还不曾并亲，虽有夫妇之名，尚无唱随之实。况且年轻口讷，不会讲话，所以小的自己出名。”知府道：“这等他奸你媳妇有何凭据，什么人指见，从直讲来。”玉吾知道官府明白，不敢驾言，只将媳妇卧房与蒋瑜书房隔壁，因蒋瑜挑逗媳妇，媳妇移房避他，他又跟随引诱，不想终久被他奸淫上手，后来天理不容，露出赃据，被邻舍拿住的话，从直说去。知府点头道：“你这些话，到也像是真情。”又叫干证去审。只见众人的话，与玉吾句句相同，没有一毫渗漏，又有玉坠做了奸赃，还有什么疑得？就叫蒋瑜上去道：“你为何引诱良家女子，肆意奸淫？又骗了许多财物，要拐他逃走，是何道理？”蒋瑜道：“老爷在上，童生自幼丧父，家贫刻苦，励志功名，终日刺股悬梁，尚博不得一领蓝衫挂体，那有功夫去钻穴逾墙？只因数日之前，不知什么缘故在书架上捡得玉坠一枚，将来吊在扇上，众人看见，说是赵家之物，所以不察虚实，就告起状来。这玉坠是他的不是他的，童生也不知道，只是与他媳妇并没有一毫奸情。”知府道：“你若与他无奸，这玉坠是飞到你家来的不成？不动刑具，你哪里肯招！”叫皂隶：“夹起来！”皂隶就把夹棍一丢，将蒋瑜鞋袜解去，一双雪白的嫩腿，放在两块檀木之中，用力一收，蒋瑜喊得一声，晕死去了。皂隶把他头发解开，过了一会，方才苏醒。知府问道：“你招不招？”蒋瑜摇头道：“并无奸情，叫小的把什么招得？”知府又叫皂隶重敲。敲了一百，蒋熬不过疼，只得喊道：“小的愿

① 聚麀（yōu）——麀，母鹿。聚麀，这里指两代的乱伦行为。

招！”知府就叫松了。皂隶把夹棍一松，蒋瑜又死去一刻，才醒来道：“他媳妇有心到小的是真，这玉坠是他丢过来引诱小的，小的以礼法自守，并不曾敢去奸淫他。老爷不信，只审那妇人就是了。”知府道：“叫何氏上来！”

看官，但是官府审奸情，先要看妇人的容貌。若还容貌丑陋，他还半信半疑；若是遇着标致的，就道他有诲淫之具，不审而自明了。彼时何氏跪在仪门外，被官府叫将上去，不上三丈路，走了一二刻时辰，一来脚小，二来胆怯。及至走到堂上，双膝跪下，好像没有骨头的一般，竟要随风吹倒，那一种软弱之态，先画出一幅美人图了。知府又叫抬起头来，只见他俊脸一抬，娇羞百出，远山如画，秋波欲流，一张似雪的面孔，映出一点似血的朱唇，红者愈红，白者愈白。知府看了，先笑一笑，又大怒起来道：“看你这个模样，就是个淫物了。你今日来听审，尚且脸上搽了粉，嘴上点了胭脂，在本府面前扭扭捏捏，则平日之邪行可知，奸情一定是真了。”看官，你道这是什么缘故？只因知府是个老实人，平日又有些惧内，不曾见过美色，只说天下的妇人毕竟要搽了粉才白，点了胭脂才红，扭捏起来才有风致，不晓得何氏这种姿容态度是天生成的，不但扭捏不来，亦且洗涤不去，他哪里晓得？说完了又道：“你好好把蒋瑜奸你的话从直说来，省得我动刑具。”何氏哭起来道：“小妇人与他并没有奸情，叫我从哪里说起？”知府叫拶①起来，皂隶就吆喝一声，将他纤手扯出。可怜四个笋尖样的指头，套在笔管里面，抽将拢来，教他如何熬得？少不得娇啼婉转，有许多可怜的态度做出来。知府道：“他方才说玉坠是你丢去引诱他的，他到归罪于你，你怎

---

① 拶（zǎn）——这里指用拶子夹手指。

么还替他隐瞒?”何氏对着蒋瑜道：“皇天在上，我何曾丢玉坠与你？起我先在后面做房，你在后面读书引诱我；我搬到前面避你，你又跟到前面来。只为你跟来跟去，起了我公婆疑惑之心，所以陷我至此。我不埋怨你就够了，你到冤屈我起来!”说完，放声大哭。知府肚里思量道：“看他两边的话渐渐有些合拢来了。这样一个标致后生，与这样一个娇艳女子，隔着一层单壁，干柴烈火，岂不做出事来？如今只看他原夫生得如何，若是原夫之貌好似蒋瑜，还要费一番推敲；倘若相貌庸劣，自然情弊显然了。”就吩咐道：“且把蒋瑜收监，明日带赵玉吾的儿子来，再审一审，就好定案。”

只见蒋瑜送入监中，十分狼狈。禁子要钱，脚骨要医，又要送饭调理，囊中没有半文，叫他把什么使费？只得央人去问岳丈借贷。陆家一向原有悔亲之心，如今又见他弄出事来，一发是眼中之钉、鼻子之醋了，哪里还有银子借他？就回复道：“要借贷是没有，他若肯退亲，我情愿将财礼送还。”蒋瑜此时性命要紧，那里顾得体面？只得写了退婚文书，央人送去，方才换得些银子救命。

且说知府因接上司，一连忙了数日，不曾审得这起奸情。及至公务已完，才叫原差带到，各犯都不叫，先叫赵旭郎上来。旭郎走到丹墀，知府把他仔细一看，是怎生一个模样？有《西江月》为证：

面似退光黑漆，发如鬈累金丝。鼻中有涕眼多脂，满脸密麻兼痣。劣相般般俱备，谁知更有微疵。瞳人内有好花枝，睁着把官斜视。

知府看了这副嘴脸，心上已自了然。再问他几句话，一字也答应不来，又知道是个憨物。就道：“不消说了，叫蒋瑜上来。”蒋瑜走到，膝头不曾着地，知府道："你如今招不招?"蒋瑜仍旧照前说去，只不改口。知府道："再夹起来!"看官，你道夹棍是件什么东西，可以受两次的？熬得头一次不招，也就是个铁汉子了；临到第二番，莫说笞杖徒流的活罪宁可认了，不来换这个苦吃，就是砍头刖足①、凌迟碎剐的极刑，也只得权且认了，捱过一时，这叫做"在生一日，胜死千年"。为民上的要晓得，犯人口里的话，无心中试出来的才是真情，夹棍上逼出来的总非实据。从古来这两块无情之木不知屈死了多少良民，做官的人少用他一次，积一次阴功，多用他一番，损一番阴德，不是什么家常日用的家伙离他不得的。蒋瑜的脚骨前次夹匾了，此时还不曾复原，怎么再吃得这个苦起？就喊道："老爷不消夹，小的招就是了！何氏与小的通奸是实，这玉坠是他送的表记。小的家贫留不住，拿出去卖，被人认出来的。所招是实。"知府就丢下签来，打了二十。叫赵玉吾上去问道："奸情审得是真了，那何氏你还要他做媳妇么?"赵玉吾道："小的是有体面的人，怎好留失节之妇？情愿叫儿子离婚。"知府一面教画供，一面提起笔来判道：

审得蒋瑜、赵玉吾比邻而居。赵玉吾之媳何氏，长夫数年，虽赋桃夭，未经合卺。蒋瑜书室，与何氏卧榻止隔一墙，怨旷相挑，遂成苟合。何氏以玉坠为赠，蒋瑜贫而售之，为众所获，交相播传。赵玉吾耻蒙墙茨之声，遂有是控。据瑜口供，事事皆实。盗淫处女，拟辟何辞？因属和奸，姑从轻拟。何氏受玷之身，难与良人相匹，应遣大归。赵玉吾家范不严，薄杖示儆。

众人画供之后，各各讨保还家。

却说玉吾虽然赢了官司，心上到底气愤不过，听说蒋瑜之妻

① 刖（yuè）足——古代一种酷刑。砍掉犯人的脚。

陆氏已经退婚，另行择配，心上想道："他奸我的媳妇，我如今偏要娶他的妻子，一来气死他，二来好在邻舍面前说嘴。"虽然听见陆家女儿容貌不济，只因被那标致媳妇弄怕了，情愿娶个丑妇做良家之宝，就连夜央人说亲。陆家贪他豪富，欣然许了。玉吾要气蒋瑜，分外张其声势，一边大吹大擂，娶亲进门；一边做戏排筵，酬谢邻里：欣欣烘烘，好不热闹。蒋瑜自从夹打回来，怨深刻骨；又听见妻子嫁了仇人，一发咬牙切齿。隔壁打鼓，他在那边捶胸；隔壁吹箫，他在那边叹气。欲待撞死，又因大冤未雪，死了也不瞑目，只得贪生忍耻，过了一月有余。

却说知府审了这桩怪事之后，不想衙里也弄出一桩怪事来。只因他上任之初，公子病故，媳妇一向寡居，甚有节操。知府有时与夫人同寝，有时在书房独宿。忽然一日，知府出门拜客，夫人到他书房闲玩，只见他床头边帐子外有一件东西，塞在壁缝之中。取下来看，却是一只绣鞋。夫人仔细识认，竟像媳妇穿的一般。就藏在袖中，走到媳妇房里，将床底下的鞋子数一数，恰好有一只单头的，把袖中那一只取出来一比，果然是一双。夫人平日原有醋癖，此时那里忍得住？少不得"千淫妇、万娼妇"将媳妇骂起来。媳妇于心无愧，怎肯受这样郁气？就你一句，我一句，斗个不了。正斗在热闹头上，知府拜客回来，听见婆媳相争，走来劝解，夫人把他一顿"老扒灰、老无耻"骂得口也不开。走到书房，问手下人道："为什么缘故？"手下人将床头边寻出东西，拿去合着油瓶盖的说话细细说上。知府气得目定口呆，不知那里说起，正要走去与夫人分辨，忽然丫环来报道："大娘子吊死了！"知府急得手脚冰冷，去埋怨夫人，说他屈死人命。夫人不由分说，一把揪住，将面上胡须捋去一半。自古道："蛮妻拗子，无法可治。"知府怕坏官箴，只得忍气吞声，把媳妇殡殓了。一来肚中气闷不过，无心做官，二来面上少了胡须，出堂不便，只得往上司告假一月，在书房静养。终日思量道："我做官的人，替百姓审明了多少无头公事，偏是我自家的事再审不明。为什么媳妇房里的鞋子会到我房里来？为什么我房里的鞋子又会到壁缝里去？"翻来覆去想了一月，忽然大叫起来道："是了，是了！"就唤丫环一面请夫人来，一面叫家人伺候。及至夫人请到，知府问前日的鞋子在那里寻出来的？夫人指了壁洞道："在这个所在。你藏也藏得好，我寻也寻得巧。"知府对家人道："你替我依这个壁洞拆将进去。"家人拿了一把薄刀，将砖头撬去了一块，回复道："里面是精空的。"知府道："正在空处可疑，替我再拆。"家人又拆去几块砖，只见有许多老鼠跳将出来。知府道："是了，看里面有什么东西？"只见家人伸手进去，一连扯出许多物件来，布帛菽粟，无所不有。里面还有一张绵纸，展开一看，原来是前日查检不到、疑衙门人抽去的那张奸情状子。知府长叹一声道："这样冤屈的事，叫人那里去伸！"夫人也豁然大悟道："这等看来，前日那只鞋子也是老鼠衔来的。只因前半只尖，后半只秃，他要扯进洞去，扯到半中间，高底碍住扯不进，所以留在洞口了。可惜屈死了媳妇一条性命！"说完，捶胸顿足，悔个不了。

知府睡到半夜，又忽然想起那桩奸情事来，踌躇道："官府衙里有老鼠，百姓家里也有老鼠，焉知前日那个玉坠不与媳妇的鞋子一般，也是老鼠衔去的？"思量到此，等不得天明，就叫人发梆，一连发了三梆，天也明了。走出堂去，叫前日的原差将赵玉吾、蒋瑜一干人犯带来复审。蒋瑜知道，又不知那头祸发，冷灰里爆出炒豆来，只得走来伺候。知府叫蒋瑜、赵玉吾上去，都一样问道："你们家里都养猫么？"两个都应道："不养。"知府又

问道："你们家里的老鼠多么?"两人都应道："极多。"知府就吩咐一个差人，押了蒋瑜回去，"凡有鼠洞，可拆进去，里面有什么东西，都取来见我。"差人即将蒋瑜押去。不多时，取了一粪箕的零碎物件来。知府叫他两人细认，不是蒋家的，就是赵家的。内中有一个迦楠香的扇坠，咬去一小半，还剩一大半。赵玉吾道："这个香坠就是与那个玉坠一起交与媳妇的。"知府道："是了，想是两个结在一处，老鼠拖到洞口，咬断了线掉下来的。"对蒋瑜道："这都是本府不明，叫你屈受了许多刑罚，又累何氏冒了不洁之名，惭愧惭愧。"就差人去唤何氏来，当堂吩咐赵玉吾道："他并不曾失节，你原领回去做媳妇。"赵玉吾磕头道："小的儿子已另娶了亲事，不能两全，情愿听他别嫁。"知府道："你娶什么人家女儿，这等成亲得快?"蒋瑜哭诉道："老爷不问及此，童生也不敢伸冤，如今只得哀告了：他娶的媳妇，就是童生的妻子。"知府问什么缘故，蒋瑜把陆家爱富嫌贫，赵玉吾恃强夺娶的话一一诉上。知府大怒道："他倒不曾奸你媳妇，你的儿子倒奸了他的发妻，这等可恶!"就丢下签来，将赵玉吾重打四十，还要问他重罪。玉吾道："陆氏虽娶过门，还不曾与儿子并亲，送出来还他就是。"知府就差人立取陆氏到官，要思量断还蒋瑜。不想陆氏拘到，知府叫他抬头一看，只见发黄脸黑，脚大身矬，与赵玉吾的儿子却好是天生一对，地产一双。知府就对蒋瑜指着陆氏道："你看他这个模样，岂是你的好逑?"又指着何氏道："你看他这种姿容，岂是赵旭郎的伉俪?这等看来，分明是造物怜你们错配姻缘，特地着老鼠做个氤氲使者，替你们改正过来的。本府就做了媒人，把何氏配你。"唤库吏取一百两银子，赐与何氏备妆奁。一面取花红，唤吹手，就叫两人在丹墀下拜堂，迎了回去。后来蒋瑜、何氏夫妻恩爱异常。不多时宗师科考，知府就将蒋瑜荐为案首，以儒士应试，乡会联捷。后来由知县也升到四品黄堂，何氏受了五花封诰，俱享年七十而终。

却说知府自从审屈了这桩词讼，反躬罪己，申文上司，自求罚俸。后来审事，再不敢轻用夹棍。起先做官，百姓不怕他不清，只怕他太执；后来一味虚衷，凡事以前车为戒，百姓家尸户祝，以为召父再生。后来直做到侍郎才住。只因他生性极直，不会藏匿隐情，常对人说及此事，人都道："不信川老鼠这等利害，媳妇的鞋子都会拖到公公房里来。"后来就传为口号，至今叫四川人为川老鼠。又说传道四川人娶媳妇，公公先要扒灰，如老鼠打洞一般，尤为可笑。四川也是道德之乡，何尝有此恶俗？我这回小说，一来劝做官的，非人命强盗，不可轻动夹足之刑，常把这桩奸情做个殷鉴；二来教人不可像赵玉吾轻嘴薄舌，谈人闺阃之事，后来终有报应；三来又为四川人暴白老鼠之名，一举而三善备焉，莫道野史无益于世。

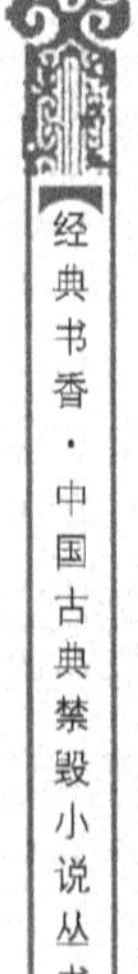

辰 集

美女同遭花烛冤　村郎偏享温柔福

诗云：

天公局法乱如麻，十对夫妻九配差。
常使娇莺栖老树，惯教玩石伴奇花。
合欢床上眠仇侣，交颈帏中带软枷。
只有鸳鸯无错配，不须梦里抱琵琶。

这首诗单说世上姻缘一事，错配者多，使人不能无恨。这种恨与别的心事不同，别的心事可以说得出、医得好，唯有这桩心事，叫做哑子愁、终身病，是说不出、医不好的。若是美男子娶了丑妇人，还好到朋友面前去诉诉苦，姊妹人家去遣遣兴，纵然改正不得，也还有个娶妾讨婢的后门。只有美妻嫁了丑夫，才女配了俗子，只有两扇死门，并无半条生路，这才叫做真苦。古来“红颜薄命”四个字已说尽了。只是这四个字，也要解得明白，不是因他有了红颜，然后才薄命，只为他应该薄命，所以才罚做红颜。但凡生出个红颜妇人来，就是薄命之坯了，哪里还有好丈夫到他嫁，好福份到他享？

当初有个病人，死去三日又活转来，说曾在地狱中看见阎王升殿，鬼判带许多恶人听他审录，他逐个酌其罪之轻重，都罚他变猪变狗、变牛变马去了，只有一个极恶之人，没有什么变得。阎王想了一会，点点头道：“罚你做一个绝标致的妇人，嫁一个极丑陋的男子，夫妻都活百岁，将你禁锢终身，才准折得你的罪业。”那恶人只道罪重罚轻，欢欢喜喜的去了。判官问道：“他的罪案如山，就变做猪狗牛马，还不足以尽其辜，为何反得这般美报?”阎王道：“你哪里晓得？猪狗牛马虽是个畜生，倒落得无知无识，受别人豢养终身，不多几年，便可超生转世；就是临死受刑，也不过是一刀之苦。那妇人有了绝标致的颜色，一定乖巧聪明，心高志大，要想嫁潘安、宋玉一般的男子。及至配了个愚丑丈夫，自然心志不遂，终日忧煎涕泣，度日如年，不消人去磨他，他自己会磨自己了。若是丈夫先死，他还好去改嫁，不叫做禁锢终身；就使他自己短命，也不过像猪狗牛马，拼受一刀一索之苦，依旧可以超生转世，也不叫做禁锢终身。我如今教他偕老百年，一世受别人几世的磨难，这才是惩奸治恶的极刑，你们哪里晓得?”

看官，照阎王这等说来，红颜果是薄命的根由，薄命定是红颜的结果，那哑子愁自然是消不去、终身病自然是医不好的了。我如今又有个消哑子愁、医终身病的法子，传与世上佳人，大家都要谨记。这个法子不用别的东西，就用“红颜薄命”这一句话做个四字金丹。但凡妇人家生到十二三岁的时节，自己把镜子照一照，若还眼大眉粗，发黄肌黑，这就是第一种恭喜之兆了，将来决有十全的丈夫，不消去占卜；若有二三分姿色，还有七八分的丈夫可求；若有五六分的姿色，就只好三四分的丈夫了；万一姿色到了七分八分、九分十分，又有些聪明才技，就要晓得是个薄命之坯，只管打点去嫁第一等第一名的愚丑丈夫。时时刻刻以此为念，看见才貌俱全的男子，晓得不是自己的对头，眼睛不消偷觑，心上不消妄想。预先这等磨练起来，及至嫁到第一等第一名的愚丑丈夫，只当逢其故主，自然贴意安心，那阎罗王的极刑自然受不着了。若还侥幸嫁着第二三等、第四五名的愚丑丈夫，

就是出于望外，不但不怨恨，还要欢喜起来了。人人都用这个法子，自然心安意遂，宜室宜家，哑子愁也不生，终身病也不害，没有死路，只有生门，这“红颜薄命”的一句话岂不是四字金丹？做这回小说的人，就是妇人科的国手了。奉劝世间不曾出阁的闺秀，服药于未病之先；已归金屋的阿娇，收功于瞑眩之后，莫待病入膏肓，才悔逢医不早，我如今再把一桩实事演做正文，不像以前的话出于阎王之口，入于判官之耳，死去的病人还魂说鬼，没有见证的。

明朝嘉靖年间，湖广荆州府有个财主，姓阙字里侯。祖上原以忠厚起家，后来一代富似一代，到他父亲手里，就算荆州第一个富翁。只是一件，但出有才之贝，不出无贝之才，莫说举人进士挣扎不来，就是一顶秀才头巾，也像平天冠一般，承受不起。里侯自六岁上学，读到十七八岁，刚刚只会记账，连拜帖也要央人替写。内才不济也罢了，那个相貌，一发丑得可怜，凡世上人的恶状，都合来聚在他一身，半件也不教遗漏。好事的就替他取个别号，叫做“阙不全”。为什么取这三个字？只因他五官四肢，都带些毛病，件件都阙，件件都不全阙，所以叫做“阙不全”。那几件毛病？

眼不叫做全瞎，微有白花；面不叫做全疤，但多紫印；手不叫做全秃，指甲寥寥；足不叫做全跷，脚跟点点；鼻不全赤，依稀略见酒糟痕；发不全黄，朦胧稍有沉香色；口不全吃，急中言常带双声；背不全驼，颈后肉但高一寸；还有一张歪不全之口，忽动忽静，暗中似有人提；更余两道出不全之眉，或断或连，眼上如经樵采。

古语道得好：“福在丑人边。”他这等一个相貌，享这样的家私，也够受得紧了。谁想他的妻子，又是个绝代佳人。父亲在日，聘过邹长史之女。此女系长史婢妾所生，结亲之时，才四五岁，长史只道一个通房之女，许了鼎富之家，做个财主婆也罢了，何必定要想诰命夫人？所以一说便许，不问女婿何如。谁想长大来，竟替爷娘争气不过。他的姿貌，虽则风度嫣然，有仙子临凡之致，也还不叫做倾国倾城；独有那种聪明，可称绝世。垂髫①的时节，与兄弟同学读书，别人读一行，他读得四五行，先生讲一句，他悟到十来句。等到将次及笄，不便从师的时节，他已青出于蓝，也用先生不着了。写得一笔好字，画得一手好画，只因长史平日以书画擅长，他立在旁边看看，就学会了，写画出来竟与父亲无异，就做了父亲的捉刀人，时常替他代笔。后来长史游宦四方，将他带在任所。及至任满还乡，阙里侯又在丧中，不好婚娶。等到三年服阕，男女都已二十外了。长史当日许亲之时，不料女儿聪明至此，也不料女婿愚丑至此。直到这个时节，方才晓得错配了姻缘，却已受聘在先，悔之不及。邹小姐只道财主人家儿子，生来定有些好相，决不至于鳅头鼠脑。那“阙不全”的名号，家中个个晓得，单瞒得他一人。

里侯服满之后，央人来催亲，长史不好回得，只得凭他迎娶过门。成亲之夜，拜堂礼毕，齐入洞房。里侯是二十多岁的新郎，见了这样妻子，那里用得着软款温柔，连合卺杯也等不得吃，竟要扯他上床。只是自己晓得容貌不济，妻子看见定要做作起来，就趁他不曾抬头，一口气先把灯吹灭了，然后走近身去，替他解带宽衣。邹小姐是赋过摽梅的女子，也肯脱套，不消得新郎死拖硬扯，顺手带带也就上床。虽然是将开之蕊，不怕蜂钻；究竟是未放之花，难禁蝶采。摧残之际，定有一番狼藉。女人家

---

① 垂髫（tiáo）——指儿童或童年。

这种磨难，与小孩子出痘一般少不得有一次的，这也不消细说。只是云收雨散之后，觉得床上有一阵气息，甚是难闻。邹小姐不住把鼻子乱嗅，疑他床上有臭虫。那里晓得里侯身上，又有三种异香，不消烧沉檀、点安息，自然会从皮里透出来的。那三种？

口气，体气，脚气。

邹小姐闻见的是第二种，俗语叫做狐腥气。那口里的，因他自己藏拙，不敢亲嘴，所以不曾闻见；脚上的，因做一头睡了，相去有风马牛之隔，所以也不曾闻见。邹小姐把被里闻一闻，又把被外闻一闻，觉得被外还略好些，就晓得是他身上的缘故了，心上早有三分不快。只见过了一会，新郎说起话来，那口中的秽气对着鼻子直喷；竟像吃了生葱大蒜的一般。邹小姐的鼻子是放在香炉上过世的，那里当得这个熏法？一霎时心翻意倒起来，欲待起来呕唾，又怕新郎知道嫌他，不是做新人的厚道，只得拼命忍住；忍得他睡着了，流水爬到脚头去睡。谁想他尊足与尊口也差不多，躲了死尸，撞着臭鲞，弄得个进退无门。坐在床上思量道："我这等一个精洁之人，嫁着这等一个污秽之物，分明是苏合遇了蜣螂，这一世怎么腌臜得过？我昨日拜堂的时节，只因怕羞不敢抬头，不曾看见他的面貌；若是面貌可观，就是身上有些气息，我拼得用些水磨工夫，把他刮洗出来，再做几个香囊与他佩带，或者与还掩饰得过。万一面貌再不济，我这一生一世怎么了？"思量到此，巴不得早些天明，好看他的面孔。谁想天也替他藏拙，黑魆魆的再不肯亮，等得精神倦怠，不觉睡去，忽然醒来，却已日上三竿，照得房中雪亮。里侯正睡到好处，谁想有人在帐里描他的睡容。邹小姐把他脸上一看，吓得大汗直流，还疑心不曾醒来，在梦中见鬼，睁开眼睛把各处一相，才晓得是真，就放声大哭起来。里侯在梦中惊醒，只说他思想爷娘，就坐起身来，把一只粗而且黑的手臂搭着他腻而且白的香肩，劝他耐烦些，不要哭罢。谁想越劝得慌，他越哭得狠，直等里侯穿了衣服，走出房去，冤家离了眼前，方才歇息一会；等得走进房来，依旧从头哭起。从此以后，虽则同床共枕，犹如带锁披枷，憎嫌丈夫的意思，虽不好明说出来，却处处示之以意。

里侯家里另有一所书房，同在一宅之中，却有彼此之别。邹小姐看在眼里，就瞒了里侯，叫人雕一尊观音法像，装金完了，请到书房。待满月之后，拣个好日，对里侯道："我当初做女儿的时节，一心要皈依三宝，只因许了你家，不好祝发。我如今替你做了一月夫妻，缘法也不为不尽。如今要求你大舍慈悲，把书房布施与我，改为静室，做个在家出家。我从今日起，就吃了长斋，到书房去独宿，终日看经念佛，打坐参禅，以修来世。你可另娶一房，当家生子。随你做小做大，我都不管，只是不要来搅我的清规。"说完，跪下来拜了三拜，竟到书房去了。里侯劝他又不听，扯他又不住，等到晚上，只得携了枕席，到书房去就他。谁想他把门窗户扇都封锁了，犹如坐关一般，只留一个丫环在关中服侍。里侯四顾徬徨，无门可入，只得转去独宿一宵。到次日，接了丈人丈母进去苦劝，自己跪在门外哀求，怎奈他立定主意，并不回头。过了几时，里侯善劝劝不转，只得用恶劝了。吩咐手下人不许送饭进去，他饿不过，自然会钻出来。谁想邹小姐求死不得，情愿做伯夷、叔齐，一连饿了两日，全无求食之心。里侯恐怕弄出人命来，依旧叫人送饭。

一日立在门外大骂道："不贤慧的淫妇！你看什么经？念什么佛？修什么来世？无非因我相貌不好，本事不济，不能够遂你的淫心，故此在这边装腔使性。你如今要称意不难，待我卖你去为娼，立在门前，只拣中意的扯进去睡就是了。你说你是个小

姐，又生得标致，我是个平民，又生得丑陋，配你不来么？不是我夸嘴说，只怕没有银子，若拼得大注银子，就是公主西施，也娶得来！你办眼睛看我，我偏要娶个人家大似你的、容貌好似你的回来，生儿育女，当家立业。你那时节不要懊悔！”邹小姐并不回言，只是念佛。里侯骂完了，就去叫媒婆来吩咐，说要个官宦人家的女儿，又要绝顶标致的，竟娶作正，并不做小。只要相得中意，随他要多少财礼，我只管送。就是媒钱也不拘常格，只要遂得意来，一个元宝也情愿谢你。

自古道：“重赏之下，必有勇夫。”只因他许了元宝谢媒，那些走千家的妇人，不分昼夜去替他寻访，第三日就来回复道：“有个何运判的小姐，年方二八，容貌赛得过西施。因他父亲坏了官职，要凑银子寄到任上去完赃，目下正要打发女儿出门，财礼要三百金，这是你出得起的。只是何夫人要相相女婿，方才肯许；又要与大娘说过，他是不肯做小的。”里侯道：“两件都不难。我的相貌其实不扬，他看了未必肯许，待我央个朋友做替身，去把他相就是了；至于做大一事，一发易处。你如今就进关去那泼妇讲，说有个绝标致的小姐要来作正，你可容不容？万一吓得他回心，我就娶不成那一个，也只当重娶了这一个，一样把媒钱谢你。”那媒婆听了，情愿趁这注现成媒钱，不愿做那桩欺心交易，就拿出苏秦、张仪的舌头来进关去做说客。谁想邹小姐巴不得娶来作正，才断得他的祸根，若是单做小，目下虽然捉生替死，只怕久后依旧要起死回生。就在佛前发誓道：“我若还想在阙家做大，叫我万世不得超生。”媒婆知道说不转，出去回复里侯，竟到何家作伐。约了一个日子，只说到某寺烧香，那边相女婿，这边相新人。

到那一日，里侯央一个绝标致的朋友做了自己，自己反做了帮闲，跟去偷相。两个预先立在寺里等候。那小姐随着夫人，却像行云出岫，冉冉而来，走到面前，只见他：

眉弯两月，目闪双星。摹拟金莲，说三寸尚无三寸；批评花貌，算十分还有十分。拜佛时，屈倒蛮腰，露压海棠娇着地；拈香处，伸开纤指，烟笼玉笋细朝天。立下风暗嗅肌香，甜净居麝兰之外；据上游俯观发采，氤氲在云雾之间。诚哉绝世佳人，允矣出尘仙子！

里侯看见，不觉摇头摆尾，露出许多欢欣的丑态。自古道："两物相形，好丑愈见。"那朋友原生得齐整，又加这个傀儡立在身边，一发觉得风流俊雅。何夫人与小姐见了，有什么不中意？当晚就允了。里侯随即送聘过门，选了吉日，一样花灯彩轿，娶进门来。

进房之后，何小姐斜着星眸，把新郎觑了几觑，可怜两滴珍珠，不知不觉从秋波里泻下来。里侯知道又来撒了，心上思量道："前边那一个，只因我进门时节娇纵了他，所以后来不受约束。古语道：'三朝的新妇，月子的孩儿，不可使他弄惯。'我的夫纲，就要从今日整起。"主意定了，就叫丫环拿合卺杯来，斟了一杯送过去。何小姐笼着双手，只是不接。里侯道："交杯酒是做亲的大礼，为什么不接？我头一次送东西与你，就是这等装模做样，后来怎么样做人家？还不快接了去！"何小姐心上虽然怨恨，见他的话说得正经，只得伸手接来，放在桌上。从来的合卺杯不过沾一沾手，做个意思，后来原是新郎代吃的。里侯只因要整夫纲，见他起先不接，后来听了几句硬话就接了去，知道是可以威制的了，如今就当真要他吃起来。对一个丫环道："差你去劝酒，若还剩一滴，打你五十皮鞭。"丫环听见，流水走去，把杯递与何小姐。小姐拿便拿了，只是不吃。里侯又叫一个丫环

去验酒，看干了不曾。丫环看了来回复道："一滴也不曾动。"里侯就怒起来，叫劝酒的过来道："你难道是不怕家主的么！自古道：'拿我碗，服我管。'我有银子讨你来，怕管你不下！要你劝一盅酒都不肯依，后来怎么样差你做事！"叫验酒的扯下去重打五十，"打轻一下，要你赔十下！"验酒的怕连累自己，果然一把拖下去，拿了皮鞭，狠命的打。何小姐明晓得他打丫环惊自己，肚里思量道："我今日落了人的圈套，料想不能脱身，不如权且做个软弱之人，过了几时，拼得寻个自尽罢了。总是要死的人，何须替他呕气？"见那丫环打到苦处，就止住道："不要打，我吃就是了。"里侯见他畏法，也就回过脸来，叫丫环换一杯热酒，自己送过去。何小姐一来怕呕气，二来因嫁了匪人，愤恨不过，索性把酒来做对头，接到手，两三口就干了。里侯以为得计，喜之不胜，一杯一杯，只管送去。何小姐量原不高，三杯之后，不觉酩酊。里侯慢橹摇船来捉醉鱼，这晚成亲，比前番吹灭了灯，暗中摸索的光景，大不相同。何小姐一来酒醉，二来打点一个死字放在胸中，竟把身子当了尸骸，连那三种异香闻来也不十分觉察。受创之后，一觉直睡到天明。

次日起来，梳过了头，就问丫环道："我闻得他预先娶过一房，如今为何不见？"丫环说："在书房里看经念佛，再不过来的。"何小姐又问："为什么就去看经念佛起来？"丫环道："不知什么缘故，做亲一月，就发起这个愿来，家主千言万语，再劝不转。"何小姐就明白了。到晚间睡的时节，故意欢欢喜喜，对里侯道："闻得邹小姐在那边看经，我明日要去看他一看，你心下何如？"里侯未娶之先，原在他面前说了大话，如今应了口，巴不得把何小姐送去与他看看，好骋自己的威风，就答应道："正该如此。"

却说邹小姐闻得他娶了新人，又替自家欢喜，又替别人担忧，心上思量道："我有鼻子，别人也有鼻子；我有眼睛，别人也有眼睛。只除非与他一样奇丑奇臭的，才能够相视莫逆；若是稍有几分姿色、略知一毫香臭的人，难道会相安无事不成？"及至临娶之时，预先叫几个丫环摆了塘报，"看人物好不好，性子善不善，两下相投不相投，有话就来报我。"只见娶进门来，头一报说他人物甚是标致；第二报说他与新郎对坐饮酒，全不推辞；第三报说他两个吃得醉醺醺的上床，安稳睡到天明，如今好好在那边梳洗。邹小姐大惊道："好涵养，好德性，女中圣人也，我一千也学他不来。"

只见到第三日，有个丫环拿了香烛毡单，预先来知会道："新娘要过来拜佛，兼看大娘。"邹小姐就叫备茶伺候。不上一刻，远远望见里侯携了新人的手，摇摇摆摆而来，把新人送入佛堂，自己立在门前看他拜佛；又一眼相着邹小姐，看他气不气。谁想何小姐对着观音法座，竟像和尚尼姑拜忏的一般，合一次掌，跪下去磕了一个头，一连合三次掌，磕三个头，全不像妇人家的礼数。里侯看见，先有些诧异了。又只见他拜完了佛，起来对着邹小姐道："这位就是邹师父么？"丫环道："正是。"何小姐道："这等师父请端坐，容弟子稽首。"就扯一把椅子放在上边，请邹小姐坐了好拜。邹小姐不但不肯坐，连拜也不叫他拜。正在那边扯扯曳曳，只见里侯嚷起来道："胡说！他只因没福做家主婆，自己贬入冷宫。原说娶你来作正的，如今只该姊妹相称，那有拜他的道理？好没志气！"何小姐应道："我今日是徒弟拜师父，不是做小的拜大娘，你不要认错了主意。"说完，也像起先拜佛一般，和南了三次，邹小姐也依样回他。拜完了，两个对面坐下。才吃得一杯茶，何小姐就开谈道："师父在上，弟子虽是

俗骨凡胎，生来也颇有善愿，只因前世罪重业深，今生堕落奸人之计。如今也学师父猛省回头，情愿拜为弟子，陪你看经念佛，半步也不敢相离。若有人来缠扰弟子，弟子拚这个臭皮囊去结识他，也落得早生早化。”邹小姐道：“新娘说差了。我这修行之念，蓄之已久，不是有激而成的。况且我前世与阙家无缘，一进门来就有仄目之意，所以退居静室，虚左待贤。闻得新娘与家主相得甚欢，如今正是新婚燕尔的时候，怎么说出这样不情的话来？我如今正喜得了新娘，可保得耳根清净，若是新娘也要如此，将来的静室竟要变做闹场了，连三宝也不得相安，这个断使不得。”说完，立起身来，竟要送他出去。何小姐哪里肯走！里侯立在外边，听见这些说话，气得浑身冰冷。起先还疑他是套话，及至见邹小姐劝他不走，才晓得果是真心，就气冲冲的骂进来道：“好淫妇！才走得进门，就被人过了气。为什么要赖在这边？难道我身上是有刺的么？还不快走！”何氏道：“你不要做梦！我这等一个如花似玉的人，与你这个魑魅魍魉宿了两夜，也是天样大的人情，海样深的度量，就跳在黄河里洗一千个澡，也去不尽身上的秽气，你也够得紧了。难道还想来玷污我么？”

里侯以前虽然受过邹小姐几次言语，却还是绵里藏针、泥中带刺的话，何曾骂得这般出像？况且何小姐进门之后，屡事小心，叫举杯就举杯，叫吃酒就吃酒，只说是个搓得圆捏得匾的了，到如今忽然发起威来，处女变做脱兔，叫里侯怎么忍耐得起？何小姐不曾数说得完，他就预先捏了拳头伺候，索性等他说个尽情，然后动手。到此时，不知不觉何小姐的青丝细发已被他揪在手中，一边骂一边打。把邹小姐吓得战战兢兢，只说这等一个娇皮细肉的人，怎经得铁槌样的拳头打起？只得拚命去扯。谁想骂便骂得重，打却打得轻，势便做得凶，心还使得善。打了十几个空拳头，不曾有一两个到他身上，就故意放松了手，好等他脱身，自己一边骂，一边走出去了。何小姐挣脱身子，号咷痛哭。

大底妇人家的本色，要在那张惶急遽的时节方才看得出来，从容暇豫之时，那一个不会做些娇声，装些媚态？及至检点不到之际，本相就要露出来了。何小姐进门拜佛之时，邹小姐把他从头看到脚底，真是袅娜异常。头上的云髻大似冰盘，又且黑得可爱，不知他用几子头篦，方才衬贴得来；及至此时被里侯揪散，披将下去，竟与身子一般长，要半根假发也没有。至于哭声，虽然激烈，却没有一毫破笛之声；满面都是啼痕，又洗不去一些粉迹。种种愁容苦态，都是画中的妩媚，诗里的轻盈，无心中露出来的，就是有心也做不出。邹小姐口中不说，心上思量道："我常常对镜自怜，只说也有几分姿色了，如今看了他，真是珠玉在前，令人形秽。这样绝世佳人，尚且落于村夫之手，我们一发是该当的了。"想了一会，就竭力劝住，教他从新梳起头来。两个对面谈心，一见如故。到了晚间，里侯叫丫环请他不去，只得自己走来负荆，唱喏下跪，叫姐呼娘，桩桩丑态都做尽，何小姐只当不知。后来被他苦缠不过，袖里取出一把剃刀，竟要刎死。里侯怕弄出事来，只得把他交与邹小姐，央泥佛劝土佛，若还掌印官委不来，少不得还请你旧官去复任。

却说何小姐的容貌，果然比邹小姐高一二成，只是肚里的文才，手中的技艺，却不及邹小姐万分之一。从他看经念佛，原是虚名；学他写字看书，倒是实事。何爱邹之才，邹爱何之貌，两个做了一对没卵夫妻，阙里侯倒睁着眼睛在旁边吃醋。熬了半年，不见一毫生意，心上思量道："看这光景，两个都是养不熟的了，他们都守活寡，难道叫我绝嗣不成？少不得还要娶一房，叫做三遭为定。前面那两个原怪他们不得，一个才思忒高，一个容貌忒好，我原有些配他们不来。如今做过两遭把戏，自己也明白了，以后再讨，只去寻那一字不识、粗粗笨笨的，只要会做人家，会生儿子就罢了，何须弄那上书上画的，来磨灭自己？”算计定了，又去叫媒婆吩咐。媒婆道：“要有才有貌的便难，若要老实粗笨的，何须寻得？我肚里尽有。只是你这等一户大人家，也要有些福相、有些才干，才承受得起。如今袁进士家现有两个小要打发出门，一个姓周，一个姓吴。姓周的极有福相、极有才干，姓吴的又有才、又有貌，随你要那一个就是。”里侯道：“我被有才有貌的弄得七死八活，听见这两个字也有些头疼，再不要说起，竟是那姓周的罢了。只是也要过过眼，才好成事。”媒婆道：“这等我先去说一声，明日等你来相就是。”两个约定，媒人竟到袁家去了。

却说袁家这两个小，都是袁进士极得意的。周氏的容貌虽不十分艳丽，却也生得端庄；只是性子不好，一些不遂意就要寻死寻活。至于姓吴的那一个，莫说周氏不如他，就是阙家娶过的那两位小姐，有其才者无其貌，有其貌者无其才，只除非两个并做一个，方才敌得他来。袁进士的大人，性子极妒，因丈夫宠爱这两个小，往常呕气不过，如今乘丈夫进京去谒选，要一起打发出门，以杜将来之祸。听见阙家要相周氏，又有个打抽丰的举人要相吴氏，袁夫人不胜之喜，就约明日一起来相。里侯因前次央人央坏了事，这番并不假借，竟是自己亲征。次日走到袁家，恰好遇着打抽丰的举人相中了吴氏出来，闻得财礼已交，约到次日来娶。里侯道：“举人拣的日子自然不差，我若相得中，也是明日罢了。”及至走入中堂，坐了一会，媒婆就请周氏出来，从头至脚任凭检验。男相女固然仔细，女相男也不草草。周氏把里侯睃了两眼，不觉变下脸来，气冲冲的走进去了。媒婆问里侯中意不中意，里侯道："才干虽看不出，福相是有些的，只是也还嫌他标致，再减得几分姿色便好。"媒婆道："乡宦人家，既相过了，不好不成，劝你将就些娶回去罢。"里侯只得把财礼交进，自己回去，只等明日做亲。

却说周氏往常在家，听得人说有个姓阙的财主，生得奇丑不堪，有"阙不全"的名号。周氏道："我不信一个人身上就有这许多景致，几时从门口经过，叫我们出去看看也好。"这次媒人来说亲，只道有个财主要相，不说姓阙不姓阙，奇丑不奇丑。及至相的时节，周氏见他身上脸上景致不少，就有些疑心起来，又不好问得，只把媒婆一顿臭骂道："阳间怕没有人家，要到阴间去领鬼来相？"媒人道："你不要看错了，他就是荆州城里第一个财主，叫做阙里侯，没有一处不闻名的。"周氏听见，一发颠作起来道："我宁死也不嫁他，好好把财礼退去！"袁夫人道："有我做主，莫说这样人家，就是叫化子，也不怕你不去！"周氏不敢与大娘对口，只得忍气吞声进房去了。

天下不均匀的事尽多。周氏在这边有苦难申，吴氏在那边快活不过。相他的举人，年纪不上三十岁，生得标致异常，又是个有名的才子，吴氏平日极喜看他诗稿的。此时见亲事说成，好不得意，只怪他当夜不娶过门，百岁之中少了一宵恩爱，只得和衣睡了一晚。熬到次日，绝早起来梳妆。不想那举人差一个管家押媒婆来退财礼，说昨日来相的时节，只晓得是个乡绅，不曾问是那一科进士，及至回去细查齿录，才晓得是他父亲的同年，岂有年侄娶年伯母之理？夫人见他说得理正，只得把财礼还他去了。吴氏一天高兴扫得精光，白白梳了一个新妇头，竟没处用得着。

停一会，阙家轿子到了，媒婆去请周氏上轿，只见房门紧

闭，再敲不开。媒婆只说他做作，请夫人去发作他。谁想敲也不开，叫也不应，及至撬开门来一看，可怜一个有福相的妇人，变做个没收成的死鬼，高高挂在梁上，不知几时吊杀的。夫人慌了，与媒婆商议道："我若打发他出门，明日老爷回来，不过呕一场小气；如今逼死人命，将来就有大气呕了，如何了得？"媒婆道："老爷回来，只说病死的就是。他难道好开棺检尸不成？"夫人道："我家里的人别个都肯隐瞒，只有吴氏那个妖精，那里闭得他的口住？"媒婆想了一会道："我有个两全之法在此。那边一头，女人要嫁得慌，男子又不肯娶；这边一头，男子要娶，女人又死了没得嫁。依我的主意，不如待我去说一个谎，只说某相公又查过了，不是同年，如今依旧要娶，他自然会钻进轿去，竟把他做了周氏嫁与阙家。阙家聘了丑的倒得了好的，难道肯退来还你不成？就是吴氏到了那边，虽然出轿之时有一番惊吓，也只好肚里咒我几声，难道好跑回来与你说话不成？替你除了一个大害，又省得他后来学嘴，岂不两便？"夫人听见这个妙计，竟要欢喜杀来，就催媒婆去说谎。吴氏是一心要嫁的人，听见这句话，那里还肯疑心，走出绣房，把夫人拜了几拜，头也不回，竟上轿子去了。

及至抬到阙家，把新郎一看，全然不是昨日相见的。他是个绝顶聪明之人，不消思索，就晓得媒婆与夫人的诡计了。心上思量道："既来之，则安之。只要想个妙法出来，保全得今夜无事，就可以算计脱身了。"只是低着头，思量主意，再不露一些烦恼之容。里侯昨日相那一个，还嫌他多了几分姿容，怕娶回来呕气，那晓得又被人调了包。出轿之时，新人反不十分惊慌，倒把新郎吓得魂不附体，心上思量道："我不信妇人家竟是会变的，只过得一夜，又标致了许多。我不知造了什么业障，触犯了天公，只管把这些好妇人来磨灭我。”正在那边怨天恨地，只见吴氏回过朱颜，拆开绛口，从从容容的问道：“你家莫非姓阙么?”里侯回他：“正是。”吴氏道：“请问昨日那个媒人与你有什么冤仇，下这样毒手来摆布你?”里侯道：“他不过要我几两媒钱罢了，那有什么冤仇？替人结亲是好事，也不叫做摆布我。”吴氏道：“你家就有天大的祸事到了，还说不是摆布?”里侯大惊道：“什么祸事?”吴氏道：“你昨日聘的是哪一个，可晓得他姓什么?”里侯道：“你姓周，我怎么不晓得?”吴氏道：“认错了，我姓吴，那一个姓周。如今姓周的被你逼死了，教我来替他讨命的。”里侯听见，眼睛吓得直竖，立起身来问道：“这是什么缘故?”吴氏道：“我与他两个都是袁老爷的爱宠，只因夫人妒忌，乘他出去选官，瞒了家主，要出脱我们。不想昨日你去相他，又有个举人来相我，一起下了聘，都说明日来娶。我与周氏约定要替老爷守节，只等轿子一到，两个双双寻死。不想周氏的性子太急，等不到第二日，昨夜就吊死了。不知被哪一个走漏了消息，那举人该造化，知道我要寻死，预先叫人来把财礼退了去。及至你家轿子到的时节，夫人叫我来替他，我又不肯，只得也去上吊。那媒人来劝道：‘你既然要死，死在家里也没用，阙家是个有名的财主，你不如嫁过去死在他家，等老爷回来也好说话。难道两条性命了不得他一份人家?’故此我依他嫁过来，一则替丈夫守节，二则替周氏伸冤，三来替你讨一口值钱的棺木，省得死在他家，盛在几块薄板之中，后来抛尸露骨。”说完，解下束腰的丝绦，系在颈上，要自家勒死。

他不曾讲完的时节，里侯先吓得战战兢兢，手脚都抖散了，再见他弄这个圈套，怎不慌上加慌？就一面扯住，一面高声喊道：“大家都来救命!”吓得那些家人婢仆没脚的赶来，周围立

住，扯的扯，劝的劝，使吴氏动不得手。里侯才跪下来道：“吴奶奶，袁夫人，我与你前世无冤，今世无仇，为什么上门来害我？我如今不敢相留，就把原轿送你转去，也不敢退什么财礼，只求你等袁老爷回来，替你说个方便，不要告状，待我送些银子去请罪罢了。”吴氏道：“你就送我转去，夫人也不肯相容，依旧要出脱我，我少不得是一死。自古道：‘走三家不如坐一家。’只是死在这里的快活。”里侯弄得没主意，只管磕头，求他生个法子，放条生路。吴氏故意踌躇一会，才答应道：“若要救你，除非用个伏兵缓用之计，方才保得你的身家。”里侯道：“什么计较？”吴氏道：“我老爷选了官，少不得就要回来，也是看得见的日子。你只除非另寻一所房屋，将我藏在里边，待我回来的时节，把我送上门去。我对他细讲，说周氏是大娘逼杀的，不干你事。你只因误听媒人的话，说是老爷的主意，才敢上门来相我；及至我过来说出缘故，就不敢近身，把我养在一处，待他回来送还。他平素是极爱我的，见我这等说，他不但不摆布你，还感激你不尽，一些祸事也没有了。”里侯听见，一连磕了几个响头，方才爬起来道：“这等不消别寻房屋，我有一所静室，就在家中，又有两个女人，可以做伴，送你过去安身就是。”说完，就叫几个丫环：“快送吴奶奶到书房里去。”

却说邹、何两位小姐闻得他又娶了新人，少不得也像前番，叫丫环来做探子。谁想那些丫环听见家主喊人救命，大家都来济困扶危了，那有工夫去说闲话？两个等得寂然无声，正在那边猜谜，只见许多丫环簇拥一个爱得人杀的女子走进关来，先拜了佛，然后与二人行礼，才坐下来。二人就问道：“今日是佳期，新娘为何不赴洞房花烛，却到这不祥之地来？”吴氏初进门，还不知这两个是姑娘是妯娌，听了这句话，打头不应空，就答应道："供僧伽的所在，叫做福地，为什么反说不祥？我此番原是来就死的，今晚叫做忌日，不是什么佳期。二位的话，句句都说左了。"两个见他们言语来得激烈，晓得是个中人了。再叙几句寒温，就托故起身，叫丫环到旁边细问。丫环把起先的故事说了一番，二人道："这等也是个脱身之计，只是比我们两个更做得巧些。"吴氏乘他们问丫环的时节，也扯一个到背后去问："这两位是家主的什么人？"丫环也把二人的来历说了一番。吴氏暗笑道："原来同是过来人，也亏他们寻得这块避秦之地。"两边问过了，依旧坐拢来，就不像以前客气，大家把心腹话说做一堆，不但同病相怜，竟要同舟共济。邹小姐与他们分韵联诗，得了一个社友。何小姐与他们同娇比媚，凑成一对玉人。三个就在佛前结为姊妹。过到后来，一日好似一日。

不多几时，闻得袁进士补了外官，要回来带家小上任。邹、何二位小姐道："你如今完璧归赵，只当不曾落地狱，依旧去做天上人了。只是我两个珠沉海底，今生料想不能出头，只好修个来世罢了。"吴氏道："我回去见了袁郎，赞你两人之才貌，诉你两人之冤苦，他读书做官的人，自然要动怜才好色之念。若有机会可图，我定要把你两个一起弄到天上去，决不叫你们在此受苦。"二人口虽不好应得，心上也着得如此。

又过几时，里侯访得袁进士到了，就叫一乘轿子，亲自送吴氏上门。只怕袁进士要发作他，不敢先投名帖，待吴氏进去说明，才好相见。吴氏见了袁进士，预先痛哭一场，然后诉苦，说大娘逼他出嫁，他不得不依，亏得阙家知事，许我各宅而居，如今幸得拨云见日。说完，扯住袁进士的衣袖，又悲悲切切哭个不了。只道袁进士回来不见了他，不知如何啕气；此时见了他，不知如何欢喜。谁想他在京之时，就有家人赶去报信，周氏、吴氏

两番举动，他胸中都已了然。此时见吴氏诉说，他只当不闻，见吴氏悲哀，他只管冷笑，等他自哭自住，并不劝他。吴氏只道他因在前厅，怕人看见，不好露出儿女之态，就低了头朝里面走。袁进士道："立住了！不消进去。你是个知书识理之人，岂不闻覆水难收之事。你当初既要守节，为什么不死，却到别人家去守起节来？你如今说与他各宅而居，这句话叫我那里去查账？你不过因那姓阙的生得丑陋，走错了路头，故此转来寻我；若还嫁与了那打抽丰的举人，我便拿银子来赎你，只怕也不肯转来了。"说了这几句，就对家人道："阙家可有人在外边？快叫他来领去。"家人道："姓阙的现在外面，要求见老爷。"袁进士道："请进来。"家人就去请里侯。里侯起先十分忧惧，此时听见一个"请"字，心上才宽了几分，只道吴氏替他说的方便，就大胆走进来，与袁进士施礼。袁进士送了坐，不等里侯开口，就先说道："舍下那些不祥之事，学生都知道了。虽是妒妇不是，也因这两个淫妇各怀二心，所以才有媒人出去打合。兄们只道是学生的意思，所以上门来相他。周氏之死，是他自己的命限，与兄无干。至于吴氏之嫁，虽出奸媒的诡计，也是兄前世与他有些夙缘，所以无心凑合。学生如今并不怪兄，兄可速速领回去，以后不可再叫他上门来坏学生的体面。"他一面说，里侯一面叫"青天"。说完，里侯再三推辞，说是："老先生的爱宠，晚生怎敢承受？"袁进士变下脸来道："你既晓得我的爱宠，当初就不该娶他；如今娶回去，过了这几时又送来还我，难道故意要羞辱我么？"里侯慌起来道："晚生怎么敢？就蒙老先生开恩，教晚生领去，怎奈他嫌晚生丑陋，不愿相从，领回去也要嘔气。"袁进士就回过头去对吴氏道："你听我讲，自古道：'红颜薄命。'你这样的女人，自然该配这样的男子。若在我家过世，这句古语就不验了。你如今若好好跟他回去，安心贴意做人家，或者还会生儿育女，讨些下半世的便宜；若还吵吵闹闹，不肯安生，将来也不过像周氏，是个梁上之鬼。莫说死一个，就死十人，也没人替你伸冤。”说完，又对里侯道：“阙兄请别，学生也不送了。”又着手拱一拱，头也不回，竟走了进去。吴氏还啼啼哭哭，不肯出门，当不得许多家人你推我曳，把他塞进轿子。起先威风凛凛而来，此时兴致索然而去。

到了阙家，头也不抬，竟往书房里走。里侯一把扯住道：“如今去不得了。我起先不敢替你成亲，一则被你把人命吓倒，要保身家；二则见你忒标致了些，恐怕喻气。如今尸主与凶身当面说过，只当批个执照来了，难道还怕什么人命不成？就是容貌不相配些，方才黄甲进士亲口吩咐过了，美妻原该配丑夫，是黄金板上刊定的，没有什么气喻得，请条直些走来成亲。”吴氏心上的路数往常是极多的，当不得袁进士五六句话，把他路数都塞断了。如今并无一事可行，被他做个顺手牵羊，不响不动，扯进房里去了。里侯这一晚成亲之乐，又比束缚醉人的光景不同，真是渐入佳境。从此以后，只怕吴氏要脱逃，竟把书房的总门锁了，只留一个转筒递茶饭过去。邹、何两位小姐与吴氏隔断红尘，只好在转筒边谈谈衷曲而已。

吴氏的身子虽然被他箝束住了，心上只是不甘，翻来覆去思量道：“他娶过三次新人，两个都走脱了，难道只有我是该苦的？他们做清官，叫我一个做蛆虫。定要生个法子去弄他们过来，大家分些臭气。就是三夜轮着一夜，也还有两夜好养鼻子。”算计定了，就对里侯道：“我如今不但安心贴意，随你终身，还要到书房里去，把那两个负固不服的都替你招安过来，才见我的手段。”里侯道：“你又来算计脱身了。不指望獐狍鹿兔，只怕连猎狗也不得还乡，我被人骗过几次，如今再不到水边去放鳖了。”吴氏就罚咒道：“我若骗你，叫我如何如何！你明日把门开了，待我过去劝他们，你一面收拾房间伺候，包你一拖便来。只是有句话要吩咐你，你不可不依。卧房只要三个，床铺却要六张。”里侯道：“要这许多做什么？”吴氏道：“我老实对你说，你身上这几种气息，其实难闻。自古道：‘与人方便，自己方便。’等他们过来，大家做定规矩，一个房里一夜，但许同房，不许共铺，只到要紧头上那一刻工夫过来走走，闲空时节只是两床宿歇，这等才是个可久之道。”里侯听见，不觉大笑起来道：“你肯说出这句话来，就不是个脱身之计了，这等一一依从就是。”次日起来，早早把书房开了，一面收拾房间，一面叫吴氏去做说客。

却说邹、何两位小姐见吴氏转来，竟与里侯做了服贴夫妻，过上许多时，不见一毫响动。两个虽然没有醋意，觉得有些懊悔起来。不是懊悔别的事，他道我们一个有才，一个有貌，终不及他才貌俱全，一个当两个的，尚且与他过得日子，我们半个头，与他淘什么气？当初那些举动，其实都是可以做、可以不做的。两个人都先有这种意思，吴氏的说客自然容易做了。这一日走到，你欢我喜，自不待说。讲了一会闲话，吴氏就对二人道：“我今日过来，要讲个份上，你二位不可不听。”二人道：“只除了一桩听不得的，其余无不从命。”吴氏道：“听不得的听了，才见人情，容易的事，那个不会做？但凡世上结义的弟兄，都要有福同享，有苦同受，前日既蒙二位不弃，与我结了金石之盟，我如今不幸不能脱身，被他拘在那边受苦，你们都是尝过滋味的，难道不晓得？如今请你们过去，大家分些受受，省得磨死我一个，你们依旧不得安生。”二人道：“你当初还说要超度我们上天，如今倒要扯人到地狱里去，亏你说得出口？”吴氏道：“我也指望上天，只因有个人说这地狱该是我们坐的，被他点破了，如今也甘心做地狱中人。你们两个也与我一样，是天堂无份、地狱有缘的，所以来拉你们去同坐。”就把袁进士劝他“红颜自然薄命，美妻该配丑夫”的话说了一遍，又道：“他这些话说得一毫不差，二位若不信，只把我来比就是了。你们不曾嫁过好丈夫的，遇着这样人，也还气得过；我前面的男子是何等之才，何等之貌，我若靠他终身，虽不是诰命夫人，也做个乌纱爱妾，尽可无怨了。怎奈大娘要逼我出去，媒人要哄我过来，如今弄到这个地步。这也罢了，那日来相我的人又是何等之才，何等之貌，我若嫁将过去，虽不敢自称佳人，也将就配得才子，自然得意了。谁想他自己做不成亲，反替别人成了好事，到如今误得我进退无门。这等看起来，世间的好丈夫，再没得把与好妇人受用的，只好拿来试你一试，哄你一哄罢了。我和你若是一个两个错嫁了他，也还说是造化偶然之误，如今错到三个上，也不叫做偶然了；他若娶着一个两个好的，还说他没福受用，如今娶着三个都一样，也不叫做没福了。总来是你我前世造了孽障，故此弄这鬼魅变不全的人身到阳间来磨灭你我。如今大家认了晦气，去等他磨灭罢了。”

吴氏起先走到之时，先把他两个人的手一边捏住一只，后来却像与他们闲步的一般，一边说一边走，说到差不多的时节，已到了书房门口两边交界之处了，无意之中把他们一扯，两个人的身子已在总门之外，流水要回身进去，不想总门已被丫环锁了，这是吴氏预先做定的圈套。二人大惊道：“这怎么使得？就要如此，也待我们商量酌议，想个长策出来，慢慢的回话，怎么捏人在拳头里，硬做起来？”吴氏道：“不劳你们费心，长策我已想到了。闻香躲臭的家伙，都现现成成摆在那边，还你不即不离，决

不像以前只有进气没有出气就是。”二人问什么计策，吴氏又把同房各铺的话说了一遍，二人方才应允。各人走进房去，果然都是两张床，中间隔着一张桌子，桌上又摆着香炉匙箸。里侯也会奉承，每一个房里买上七八斤速香，凭他们烧过日子，好掩饰自家的秽气。从此以后，把这三个女子当做菩萨一般烧香供养，除那一刻要紧工夫之外，再不敢近身去亵渎他们。由邹而何，由何而吴，一个一夜，周而复始，任他自去自来，倒喜得没有醋吃。

不上几年，三人各生一子。儿子又生得古怪，不像爷，只像娘，个个都娇皮细肉。又不消请得先生，都是母亲自教。以前不曾出过科第，后来一般也破天荒，进学的进学，中举的中举，出贡的出贡。里侯只因相貌不好，倒落得三位妻子都会保养他，不十分肯来耗其精血，所以直活到八十岁才死。这岂不是美妻该配丑夫的实据？我愿世上的佳人把这回小说不时摆在案头，一到烦恼之时，就取来翻阅，说我的才虽绝高，不过像邹小姐罢了；貌虽极美，不过像何小姐罢了；就作两样俱全，也不过像吴氏罢了。他们一般也嫁着那样丈夫，一般也过了那些日子，不曾见飞得上天，钻得入地，每夜只消在要紧头上熬那一两刻工夫，况那一两刻又是好熬的。或者度得个好种出来，下半世的便宜就不折了。或者丈夫虽丑，也还丑不到阙不全的地步，只要面貌好得一两分，秽气少得一两种，墨水多得一两滴，也就要当做潘安、宋玉一般看承，切不可求全责备。

我这服金丹的诀窍都已说完了，药囊也要收拾了，随你们听不听，不干我事。只是还有几句话，吩咐那些愚丑丈夫：他们嫁着你固要安心，你们娶着他也要惜福。要晓得世上的佳人，就是才子也没福受用的，我是何等之人，能够与他作配？只除那一刻要紧的工夫，没奈何要少加亵渎，其余的时节，就要当做菩萨一般烧香供养，不可把秽气熏他，不可把恶言犯他，如此相敬，自然会像阙里侯，度得好种出来了。切不可把这回小说做了口实，说这些好妇人是天叫我磨灭他的，不怕走到那里去！要晓得磨灭好妇人的男子，不是你一个；磨灭好妇人的道路，也不是这一条。万一阎王不曾禁锢他终身，不是咒死了你去嫁人，就是弄死了他来害你，这两桩事都是红颜女子做得出的。阙里侯只因累世积德，自己又会供养佳人，所以后来得此美报。不然，只消一个袁进士翻转脸来，也就够他了。我这回小说也只是论姻缘的大概，不是说天下夫妻个个都如此。只要晓得美妻配丑夫倒是理之常，才子配佳人反是理之变。处常的要相安，处变的要谨慎。这一回是处常的了，还有一回处变的，就在下面，另有一般分解。

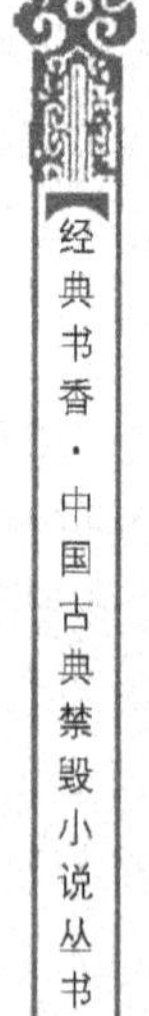

巳 集

遭风遇盗致奇赢 让本还财成巨富

诗云：

从来形体不欺人，燕颔①封侯果是真。

亏得世人皮相好，能容豪杰隐风尘。

前面那一回讲的是“命”了，这一回却说个“相”字。相与命这两件东西，是造化生人的时节搭配定的。半斤的八字，还你半斤的相貌；四两的八字，还你四两的相貌；竟像天平上弹过的一般，不知怎么这样相称。若把两桩较量起来，赋形的手段比赋命更巧。怎见得他巧处？世上人八字相同的还多，任你刻数不同，少不得那一刻之中，也定要同生几个；只有这相貌，亿万苍生之内，再没有两个一样的。随你相似到底，走到一处，自然会异样起来。所以古语道：“人心之不同，有如其面。”这不同的所在已见他的巧了，谁知那相同的所在，更见其巧。若是相貌相同，所处的地位也相同，这就不奇了；他偏要使那贵贱贤愚相去有天渊之隔的，生得一模一样，好颠倒人的眼睛，所以为妙。当初仲尼貌似阳虎，蔡邕貌似虎贲。仲尼是个至圣，阳虎是个权奸；蔡邕是个富贵的文人，虎贲是个下贱的武士，你说哪里差到哪里？若要把孔子认做圣人，连阳虎也要认做圣人了；若要把虎

① 燕颔——形容相貌威武。

贲认做贱相，连蔡邕也要认做贱相了。这四个人的相貌虽然毕竟有些分辨，只是这些凡夫俗眼哪里识别得来？从来负奇[①]磊落之士，个个都恨世多肉眼，不识英雄；我说这些肉眼是造化生来护持英雄的，只该感他，不该恨他。若使该做帝王的人个个知道他是帝王，能做豪杰的人个个认得他是豪杰，这个帝王、豪杰一定做不成了。项羽知道沛公该有天下，那鸿门宴上岂肯放他潜归？淮阴少年知道韩信后为齐王，那胯下之时岂肯留他性命？亏得这些肉眼，才隐藏得过那些异人。还有一说，若使后来该富贵的人都晓得他后来富贵，个个去趋奉他，周济他，他就预先要骄奢淫欲起来了，哪里还肯警心惕虑，刺股悬梁，造到那富贵的地步？所以造化生人，使乖弄巧的去处都有一片深心，不可草草看过。

如今却说一个人相法极高，遇着两个面貌一样的，一个该贫，一个该富，他却能分辨出来。后来恰好合着他的相法，与前边敷演的话句句相反，方才叫做异闻。

弘治年间，广东广州府南海县，有个财主姓杨，因他家资有百万之富，人都称他为杨百万。当初原以飘洋起家，后来晓得飘洋是桩险事，就回过头来，坐在家中，单以放债为事。只是他放债的规矩有三桩异样：第一桩，利钱与开当铺的不同。当铺里面当一两二两，是三分起息，若当到十两二十两，就是二分多些起息了。他翻一个案道：借得少的毕竟是个穷人，那里纳得重利钱起？借得多的定是有家事的人，况且本大利亦大，拿我的本去趁出利来，便多取他些也不为虐。所以他的利钱，论十的是一分，

① 负奇——胸怀奇志。

论百的是二分，论千的是三分。人都说他不是生财，分明是行仁政，所以再没有一个赖他的。第二桩，收放都有个日期，不肯零星交兑。每月之中，初一、十五收，初二、十六放。其余的日子，坐在家中与人打双陆、下象棋，一些正事也不做。人知道他有一定的规矩，不是日期再不去缠扰他。第三桩一发古怪，他借银子与人，也不问你为人信实不信实 ，也不估你家私还得起还不起，只要看人的相貌何如。若是相貌不济，票上写得多的，他要改少了；若是相貌生得齐整，票上写一倍，他还借两倍与你。这是什么缘故？只因他当初在海上，遇个异人传授他的相法，一双眼睛竟是两块试金石，人走到他面前，一生为人的好歹，衣禄的厚薄，他都了然于胸中。这个术法别人拿去趁钱，他却拿来放债，其实放债放得着，一般也是趁钱。当初唐朝李世贩在军中选将，要相那面貌丰厚、像个有福的人，才叫他去出征；那些卑微庸劣的，一个也不用。人问他什么缘故？他道薄福之人，岂可以成功名？也就是这个道理。杨百万只因有此相法，所以借去的银子，再没有一注落空。

那时节南海县中有个百姓，姓秦名世良，是个儒家之子。少年也读书赴考，后来因家事萧条，不能糊口，只得废了举业，开个极小的铺子，卖些草纸灯心之类。常常因手头乏钞，要问杨百万借些本钱，只怕他的眼睛利害，万一相得不好，当面奚落几句，岂不被人轻贱？所以只管苦捱。捱到后面，一日穷似一日，有些过不去了，只得思量道：“如今的人，还要拿了银子去央人相面。我如今又不费一文半分，就是银子不肯借，也讨个终身下落了回来，有什么不好？”就写个五两的借票，等到放银的日期走去伺候。从清晨立到巳牌时分，只见杨百万走出厅来，前前后后跟了几十个家人，有持笔砚的，有拿算盘的，有捧天平的，有抬银子的。杨百万走到中厅，朝外坐下，就像官府升堂一般，吩咐一声收票。只见有数百人一起取出票来，捱挤上去，就是府县里放告投文，也没有这等热闹。秦世良也随班拥进，把借票塞与家人收去，立在阶下，听候唱名。只见杨百万果然逐个唤将上去，从头至脚相过一番，方才看票。也有改多为少的，也有改少为多的。那改少为多的，兑完银子走下来，个个都气势昂昂，面上有骄人之色；那改多为少的，银子便接几两下来，看他神情萧索，气色暗然，好像秀才考了劣等的一般，个个都低头掩面而去。世良看见这些光景，有些懊悔起来道："银子不过是借贷，终久要还，又不是白送的，为什么受人这等怠慢？"欲待不借，怎奈票子又被他收去。

正在疑虑之间，只见并排立着一个借债的人，面貌身材与他一样，竟像一副印板印下来的。世良道："他的相貌与我相同，他若先叫上去，但看他的得失，就是我的吉凶了。"不曾想得完，那人已唤上去了。世良定着眼睛看，侧着耳朵听，只见杨百万将此人相过一番，就查票上的数目，却是五百两。杨百万笑道："兄那里借得五百两起？"那人道："不肖虽穷，也还有千金薄产，只因在家坐不过，要借些本钱到江湖上走走，这银子是有抵头的，怎见得就还不起？"杨百万道："兄不要怪我说，你这个尊相，莫说千金，就是万金也留不住。无论做生意不做生意，将来这些尊产少不得同归于尽。不如请回去坐坐，还落得安逸几年，省得受那风霜劳碌之苦。"那人道："不借就是了，何须说得这等尽情！"讨了票子，一路唧唧哝哝，骂将出去。

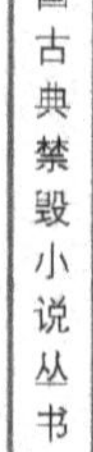

世良道："兔死狐悲，我的事不消说了。"竟要讨出票子，托故回家，不想已被他唤着名字，只得上去讨一场没趣了下来。谁想杨百万看到他的相貌，不觉眼笑眉欢，又把他的手掌扯了一捏，就立起身来道："失敬了。"竟查票子，看到五两的数目，大笑起来道："兄这个尊相，将来的家资不在小弟之下，为什么只借五两银子？"世良道："老员外又来取笑了。晚生家里四壁萧然，朝不谋夕，只是这五两银子还愁老员外不肯，怎么说这等过分的话，敢是讥诮晚生么？"杨百万又把他仔细一相道："岂有此理，兄这个财主，我包得过。任你要借一千、五百，只管兑去，料想是有得还的。"世良道："就是老员外肯借，晚生也不敢担当，这等量加几两罢。"杨百万道："几两、几十两的生意岂是兄做的？你竟借五百两去，随你做什么生意，包管趁钱，还不要你费一些气力，受一毫辛苦，现现成成做个安逸财主就是。"说完，就拿笔递与世良改票，世良没奈何，只得依他，就在"五"字之下、"两"字之上夹一个"百"字进去。写完，杨百万又留他吃了午饭，把五百两银子兑得齐齐整整，叫家人送他回来。

世良暗笑道："我不信有这等奇事，两个人一样的相貌，他有千金产业，尚且一厘不肯借他；我这等一个穷鬼，就拼五百两银子放在我身上，难道我果然会做财主不成？不要管他，他既拼得放这样飘海的本钱，我也拼得去做飘海的生意。闻得他的人家原是洋里做起来的，我如今不入虎穴，焉得虎子？也到洋里去试试。"就与走番的客人①商议，说要买些小货，跟去看看外洋的风

① 走番的客人——此指到海外做生意的商人。

光。众人因他是读过书的，笔下来得，有用着他的去处，就许了相带同行，还不要他出盘费。世良喜极，就将五百两银子都买了绸缎，随众一起下船。

他平日的笔头极勤，随你什么东西，定要涂几个字在上面。又因当初读书时节，刻了几方图书，后来不习举业，没有用处，捏在手中，不住的东印西印，这也是书呆子的惯相。一日舟中无事，将自己绸缎解开，逐匹上用一颗图书，用完捆好，又在蒲包上写“南海秦记”四个大字。众人都笑他道：“你的本钱忒大，宝货忒多，也该做个记号，省得别人冒认了去。”世良脸上羞得通红，正要掩饰几句，忽听得舵工喊道：“西北方黑云起了，要起风暴，快收进岛去。”那些水手听见，一起立起身来，落篷的落篷，摇橹的摇橹，刚刚收进一个岛内，果然怪风大作，雷雨齐来，后船收不及的，翻了几只。世良同满船客人，个个张牙吐舌，都说亏舵工收船得早。等了两个时辰，依旧青天皎洁。正要开船，只见岛中走出一伙强盗，虽不上十余人，却个个身长力大，手持利斧，跳上船来，喝道：“快拿银子买命!”众人看见势头不好，一起跪下道：“我们的银子都买了货物，腰间盘费有限，尽数取去就是。”只见有个头目立在岸上，须长耳大，一表人材，对众人道：“我只要货物，不要银子，银子赏你们做盘费转去，可将货物尽搬上来。”众强盗得了钧令，一起动手，不上数刻，剩得一只空船。头目道：“放你们去罢。”驾掌曳起风篷，方才离了虎穴。满船客人个个都号淘痛哭，埋怨道：“不该带了个没时运的人，累得大家晦气。”世良又恨自家命穷，又受别人埋怨，又虑杨百万这注本钱如何下落，真是上天无路，入地无门。

不上数日，依旧到了家中。思量道："丑媳妇免不得见公婆，如今本钱劫去，也要与他说个明白，难道躲得过世不成？"只得走到杨百万家，恰好遇着个收银的日子，那天平里面，铿铿锵锵，好像戏台上的锣鼓，响个不住。等得他收完，已是将要点灯的时候。世良面上无颜，巴不得暗中相见。杨百万见他走到面前，吃一惊道："你做什么生意，这等回头得快？就是得利，也该再做几转，难道就拿来还我不成？"世良听见，一发羞上加羞，说不出口，仰面笑了一笑，然后开谈，少不得是"惭愧"二字起头，就把买货飘洋、避风遇盗的话说了一遍，深深唱个喏道："这都是晚生命薄，扶持不起，有负老员外培植之恩，料今生不能补报，只好待来世变为犬马，偿还恩债。"说完，立在旁边，低头下气，不知杨百万怎生发作，非骂即打。谁知他一毫也不介意，倒陪个笑脸道："胜败乃兵家之常。做生意的人，失风遇盗之事，哪里保得没有遭把？就是学生当初飘洋，十次之中也定然遇着一两次。自古道：'生意不怕折，只怕歇。'你切不可因这一次受惊，就冷了求财之念。譬如掷骰子的，一次大输，必有一次大赢。我如今再借五百两与你，你再拿去飘洋，还你一本数十利。"世良听见，笑起来道："老员外，你的本钱一次丢不怕，还要丢第二次么？"杨百万道："我若不扶持你做个财主，人都要笑我没有眼睛。你放心兑去，只要把胆放泼些，不要说不是自己的本钱，畏首畏尾，那生意就做不开了。自古道：'貌不亏人。'有你这个尊相，偷也偷个财主来。今晚且别，明日是放银的日期，我预先兑五百两等你。"

世良别了。到第二日，当真又写一张借票，随众走去。只见果然有五百两银子封在那边，上面写一笔道：

大富长者秦世良客本。

众人的银子都不曾发，杨百万先取这一宗，当众人交与世良道：“银子你收去，我还有一句先凶后吉的话吩咐你。万一这注银子又有差池，你还来问我借。我的眼睛再不会错的，任你折本趁钱，总归到做财主了才住。”众人都把他细看，也有赞叹果然好相的，也有不作声的，都要办着眼睛看他做财主。

世良谢了杨百万回来，算计道：“你的意思极好，只是吩咐的话决不可依。他叫我把胆放泼些，我前番只因泼坏了事，如今怎么还好泼得？况且财主口里的话极是有准的，他方才那先凶后吉的言语，不是什么好彩头，切记要谨慎。飘洋的险事断然不可再试了，就是做别的生意，也要留个退步。我如今把二百两封好了，掘个地窖，藏在家中，只拿三百两去做生意。若是路上好走，没有惊吓，到第二次一起带去作本。万一时运不通，又遇着意外之事，还留得一小半，回来又好别寻生理。”算计定了，就将二百两藏入地窖，三百两束缚随身，竟往湖广贩米。路上搭着一个老汉同行，年纪有六十多岁，说家主是襄阳府的经历，因解粮进京，回来遇着响马，把回批劫去。到省禀军门，军门不信，将家主禁在狱中。如今要进京去干文书来知会，只是衙门使用与往来盘费，须得三百余金。家主是个穷官，不能料理，将来绝有性命之忧。说了一遍，竟泪下起来。世良见他是个义仆，十分怜悯，只是爱莫能助，与他同行同宿，过了几晚。一日宿在饭店，天明起来束装，不见了一个盛银子的顺袋。世良大惊，说店中有贼。主人家查点客人，单少了那个同行的老汉。世良知道被他拐

去，赶了许多路，并无踪影，只得捶胸顿足，哭了一场，依旧回家。心上思量道："亏我留个退步，若依了财主的话，如今屁也没得放了。"只得把地窖中的银子掘将起来，仍往湖广贩米。

到了地头，寻个行家住下，因客多米少，坐了等货。一日见行中有个客人，面貌身材与世良相似，听他说话，也是广东的声音，世良问道："兄数月之前，可曾问杨百万借银子么?"那客人道："去便去一次，他不曾有得借我。"世良道："我道有些面善。那日小弟也在那边，听见他说兄的话过于莽戆①，小弟也替兄不平。"那客人道："他的话虽太直，眼睛原相得不差。小弟自他相过之后，弄出一桩人命官司，千金薄产费去三分之二。如今只得将余剩田地卖了二百金，出来做客。若趁钱便好，万一折本，就要合着他的话了。"世良道："他的话断凶便有准，断吉一些也不验。"就将杨百万许他做财主，自己被劫被拐的话细说一番。那客人道："我闻得他相中一人，说将来也有他的家事，不想就是老兄，这等失敬了。"就问世良的姓名，世良对他说过，少不得也回问姓名，他道："小弟也姓秦，名世芳，在南海县西乡居住。"世良道："这也奇了，面貌又相同，姓又相同，名字也像兄弟一般，前世定有些缘分。兄若不弃，我两个结为手足何如?"世芳道："照杨百万的相法，老兄乃异日之陶朱，小弟实将来之饿莩，怎敢仰攀?"世良道："休得取笑。"两人办下三牲，写出年纪生日，世芳为兄，世良为弟，就在神前结了金石之盟。两个搬做一房，日间促膝而谈，夜间抵足而睡，情意甚是绸缪。

① 莽戆（zhuàng）——即莽撞，愚而刚直。

一日主人家道："米到了，请兑银子买货。"世良尽为弟之道，让世芳先买。世芳进去取银子，忽然大叫起来道："不好了，银子被人偷去了！"走出来埋怨主人家说："我房里并无别人往来，毕竟是你家小厮送茶送饭，看在眼里，套开锁来取去了。我这二百两不是银子，是一家人的性命。你若不替我查出来，我就死在你家，决不空手回去！"主人家道："舍下的小厮俱是亲丁，决无做贼之理。这主银子毕竟到同房共宿的客人里面去查，查不出来，然后鸣神发咒，我主人家是没得赔的。"世芳道："同房共宿的只有这个舍弟，他难道做这样歹事不成？"主人家道："你这兄弟又不是同宗共祖的，又不是一向结拜的，不过是萍水相逢，偶然投契。如今的盟兄盟弟里面，无所不至的事都做出来，就是你信得他过，我也信他不过。"世良道："这等说，明明是我偷来了，何不将我的行李取出来搜一搜？"主人家道："自然要搜，不然怎得明白？"世良气忿忿走进房去，把行李尽搬出来，叫世芳搜。世芳不肯搜，世良自己开了顺袋，取出一封银子道："这是我自己的二百两，此外若再有一封，就是老兄的了。"主人家道："怎么他是二百两，你恰好也是二百两，难道一些零头都没有？这也有些可疑。"就问世芳道："你的银子是多少一封，每封是多少件数，可还记得？"世芳道："我的银子是血产卖来的，与性命一般，怎么记不得？"就把封数件数说了一遍。主人家又问世良道："你的封数件数也要说来，看对不对。"世良的银子原是借来就分开的，藏在地下已经两月，后面取出来见原封不动，就不曾解开，如今哪里记得？就答道："我的银子藏多时了，封数便记得，件数却记不得。"主人家道："看兄这个光景，也不像有银子

藏多时的，这句话一发可疑。如今只看与他的件数对不对就知道了。”竟把银子拆开一看，恰好与世芳说的封数件数一一相同。主人家道：“如今还有什么辨得?”就把银子递与世芳，世芳又细细看了一遍道：“数目也相同，银水也相似，只是纸包与字迹全然不是，也还有些可疑。”主人家道：“有你这样呆客人。他既偷了去，难道不会换几张纸包包，写几个字混混？如今银子查出来了，随你认不认，只是不要胡赖我家小厮。”说完，竟进去了。世良气得目定口呆，有话也说不出。

世芳道：“贤弟，这桩事叫劣兄也难处。欲待不认，我的银子查不出，一家性命难存，欲待认了，又恐有屈贤弟。如今只得用个两全之法。大家认些晦气，各分一半去做本钱，胡卢提结了①这个局罢。”世良道：“岂有此理，若是小弟的银子，老兄分毫认不得；若是老兄的银子，小弟分毫取不得。事事都可以仗义，只有这项银子是仗不得义的。老兄若仗义让与小弟，就是独为君子；小弟若仗义让与老兄，就是甘为小人了。”世芳道：“这等怎么处理?”世良道：“如今只好明之于神。若是老兄肯发咒，说此银断断是你的，小弟情愿空手回去；若是小弟肯发咒，说此银断断是我的，老兄也就说不得要袖手空回。小弟宁可别处请罪了。”世芳道：“贤弟不消这等固执，管仲是千古的贤人，他当初与鲍叔交财也有糊涂的时节。鲍叔知道他家贫，也蒙眬不加责备。如今神圣面前不是儿戏得的，还是依劣兄，各分一半的是。”两个人争论不止，那些众客人与主人家都替世芳不服道：“明明

① 胡卢提结了——稀里糊涂了结了。

是你的银子，怎么有得分与他？”又对世良道：“我这行里是财帛聚会的所在，不便容你这等匪人，快把饭钱算算称还了走。”世良是个有血性的人，那里受得这样话起？就去请了城隍、关圣两分纸马，对天跪拜说：“这项银两若果然是我偷他的，叫我如何如何。”只表自己的心，再不咒别人一句。拜完，将饭账一算，立刻称还，背了包裹就走。世芳苦留不住，只得瞒了众人，分那一百两，赶到路上去送他，他只是死推不受。

别了世芳，竟回南海，依旧去见杨百万，哭诉自己命穷，不堪扶植，辜负两番周济之恩，惭愧无地。说话之间，露出许多踧踖①不安之态。杨百万又把好言安慰一番，到底不悔，还要把银子借他，被他再三辞脱。从此以后，纠集几个蒙童学生处馆过日。那些地方邻里因杨百万许他做财主，就把“财主”二字做了他的别号，遇见了也不称名，也不道姓，只叫“老财主”，一来笑他不替杨百万争气，二来见得杨百万的眼睛也会相错了人。

却说秦世芳自别世良之后，要将银子买米，不想因送世良迟了一日，米被别人买去了，止剩下几百担稻子。主人家道：“你若不买，又有几日等货，不如买下来，自己砻②做米，一般好装去卖，省得耽搁工夫。”世芳道：“也说得是。”就尽二百两银子买了。因有便船下瓜洲，等不得砻，竟将稻子搬运下船，要思量装到地头，舂做米卖。不想那一年淮扬两府饥馑异常，家家户户做种的稻子都舂米吃了，等到播种之际，一粒也无，稻子竟卖到五两一担。世芳货到，千人万人争买，就是珍珠也没有这等值

---

① 踧踖（cùjí）——恭敬而不安的样子。

② 砻（lóng）——去掉稻壳的工具。这里指用砻去掉稻壳。

钱。不上半月工夫，卖了一本十利，二百两银子变做二千，不知哪里说起。又在扬州买了一宗岕茶，装到京师去卖。京师一向只吃松萝，不吃岕茶的，那一年疫病大作，发热口干的人吃了岕茶，即便止渴，世芳的茶叶竟当了药卖。不上数月，又是一本十利。世芳做到这个地步，真是平地登仙，思量杨百万的说话，竟是狗屁，恨不得飞到家中，问他的罪。就在京师搭了便船，路上又置些北货，带到扬州发卖。虽然不及以前的利息，也有个四五分钱。此时连本算来，将有三万之数。又往苏州买做绸缎，带回广东。

不一日到了自家门前，货物都放在船上，自己一人先走进去。妻子见他回来，大惊小怪的问道："你这一向在哪里，做些什么勾当？"世芳道："我出门去做生意，你难道不晓得，要问起来？"妻子道："这等你生意做得何如？"世芳大笑道："一本百利，如今竟是个大财主了。"妻子一发大惊道："这等你本钱都没有，把什么趁来的？"世芳道："你的话好不明白，我把田地卖了二百两银子，带去做生意的，怎么说本钱都没有？"妻子道："你那二百两银子现在家中，何曾带去？"世芳不解其故，只管定着眼睛相妻子。妻子道："你那日出门之后，我晚间上床去睡，在枕头边摸着一封银子，就是那宗田价。只说你本钱掉在家中，毕竟要回来取，谁知忘了一向，再不见到。我只怕你没有盘费，流落在异乡，你怎么到会做起财主来？"世芳呆了半日，方才叹一口气道："银子便趁了这些，负心人也做得够了。"妻子问什么缘故，世芳就将下处寻不见银子，疑世良偷去的话说了一遍。妻子道："这等你的本钱是那个人的银子了。银子虽是他的，时运却是你自己的。如今拼得把这二百两送去还他就是。”世芳道：“岂有此理。有本才有利，我若不是他这注本钱，莫说做生意，就是盘缠也没得回来。那时节把他的银子错来也罢了，还叫他认一个贼去。仔细想来，我成了个什么人？如今只有一说，将本利一起送去还他，随他多少分些与我，一来赔他当日之罪，二来也见我不是有意负心，这才是个男子。”妻子道：“自己天大的造化，趁得这注银子，怎么白白拿去送人？你就送与他，他只说自己本钱上生出来的，也决不感激你，为什么做这样呆事？”

世芳见妻子不明道理，随口答应了几句，当晚把货物留在舟中，不发上岸，只说装到别处去卖。次日杀了猪羊，还个愿心，请邻舍吃钟喜酒。第三日坐了货船，竟往南海去访世良的踪迹。问到他家，只见一间稀破的茅屋，几堵倾塌的土墙，两扇柴门，上面贴一副对联道：

数奇甘忍辱，形秽且藏羞。

世芳见了，知道为他而发，甚是不安。推开门来，只见许多蒙童坐在那边写字，世良朝外坐了打瞌睡，衣衫甚是褴褛。世芳走到面前，叫一声：“贤弟醒来！”世良吓出一身冷汗，还以为世芳赶来羞辱他的一般，连忙走下来作揖，口里千惭愧、万惭愧。世芳作了一个揖，竟跪下来磕头，口里只说“劣兄该死”。世良不知那头事发，也跪下来对拜。拜完了，分宾主坐下。世良问道：“老兄一向生意好么？”世芳道：“生意甚是趁钱，不上一年，做了上百个对合，这都是贤弟的福分。劣兄今日一来负荆请罪，二来连本连利送来交还原主，请贤弟验收。”世良大惊道：“这是什么说话？小弟不解。”世芳把到家见妻子，说本钱不曾带去的话，

述了一遍，世良笑一笑道："这等说来，小弟的贼星出名了。如今事已长久，尽可隐瞒，老兄肯说出来，足见盛德。小弟是一个命薄之人，不敢再求原本，只是洗去了一个贼名，也是桩侥幸之事，心领盛情了。"世芳道："说那里话，劣兄若不是贤弟的本钱，莫说求利，就是身子也不得回家，岂有负恩之理？如今本利共有三万之数，都买了绸缎，现在舟中，贤弟请去发了上来。劣兄虽然去一年工夫，也不过是侥天之幸，不曾受什么辛苦。贤弟若念结义之情，多少见惠数百金，为心力之费则可；若还推辞不受，是自己独为君子，教劣兄做贪财负义的小人了。"说完，竟扯世良去收货。世良立住道："老兄不要矫情，世上那有自己求来的富贵，舍与别人之理！古人常道：'不义取财，如以身为沟壑。'小弟若受了这些东西，只当把身子做了毛坑，凡世间不洁之物，都可以丢来了。这是断然不要的。"世芳变起脸来道："贤弟若苦苦不受，劣兄把绸缎发上来，堆在空野之中，买几担干柴，放一把火，烧去了就是。"世良见他言词太执，只得陪个笑脸道："老兄不要性急，今日晚了，且在小馆荒宿，明早再做商量，多少领些就是。"一边说，一边扯个学生到旁边，唧唧哝哝的商议，无非是要预支束脩①，好做东道主人之意。世芳知道了，就叫世良过来道："贤弟不消费心，劣兄昨日到家，因一路平安，还个小愿，现带些祭余在船上，取来做夜宵就是。"世良也晓得束脩预支不来，落得老实些，做个主人扰客。当晚叙旧谈心，欢畅不了。

---

① 束脩（xiū）——旧指送给教师的报酬。

说话之间，偶然谈起杨百万来。世芳道："他空负半生风鉴之名，一些眼力也没有，只劣兄一人就可见了。他说我无论做生意不做生意，千金之产，同归于尽。我坐家的命虽然不好，做生意的时运却甚是亨通。如今这些货物虽不是自己的东西，料贤弟是仗义之人，多少决分些与我，我拿去营运起来，怕不挣个小小人家？可见他口里的话都是尽胡说的。我明日要去问他的口，贤弟可陪我去，且看他把什么言语支吾？"世良道："我去到要去，只是借他一千银子，本利全无，不好见面。"世芳大笑道："你如今有了三万，还愁什么一千？"明日就当我面前，把本利算一算，发些绸缎还他就是了。"世良大喜道："说得极是。"

两个睡了一晚，次日是杨百万放银的日期。世芳道："我若竟去问他，他决要赖口，说去年并无此话，你难道好替我证他不成？我如今故意写一张借票，只说问他借一千两银子，他若不借，然后翻出陈话来，取笑他一场，使他无言对我，然后畅快。"算计定了，就写票同世良走去，依旧照前番的规矩，先把票子递了，伺候唱名。唱到秦世芳的名字，世芳故意装做失志落魄的模样，走上去等他相。杨百万从头至脚大概看了一遍，又把他脸上仔仔细细相了半个时辰，就对家人道："兑与他不妨，还得起的。"世芳道："老员外相仔细些，万一银子放落空不要懊悔。"杨百万道："若是去年借与你，就要落空；今年借去，再不会落空的。"世芳道："原来老员外也认得是去年借过的。既然如此，同是一个人，为什么去年就借不起，今年就借得起？难道我的脸上多生出一双耳朵，另长出一个鼻子来了不成？"杨百万道："论你相貌，是个彻底的穷人，只是脸上气色比去年大不相同。去年

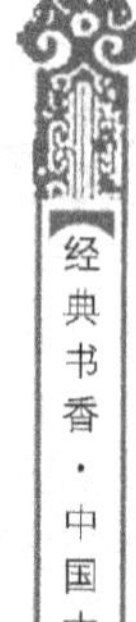

是一团的滞气①，不但生意不趁钱，还有官府口舌，我若把银子借你，只好贴你打官司。你如今脸上，不但滞气没有了，又生出许多阴骘纹来，毕竟做了天大一件好事，才有这等气色，将来正要发财。你如今莫说一千，二千也只管借去。只是有一句话要吩咐你，你自已的福分有限，须要帮着个大财主，与他合做生意，沾些时运过来，还你本少利多，若自己单枪独马去做，虽不折本，也只好趁些蝇头小利而已。”世芳被他这些话说得毛骨悚然，不觉跪下来道：“老员外不是凡人，乃是神仙下界点化众生的，敢不下拜。”杨百万扶起来道：“怎见得我是神仙？”世芳道：“晚生今日不是来借银子，是来问口的。不想晚生的毛病，句句被老员外说着，不但不敢问口，竟要写伏便了。”就把去年相了回去，弄出人命官司，后来卖田作本，掉在家中不曾带去，错把世良的银子认做本钱，拿去做生意屡次得彩，回来知道缘故，将本利送还世良的话，备细说过一遍。世良也走过去说：“去年湖广相遇的，就是这位仁兄。他如今连本利送来还我，我决无受他之理。烦老员外劝他将货物装回，省得陷人于不义。”杨百万听了，仰天大笑一顿，对众人道：“我杨老儿的眼睛可会错么？”指着世良道：“我去年原说他，随你折本趁钱，总归到做财主了才住。如今折本折出上万银子来，可是折出来的财主么？我又说他不要费一毫气力，受一毫辛苦，现现成成做个安逸财主。如今别人替他走过千山万水，趁了银子送上门来，可是个安逸财主么？”阶下立着数百人，齐声喝彩道：“好相法，真是神仙！莫说秦兄该下

① 滞气——霉气。

脆，连我们都要拜服了。”杨百万又仰天笑了一顿，对世良道：“这主钱财，你要辞也辞不得。不是我得罪他讲，他若不发这片好心，做这桩好事，莫说三万，就是三十万也依旧会去的。我如今替你酌处，一个出了本钱一个费了心力，对半均分，再没得说。”世芳道：“既蒙老员外吩咐，不敢不遵。只是这项本钱，原是他借老员外的，利钱自然该在公账里除，难道叫他独认不成？”杨百万道：“也说得是。”就叫家人把利钱一算，连本结个总账，共该一千三百两。世芳要一总除还，世良不肯道：“你只受得二百两，其余的你不曾见面，难道强盗劫去的、拐子拐去的也要你认不成？”杨百万道：“一发说得是。”就依世良，只算二百两的本利。世芳叫人发了几箱绸缎，替他交明白了。杨百万又替他把船上货物对半分开，世良的发上了岸，世芳的留在舟中。当晚杨百万大排筵席，做戏相待，一来旌奖他二人尚义，二来夸示自家的相法不差。

世芳第二日别了世良，将一半货物装载回去。走到自家门前，只见两扇大门忽然粉碎，竟像刀劙①斧砍的一般。走进去问妻子，妻子睡在床上叫苦连天，问他什么缘故？妻子道：“自从你去之后，夜间有上百强盗打进门来，说你有几万银子到家，将我捆了，叫拿银子买命。我说银子货物都是丈夫带出去了，他只不信，直把我吊到天明方才散去。如今浑身紫胀，命在须臾。”世芳听了，叹口气道：“杨百万活神仙也！他说我若不起这点好心，银子终久要去，如今一发验了。若不是我装去还他，放在家

① 劙（lí）——割，劈。

中，少不得都被强盗劫去。这等看起来，我落得做了一个好人，还拾到一半货物。”妻子道：“如今有了这些东西，乡间断然住不得了，趁早进城去。”世芳道：“杨百万原叫我帮着个财主，沾他些时运。我今看来，以前的时运分明是世良兄弟的了。我何不搬进城去，依傍着他，莫说再趁大钱，就是保得住这些身家，也够得紧了。”就把家伙什物连妻子一起搬下货船，依旧载到城中，与世良合买一所厅房同住。结契的朋友做了合产的兄弟，况且面貌又不差，不认得的竟说是同胞手足。

一日世良与世芳商议道：“这些绸缎在本处变卖没有什么利钱，你何不同了飘洋的客人到番里①去走走，趁着好时运，或者飘得着也不可知。”世芳道：“我也正有此意。”就把妻子托与世良照管，将两家分开的货物依旧合将拢来，世芳载去飘洋不提。

却说南海到了一个新知县，是个贡士出身，由府幕升来的。到任不多时，就差人访问：“这边有个百姓，叫做秦世良，请来相会。”差人问到世良家里，世良道：“我与他并无相识，天下同名同姓的多，决不是我。”差人道：“是不是也要进去见见。”就把世良扯到县中，传梆进去。知县请进私衙，叫世良在书房坐了一会。只见帘里有人张了一张，走将进去，知县才出来相见。世良要跪，知县不肯，竟与他分庭抗礼，对面送坐。把世良的家世问了一遍，就道：“本县闻得台兄是个儒雅之士，又且素行可嘉，所以请来相会。以后不要拘官民之礼，地方的利弊常来赐教，就是人有什么份上相央，只要顺理，本县也肯用情，不必过于廉

① 番里——指海外。

介。”世良谢了出去，思量道：“我与他无一面之交，又没有人举荐，这是哪里说起，难道是我前世的父亲不成?”隔了几时，又请进去吃酒，一日好似一日。地方上人见知县礼貌他，那个不趋奉，有事就来相央。替他进个徽号，叫做“白衣乡绅”。坏法的钱他也不趁，顺礼的事他也不辞，不上一年，受了知县五六千金之惠。

一日进去吃酒，谈到绸缪之处，世良问道：“治民与老爷前世无交，今生不熟，不知老爷为什么缘故一到就问及治民，如今天高地厚之恩再施不厌，求老爷说个明白，好待治民放心。”知县道：“这个缘故论礼是不该说破的，我见兄是盛德之人，且又相知到此，料想决不替我张扬，所以不妨直告。我前任原是湖广襄阳府的经历，只因解粮进京，转来失了回批，军门把我监禁在狱。我着个老仆进京干部文来知会，老仆因我是个穷官，没有银子料理，与兄路上同行，见兄有三百两银子带在身边，他只因救主心坚，就做了桩不良之事，把兄的银子拐进京去，替我干了部文下来，我才能够复还原职。我初意原要设处这项银子，差人送来奉还的，不想机缘凑巧，我就升了这边的知县，所以一到就请兄相会。又怕别人来冒认，所以留在书房，叫老仆在帘里识认，认得是了，我才出来相会。后来用些小情，不过是补还前债的意思，没有什么他心。”说完了，就叫老仆出来，磕头谢罪。世良扶起道：“这等你是个义士了，可敬可敬。”世良别了知县出去，绝口不提，自此以后往来愈加稠密。

却说世芳开船之后，遇了顺风，不上一月，飘到朝鲜。一般也像中国，有行家招接上岸，替他寻人发卖。一日闻得公主府中

要买绸缎，行家领世芳送货上门，请驸马出来看货。那驸马耳大须长，绝好一个人品，会说中国的话，问世芳道："你是哪里人？叫什么名字？"世芳道："小客姓秦，名世芳，是南海人。"驸马道："这等秦世良想是你兄弟么？"世芳道："正是，不知千岁哪里和他熟？"驸马道："我也是中国人，当初因飘洋坏了船只，货物都沉在海中，喜得命不该死，抱住一块船板浮入岛内。因手头没有本钱，只得招集几个弟兄，劫些货物作本。后面来到这边，本处国王见我相貌生得魁梧，就招我做驸马。我一向要把劫来的资本，加利寄还中国之人，只是不晓得原主的名字。内中有一宗绸缎，上面有秦世良的图书字号，所以留心访问，今日恰好遇着你，也是他的造化。我如今一倍还他十倍，烦你带去与他。你的货不消别卖，我都替你用就是了。"说完，叫人收进去，吩咐明日来领价。世芳过了一晚，同行家走去，果然发出两宗银子，一宗是昨日的货价，一宗是寄还世良的资本。世芳收了，又叫行家替他置货。不数日买完，发下本船，一路顺风顺水，直到广州。

世良见世芳回来，不胜之喜，只晓得这次飘洋得利，还不晓得讨了陈账回来。世芳对他细说，方才惊喜不了。常常对着镜子自己笑道："不信我这等一个相貌，就有这许多奇福。奇福又都从祸里得来，所以更不可解。银子被人冒认了去，加上百倍送还，这也够得紧了。谁想遇着的拐子，又是个孝顺拐子，撞着的强盗，又是个忠厚强盗，个个都肯还起冷账来，哪里有这样便宜失主！"世良只因色心淡薄，到此时还不曾娶妻。杨百万十分爱他，有个女儿新寡，就与他结了亲。妆奁甚厚，一发锦上添花。与世芳到老同居，不分尔我。后来直富了三代才住。

看官，你说这桩故事。奇也不奇？照秦世良看起来，相貌生得好的，只要不做歹事，后来毕竟发积，粪土也会变做黄金；照秦世芳看起来，就是相貌生得不好的，只要肯做好事，一般也会发积，饿莩①可以做得财主。我这一回小说，就是一本相书，看官看完了，大家都把镜子照一照，生得上相的不消说了，万一尊容欠好，须要千方百计弄出些阴骘纹来，富贵自然不求而至了。

① 饿莩（piǎo）——饿殍，指饿死的人。

午　集

妒妻守有夫之寡　懦夫还不死之魂

词云：

妒妇有方可治，懦夫无药堪医。闺中强悍不由妻，尽是男儿纵起。　　菩萨何曾怒目，金刚自去低眉。蛇头鳖颈失前威，那怕龙身豹尾。

——右调《西江月》

这首词专为惧内之人而作。世间惧内的男子，动不动怨天恨地，说氤氲使者配合不均，强硬的丈夫偏把柔弱的妻子配他；像我这等温柔软款、没有性气的人，正该配个柔弱的妻子，我也不敢犯上，他也不忍陵下，做个上和下睦，妇唱夫随，冠冠冕冕①的过他一世，有什么不妙？他偏不肯如此，定要选个强硬的妇人来欺压我。一日压下一寸来，十日压下一尺来，压到后面，连寸夫尺夫都称不得了，哪里还算得个丈夫？这是惧内之人说不出的苦楚。据我看起来，天地之间只有爬不起的男子，没有压不倒的妇人。做男子的秉阳刚之气而生，没有不强硬之理；做妇人的秉阴柔之气而生，没有不软弱之理。以男子之强硬，治妇人之软弱，不但于丈夫有益，亦且于妻子相宜。不信但看交媾的时节，哪一个妇人不喜男子之强硬，哪一位妻子不怪丈夫之软弱。这是

① 冠冠冕冕——体面，光彩。

造物付他的本性，不知不觉从天机忽动之际透露出来的。即此一事，就是男子宜刚，妇人宜柔；男子喜软，妇人喜硬的证据了。为什么不投以所喜，反投以所怪，使他习久成性，爬到丈夫头上来，终日吵吵闹闹，不但男子受苦，连他自己也吃亏。竟像携云握雨的时节，妇人越纵横，男子越畏缩，这种苦楚比遭刑受罚更胜一倍。辜负造物一片好心，把两个行乐的身子交付与他，只因当硬者不硬，以致当软者亦不软也。我如今先说个强硬丈夫，与后面软弱之人做个领袖，比寻常引子不同，却是两事合为一事，那个软弱之人全亏了这个硬汉，方才爬得起来，不然竟被妻子压下地去，永世竟不能翻身。

这个强硬丈夫，是洪武末年、永乐初年的人，姓费字隐公，住在浙江衢州府常山县，由进士出身，做到四品黄堂之职。大小妻室共有二十多房，正夫人不倡酸风，众姬妾莫知醋味。同年的弟兄，相好的朋友，走到他家，但闻秋千院内有嘻笑之声，不见狮吼堂中有咆哮之气，没有一个不羡慕他。他到别人家里，看见夫妻吵闹，听见妻妾相争，就像看戏文、听鼓乐的一般，心上十分快乐，看了又看，听了又听，再舍不得起身。同去的人问他什么缘故，他说："这种光景生来不曾看过，这种声响生平不曾听过，正要借看一看，借听一听，不见此辈之苦，哪知自己之乐。见过一遭，走回家去，定有几日神仙好做，故此不忍弃之而走。"不想四十之外，忽然丧了正室，恐怕姬妾众多，没人弹压，自己出门的时节要嘈杂起来，就托了亲戚朋友，要寻一位半老佳人，做个继室。

那些亲戚朋友，都是些惧内之人，平日见他讥诮自己，怀恨在心，大家商量起来，要寻个极妒极悍的女子与他续弦，使他说不得嘴。有个新寡之妇，年纪不上三十岁，姿貌之美，甲于里中，只得妒悍不过，平日有醋大王之名。丈夫未死之先，与个丑陋丫头偷了一次，云收雨散之后，被他看出破绽来，把丈夫叫到面前，三推六问，定要屈打成招，好结果丫环的性命。丈夫宁可吃打，只是不招。那醋大王疑心不解，就创出个试验奸情的法子来。吩咐丫环取一碗冷水，放在丈夫面前道："若还果然无奸，就吃了下去。你敢吃不敢吃？"那丈夫一心要救丫环，竟不顾自己的性命，连声应道："敢吃敢吃。"就取了那碗冷水，一口吃将下去。彼时是炎热天光，那丈夫要侥万一之幸，只说五脏六腑之中尽是暑气，以一杯之水救满腹之火，解凉止渴尚且不足，哪里有得流入肾经？不知道以水救火则不足，以水济水则有余，热精才去，冷水即来，岂有不病之理？激成一个大阴症，不上三日，就呜呼哀哉尚飨了。这位醋大王是一刻丢不下醋味的，弄死了丈夫，只当打翻了醋瓮，成年成月没有一滴沾唇，哪里口淡得过？少不得要寻个酿醋之人，就吩咐媒婆，要寻男子再醮。那些惧内之人欢喜不过，大家撺掇①费隐公，叫他娶来续弦。费隐公也久慕其名，知道是个妒妇，因他有倾国之容，不忍求全责备，竟依众人娶了他。

众人只说此妇进门，定要把座清平世界搅做混浊乾坤，这个说嘴的神仙，料想不能再做了。等到第二日，大家以叫喜为名，都睁了眼睛去看他吵闹。不想走到门前，竟有笙箫鼓乐之声从内而出，竟像夫妻大小同在里面作乐的一般，全是太平气象，没有

① 撺掇——怂恿，煽动。

一毫变乱之形。众人惊诧不已，就叫家人通报。家人道："老爷今日有家宴，方才上席，不好传禀，改日再来罢。"众人走了回去，第三日又来，家人照旧回复说："今日又有家宴，不便传禀。"及至第四日走去，家人回复的话，依旧照有，不改一字。众人道："为什么他的家宴再吃不了？"家人道："前日的酒，是众位小奶奶做主，公请大奶奶的；昨日的酒，是大奶奶一人作主，回请众位小奶奶的；今日的酒，又是老爷自己做主，回请大小各位奶奶的。"众人听了，一发惊诧不已，就问家人道："那位新奶奶是有名会吃醋的，难道走进门来，竟不露一毫风彩，与这些姬妾猫鼠同眠起来不成？"家人道："进门的时节也甚是强梁，不肯服善，被老爷处治一夜就服贴了。如今好不和气，比前面的奶奶还觉得贤慧些。"众人听了，要学些法则回去处治强梁，就把起先不服的光景，后来制服的缘故，细细盘问他。

家人道："新奶奶进门，看见许多女子，只说是接亲的妇人，全不介意。及至到了晚上，见他们不去，又要陪老爷吃酒，方才知道是妾，就变起脸来道：'一户人家只有夫妻两个，哪里来这许多妇人？我眼里着不得他们，快些打发开去！'老爷道：'若没有几个妇人，只是夫妻一对，竟与挑葱弄菜之人无异了，成得一户什么人家？我的规矩不是今日做起的，这些姬妾也不是今日才来的，不曾打发得惯。你若有福做夫人，好好的坐过来一同饮酒，若还没有福气，请避过一边，看我们作乐。决不因你一个向隅，使我满堂之人不能欢饮，落得不要费心。'大奶奶听了这些话，就爬起身来道：'既然如此，我是没福的人，快打轿来送我回去。'老爷道：'我这户人家是走得进来，走不出去的，我也久闻大名，知道你不好相处。起先说亲的时节，还不曾打扫椒房①，就设立一座冷宫伺候，喜得不甚相远，就在这卧室之旁。若还不嫌寂寞，请过去安逸几时，等你威怒稍平之后，再过来奉请。'新奶奶听了这些话，只说是吓他的，掉转头来竟走。那些小奶奶都要跟他过去，被老爷一声喝住，不许一个相随。等他过去之后，就与众位奶奶上席吃酒。吩咐家中女戏子，叫他把零出的戏用心做来。新奶奶走到那边，就放声大哭。老爷又吩咐梨园，叫把唱曲的声音与他相和。他若哭得轻，便做文戏；他若哭得重，就做武戏。轻清重浊，都要和得均匀，不许参差上下。那边哭了一夜，这边唱了一夜。及至唱到天明，将要撤席的时节，那边有个丫环慌慌张张走过来道：'新奶奶把一根丝绦系在梁上，想是要寻死了，大家快去劝一劝。'老爷吩咐众人道：'你们一个不许来，待我自己去劝。'新奶奶见老爷走到，只说被他吓慌了，当真来劝他，一发做起势来，要去上吊。谁想老爷走进房门，就把门窗户扇尽行关了，不放一人进去。对新奶奶道：'方才丫环来说，新夫人要想升天，特地过来相送。虽然不曾成亲，娶你过来，也算一场夫妻。临别之际，无以为情，赠你几遍往生神咒，省得做了非命之鬼，不得超生。'说了这几句，就坐转身子，把背脊向了他，高声大气念起咒来。一连念了几十遍，再不回头。只说他死了，哪里晓得往生神咒是这等灵验的，不但死者听了可以超生，连生者听了也可以免死。新奶奶见他念得发狠，竟不肯上吊起来，说：'你要我死，我偏不肯死，看你念到几时才住！'

① 椒房——即椒房殿，汉代皇后居住的宫殿。后泛指后妃的居室。

老爷笑了一声，掉转头去道：‘你既不肯死，我也不念了。如今劝你改肠换肚，只当死过一次，再投人身的一般，开门七件之中，戒了第六件，不要吃罢。’新奶奶道：‘要我不吃醋，须要放公道些。不要把虚名哄我一个，实惠加与众人。’老爷道：‘决不如此，还你有名有实就是了。’各位小奶奶见他这种光景，知道要挽回了，大家落得做好人，就敛起份子来，又当贺喜，又当和事，第二日就办酒席，劝他们两个成亲。大奶奶做了那一场，怕老爷嫌他妒忌，以后还要贬入冷宫，要整个酒席赔罪他，恐怕各位奶奶耻笑，就以回席众人为名，第三日也办酒筵，吃了半夜。老爷见他悔过自新，自己也有些过意不去，也要办酒赔罪他，恐怕名声不好听，只以回席两处为名，所以今日又有酒筵，少不得还要吃到半夜。如今三处的酒席都已吃完，明日没有题目了，列位要会老爷，定是明日。”

众人听了这些话，都赞叹起来道：“不信做男子的人竟有这般胆量，别人一生一世弄不服的妇人，被他一夜工夫就弄服了。难道天下的妒妇都该受他的节制不成？这等看起来，那个妇人叫做醋大王，这个男子又该叫做妒总管了。大话要让他说，神仙要让他做，没本事奈何他。”这些说话被人传播开去，竟把“妒总管”之名做了他的别号。

他见众人加以美称，也就顾名思义起来，竟以总管自任。看见人家有妒妇，就千方百计要教导男子去征服了他，必使南风大竞①而后止。那些惧内之人，不论官职尊卑，年纪长幼，都要来

① 南风大竞——南风：南方的音乐。竞：强劲。南方的音乐非常强劲。比喻男方在气势上压倒女方。

拜门生，求他传授心法。未及一年，竟收了几百个门生。终日登坛说法，把弭酸止醋之方，细细的传授他。大概说天下的妒妇，不是些无用之人，皆女中之曹孟德也，乱世之奸雄，即治世之能臣，化得他转来，都是绝好的内助，可惜为男子都不能驾驭之耳。男子驾驭妇人，要以气魄为主，才术副之，有才术而无气魄，究竟用不出来，与痴蠢之人无异。"气魄"二字是圆通不得的，要从根脚上做起。一次畏惧他，被他夺了气魄去，就不能驾驭妇人，反要受妇人的驾驭了。"才术"二字比气魄不同，全要用得灵变，是要因人起见，因事起见，因时起见的，若执了死法行去，不但才术无所施，连气魄都要受累了。以执一之气魄，行圆通之才术，天下古今，无不可化之妒妇矣。"诸兄一向受制于尊阃①，如今都在丧气落魄之时，'才术'二字全然用不着，且回去养精蓄锐，把从前失去的气魄逐分逐毫的恢复转来，待气充魄定之后，然后来商量才术。中人以上者，要用七分气魄，三分才术；诸兄们本领不足，只算得个中人以下之人，若有得三分气魄，以七分才术济之，亦可以为成人矣。"那些及门的高足得了真传，个个从气魄做起，做到才术上去。费隐公又会审时度事，因人而施，问他尊阃是哪一种人，好做哪一种事，到那不先不后的时节，把个法子教导他，没有一个妒妇不被男子压倒。不上三年，数百里内外几有《汝坟》《江汉》之风，"吃醋"二字竟没有人说起。

只有一个妇人，住在费隐公隔壁，偏要与他作梗，年过四十

① 阃（kǔn）——妇女居住的内室，借指妇女。

而无子，不容丈夫娶妾。人都说妒总管的威名，但能服远，而不能制近，费隐公甚以为耻。这个妇人叫做淳于氏，丈夫穆子大，是个有名的孝廉。他家惧内之风是祖坟上荫下来的，父传于子，子传于孙，再不曾空了一代。孝廉之父与费隐公乡、会同年，最相契厚，未死之前，曾对费隐公道："小弟不肖，做了一世罢软丈夫，不能振拔，可惜这个同年老师不曾认得，如今甚以为悔。只是亡妻虽妒，还妒出个儿子来，不曾使小弟绝后。不像如今的儿妇，除吃醋之外，并无他长；做亲二十余年，不曾怀娠一次，又不许小儿买妾，将来必有绝嗣之忧。这个年侄门生，是一定要拜的了，你千万不要拒绝。若还教诲得来，使他做个亢宗之子，娶房姬妾，生个儿子出来，则老年兄之恩德与小弟之宗祀，俱不泯矣。"费隐公道："漠不相关之人，尚且替他筹画，何况同年之子。只要令郎不弃葑菲，肯来相商，还他有后就是。"此老回去，正要率领儿子来拜门生，不想被家务缠了几日，又忽然生起病来，不多几时就亡故了，这个年侄门生究竟不曾拜得。淳于氏知道左邻右舍没有好人，见了丈夫，定要劝他娶妾，就以守制为名，把丈夫关在家中，一步不许他走动。有时出门拜客，定要送到门前，直待他走过费家，方才进去，其畏妒总管也如此。

直到三年服阕①之后，穆子大的年纪一发多了，虑后之心十分急切，只得转托朋友替他先容，把费隐公约到别处，方才拜了门生。一来求他传授心事，为此时疗妒之方；二来借他遥作声援，为将来御妒之计。费隐公也把从前的秘诀传授他一番，叫他

① 服阕（què）——旧制，父母死后守丧三年，期满脱去孝服。

回去培养气魄。穆子大道："门生所处的时势，与别人不同，娶妾生子之事，一日也迟不得了。若要气充魄定之后，才来商议才术，极少也得三、五年。到那须鬓皓然，精髓告竭的时节，就娶了姬妾来，也用他不着了。还求老师别作商量，想个早间种树、晚上乘凉的法子，才于门生有济。"费隐公想了一会，又对他道："'气魄'二字究竟是少不得的，没有浩然之气，如何行得道义出来？如今没奈何，只得用个权宜之法，你自家没有气魄，把学生的气魄借你去用一用。你今日回去，就要把娶妾的话劈空讲起，他若穷究来历，就说是学生的意思，因念同谱之情，不忍令先尊绝后，故有此举。且看他如何答应，再来见我，我自有应变之法。"穆子大道："若还这等说去，他毕竟要震怒起来，断绝门生的来路，就要求见老师为善后之计，也不能够了。"费隐公道："他不放你出来，我自有破柱取人的手段。不必自己亲征，只消几个门下之士，以公讨妒妇为名，赶到府上来，羞辱他一顿，连你也要发作几句，还要逼你离绝他。到那时节，我自有法子引他入彀①，决不至于有纵无收。只是这桩事情，利于急而不利于缓，一面托人寻亲，一面与他讲话。等他略有肯意，就娶进门，方才没有转变。若还迟了几日，你是个没有气魄的人，就像舞仙童的一般，全看神仙附着他，方才舞弄得起；一刻离了神仙，就要露出本相来，没人畏惧他了。所以这桩事情，再缓不得。"

穆子大听了这些话，不觉胆壮起来，把他吩咐的言语，改头换尾做了一篇新奇文字，去说那阃内将军。走到家中，见了淳于

① 入彀（gòu）——比喻中圈套。

氏，预先耀武扬威，把妒总管的声势着实夸张一遍，渐渐说到他身上来，说："他征服了醋大王，威名远播，常山县中没有一个妒妇不出来投降，未有儿子的都劝丈夫娶妾。凡是惧内之人，感颂他的恩德，都约齐了去拜门生，竟不通知一声，把我的名字也开在数内。这也罢了，又有许多好事的朋友，要替他广施德化，大家劝我娶小。我再三回绝他，他就成群结党做起武断之事来，刻了一篇征勦妒妇、公讨忤逆的檄文，各处传谕，说我年近五旬，未有子息，现为妒妇所制，不肯买姬置妾，以危宗祧①，使妒总管之德化不能遍及于桑梓。仍限我十日之内，置买侧室。如过期不娶，即系不夫不妇、伤伦败化之人，要一起打上门来，声其罪而致讨。你说这桩事情好笑不好笑？"

淳于氏听了这些话，就翻转面皮来，先骂一顿，方才问他道："你这些巧话要骗哪一个？你这些硬话要吓哪一个？我家绝嗣与别人何干，他来逼你娶小？就是男子不敢娶，妇人不容娶，也是仕宦人家的常事，又不是谋反叛逆，为什么就征勦起来？明明是你自己生心要做不轨之事，又惧怕我的法度，不敢胡行，故此假借别人的威势来吓制我。我是个不受欺骗、不怕吓制的人，征勦不征勦，且等他上门，我自会抵敌。你从来不敢放肆，今日忽然胆大起来，这个初犯断饶不得，好好跪过来领打！"说了这几句，就揪住穆子大的耳朵，要用起家法来。穆子大的刑罚往常是受惯的，如今有了靠山，正要处治他，那里还肯受他处治？就像杀猪一般高嘶大喊起来，要等费隐公听见，好发救兵的意思。

① 宗祧（tiāo）——宗庙。引申指家族世系。

谁想远水救不得近火，倒在火上加起油来。淳于氏道："你这等叫喊，难道要号召别人来摆布我不成？"竟把丈夫擒倒在地，捏了家法打个不停。打完之后，又取一把交椅，朝东而坐，对了费家的宅子，呼了隐公的名字，高声大骂起来道："你自己要做乌龟，讨了一伙粉头在家里接客，邻舍人家不来笑你也够了，你倒要勾引别人也做起乌龟来。你劝别人娶小，想是要把自己的粉头出脱与他，多卖几两银子，又好去贩稍的意思。莫说我家的男子遵守法度，不敢胡行；就是要讨，也要寻个正气些的，用不着那些骚货。这个主顾落得不要招揽。"骂了一顿，又指定醋大王的名子，把他脚色手本，细细的念将出来，说："你的来历哪个不知？你的名头哪个不晓？前面的丈夫是你亲手弄杀的，弄死了丈夫还不替他守寡，孝服不曾满，就发起骚来，要想出嫁。这样忍心害理的事，亏你做得出！既出来嫁人，也要存些大体。醋大王的威风，关系天下妇人的体面，只因你一个丧气，使天下的妇人都丧气起来，成个什么体统？嫁过来的时节，若还三夜五夜不得成亲，然后倒了威风，也还气得你过；只熬得一夜不曾同宿，就去拜倒辕门，使男子得志，还要办酒请罪他，这样丧名败节的事，也亏你做得出！"骂完之后，又去拷打丈夫，定要逼他画了供招，千年万载不敢娶妾，方才住手。

到了第二日，气愤不过，依旧向着东边，重新骂起。正骂到发兴之处，不想上百个男子一起拥上门来，一个一拳，就把两扇大门捶得粉碎。一起叫喊道："妒妇在那里？快走出来！"淳于氏看见势头汹涌，知道众怒难犯，口便应他："我在这里，你们要怎么样？"那个知窍的身子，与那双在行的小脚，却比口嘴不同，一步一步的缩将进去，要拴上房门，为闭关自守之计。又对丈夫道：“你这个失志乌龟，难道看了妻子被众人殴辱不成？”他这句话明明是个求救之意。穆子大怕他识破，故意做些畏缩之形，也随着他的身子要躲进房去，却像自家见了众人，也不免于难的光景，被淳于氏推将出来，竟把房门闭上。外面的人听见淳于氏的声气，一步远似一步，知道妇人家胆怯，不敢出头。大家就乘虚而入，一步进似一步，竟打进内室里来。穆子大看见众人，做个躲藏不住的光景，方才走去拦住道：“列位虽有盛情，也不该如此，还要分个内外才是。”众人道：“胡说！你这样没用的人，少不得被妒妇磨死，绝了后代，这户人家指日之间就要冰消瓦解了，还有什么内外？”淳于氏躲在房中，回复他们道：“就是绝了后代，也是命该如此，与列位何干？要你们这等着急。”众人道：“我们众人不是你公公的年侄，就是你丈夫的朋友。朋友绝嗣，就与我们绝嗣一般，怎么不干我事？况且费老师大宣德化，远近的妇人没有一个不改心革面，偏是你这狗妇在近边作梗，其实容你不得，要打死你这狗妇，等丈夫另娶一房，好生儿子。”说了这几句，就骨骨碌碌，打到房门上去，其声如雷，比起先捶门的声势更加利害。只是手法不同，起先用拳头，此时用巴掌，声虽重而势实轻，所以两扇房门再打不碎。穆子大故意惊慌起来，跪在众人面前替妻子讨饶。众人道：“既然如此，打便不打，这个妒妇断然容他不得，你快快写封休书，趁我们在这边，休他回去。”淳于氏在里面应道：“我又不犯七出之条，把什么题目休我？”众人道：“七件里面，你倒犯了三件，还没有题目？”淳于氏道：“哪三件？”众人道：“妒是一件，不生子是一件，不孝是

一件。这三件之中，哪一件是不该出的？”那房门外面现有文房四宝，众人一边说，一边写，到说完的时节，连休书草稿都替他打就了，竟拿住穆子大，要他誊真。穆子大不写，众人就千“不孝”、万“乌龟”骂将起来。骂之不已，又扭住他的胸脯，你睡一空拳，我踢一虚脚，做个打草惊蛇之意。丫环使婢看见，只说家主果然吃打，都惊慌啼哭起来。穆子大叫喊道：“列位不要打，我写就是。”众人放了手，穆子大提起笔来，一挥而就。众人捏了休书，又逼他去雇轿子。内中有一个道：“费老师就在隔壁，他家轿夫轿子都是现成的，问他借用一用就是了。”众人道：“也说得是。我们喊了半日，口也干了，大家一起过去，一来借轿，二来吃茶，略歇一歇力，再来打发妒妇起身。”就一起走了出去。

不多一会，有个老妇人走将进来，对着穆子大道：“你家为什么缘故，门都被人打下来？大娘在哪里？为什么不见？”穆大子并不回言，只把指头指着房内。那妇人道：“原来躲在里面，这等快请出来，有我在此，不怕哪个吃你下去。他们若再来放肆，拼我老性命结识他们。”淳于氏在门缝里面张了一张，原来是换首饰的妇人，叫做钱二妈，一向在他家走动的。淳于氏就把门缝一开，招了他进去。钱二妈问他缘故，他把始末根由，略略说了几句。钱二妈道：“这等说起来，是通县的公愤了。自古道：‘众怒难犯。’又都是些举人秀才，不是惹得的，少刻打进房来，连我也不分皂白，老人家吃亏不起，放我出去罢。”淳于氏一把扯住，低声嘱咐他道：“他们就要休我回去，正没个解劝的人，你千万救我一救。”钱二妈道：“怎么样一个救法？你趁此时对我讲，省得众人进来，商量不及。”淳于氏道：“不过开条门路，容他娶一房就是了。”才说得完，那些众人就领着轿子，依旧拥了进来，说：“轿子到了，快些开门！若迟一刻，我们依旧打进来了。”钱二妈道：“列位相公，请息尊怒。我是换首饰的钱二妈，偶然走到的，你们请退一步，待我出来调停。”众人道：“除了打死，只有休的一法，没有什么调停。”口便这等说，众人的身子却退开了许多。钱二妈把门缝一开，走出来道：“列位相公的意思，不过要穆相公娶小。如今是我代做主张，容他娶就是了，何须这等发怒？”众人道：“你的话哪里作准，除非妒妇口里明明白白说个‘肯’字，我们才罢；不然，定要休他回去，出空了房子，好另娶新人。”说了这一句，又大家啰唣起来，要打的要打，要休的要休，还说临行之际，每人只打一拳，当做送风①的筵席。钱二妈对着门缝道：“大娘你便依我的话，容他娶一房罢。”淳于氏道：“众人勒逼我做，我其实不许；像你方才好好的劝，我自然肯依。”钱二妈道：“何如？大娘许过了，你们还有什么说得？”众人道：“这是缓兵之计，不要听他。”钱二妈道：“你们几百位相公动了公愤，一个人一口涎唾，就淹得人死的，怕什么缓兵之计？难道他骗你们回去，好出名告状不成？若还不信，我做保人就是了。”众人道：“既然如此，穆兄不许在家，跟了我们出去，直等寻了亲事，拣了日子，与新人一同进门，省得你在家受气。成亲之日，若有一句话说，少不得从头做起。连你这个保人，也办口棺材伺候。”说完，扯了穆子大，一起拥出去了。淳于氏待众人去后，少不得要咒骂一场，痛哭一顿，这是妇人家的故态，

① 送风——为人送行。

不消细述。当晚丈夫不在，就把钱二妈留在家中，一来做伴，二来商议翻招。当不得这个妇人是妒总管的心腹，预先吩咐定了，把他埋伏在近处，到计穷力竭之际，着他进来收兵的，不但不劝他翻招，还说许多利害的话，使他慑服到底。

却说众人拥了穆子大，不往别处，竟到费隐公家，把征服妒妇、面取供招的话回复了一遍。费隐公把穆子大留在家中，又替他吩咐家人，遍访女色。家人去了几日，回来覆命道："访得有两个妇人，都有绝色，媒婆去知会了。但不知是老爷代相，还是穆相公自己去相？"费隐公道："穆相公生平惧内，不曾见过妇人，那里知道好歹？有心娶妾，索性娶个上好的，不然空费了这个名色，又枉费我一片心机，竟是我去代相罢了。"自己坐着轿子，出去相了半日，回来对穆子大道："也是兄的造化，两个妇人都是尤物，我相了半日，不能定其去取，不如都用了罢。"穆子大道："岂有此理，就娶一个也是万幸的了，非老师大力决不至此。一之已甚，其可再乎？"费隐公道："一锄头也是动土，两锄头也是动土，我有心做个恶人，索性教你享福到底。况且你娶妾一事，原为生子而设，怎见得娶来那一个就断然会生？万一与尊阃一般不能生育，又要央我做起事来，那样发棠之请[①]，就不敢从命了。你若都娶回去，一个不生，还有一个做了备卷；若还两个都生，一发是桩好事，难道中年得子，还怕他多了不成？"穆子大见他说得有理，就不怕折福，居然僭妄起来，竟把两个佳人一起聘了。

---

① 发棠之请——原指孟子曾劝齐王发棠城的粮食，赈济饥民。后指请示赈济。

费隐公拣个好日，把以前出力的门生一起传到，好送他过去成亲。临行之际，又问他道："前日吵闹的时节，你知道我吩咐众人扯你出来的意思么？"穆子大道："门生不知，正要请教。"费隐公道："总是因你没有气魄，恐怕离了众人，决要露出本相来，被他看破浅深，这娶妾之事就依旧不稳了，所以带你出来，使他不知虚实。如今送你三个进门，只当把皇帝扶上龙床，文官武将的事都做完了，这个皇帝要你自家去做，众人的气力着不到你身上来。就是起兵剿妒之事，也不是真正义举，止可一试，不可再试的。从今以后，你须要自家争气，把别人的气魄认做自己的气魄，一句话也讲错不得，一桩事也做错不得；若还差了一着，又等他爬上头来，不但前功尽弃，连那两位佳人还不知死所。这番阴骘都归到我身上来，不是为好，反是造孽了。你须要谨记此言，不可忽略。"穆子大道："门生受老师再造之恩，只当重做一世人了，怎敢不图振作？从今以后，强将部下无弱兵，断断不失门墙之体，求老师放心。"费隐公吩咐之后，等两乘轿子抬到门前，叫他随了新人一起进去。

淳于氏起先只许一个，如今见了一双，况且又美到极处，一个抵得几个的，竟把眉毛气得直竖，就当了众人发作起来，说："许了娶，不容他娶，就是我的不是；许他娶一个，如今娶起两个来，这是谁的不是？众人请讲一讲。"众人道："一个娶得，十个也娶得了，岂但两个？难道你要借端生事，好赶他出去不成？"大家又鼓噪起来，把以前的声势从新做起。淳于氏也不肯甘心，竟要拼了性命，与众人抵敌。亏得钱二妈夹在中间，做好做歹，替他排难解纷，这桩好事才不致于决裂。钱二妈等众人去后，把

淳于氏扯进房中，再三苦劝，又与他抵足而眠，使他不见所见，不闻所闻，竟像吃酒醉的一般，鹘鹘突突过了一夜。穆子大倚了众人的虎威，不顾天颜咫尺，竟在辇毂之旁做起越礼犯份的事来，把两副铺盖并做一床，大家共枕同眠，叠成一个"磊"字。以生平不近一色之人，忽然骄奢淫欲，享起王侯天子之福来。你说他这场春梦从哪里做起？

到了第二日，也亏他胆力兼雄，智勇俱备，唯恐淳于氏要絮聒他，故意寻些事端，打张骂李，把手下的丫环奴仆个个都整饬一番，要使家主婆听见，知道他帽儿向前，今年不比往年的意思，竟把众人去了丢下来的余气剩魄，整整使了一日。淳于氏只道他有恃而然，恐怕一有响动，又要激起事来，只得随他舞弄，阳为不知，在房中坐了一日。

到第三日上，少不得两位新人要请他们出来，同拜三朝。及至走到堂前，与穆子大立在一处，各人抬头一看，不觉四滴眼泪一起流下腮来，背了新人暗暗的哭了一会。哭到后面，知道掩饰不来，索性搂做一团，号号咷咷哭个尽兴。这是什么缘故？只因他夫妻两口做亲二十余年，不曾相骂一场，不曾分宿一夜，穆子大自从吵闹之后，就随了众人出去，成亲之日虽然进来，也不曾与他会面，直到此时方才聚在一处，两片慈心一起发动起来，倒是男子的眼皮预先红起。穆子大成亲之夜，还怕众人去后，自己孤立少援，两处的洞房料想不能安度，即使紧闭重关，死守一处，少不得有一处受亏，所以把两床铺盖并做一床，全是为此，要做个联兵御敌之计。谁想波恬浪息，桴鼓不鸣，不但没有烽火之惊，还带挈他在中军帐里享了一夜帝王之福。你说穆子大心上感激他不感激他？当晚虽然感激，还说他这片好意未必出于自然，都是钱二妈挽回之力，焉知不是他要起兵，为左右之人所制，要养精蓄锐，等扯劝的人去了，然后与他为难也不可知，所以第二日耀武扬威，虚张声势，全是为此，要做个先声夺人之计。谁想他偃旗息鼓，绝不婴锋，不但不做骄兵，连应兵也不肯做，使自己唱凯而旋，以致两位新妇替他颂德称功，奏了一夜武成之乐。你说穆子大心上怜悯他不怜悯他？此时见了，以二十余年不曾反目的夫妻，忽然吴越了许久，又新被这些德化，所以不知不觉做了被感的豚鱼，先对他流起泪来。妇人家的眼泪又比男子不同，时时刻刻放在眼里伺候，要用就流下来，不用就收上去，随你什么男子，再哭不过妇人。所以这一次的哭法，虽是穆子大占先，究竟不能持久，淳于氏才哭动头，他的眼泪就有些告竭了。见妻子哭得可怜，自己陪他不过，就叫两个新人跪下来相劝。淳于氏的威风倒了几日，才讨得他这点赢头，也不好十分自大，就把两个一起扶起，与他们同拜三朝，礼貌之间，十分优待。穆子大看了，竟把自己当做神仙，却像从今以后，不但朋友用不着，连隔壁的妒总管都要禅位与他，这一世的门生，自然收不尽了。

当晚就别了新人，与淳于氏复敦旧好，少不得把请罪的筵席，放在情兴里面干折与他，不像费老师公请一家，使吃亏之人不能独享。淳于氏的筵席，不但与醋大王不同，不肯花钱费钞，连“情兴”二字也不肯破悭。知道他是喜哭的人，只把眼泪去结识他，使他陪哭不过，定要想个止泪之方。新人不在面前，少不得要自己下跪，再讨他些赢头到手，那以前失去的威风就不怕不

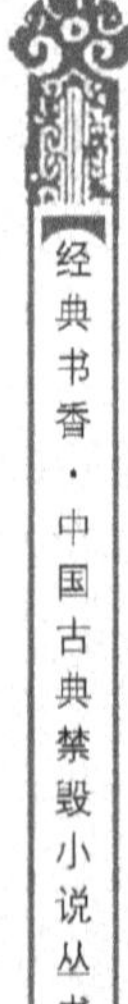

复了。等他完事之后，不知不觉就啼哭起来。此时的眼泪，不像日间流得汹涌，故意使他涓涓滴滴，做个细水长流。从一更哭起，哭到三更，随你苦劝，再不肯住。穆子大拗他不过，毕竟堕入计中，爬起床来，跪在踏板上面，把丈夫改做尺夫，淳于氏还不肯住；直等他俯伏在地，把尺夫改做寸夫，然后收住哭声，发放他起来同睡。睡了一会，就把以前吵闹的来历，细细盘问他道："我与你两个，恶杀了还是夫妻；那一班众人，好杀了也是朋友。为什么央了他们，摆布起我来？还亏我那一日知计，不肯与他对敌，若还走了出去，你一拳我一脚，岂不打死在你们手里？这还是哪个的主意？你好好对我说。若是别人强你做的，也还恕得你过，我不但不怪你，连众人也不去怪他。他要逼我做个贤妇，也是一片好意，难道有什么仇气不成？若还是你自家的主意，有心叫人处治我，就比强盗的心肠更甚一倍了，还与你做什么夫妻？不如一索吊死，到阎王面前去伸口怨气。只怕妒总管的威风，行不到阴司里去；就是那一班恶人，也不肯为了朋友，赶到阎王面前来递公揭。你这个新郎只怕做不长久。我既要死，也不肯好好就死，定要把新来的人打上几十顿，骂上几百遭，等他们那两条性命将要结果的时节，我才到阴司去等他们，决不肯为他们而死，还容他们在世上享福。你如今从直说来。"穆子大见他这些言语，又说得婉转，又来得急切，只道他果是真心。自己踌躇道："他若知道这番举动不是自己的意思，一定肯原谅我，把往事付之东流，就只当不曾反目，这两个新人落得好过日子了；若还不说真情，自己认了不是，他就愈加仇恨起来，那些打骂新人、自己上吊的事，都是做得出的，哪有这许多精神去替他晦气？”穆子大想到此处，就作那些圈套果然是自己做的，也要借重别人替他任过，哪里肯把别人的过失认到自己身上来？就把始末根由和盘托出，说：“这些罪过不但与自己无干，连众位朋友，也不过是体天行道。总是费老师一片好心，看先人面上，不肯使我绝后，所以号召众人，帮扶我做事的。就是赶进来打你，也是虚张声势，要逼你个‘肯’字出来，那有当真殴辱之理？即使你不知计，出来与他对敌，我也要喝退众人，难道肯把自己的妻子与别人沾手不成？这是断断没有的事。”淳于氏见他肯说真情，就欢喜不过，又把许多的甜言蜜语去哄诱他，还要尽其底里。穆子大要全直道，索性说个尽情，连妒总管传授的心法，都被他透漏出来，说：“妒妇不是无用之人，化得转来就是内助。你如今化转来了，将来助内之功，正不可限量，岂止不妒而已哉。”淳于氏道：“他既然会变化妒妇，毕竟有个化妒之方，你一发也说一说。我是已化之人，虽然用他不着，也待我记在肚里，等你生出儿子来，好教他一教。省得你是有事的人，将来要忘记了，可惜这样秘诀，不能够传授子孙。”穆子大道：“也说得是。”就在他肚子上面登坛说法起来，把先用气魄、后用才术的话，有条有理说了一遍。淳于氏得了真传，就像九尾狐狸学会了偷精啄髓之法，不但以前摄来的气魄没得还他，连将来未吐之气、未生之魄都要预先摄过来了。当晚欢欢喜喜，睡到天明。

第二日起来，把那两个姬妾优待如初，不露一毫声色。到了晚上，穆子大要与新人同睡，先来禀命于他，说：“做亲的旧例，一月之内，新人不守空房。要等满月之后，才好定一个规矩，或是每人一夜，或是你得一夜，他们两个共得一夜，且到临时酌

拟。如今不曾满月，只得要去相伴他们。屈你独宿几晚，到满月之后，我过来多睡几时，补还你的欠账就是。”淳于氏道：“既然如此，昨夜就不该过来了。”穆子大道：“那是一向亏负了你，心上不安，要过来暴白心事，故此不拘常格，过来宿了一晚。如今说明白了，还要去循循旧例。”淳于氏想了一会，就对他道：“既然如此，你去就是了，何须说得？”穆子大听见这一句，只当奉了温旨，有什么不遵？竟到以前作乐之处，自己脱了衣服，先爬上床，专等那两位新人来写“磊”字。等了一更天气，再不见新人进房，只说他们与大娘说话，不好抽身，只得披衣而起，要走去叫唤。不想爬下床来一看，那两扇房门起先是开着的，如今忽然闭了，心上已有三分疑惑；及至走去开门，又是反扣着的，连声叫唤，再没有人答应，就愈加愁闷起来。原来是尊夫人的计较，起先禀命的时节，穆子大前脚走来，后脚就被他们跟到，趁那两个姬妾不曾进房，就如飞取一把铁锁把房门锁上，自己阳为不知，竟去关门睡了，使那两上姬妾既不得进房，又没处借宿，彼时是隆冬天气，不怕不冻断狗筋。穆子大立了一会，只见门又曳不开，人又叫不应，知道是醋病发作，卒急难医，只得脱了衣服，又爬上床，冷冰冰的睡了一夜。睡到第二日，等淳于氏开了房门，放他出去，只见那两位新人，冻得头青面紫，抖做一团。问他们那里睡了一夜，那两个新人要说，被上面的牙齿与下面的牙齿相打不过，一句也说不出来。穆子大甚是不安，要想扯他们上床，自己脱了衣服，把热身子焐他们一焐，又怕淳于氏看见，不好意思。只得做眉做眼，把牙齿咬了几下，做个仇恨妒妇之意，也不曾敢说出来，凄凄楚楚的过了一日。

等到晚上，恐怕淳于氏又用前法，要摆布他，就预先吩咐新人，叫他坐在房中，不要出去，“开了房门等我，我到点灯时节自会进来。”那两个新人果然依了这句话，不曾到晚，就以补睡为名，都上床安歇了，开着房门，专等他来诉苦。穆子大在书房坐了一会，知道淳于氏没有好意，竟不去禀命他，到点灯时节，往新人房里竟走。不想走到门边，又有诧事，那两扇房门起先叫他开着的，如今忽然闭上了。只说那两个新人怪我累他们受苦，故意闭门不纳，要使我求告的意思，就一面叫，一面推，要新人放他进去。里面应道：“房门并不曾拴，推进来就是了。”穆子大举手一摸，原来又是锁着的。昨晚不得出来，今晚不得进去，这才合着一句俗语，叫做“进退无门”。穆子大知道又是诡计，只得要上门哀告，求他们解危。料想那北门锁钥是决然不发的了，落得不要开口，只好将计就计，去借宿一夜，一来省得受冻，二来要去调停一番，预为明日之计，省得这重牢门夜夜上锁。就走到他们卧房之外，也像起先一般，一面叫，一面推，要淳于氏放他进去。里面只是不开，随他在外面叫唤。穆子大道：“我不是来请钥匙，是来借宿的，不要认错了主意，快些开门。”里面伴宿的丫环听见这一句，知道不是有损无益的事，竟要起来开门，被淳于氏喝住道：“不许！他有了两个新的，何须到旧处来借宿，不要理他。”穆子大道：“既不容我借宿，求你把钥匙发出来，可怜我冻不过。”淳于氏道：“你心上爱他们的人，为你冻了一夜，你就冻一夜赔罪他，也不为过。若还熬冻不起，你家的门扇原不十分坚固的，再去约些朋友，帮你打开就是了，何须用钥匙？”穆子大听了这些刁声，一发忧煎不过，心上思量道：“我要打进

去睡，有何难哉！只是这个恶妇，决不等你安眠稳宿，又有别事做出来。半夜三更，与他呕什么气？况且今日之事，都是费老师逆料过的，我临行之际，何等说得威风，如今被他听见，毕竟要耻笑我。发兵剿妒之事，他说过不肯再试的，料想不来救护，只是含忍的好。”左顾右盼，没有个栖身之所，只得走至灶前，到乱草窠中去投宿。亏得一只义犬，把热烘烘的床铺搭了家主，与他抵足而眠；虽然冻了一宵，还不至于十分狼狈。

穆子大未到天明，就预先思虑道：“这个妒妇诡计多端，令人不可测度。我这两夜的磨难也受得够了，焉知到了晚上又没有别计生出来？不如还照前番与他硬做一出。费老师是执意的人，发兵剿妒之事，他说过不肯再试，自然不肯再试了。落得不要求他；只好去哀告朋友，求他为人为彻，竟把费老师的威风，瞒着费老师来使一使。若还吓得妒妇回心，只当撞着了个太岁，竟不必使他与闻，我已阴受其福了。且等太岁撞不着，然后央众人写封公书，求费老师于常法之外，生个变法出来，救我一救，料想他还是肯的。我如今且慢些出门，索性把众人的威风也瞒了众人，先在家中使一使，或者妒妇是伤弓之鸟，提起众人来就预先害怕，不敢再用诡计也不可知。若得如此，也只当撞着了个太岁，连众人也不使与闻，我已阴受其福了。且等太岁撞不着，然后去央烦朋友，求他在假事之中做出真事来，应了我的说话，料想也是肯的。”算计定了，又恐怕吵闹起来，被妒妇据了要害，不得出门，各路的救兵无由而至，就预先走到书房，写了一封告急的书，交与一个老仆，叫他留在身边，备而不用，等到万不得已之际，拿去请兵。这个老仆是他管家里面第一个忠义之人，常虑家主绝后的。

穆子大递书之后，正要去寻事丫环，责备奴仆，预先试一试虎威，好做假途灭虢之事。不想淳于氏的兵法，比他略神速些，不等这边发作，就预先整顿起来。把丫环奴仆一起唤入中堂，大喝一声，叫他们跪下，先问家人道："前日众人打进门来，明明是个圈套，只瞒得我一个，你们都是知情的，为什么不说一声，使我中了诡计。好好的招出来！同他计较的是那一个？替他请兵的是那一个？"那些家人都说是相公自己做的，不干下人之事。淳于氏又问丫环道："前日众人打进来，我是个正经人，要顾惜廉耻，不好出头露面，去抵敌他。你们是我的丫环，就像牙爪羽翼一般，都该奋勇争先，替我出气，为什么缩头缩颈，都躲在背后去，难道与家主串通一路，要置我于死地不成？"那些丫环都说自己是胆小之人，看见势头利害，不敢向先；况且大娘又没有军令，怎敢擅自出兵？故此不曾抵敌。淳于氏道："既然如此，都饶你一个初犯。从今以后，若还那个乌龟家主要央人与我厮闹，管家里面，知风不报者，重打五十板，同谋与事者，毙诸杖下。那些乌合之众若还再上门来与我争竞，丫环里面，有畏首畏尾，不行抵敌者，重打五十板，有能奋勇争先，出奇制胜者，计功行赏。"那些丫环奴仆，起先唤到之时，大家都拼了肌肤来受鞭扑，如今感他不打之恩，哪一个不要将功折罪？磕了谢恩的头，都起去了。淳于氏又吩咐丫环，唤那两个姬妾出来。等他走到中堂，也与丫环奴仆一般，大喝一声，叫他跪下。自己拿张交椅，对他坐着道："为你这两个妖精，使我啕了多少臭气！你们两个毕竟是未嫁之前，与他勾搭上手。他丢你不下，要做先奸后

娶的事，所以央了众人来压制我。如今从直招来，是几时与他睡起的?”那两个姬妾跪便跪了，还有个不受约束之意，把面孔朝了空处，不肯向他；又见他所说的话都是没有来历，要在鸡蛋里面寻出骨头来的，那里肯答应他?唯有相对凄然，痛哭流涕而已。淳于氏见他们心高气傲，不服审理，就取一根绝细的皮鞭，把那粉嫩的皮肤抽个不住。

淳于氏发性之初，拷问婢仆的时节，穆子大气愤不过，就要与他交锋；只因他所说的话，句句合着心事，自己正要借兵，他就说着借兵之事，竟像知道的一般，就是诸葛孔明，也没有这等的神见，被他智勇所慑，不敢撄锋①。后来见他唤到新人，渐有剥肤之惨，料想慑止不得，就对老仆做个手势，叫他一面求援，自己一面赴难。见两个姬妾打到苦处，就捏着一根门栓赶上前去，对淳于氏高高擎起，要在当头赏他一根。不想那想门栓又是雌木头做的，不听男子指挥，反替妇人效力。擎起的时节十分轻便，就像一根灯草；及至擎到半空，他就作怪起来，不肯向前，只想退后，就是几百斤的铁杵，也没有这般重坠。狠命要打，再打不下去。被淳于氏一把接住，就拿来处治丈夫。一到妇人手里，他就轻便起来，要起就起，要落就落，竟在穆子大身上翻了几十个筋斗。可怜这一男二女，被这强悍之妇打得皮破血流。那些丫环奴仆，见他军令森严，那个肯惹火烧身，都一起避了开去，要个揉疼摸痛的也没有。穆子大要喊叫几声，又怕妒总管听见，要怪他不听善言，失了门墙之体，不但不发救兵，还要阻挠

① 撄（yīng）锋——触碰锋镝。指交锋。

义举，所以忍气吞声，不敢东向而哭。淳于氏打过之后，就有许多苛政严法号令出来，总是要磨灭妇人、制服男子的苦事，定要这一男二女点头答应，当了遵依的呈子，方才发落起去。

却说那个赍书的老仆，知道家主在急难之中，不能久待，就如飞似箭跑往各处求援，大奋包胥之哭，不上一个时辰，就把各路救兵尽皆征到。又怕淳于氏要疑虑他，自己吃亏不致紧，家主以后没人效力，就等众人将到之时，先替淳于氏做个探子，慌慌张张走去报信道："闻得隔壁费老爷听见我家啕气，又去号召众人，叫他们来打闹，不可不防备他。"才说得了，那些打闹的人已进了大门，淳于氏只当不知，随他打闹。一面吩咐家人，叫他们去守住大门，不到贼兵大败之际，不许放一人逃走。家人去后，就把中门关了。一面吩咐丫环，叫他们各寻器械，放在手头，"看我与众人争闹，众人争我不过，毕竟要打进门来，待我躲避上楼的时节，你们一起动手。"又吩咐一应下人，叫把铜盆水桶 与手巾衣服之类，都收拾上楼，不许留在耳目之前，使众人看见。那些下人不解其故，都在肚里猜疑，说众人的意思，不过来打闹一番，又不是抄家掳掠，为什么藏起物件来，难道怕他打劫了去不成？

淳于氏等他们收拾完了，就立在门缝之中，紧紧对着外面道："你们这些鼠辈，前日来打闹一番，我看斯文面上，不好冲撞你。你们得些赢头，也就该住了，为什么今日又来？难道你们有口会骂，有手会打，我是个哑子孩子不成？"众人见他以前服善，如今忽然放肆起来，哪里还忍得住？就大家指定了他，千"妒妇"、万"狗妇"骂个不了。淳于氏道："你们这些鼠辈，以

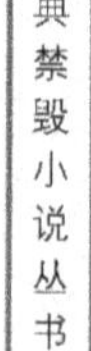

前都是好人，只因拜了个乌龟头目做了门生，都学他做起乌龟来，那一个不讨些粉头，在家里接客？只因我家男子不肯学样，你怪他独为君子，恐怕在背后讥诮你们，所以千方百计，也要逼他讨几个。如今粉头也讨了，乌龟也做了，为什么还放他不过，要打上门来？难道要借我妒忌为名，好弄这两个淫妇出去，放在你们家里，借别人的粉头替自己接客不成？”说了这几句，就千“乌龟”、万“王八”骂个不了。还有许多村言泼语，都是男子口中骂不出来的说话，都被妇人骂出来。众人也要把村言泼语回复他几句，又碍了穆子大的体面，骂不出口来，到舌尖上又缩了转去，除“妒妇”、“狗妇”之外，没有第三个名目加他，口上的便宜已先折了一大半。淳于氏道：“我们这班乌龟门生，也骂得够了，如今饶了你罢。只有几句未尽之言，烦你众人的口，寄与那乌龟老师，说他传授别人的心法，别人都试过了，不见十分应验。他说压制妇人要先用气魄，像我家男子前日那样威风，不但自家卖弄豪强，还把通国之兵都号召拢来，要压制我，也可谓雄到极处、壮到极处了；我如今还会箝束丈夫，鞭挞姬妾，可见先用气魄的话甚是荒唐，全然听不得的。他说气夺魄定之后就用才术，像我家男子前日那样聪明，不但做尽圈套，吓我投降，连休书草稿都央人打就，要离绝我，也可谓决胜无遗，料敌多中的了；我如今还会跳出牢笼，不受驾驭，可见后用才术的话也甚是诞妄，一毫用不着的。这样心法也平常得紧，为什么就享此大名，把一县的愚夫愚妇都哄动起来，终日受他约束，岂不愧死！总是他前半生的命好，不曾遇着个能干的妇人与他作对，所以妄自尊大，做了半世的夜郎王。如今小巫遇了大巫，被我说破之后，叫他老老实实缩了龟头，躲在污泥洞中，过了下半世罢。”

众人见他以前的话虽然狠毒，还是骂的自己，况且这番举动是瞒着费隐公的，恐怕弄出事来，要惹他埋怨，所以一味含容，不敢轻易动手。如今见他丢了自己，骂到费老师身上，就一起胆壮起来，正要借此为名，好大闹一场，等老师知道，方才动气。就把几十个拳头，一起竖起来，对了中门，狠捶乱打。淳于氏不等攻开，就先把门栓一拔，做个抱头鼠窜的光景，急急的跑上楼去。众人见他畏惧，一直打进中门，直赶到楼梯脚下，看见两扇踏门是紧紧闭着的。众人因他今日的躲法与前日一般，也就把今日的攻法与前日一样，故意在踏门之上狠敲乱击，要逼他投降。那里晓得虚中有实，做妒妇的人不消读得武经七书，自然是谙练兵法的，不曾捶得几下，只见伏兵四起，有许多丫环使婢，执了器械赶上前来，对了众人乱打。众人都是赤手空拳，那里抵敌得过？打到痛处，就喊起来道：“我们替你相公出力，你倒打起我来，难道你不是相公的人么？”众丫环道：“大娘叫打，我们不敢不打。大娘的法度是相公知道的，以己之心，度人之心，他决然不怪。”说了这几句，就分外猖獗起来。淳于氏传令道：“你们略打几下，见见大意就罢了，不用十分啰唣。如今对众人说，叫他们立到天井里来，我有几句好话说，在楼窗里面告诉他们，叫他们仰起头来看了我说。”众人看见出兵不利，都有求饶心，见他说了这一句，只道也像前日一般，要放声求饶，好等众人出去的意思，巴不得要借此收兵，就一涌拥入明堂，果然仰起头来，看他说话，只见楼上的窗子还是闭着的，只说在里面打点说话，好解散众人，哪里知道他安排兵器。少刻窗子一响，竟有许多污秽

之物从楼上倾将下来，倾得众人满头满面。你说些什么污秽？原来是净桶里面的东西，叫做“米田共”，预先防备他们来，摆在楼上伺候的。起先躲避上楼，就是为此，居高建瓴，正要使这恩施普遍。所以众人里面，没有一个不被他雨露之恩，又喜得是仰面而受，没有一滴洒在空处，这个越王勾践，是人人要做的了。众人在不意之中，接了满面的污秽，竟像在粪缸里面爬起来的一般，那里腌臜得过？况且浑身衣服，又没有一寸干净的，要寻件拭面揩嘴的东西，竟不可得。对了穆子大道：“我们为你一个，吃了这样大亏，还不去吩咐家人，多舀几盆脸水，多取几条手巾，等我们洗抹一洗抹；再有随便的衣服取几件来，待我们权换一换，好出去见人。不然这一副嘴脸，怎么走得出去？”穆子大道：“家人虽有几个，都被妒妇吓制过了，没有一个敢来，待我自己去取。”那些众人见龌龊不过，哪里等得他取来，就一起跟到灶前，要就了铜盆洗面，哪里晓得铜盆水桶与拭面揩嘴的东西，都预先收拾过了，哪里摸得着一件？再去搜寻衣服，一发干净得好，莫说破裙破袄藏得精光，就是揩桌的抹布也不留一块。众人叹口气道：“神哉妒妇，真扰世之才也！如今没奈何，只得赶到隔壁去求救于费老师，讨他几盆热水洗濯一洗濯，借他几件衣服更换一更换，然后与他细作商量。”就一起带了污秽，拥入费隐公家。

费隐公看见，惊慌不已，竟不知什么缘故，只得掩鼻而问之。众人把酿粪的根由与受粪的来历，细细述了一遍；又把妒妇讥诮费隐公，托他转致的话，一字不遗都替他直言告禀。费隐公听了，气得双眸直竖，神气索然。因他污秽不过，难以接谈，就吩咐家人取衣服脸水，与他洗换过了，方才呵叱他道：“我前日已曾说过，剿妒的事是再试不得的。为什么背了我的话，又欺瞒着我，走去生起事来？如今被他扫尽威风，连我也为之丧气，却怎么了？”众人道：“门生们的不是，自然不消辩了。只是这场胜负，大于风化有关，还求老师舍短虑长，想个奇计出来，正一正风化才好。不然南风自此不竞，连以前收服的妒妇都要反叛起来，老师与门生辈都有不测之忧矣。”费隐公道：“治妒之方，只有气魄与才术两件，这等看起来，都被那个无用之物告诉了他，才有这番蠢动。如今我辈的伎俩都被他看透了，气魄不能制，才术不能驭，连王法官刑都治他不得了，哪里还处治得来？”众人道：“若还处治不来，穆门生与那两个姬妾都要死于此妇之手。况且老师与他势不两立，妒妇之道不息，夫子之道不著，老师处治他不来，不但自家丧气，将来还要受制于他。焉知他得志以后，没有妒妇去拜门生？他也登坛说法，与老师相抗起来，只怕倡妒容易，化妒烦难，吾道之衰，可立而待矣。还求老师急图之。”费隐公不言不语，踌躇了一会，方才回复他们道：“就要相图，也不是旦夕之事，且看他得志以后举动何如，我自有道理。”众人得了这句话，方才肯去。

却说淳于氏战败众人之后，先把丫环使婢叙功行赏，连报警的老仆亦在犒劳之中。赏功已毕，就把三个召寇之人，唤到面前行罚，穆子大领竹板，两个姬妾吃皮鞭，一日之中，受了两番严拷。从此以后，把这三个犯人监在两处，日间不许见面，夜里不使闻声。两处都拨了丫环不时巡逻，一有响动，就取出来治罪。监了几日，这一男二女都生起病来，明明是忧郁之症，淳于氏又说他害相思，分外防得严紧。穆子大再三哀告要出去就医，淳于

氏只是不许。穆子大道："如今春闱[1]已近，会试的同袍都要起身快了，别样的事不许我走动，难道进京会试也不容我去不成？"淳于氏听了这句话，就欢喜起来，思想会试不是小事，且等他出去之后，好结果这两个妇人，省得他立在面前，到底有些碍手。就一面料理行装，一面雇办船只，直到起身那一刻，才叫老仆挑了行李，跟他出门。未行以前，恐怕那班恶少要替他商量计策，思想复仇，一概不许他辞别朋友。那两个姬妾知道他此番出去，不是生离，竟是死别了，到临行之际，就不受拘挛[2]，从房里跳将出来，一起扭住穆子大，号簇痛哭，说："我们两个终久是一死，不如死在你未去之先。"各人取出一把剃刀，都要自刎，被淳于氏喝令丫环夺下剃刀，扯了开去，才打发得丈夫出门。

穆子大伤心不过，哪里去得向前？心上思量道："我病体十分沉重，就到了京师，料想愁病交煎，也做不得好文字出，拿定不中，去也枉然。不如住在近边，看看家中的光景，好商机会。"就在船上住了一夜。到第二日黎明，竟到费隐公家，哭诉从前之苦，求他生个法子，救了这条性命。费隐公恨他不过，哪里肯管？只说没有计策。穆子大道："老师不救门生，门生有死而已。"说了这一句，就跪下地去，只管撞头。费隐公想了一会，才问他道："照你说起来，这一次的公车断然不上了。你可肯躲在我家，住上一年两载，待我把这强悍之妇处个尽情，使他一生一世不敢反复么？"穆子大道："若得如此，莫说一年两载，就躲一世何妨。"费隐公道："你如今被他磨灭不过，所以恨他，只怕一月两月不在面前，没有妒妇磨灭你，你的骨头又有些作痒起

① 闱（wéi）——科举时代称试院。

② 拘挛——拘束，拘泥。

来，要思想妒妇，去受他的磨灭了。那里保得一年两载不想回去？”穆子大道：“门生的体面为他坏了，门生的宗祀为他绝了，连自己一条性命尚不能保，此等仇恨，竟可以不共戴天，岂有隔绝了他，还去思念之理？”费隐公道：“既然如此，我就要便宜行事了。你从今以后住在我家，待我把小儿辈相从，屈你做个西席①，省得你没有事做，要想出门。那两位佳人，包你不出十日，就双双弄他出来，与你并做一处就是了。”穆子大得了这句话，欢喜不了，也不问他取出佳人当用何法？处治妒妇当用何方？索性付之不闻，好等他便宜行事。

却说淳于氏打发丈夫之后，把那两个姬妾三日一敲，五日一比，定要送他上路。亏了一个能事的卖婆，常在他家走动的，把淳于氏再三苦劝，说：“打死不如放生，何不寻两分人家，遣他出去？一来断绝祸根，二来也积一场阴德，三来还得几两银子，又省了两口棺材。”淳于氏见他说得有理，才肯放一条生路，要打发他出门。只是不肯嫁在近处，恐怕丈夫回来，要背地取赎，除非嫁与远方之人，方才没有后患。媒婆道：“这也不难。”就去寻了两个孤客，说是江南海北之人。淳于氏接了财礼，把两上姬妾一起打发出门。只说他与前面的丈夫，千年万载不能够见面了，那里晓得跨出门槛，就会相逢。原来那个媒婆又是费隐公的心腹，设定圈套叫他来做事的。果然不出十日，就把两个佳人与穆子大并做一处。这一男二女不但分而复合，又只当死而复生，哪里快活得了？住在费隐公家，看了样子，与他一般作乐。

住到一月之后，费隐公走到书房，对穆子大道：“你们三个住在这边，是极妥当的了，只是家中的事，也还要人料理。我看

① 西席——旧时对家塾教师或幕友的称呼。

你这个老仆，大有忠义之心，须要想个法子，打发他回去。一来叫他料理家务，为目前署事之人；二来等他做个内应，为将来聚合之计。”穆子大道：“我也正要如此。只是他走了回去，妒妇就要疑心，说我既然进京，为什么不带人服侍，只有一个老仆，又打发转来？”费隐公道：“自有妙法，不但使他不疑，还只怕要信之太过。只是一件，从今以后，要屈你权死一死，到一年两年之后，再活转来，这个妒妇方才征得他服，与你们三个和气到老，没有一毫变更；你若不肯权死几年，这个妒妇是万万征他不服的，只好暂且安乐几时，依旧回去受苦罢了。”穆子大听了这几句，就惊骇起来道：“别样的事可以做得，生死大事，岂是儿戏得的？况且死了一两年，如何再活得转来？”费隐公笑起来道：“不是当真叫你死，只要认个‘死’字，说你原是有病的人，出门之后沉重起来，死在路上就是了。”穆子大道：“此计极妙。我自做亲以后，受了妒妇多少磨难，就屈他受些凄凉，暂守几年活寡，且让我住在这边，作乐作乐，度个后代出来，也不为过。只是一件，到一年两年之后，用个什么法子，又好说我活转来？”费隐公道：“法子尽有，只是如今说不得；若还对你说了，少不得又像前口一般，把我传授的心法都败露出来，使他识破底里，以致一败而不可救。三日两日尚且如此，何况一年两年，闭得你的口住？”穆大子道：“既然如此，门生不必再问，依了老师，打发他回去就是了。”费隐公道：“他口里说死，尊阃还未必见信，须要你自己的亲笔，写一封遗嘱与他，说：‘我死在途中，不及料理后事，门户之计，全要仗你主持，不可贻笑于桑梓。所娶二妾，若还不曾怀娠，可速速叫他改嫁，你自己年过四旬，平日又喜谈书操，尽可做未亡人，切不可再生他想。’这等写去，他就信到极处。你这一、二年之间，也可以无内顾之忧了。”穆子大道："极说得是。"说一面写遗嘱，一面吩咐老仆，叫他看守门户，不可放闲杂人往来，家中事体，不时过来说说。那老仆是个忠义之人，巴不得家主自在几年，好生个儿子，替故主接后。就把家中之事一力担当，领了遗嘱欣然而去。

却说淳于氏遣了二妾，只当拔去眼中之钉，好不适意。远近的妇人都说他大奋雄威，征服了妒总管，当今女子之中，要算他第一个豪杰。果然不出众人之料，竟有妒妇去拜门生，求他广行教化，连丈夫与他为难的人，都要内不避亲，外不避仇，要去皈依妙法起来。淳于氏正在得意之际，不想报讣的老仆忽然走到，说丈夫死在途中，再取出遗嘱一看，自然是千信万确的了。少不得大哭一场，要替他开丧受吊，被老仆止住道："相公吩咐过了，说我的死信只可使亲人得知。外面的朋友，且慢些使他知道。只因我出门未久，一旦命终，不知道的，只说我被妻子气死，前日受亏的人，未必不来多事。如今师出有名，不像前番孟浪，万一打闹起来，就要受他的荼毒了。且到一年半载，众人气平之后，然后说出也未迟。就是开丧受吊的事，都要等我旅榇到了，才可举行，以前切不可做。"这些说话，都是费隐公的主意，恐怕死信闻于众人，后来不好收煞，故此吩咐他说的。如今照样说来，不改一字。淳于氏听见，十分感念丈夫，就遵了遗命，不敢开丧，瞒着外面的人，设个灵座在家，私自拜奠。凶信未到的时节，收了许多妒妇门生，正要登坛说法，做那轩昂豪举之事，及至闻了此信，就有些收敛起来。坛也不登，法也不说，只是闭门自守，要做个无荣无辱之人。

初守的半年，也甚是贞节，一毫没有二心，终日号簇痛哭。穆子大听见，竟懊悔起来，有个起死回生之意。费隐公只是不许，说："你的骨头虽然作痒，要想回去受磨难，其如这两位佳人大限未到，不该去见罗刹何！”及至守到半年之后，淳于氏的心肠就有些改变起来，竟在痛哭流涕之中，寓了嘻笑怒骂之意，不但不感激他，反咬牙切齿痛恨他起来。终日叫天叫地，说：“我前世造了什么孽障，今生罚我受苦。嫁了个有情有义的丈夫，替他守节，也还气得过；他生前背我娶妾，还做出许多圈套来摆布我。如今自己死了，累我不上不下，守这样无情之寡，着什么来由？难道叫我没儿没女，靠了几个奴仆过了一世不成？”终日哭来哭去，总是这些话。穆子大听见，竟有些着慌起来，对了费隐公道：“听他的口气，分明要嫁了。万一弄假成真，等他做起失节的事来，怎么了得？”费隐公见到他听到此处，料想身上的骨头只会怕疼，决不作痒了，就把降妒的方法与他说知，也只怕漏泄，不敢彰扬了。就答应道：“此非恶声也，将来会合之机，正在于此。我前日要兄假死，就为这一着，不然游学四方、埋头一处的话，那一句讲不得，定要说起死来。我要先把守寡一事去引动他望子之心，然后把‘失节’二字去塞住他吃醋之口。他起先不容你娶妾，总是不曾做过寡妇，不知绝后之苦，一味要专宠取乐，不顾将来。只说有饭可吃，有衣可穿，过得一世就罢了，定要什么儿子？如今做了寡妇，少不得要自虑将来，得病之际哪个延医，临死之时谁人送老？自己的首饰衣服、粮米钱财，付与何人？少不得是一抢而散。想到此处，自然要懊悔起来。可见世间的儿子，无论嫡生庶出，总是少不得的。以后嫁了丈夫，自然以得子为重，取乐为轻了。他起先挟制丈夫，难为姬妾，总是说他身子站得正，口嘴说得响，立于不败之地，不怕那个休了他，所以敢作敢为，不肯受人箝束。若还略有差池，等丈夫捏住筋节，就有飞天的本事，也只好收拾起来了。他如今打熬不过，少不得要想出门。待我用个心腹之人，走去说合，假捏一个名字，说有人娶他续弦。另寻一所房子，把你安顿在里面，竟去娶他过来，做一出奇幻戏文与他看看。到那时候，‘失节’两个字不消别人说他，他自己塞住了口，料想一生一世吃不得醋了。你说这个计较妥当不妥当？”穆子大听了这些话，欢喜不过，不觉手舞足蹈起来，说了许多赞服的话。又对他道：“既然如此，求老师及早央人过去说合，不要去迟了，等他又吩咐别人。”费隐公道：“学生娶过数十房姬妾，那一个媒婆不是相熟的？等他央了那一个，我然后呼唤他来，于中取事，方才万妥；若还叫人去说，就有三分不妙了。”穆子大道：“也说得是。”

只见过了几时，那两个姬妾一起肚大起来，原来是成亲那两夜所受的胎，起先不觉，如今看出来的。等到十月将满，一先一后生将下来，不想两个妇人竟生出三个儿子，有一个双胞的在里面。穆子大跳跃不过，思想不是老师的妙法弄出人来，岂但那两个姬妾死于妒妇之手，连这三个儿子都不能够出世了。那里感激得过？竟刻了长生牌位，供养他们起来。

却说淳于氏守到半年之后，渐渐立脚不住，要想出门。一来怕家人耻笑，不好去唤媒婆，替自己说亲；二来要把丫环使婢逐渐卖去，把银子鳖在身边，才好出嫁。就以卖婢为名，唤了媒人，不时计议。计议定了，就把以前出力的丫环，今日一个，明日一个，不上几月，都被他卖完。然后卖到自己身上。媒婆就替他寻下主子，把家中的物件逐渐运了出去。正要打点嫁人，不想有个得力的家人，听了外面的话，进来报信道：“外面人言藉藉①，都说大娘谋杀了丈夫；并不使一人知道，又把丫环使婢都出脱尽了，思想去嫁人。这样伤风败俗的事，断断容不得。要等

① 藉藉——杂乱众多的样子。

大娘出嫁之日，从轿子里曳出来，活活打死，一来替自己出气，二来替相公伸冤。这些话说虽然未必真假，只怕也不可不防。”淳于氏听了，就慌做一团，与媒婆商议道：“还是嫁的好，不嫁的好?”媒婆道：“这等看起来，有些嫁不得了；不如将计就计，倒做个贞节之人，守了这一世罢。”淳于氏道：“成不得！一来没有儿子，倚靠何人？二来丫环使婢都已卖去，把什么人做伴？三来运出去的东西，也不好再运进来；就运了进来，也要被人识破，说我这个节妇，是他们逼出来的。中止之事，万万做不得。只好想个法子，不要在家里上轿，另寻一个去处，走到那里起身。等众人知道的时节，已赶我不着了，难道好寻到哪边来与我吵闹不成?”媒婆道：“也说得是。”就替他拣了日子，寻个地方，竟像做贼的一般，等到黑夜之中，魆魆的逃走出去。

只见走到一处，有个绝美的妇人出来迎接他，媒婆道：“这是我的亲眷，你同他坐一会，我去领了轿子来。”媒婆去后，那个妇人就与他各叙寒暄，问他年纪多少，前面的丈夫作何营业，如今没了几年？成亲以后，可曾生养几个？淳于氏就说年过四旬，前夫是读书人，也曾中过乡榜，客死未及一年，从来不曾生育。那妇人道：“这等说起来，是好人家的宅眷了，为什么不坐轿子，竟走了出来?”淳于氏见是媒婆的亲眷，料想不笑他，就把丈夫未死之先，众人与他吵闹如今见他出嫁，要伺候轿子与他为难的话，细细说了一遍。那妇人道：“这等尊夫之死，由于何病，果然是大娘气杀的么?”淳于氏道：“不瞒大娘说，他出门的时节，原有些病症，是我吵闹出来的。想是出门之后，又记挂两个姬妾，恐怕被我磨死，所以越愁越重，把这性命送了。”那妇人道：“这等说起来，‘我虽不杀伯仁，伯仁由我而死’，既然结发一场，又害了他的性命，大娘心上也该过意不去，替他守守才是。为什么就嫁起来？”淳于氏道：“一来没有儿子，二来没有家业，叫我靠哪一个，难道呷西风过日子不成？”那妇人道：“我闻得做媒的说，大娘卖丫环的银子也有许多，生息起来，尽够过日子了。就是要嫁，也不该略守几年，等孝服满了，再嫁也未迟，不该这等性急。”淳于氏道：“不瞒大娘说，我做亲二十多年，不曾离过男子，倒不为别样，总是怕冷静不过，所以有心要嫁，不论迟早。”那妇人道：“这等说起来，是我的知己了。我当初也曾死过丈夫，也等不得服满就要出嫁，竟有不相谅的妇人骂起我来。我是个腼腆的人，不曾回骂得几句，至今恨他不过。如今遇了大娘，只当有个帮手了，几时约你同去见他，等说起来的时节，大家骂他一顿，替我们再醮之人争些饿气也好。”淳于氏道：“那个不难，我这张嘴是骂得人惯的，还你相见的时节决不折气就是。”两个说了一更天，再不见媒婆走到。淳于氏心焦不过，自已哝聒道：“这早晚不见轿子，几时才得过去，难道拣了好时好日不抬过门，要到第二日成事不成？”那妇人道：“这也不论。我当初改嫁的时节，当晚有事，不得成亲，也是到了第二日，才做好事的。”淳于氏道：“那是尊夫的不是，婚姻大事，岂是耽搁得的？大娘是有修养的人，容得他如此；若把我们，就是当晚不好说，到第二、三日，也要奉承他几句。”两个谈谈说说，又过了一更多天。那妇人道：“这时候不来，定是有事耽搁了，不如脱了衣服，同我睡罢。”淳于氏道：“大娘若坐不过，请预先安置。我这一晚料想睡不着，不如坐坐的好。”那妇人陪他不过，竟自睡了。淳于氏在他卧榻之前走来走去，再没有一刻消停，听见那里响一下，就说是轿子到了，伸起头来，东张西望，及至晓得不是，定要哝哝聒聒，把媒婆骂上几句。守到天明，不知看上几十次，骂上几百声。直到第二日早饭之后，那个媒婆才领一乘轿子走进门来，说：“昨晚过去，原说就来的，不想巷头巷脑都关了栅门，轿子抬不过，所以耽搁了一夜，今日才来。”淳于氏不及怪他，竟别了妇人上轿。那妇人到临别之际，还说几时约个日子，要请他同去骂人。

淳于氏坐了轿子，抬到那户人家。只见出轿的时候，并没有一人迎接，竟是自己一个走入中堂。那中堂之上，没有人伺候，连香花灯烛都是没有的。淳于氏感觉不好，就要转去，及至回头一看，又不见了当初那几个抬轿的人都转去了。淳于氏十分疑惑，又只得自己一个捱进中门，走到内室里去。只见卧房里面，摆设得齐齐整整，都是自己的物件，叫媒婆运过来的，只是不见个人影。淳于氏不明不白，竟像做梦一般，心上思量道：“莫非遇了鬼怪，被他摄到这里不成？就是鬼怪，也该有些鬼形怪影出现一出现，为什么绝无影响？”只听见卧房后面有几个孩子一起啼哭，但不知就在一处，还是隔壁人家。正要走去观望，不想黑暗之处，闪出一个人影来，一步近似一步，走到十步之外，就立住了，却像有件凶器捏在手里的一般。淳于氏定睛一看，竟是前面的丈夫，就吓得冷汗直流，高嘶大喊起来，一连说上几十个“有鬼”，要等后面二人来相救。喊了一会，不见人来，就对着影子跪下磕头，说：“你生前死后的事，都是我不该，怪不得来报怨，我如今知罪了，求你转去罢。”说了这几句，就俯伏在地，死也不敢抬头。不想伏了一会，那影子里面就说起话来道：“我既然来在这边，哪里就肯转去，要同你算本总账，砍下头来，把身子剁作几块，方才肯去。我出门以前的事，说不得许多，且丢过一边罢了。为什么我出门几日，就把我两个爱妾一起卖去，只做得两夜夫妻，竟不使我再见一面，这是一可杀了。他们两个腹中都是有身孕的，把我现现成成的儿子送到别人家去，使我做了

绝嗣之人，这是二可杀了。我生前受你多少磨难，连性命都死在你手里，还不见你感念一句，懊悔一声，哭到半年之后，还叫天叫地，骂起我来。难道我生前的咒骂还不曾听得够，死在阴司地府还听你的咒骂不成？这是三可杀了。我在生之时，你何等口强，动不动要谈节义，看见隔壁的妇人改嫁了丈夫，还指定他名字骂个不了。为什么轮着自己，就忍心害理起来，不怕别人笑耻，竟做了失节之妇？这是四可杀了。就是要嫁，也该守过三年两载，把我的灵柩装了回来，寻一块土地安厝了我，然后嫁也未迟。为什么这等性急，连期年的服也不曾穿得满，就嫁起人来？使我骸骨不能归家，做了异乡之鬼，这是五可杀了。你自己不肯守节，就是丫环使婢也留上一两个，做个烧钱化纸的人；在宗族里面立个螟蛉之子，替我接了后代，把家中的财物交付与他，然后出来改嫁，也还气得你过。为什么把许多丫环不分好歹，都替我卖去，把银子鳖在身边，连我一份好人家都搬了过来，与别人享福，这是七可杀了。其余的零星罪犯，若要细数起来，要几百桩也有。我如今总置不论，只问你这七桩大罪。每一桩罪砍你一刀，只把你的尸骸分做七块罢了。”他起先问罪的时节，淳于氏伏在地下，等他说一个“可杀”，自己应一个“该当”，说两个“可杀”，应两个“该当”，及至说到第七个上，知道说完之后就要下手，那条见机而做的魂灵已先走散了，只留个没干的身子伏在那边等杀，连这“该当”二字那里还应得出？只好缩做一团，哼哼嗄嗄的挣命罢了，预先硬了颈项，等他下刀。不想命根未断，那卧房后面有许多胆雄力大、不怕鬼的妇人赶进房来，把他丈夫的阴灵一把扯住，跪下来劝道：“杀死不如放生，看我们众人面上，饶了他罢。”又有两个妇人不但不怕鬼，还要与他打斗，竟把凶器夺了下来，不怕他不走，两个死拖硬曳，扯到卧房后面

去了。

那些不去的妇人都一面说，一面拿手来搀道：“相公去了，大娘起来罢。”淳于氏仰起头来，把众人一看，又吃了一大惊。原来不是别人，就是他丈夫未死之前，零星讨来的使婢；丈夫既死以后，逐个卖去的丫环。如今见旧主有难，不知是那个神道托梦与他，大家不约而同，特地赶来相救的。淳于氏吃惊之后，爬起来坐了一会，把起先失去的魂魄招了转来，方才问众人道：“你们是从哪里来的？方才扯劝的人是那两个？为什么缘故你们都不怕鬼，竟与他说起话来？”那些丫环道：“大娘出脱我们的时节，就是卖与这户人家。方才那两个也是大娘卖去的小，我们未卖之前，他们先嫁过来的。大家都在一处，并不曾分开，只有大娘来得迟些，所以受了这场惊吓。方才捏着凶器与大娘算总账的是个活人，不是什么死鬼，大娘不要认错了。”淳于氏道：“这等说起来，难道是他们的丈夫不成？”那些丫环道：“不但是他们的丈夫，只怕连大娘自己还要做他的妻子也不可知。”淳于氏道：“这等说起来，想是他们恨我不过，故意做定圈套，叫丈夫娶我过来，让他们做大，捉我做小，好出气的意思了。这等为什么缘故，那个人的声音面貌竟与死者一般，说来的话又一句不错，那有这等相像的埋？你们快说一说。”丫环道：“不是他们恨你不过，要摆布你；而是他们丢你不下，要收录你。我老实对你说，方才捏刀的人就是相公的原身，当初并不曾死，被你磨灭不过，做了这番圈套，要骗个儿子出来的。如今两位小主母已生了三个大呱呱，他这户人家不但不曾消灭，还添了几口人丁，愈加昌盛起来了。劝大娘从今以后，落得做个好人，不要去处治他罢。”

淳于氏听了这些话，不但不肯放心，反愈加害怕起来。这是什么缘故？只因起先怕鬼，如今又要怕人，怕人的心肠比怕鬼更加一倍。思想一个结发之妻，做了这许多歹事，把什么颜面见他？见面尚且不可，何况跟了他们，从新过起日子来？起先受他一刀，还是问的斩罪；如今同过日子，料想不得安生，少不得要早笑一句，晚说一句，剥削我的面皮，只当问了个凌迟碎剐。这样的重罪如何受得起？就是他不罪我，我自家心上也饶不过自家，相他一眼，定要没趣一遭；叫他一声，定要羞惭一次。这个凌迟碎剐的重罪，少不得是要受的，不如不见的好。所以怕人的心肠，比怕鬼更加一倍。起先怕鬼的时节，只想求生；如今怕人的时节，反要求死了。就对众丫环道："我半日不出恭，如今要方便了，可有僻静的所在送我去解一解。"丫环不知，只说果然要上马桶，就把他送到方便之处，自己走出门来，好等他上马。谁想他马倒不上，竟去腾起云来。等丫环出去之后，就拴上房门，解下一条丝绦，系在屋梁之上，不多一会，就高高挂起了。丫环在门缝之中看见主母上吊，就一面打开房门，一面喊人相救。那两个生子之妾，随着丫环一起赶进房来，捧脚的捧脚，解头的解头，把个不曾断气的人又救活了。大家坐在一处，都把好言劝慰他；只有穆子大一个，得了老师的真传，不肯进房，坐在门前，大念往生神咒。

淳于氏见了两个姬妾，羞惭不过，眼睛也不敢睁开。那两个姬妾道："大娘不要多心，我们是晓得世事的，大毕竟是大，小毕竟是小，决不为这番形迹就胆大起来。只要大娘略宽厚些，我们的日子就好过了，依旧顶你在头上，决没有怠慢之理。就是男子的心肠，也是挽回得转的。有我们在此，决不使他做狠心人，还你和气就是。"淳于氏听了这些话，方才放心，就爬起身来与他们见礼，认了许多不是，又托他们转致丈夫，也认了许多不是。这两个姬妾在费宅住了许久，也学了他些家风，两边斗出公分替他解和，少不得把两个仇人推在一处，依旧做了夫妻。这叫做“蛮妻拗子，无法可治”，只好如此而已。

到了第二日，费隐公的夫人坐了大轿，上门来贺喜，要借新人一看。淳于氏晓得是醋大王，当初骂过了他，怕他要取回席，不肯出去相见。那两个姬妾道：“回席取过了，决不取第二次，出去见见也不妨。”及至走出中堂把他一看，原来就是前晚留宿的人。淳于氏满面羞惭，措身无地。费夫人道：“今日一来贺喜，二来相邀。那个不相谅的妇人喜得不远，就在舍间隔壁，借重大娘的尊口去狠骂他一场，替我出口小气。”淳于氏满面通红，答应不出，亏那两个体心的姬妾把别话阻挠问者，各顾左右而言他，还不至于羞死，只当积了一场阴德。后来夫妻之内，大小之间，竟和好不过。淳于氏把妾生之子领在身边抚育，当做亲生之子一般，好等那两个姬妾重生再养。后来连生六子，眼见十孙，传到后来，竟做了一县之中第一个繁衍之族，皆费隐公变化之力也。费隐公的教化，不独当世为然，他的流风余韵，至今尚在。俗语有两句云：“江山妇人不穿裤，常山妇人不吃醋。”此之谓也。

末　集

妻妾败纲常　梅香完节操

词云：

妻妾眼前花，死后冤家。寻常说起抱琵琶。怒气直冲霄汉上，切齿磋牙。　　及至戴丧髽①，别长情芽。个中心绪乱如麻。学抱琵琶犹恨晚，尚不如他。

这一首《浪淘沙》词，乃说世间的寡妇，改醮者多，终节者少。凡为丈夫者，教训妇人的话虽要认真，属望女子之心不须太切。在生之时，自然要着意防闲，不可使他动一毫邪念；万一自己不幸，死在妻妾之前，至临终永诀之时，倒不妨劝他改嫁。他若是个贞节的，不但劝他不听，这番激烈的话，反足以坚其守节之心；若是本心要嫁的，莫说礼法禁他不住，情意结他不来，就把死去吓他，道："你若嫁人，我就扯你到阴间说话"，他也知道阎罗王不是你做，"且等我嫁了人，看你扯得去、扯不去"？当初魏武帝临终之际，吩咐那些嫔妃，教他分香卖履，消遣时日，省得闲居独宿，要起欲心，也可谓会写遗嘱的了。谁想晏驾之后，依旧都做了别人的姬妾。想他当初吩咐之时，那些妇人到背后去，哪一个不骂他几声阿呆，说我们六宫之中，若个个替你守节，只怕京师地面狭窄，起不下这许多节妇牌坊。若使遗诏上肯附一笔道："六宫嫔御，放归民间，任从嫁遣。"那些女子岂不分

① 髽（zhuā）——古代妇女服丧时用麻扎成的发。

香刻像去尸祝他，卖履为资去祭奠他？千载以后，还落个英雄旷达之名，省得把“分香卖履”四个字露出一生丑态，填人笑骂的舌根。所以做丈夫的人，凡到易箦①之时，都要把魏武帝做个殷鉴。姬妾多的，须趁自家眼里或是赠与贫士，或是嫁与良民，省得他到披麻戴孝时节，把哭声做了怨声。就是没有姬妾，或者妻子少艾的，也该把几句旷达之言去激他一激。激得着的等他自守，当面决不怪我冲撞；激不着的等他自嫁，背后也不骂我阿呆。这是死丈夫待活妻妾的秘诀，列位都要谨记在心。我如今说两个激不着的，一个激得着的，做个榜样。只是激不着的本该应激得着，激得着的尽可以激不着，于理相反，于情相悖，所以叫做奇闻。

明朝靖、历之间，江西建昌府有个秀士，姓马字麟如，生来资颖超凡，才思出众，又有一副绝美的姿容。那些善风鉴的，都道男子面颜不宜如此娇媚，将来未必能享大年。他自己也晓得命理，常说我二十九岁运限难过，若跳得这个关去，就不妨了。所以功名之念甚轻，子嗣之心极重。正妻罗氏，做亲几年不见生育，就娶个莫氏为妾。莫氏小罗氏几岁，两个的姿容都一般美丽。家中又有个丫环，叫做碧莲，也有几分颜色，麟如收做通房。寻常之夜，在妻妾房中宿歇得多；但到行经之后，三处一般下种。过了七八年，罗氏也不生，碧莲也不育，只有莫氏生下一子。

生子之年，麟如恰好二十九岁。果然运限不差，生起一场大病，似伤寒非伤寒，似阴症非阴症，麟如自己也是精于医道的，竟辨不出是何症候。自己医治也不好，请人医治也不效，一日重

① 易箦（zé）——更换床席，借指人之将死。

似一日。看看要绝命了，就把妻妾通房，都叫来立在面前，抱着儿子问道："我做一世人，止留得这些骨血，你们三个之中那一个肯替我抚养？我看你们都不像做寡妇的材料，肯守不肯守，大家不妨直说。若不情愿做未亡人，好待我寻个朋友，把孤儿托付与他，省得做拖油瓶带到别人家去，被人磨灭了，断我一门宗祀。"

罗氏先开口道："相公说的什么话？烈女不更二夫，就是没有儿子，尚且要立嗣守节；何况有了嫡亲骨血，还起别样的心肠？我与相公是结发夫妻，比他们婢妾不同。他们若肯同伴相守，是相公的大幸；若还不愿，也不要担搁了他，要去只管去。有我在此抚养，不愁儿子不大。何须寻什么朋友，托什么孤儿，惹别人谈笑。"麟如点点头道："说得好，这才像个结发夫妻。"

莫氏听了这些话，心上好生不平。丈夫不曾喝彩得完，他就高声截住道："结发便怎的，不结发便怎的？大娘也忒把人看轻了。你不生不育的，尚且肯守，难道我生育过的，反丢了自家骨血，去嫁别人不成？从古来只有守寡的妻妾，那有守寡的梅香？我们三个之中，只有碧莲去得。相公若有差池，寻一户人家，打发他去，我们两个生是马家人，死是马家鬼，没有第二句说话。相公只管放心。"麟如又点点头道："一发说得好，不枉我数年宠爱。"

罗氏、莫氏说话之时，碧莲立在旁边，只管啧啧称羡。及至说完，也该轮着他应付几句，他竟低头屏气，寂然无声。麟如道："碧莲为什么不讲，想是果然要嫁么？"碧莲闭着口再不作声。罗氏道："你是没有关系的，要去就说去，难道好强你守节不成？"碧莲不得已，才回复道："我的话不消自己答应，方才大娘，二娘都替我说过了，做婢妾的人比结发夫妻不同，只有守寡

的妻妾，没有守寡的梅香。若是孤儿没人照管，要我抚养他成人，替相公延一条血脉，我自然不该去；如今大娘也要守他，二娘也要守他，他的母亲多不过，那希罕我这个养娘？若是相公百年以后，没人替你守节，或者要我做个看家狗，逢时遇节烧一份纸钱与你，我也不该去；如今大娘也要守寡，二娘也要守寡，马家有什么大风水，一时就出得三个节妇？如今但凭二位主母，要留在家服侍，我也不想出门；若还愁吃饭的多，要打发我去，我也不敢赖在家中。总来做丫环的人，没有什么关系，失节也无损于己，守节也无益于人，只好听其自然罢了。”麟如听见这些话，虽然说他老实，却也怪他无情。心上酌量道：“这三个之中，第一个不把稳的是碧莲，第一个把稳的是罗氏，莫氏还在稳不稳之间。碧莲是个使婢，况且年纪幼小，我活在这边，他就老了面皮，说出这等无耻的话；我死之后，还记得什么恩情？罗氏的年纪长似他们两个，况且又是正妻，岂有不守之理？莫氏既生了儿子，要嫁也未必就嫁，毕竟要等儿子离了乳哺，交与大娘方才去得。做小的在家守寡，那做大的要嫁也不好嫁得；等得儿子长大，妾要嫁人时节，他的年纪也大了，颜色也衰了，就没有必守之心，也成了必守之势。将来代莫氏抚孤者，不消说是此人；就是勉莫氏守节者，也未必不是此人。”

吩咐过了，只等断气，谁想淹淹缠缠，只不见死，空了几时不受药，那病反痊可起来，再将养几时，公然好了。从此以后与罗氏、莫氏恩爱更甚于初；碧莲只因几句本色话，说冷了家主的心，终日在面前走来走去，眼睛也没得相他。莫说闲空时节不来耕治荒田，连那农忙之际，也不见来播种了。

却说麟如当初自垂髫之年，就入了学，人都以神童目之，道是两榜中人物。怎奈他自恃聪明，不肯专心举业，不但诗词歌赋，件件俱能，就是琴棋书画的技艺，星相医卜的术数，没有一样不会。别的还博而不精，只有岐黄①一道，极肯专心致志。古语云：

秀才行医，如菜作齑。

麟如是个绝顶聪明的人，又兼各样方书，无所不阅，自然触类旁通，见一知十。凡是邻里乡党之中有疑难的病症，医生医不好的，请他诊一诊脉，定一个方，不消一两贴药，就医好了。只因他精于医理，弄得自己应接不暇。那些求方问病的，不是朋友，就是亲戚，医好了病，又没有谢仪，终日赔工夫看病，赔纸笔写方，把自家的举业反荒疏了。

一日宗师岁试，不考《难经》《脉诀》；出的题目依旧是四书五经。麟如写惯了药方，笔下带些黄连、苦参之气，宗师看了，不觉瞑眩起来，竟把他放在末等。麟如前程考坏，不好见人，心上思量道："我一向在家被人缠扰不过，不如乘此失意之时，离了家乡，竟往别处行道。古人云：'得志则为良相，不得志则为良医。'有我这双国手，何愁不以青囊致富？"算计定了，吩咐罗氏、莫氏说："我要往远处行医，你们在家苦守。我立定脚跟，就来接你们同去。"罗氏、莫氏道："这也是个算计。"就与他收拾行李。麟如只让一个老仆，留在家中给薪水，自己约一个朋友同行。那朋友姓万，字子渊，与麟如自小结契，年事相仿，面貌也大同小异，一向从麟如学医道的。二人离了建昌，搭江船顺流而下，到了扬州，说此处是冠盖往来之地，客商聚集之所，借一传百，易于出名，就在琼花观前租间店面，挂了"儒医马麟如"的招牌。

---

① 岐黄——这里指中医学。

不多几时，就有知府请他看病。知府患的内伤，满城的人都认做外感，换一个医生，发表一次，把知府的元气消磨殆尽，竟有旦夕之危。麟如走到，只用一贴清理的药，以后就补元气，不上数贴，知府病势退完，依旧升堂理事。道他有活命之功，十分优待，逢人便说扬州城里只得一个医生，其余都是刽子手。麟如之名，由此大著。未及三月，知府升了陕西副使，定要强麟如同去。麟如受他知遇之恩，不好推却，只是扬州生意正好，舍不得丢，就与子渊商议道："我便随他去，你还在此守着窠巢，做个退步。我两个面貌相同，到此不久，地方之人，还不十分相识，但有来讨药的，你竟冒我名字应付他，料想他们认不出。我此去离家渐远，音信难通，你不时替我寄信回去，安慰家人。"吩咐完了，就写一封家书，将扬州所得之物，尽皆留下，叫子渊觅便寄回，自己竟随主人去了。

子渊与麟如别后，遇着一个夏布客人，是自家乡里，就将麟如所留银信交付与他，自己也写一封家书，托他一同寄去。终日坐在店中兜揽生意，那些求医问病的，只闻其名，不察其人，来的都叫马先生、马相公。况且他用的药与麟如原差不多，地方上人见医得病好，一发不疑，只是邻舍人家还晓得有些假借。子渊再住几时，人头渐熟，就换个地方，搬到小东门外，连邻居都认不出了。只有几个知事的在背后猜疑道："闻得马麟如是前任太爷带去了，为什么还在这边？"那邻居听见，就述这句话来转问子渊。子渊恐怕露出马脚，想句巧话对他道："这句话也不为无因。他原要强我同去，我因离不得这边，转荐一个舍亲叫做万子渊，随他去了，所以人都误传是我。"邻舍听了这句话，也就信以为实。

过上半年，子渊因看病染了时气，自己大病起来。自古道：

“卢医不自医。”千方百剂，再救不好，不上几时，做了异乡之鬼。身边没有亲人，以前积聚的东西，尽为雇工人与地方所得，同到江都县递一张报呈，知县批着地方收殓。地方就买一口棺木，将尸首盛了，抬去丢在新城脚下，上面刻一行字道：“江西医士马麟如之柩。”待他亲人好来识认。

却说子渊在日，只托夏布客人寄得那封家信，只说信中之物尽够安家，再过一年半载寄信未迟。谁想夏布客人因贪小利，竟将所寄之银买做货物，往浙江发卖，指望翻个筋斗，趁此利钱，依旧将原本替他寄回。不想到浙江卖了货物，回至邬镇地方，遇着大伙强盗，身边银两尽为所劫。正愁这注信、银不能着落，谁想回到扬州，见说马医生已死，就知道是万子渊了。原主已没，无所稽查，这宗银子落得送与强盗，连空信都弃之水中，竟往别处营生去了。

却说罗氏、莫氏见丈夫去后，音信杳然，闻得人说在扬州行道，就着老仆往扬州访问。老仆行至扬州，问到原旧寓处，方才得知死信。老仆道：“我家相公原与万官人同来，相公既死，他就该赶回报信，为什么不见回来，如今到那里去了？”邻舍道：“那姓万的是他荐与前任太爷，带往陕西去了。姓万的去在前，他死在后，相隔数千里，那里晓得他死，赶回来替你报信？”老仆听到此处，自然信以为真。寻到新城脚下，抚了棺木，痛哭一场。身边并无盘费，不能装载还家，只得赶回报讣。

罗氏、莫氏与碧莲三人闻失所天，哀恸几死，换了孝服，设了灵位，一连哭了三日，闻者无不伤心。到四、五日上，罗氏、莫氏痛哭如前，只有碧莲一人虽有悲凄之色，不作酸楚之声，劝罗氏、莫氏道：“死者不可复生，徒哭无益，大娘、二娘还该保重身子，替相公料理后事，不要哭坏了人。”罗氏、莫氏道：“你是有去路的，可以不哭；我们一生一世的事止于此了，即欲不哭，其可得乎?”碧莲一片好心，反讨一场没趣。只见罗氏、莫氏哭到数日之后，不消劝得，也就住了。

起先碧莲所说料理后事的话，第一要催他们设处盘费，好替家主装丧；第二要劝他们想条生计，好替丈夫守节。只因一句“有去路”的话，截住谋臣之口，以后再不敢开言。还只道他们止哀定哭之后，自然商议及此。谁想过了一月有余，绝不提起“装丧”二字。碧莲忍耐不过，只得问道：“相公的骸骨抛在异乡，不知大娘、二娘几时差人去装载?”罗氏道：“这句好听的话我家主婆怕不会说，要你做通房的开口？千里装丧，须得数十金盘费，如今空拳白手，哪里借办得来？只好等有顺便人去，托他焚化了捎带回来，埋在空处，做个纪念罢了。孤儿寡妇之家，那里做得争气之事?”莫氏道：“依我的主意，也不要去装，也不要去化，且留他停在那边，待孩子大了再做主意。”

碧莲平日看见他两个都有私房银子藏在身边，指望各人拿出些来，凑作舟车之费，谁想都不肯破悭，说出这等忍心害理的话，碧莲心上好生不平。欲待把大义至情责备他们几句，又怕激了二人之怒，要串通一路逼他出门，以后的过失就没人规谏。只得用个以身先人之法去感动他，就对二人道：“碧莲昨日与老苍头商议过了，扶榇之事，若要独雇船只，所费便多；倘若搭了便船，顺带回来，也不过费得十金之数。碧莲闲空时节替人做些针织，今日半分，明日三厘，如今凑集起来，只怕也有一半，不知大娘、二娘身边可凑得那一半出？万一凑不出来，我还有几件青衣，总则守孝的人，三年穿着不得，不如拿去卖了，凑做这桩大事，也不枉相公收我一场。说便是这等说，也还不敢自专，但凭

大娘、二娘的主意。”罗氏、莫氏被他这几句话说得满面通红，那些私房银子，原要藏在身边，带到别人家去帮贴后夫的，如今见他说得词严义正，不敢回个没有，只得齐声应道：“有是有几两，只因不够，所以不敢行事。如今既有你一半做主，其余五两自然是我们凑出来了，还有什么说得？”碧莲就在身边摸出一包银子，对二人当面解开，称来还不上五两，若论块数，竟有上千。罗氏、莫氏见他欣然取出，知道不是虚言，只得也去关了房门，开开箱笼，就如做贼一般，解开荷包，拈出几块，依旧藏了。每人称出二两几钱，与碧莲的凑成十两之数，一起交与老仆。老仆竟往扬州，不上一月，丧已装回，寻一块无碍之地，将来葬了。

却说罗氏起先的主意，原要先嫁碧莲，次嫁莫氏，将他两人的身价，都凑作自己的妆奁，或是坐产招夫，或是挟资往嫁的。谁想碧莲首倡大义，今日所行之事，与当初永诀之言，不但迥然不同，亦且判然相反，心上竟有些怕他起来。遣嫁的话，几次来在口头，只是不敢说出。看见莫氏的光景，还是欺负得的，要先打发他出门，好等碧莲看样，又多了身边一个儿子。若叫他带去，怕人说有嫡母在家，为何叫儿子去随继父？若把他留在家中，又怕自己被他缠住，后来出不得门。立在两难之地，这是罗氏的隐情了。

莫氏胸中又有一番苦处。一来见小似他的当嫁不肯嫁，大似他的要嫁不好嫁，把自己夹在中间，动掸不得。二来懊恨生出来的孽障，大又不大，小又不小。若还有几岁年纪，当得家僮使唤，娶的人家还肯承受；如今不但无用，反要磨人，那个肯惹别人身上的虱，到自己身上去搔？索性是三朝半月的，或者带到财主人家，拼出得几两银子，雇个乳娘抚养，待大了送他归宗；如

今日夜钉在身边，啼啼哭哭，那个娶亲的人不图安逸，肯容个芒刺在枕席之间？这都是莫氏心头说不出的苦楚，与罗氏一样病源，两般症候。每到欲火难禁之处，就以哭夫为名，悲悲切切，自诉其苦。

只有碧莲一人，眼无泪迹，眉少愁痕，倒比家主未死之先，更觉得安闲少累。罗氏、莫氏见他安心守寡，不想出门，起先畏惧他，后来怨恨他，再过几时，两个不约而同都来磨难他。茶冷了些，就说烧不滚；饭硬了些，就说煮不熟。无中生有，是里寻非，要和他吵闹。碧莲只是逆来顺受，再不与他们认真。

且说莫氏既有怨恨儿子之心，少不得要见于词色，每到他啼哭之时，不是咒，就是打，寒不与衣，饥不与食，忽将掌上之珠，变作眼中之刺。罗氏心上也恨这个小冤家掣他的肘，起先还怕莫氏护短，怒之于中不能形之于外，如今见他生母如此，正合着古语二句：

自家骨肉尚如此，何况区区陌路人。

那孩子见母亲打骂，自然啼啼哭哭，去投奔大娘。谁想躲了雷霆，撞着霹雳，不见菩萨低眉，反惹金刚怒目。甫离襁褓的赤子，怎经得两处折磨，不见长养，反加消缩。碧莲口中不说，心上思量道："二人将不利于孺子，为程婴、杵臼者，非我而谁?"每见孩子啼哭，就把他搂在怀中，百般哄诱。又买些果子，放在床头，晚间骗他同睡。那孩子只要疼热，哪管亲晚，睡过一两夜，就要送还莫氏，他也不肯去了。莫氏巴不得遣开冤孽，才好脱身，那里还来索其故物。

罗氏对莫氏道："你的年纪尚小，料想守不到头。起先孩子离娘不得，我不好劝你出门；如今既有碧莲抚养，你不如早些出门，省得辜负青年。”莫氏道：“若论正理，本该在家守节，只是家中田地稀少，没有出息，养不活许多闲人，既蒙大娘吩咐，我也只得去了。只是我的孽障，怎好遗累别人？他虽然跟住碧莲，只怕碧莲未必情愿。万一走到人家，过上几日，又把孩子送来，未免惹人憎恶。求大娘与他说个明白：他若肯认真抚养，我就把孩子交付与他，只当是他亲生亲养，长大之时就不来认我做娘，我也不怪；若还只顾眼前，不管后日，欢喜之时领在身边，厌烦之时送来还我，这就成不得了。”碧莲立在旁边，听了这些说话，就不等罗氏开口，欣然应道：“二娘不须多虑，碧莲虽是个丫环，也略有些见识，为什么马家的骨血，肯拿去送与别人？莫说我不送来还你，就是你来取讨，我也决不交付，你要去只管去。碧莲在生一日，抚养一日；就是碧莲死了，还有大娘在这边，为什么定要累你？”

罗氏听他起先的话，甚是欢喜，道他如今既肯担当，明日嫁他之时，若把儿子与他带去，料也决不推辞；及至见他临了一句，牵扯到自己身上，未免有些害怕起来。又思量道：“只有你这个呆人，肯替别人挑担，我是个伶俐的人，怎肯做从井救人之事？不如趁他高兴之时，把几句硬话激他，再把几句软话求他，索性把我的事也与他说个明白。他若乘兴许了，就是后面翻悔，我也有话问他，省得一番事业作两番做。”就对他道：“碧莲，这桩事你也要斟酌，孩子不是容易领的，好汉不是容易做的，后面的日子长似前边，倘若孩子磨起人来，日不肯睡，夜不肯眠，身上溺尿，被中撒屎，弄叫你哭不得，笑不得，那时节不要懊悔。你是出惯心力的人，或者受得这个累起，我一向是爱清闲，贪自在的，宁可一世没有儿子，再不敢讨这苦吃。你如今情愿不情愿，后面懊悔不懊悔，都趁此时说个明白，省得你惹下事来，到

后面贻害于我。”碧莲笑一笑道：“大娘莫非因我拖了那个尾声①，故此生出这些远虑么？方才那句话，是见二娘疑虑不过，说来安慰他的，如何认做真话？况且我原说碧莲死了，方才遗累大娘。碧莲肯替家主抚孤，也是个女中义士，天地有知，死者有灵，料想碧莲决不会死。碧莲不死，大娘只管受清闲、享自在，决不叫你吃苦。我也晓得孩子难领，好汉难做，后来日子细长，只因看不过孩子受苦，忍不得家主绝嗣，所以情愿做个呆人，自己讨这苦吃。如今一言既出，驷马难追，保得没有后言，大娘不消多虑。”罗氏道：“这等说来，果然是个女中义士了。莫说别人，连我也学你不得。既然如此，我还有一句话，也要替你说过。二娘去后，少不得也要寻户人家打发你，到那时节，你须要把孩子带去，不可说在家一日，抚养一日，跨出门槛，就不干你的事，又依旧累起我来。”碧莲道：“大娘在家，也要个丫环服侍，为什么都要打发出去？难道一户人家，是大娘一个做得来的？”罗氏见他问到此处，不好糊涂答应，就厚着脸皮道：“老实对你讲，莫说他去之后你住不牢，就是你去之后，连我也立不定了。”碧莲听了这句话，不觉目睁口呆，定了半晌，方才问道：“这等说来大娘也是要去的了？请问这句说话真不真，这个意思决不决？也求大娘说个明白，让碧莲好做主意。”罗氏高声应道：“有什么不真？有什么不决？你道马家有多少田产，有几个亲人？难道靠着这个尺把长的孩子，叫我呷西风，吸露水替他守节不成？”碧莲点点头道：“说得是，果然没有靠傍，没有出息。从来的节妇都出在富贵人家，绩麻拈草的人如何守得住寡？这等大娘也请去，二娘也请去，待碧莲住在这边，替马氏一门做个看家

---

① 尾声——此指拖别人的孩子。

狗罢。”

罗氏与莫氏一起问道：“我们若有了人家，这房户里的东西，少不得都要带去。你一个住在家中，把什么东西养生？叫何人与你做伴？”碧莲道：“不妨，我与大娘、二娘不同，平日不曾受用得惯，每日只消半升米、二斤柴就过得去了。那六七十岁的老苍头，没有什么用处，料想大娘、二娘不要，也叫他住在家中，尽可以看门守户。若是年纪少壮的，还怕男女同居，有人议论；他是半截下土的人，料想不生物议。等得他天年将尽，孩子又好做伴了。这都是一切小事，不消得二位主母费心，各请自便就是。”罗氏、莫氏道：“你这句话若果然出于真心，就是我们的恩人了，请上受我们一拜。”碧莲道：“主母婢妾，分若君臣，岂有此理？”罗氏、莫氏道：“你若肯受拜，才见得是真心，好待我们去寻头路；不然，还是讥讽我们的话，依旧作不得准。”碧莲道：“这等恕婢子无状了。”就把孩子抱在怀中，朝外而立，罗氏、莫氏深深拜了三拜，碧莲的身子就像泥塑木雕的一般，挺然直受，连“万福”也不叫一声。罗氏、莫氏得了这个替死之人，就如罪囚释了枷锁，肩夫丢了重担，哪里松縢①得过？连夜叫媒婆寻了人家，席卷房中之物，重做新人去了。

碧莲揽些女工针织，不住的做，除三口吃用之外，每日还有羡余②，时常买些纸钱，到坟前烧化，便宜了个冒名替死的万子渊，鹘鹘突突③在阴间受享。这些都是后话。

却说马麟如自从随了主人，往陕西赴任，途中朝夕盘桓，比

---

① 松縢——不敢放松。

② 羡余——结余，剩余。

③ 鹘（hú）鹘突突——糊涂，混沌。

初时更加亲密。主人见他气度春容，出言彬雅，全不像个术士，闲中问他道："看兄光景，大有儒者气象，当初一定习过举业的，为什么就逃之方外，隐于壶中？"麟如对着知己，不好隐瞒，就把自家的来历说了一遍。主人道："这等说来，兄的天分一定是高的了。如今尚在青年，怎么就隳①了功名之志？待学生到任之后，备些灯火之资，寻块养静之地，兄还去读起书来，遇着考期，出来应试，有学生在那边，不怕地方攻冒籍。倘若秋闱高捷，春榜联登，也不枉与学生相处一番。以医国之手，调元燮化，所活之人必多，强如以刀圭济世，吾兄不可不勉。"麟如受了这番奖励，不觉死灰复燃，就立起身来，长揖而谢。主人莅任之后，果然依了前言，差人往萧寺之中讨一间静室，把麟如送去攻书，适馆授餐，不减《缁衣》之好。未及半载，就扶持入学；科闱将近，又荐他一名遗才。麟如恐负知己，到场中绎想抽思，恨不得把心肝一起呕出。三场得意，挂出榜来，巍然中了。少不得公车之费，依旧出在主人身上。麟如经过扬州，叫人去访万子渊，请到舟中相会。地方回道："是前任太爷请去了。"麟如才记起当初冒名的话，只得吩咐家人，倒把自家的名字去访问别人。那地方邻舍道："人已死过多时，骨殖都装回去了，还到这边来问？"麟如虽然大惊，还只道是他自己的亲人来收拾回去，哪里晓得其中就里？

及至回到故乡，着家人先去通报，叫家中唤吹手轿夫来迎接回去。那家人是中后新收的，老仆与碧莲都不认得，听了这些话，把他啐了几声道："人家都不认得，往内室里乱走，岂不闻'疾风暴雨，不入寡妇之门'？我家并没有人读书，别家中举，干

① 隳（huī）——毁坏。

得我家屁事？还不快走！”家人赶至舟中，把前话直言告禀。麟如大诧，只说妻子无银使用，将房屋卖与别家，新人不识旧主，故此这般回复，只得自己步行而去，问其就里。谁想跨进大门，把老仆吓了一跳，掉转身子往内飞跑，对着碧莲大喊道：“不好了，相公的阴魂出现了！”碧莲正要问他缘故，不想麟如已立在面前，碧莲吓得魂不附体，缩了几步，立住问道：“相公，你有什么事放心不下，今日回来见我？莫非记挂儿子么？我好好替你抚养在此，不曾把与他们带去。”麟如定着眼睛把碧莲相一会，又把老仆相一会，方才问道：“你们莫非听了讹言，说我死在外面了么？我好好一个人，如今中了回来，你们不见欢喜，反是这等大惊小怪，说鬼道神，这是什么缘故？”只见老仆躲在屏风背后，伸出半截头来答应道：“相公，你在扬州行医，害病身死，地方报官买棺材收殓了，丢在新城脚下，是我装你回来殡葬的，怎么还说不曾死？如今大娘、二娘虽嫁，还有莲姐在家，替你抚孤守节，你也放得下了，为什么青天白日走回来吓人？我们吓吓也罢了，小官是你亲生的，他如今睡在里边，千万不要等他看见。吓杀了他，不干我们的事。”说完，连半截头也缩进去了。

麟如听到此处，方才大悟道：“是了是了，原来是万子渊的缘故。”就对碧莲道：“你们不要怕，走近身来听我讲。”碧莲也不向前，也不退后，立在原处应道：“相公有什么未了之言，讲来就是。阴阳之隔，不好近身。碧莲还要留个吉祥身子，替你抚孤，不要怪我疑忌。”麟如立在中堂，就说自己随某官赴任，叫子渊冒名行医，子渊不幸身死，想是地方不知真伪，把他误认了我，以讹传讹，致使你们装载回来，这也是理之所有的事，后来主人劝我弃了医业，依旧读书赴考，如今中了乡科，进京会试，顺便回来安家祭祖，备细说了一遍，又道：“如今说明白了，你

们再不要疑心，快走过来相见。”碧莲此时满肚惊疑都变为狂喜，慌忙走下阶来，叩头称贺。老仆九分信了，还有一分疑虑，走到街檐底下，离麟如一丈多路，磕了几个头，起来立在旁边，察其动静。

麟如左顾右盼，不见罗氏、莫氏，就问碧莲道：“他方才说大娘、二娘嫁了，这句话是真的么？”碧莲低着头，不敢答应。麟如又问老仆，老仆道：“若还不真，老奴怎么敢讲？”麟如道：“他们为什么不察虚实，就嫁起人来？”老仆道：“只因信以为实，所以要想嫁人；若晓得是虚，他们自然不嫁了。”麟如道：“他两个之中，还是哪一个要嫁起？”老仆道：“论出门的日子，虽是二娘先去几日；若论要嫁的心肠，只怕也难分先后。一闻凶信之时，各人都有此意了。”麟如道：“他们肚里的事，你怎么晓得？”老仆道：“我回来报信的时节，见他不肯出银子装丧，就晓得各怀去意了。”麟如道：“他们既舍不得银子，这棺材是怎么样回来的？”老仆道：“说起来话长，请相公坐了，容老奴细禀。”碧莲扯一把交椅，等麟如坐了，自己到里面去看孩子。老仆就把碧莲倡议扶柩，罗氏不肯，要托人烧化；莫氏又叫丢在那边，待孩子大了再处理。亏得碧莲捐出五两银子，才引得那一半出来，自己带了这些盘缠，往扬州扶棺归葬的话说了一段，留住下半段不讲，待他问了才说。麟如道：“我不信碧莲这个丫头就有恁般好处。”老仆道：“他的好处还多，只是老奴力衰气喘，一时说他不尽。相公也不消问得，只看他此时还在家中，就晓得好不好了。”麟如道：“也说得是。但不知他为什么缘故，肯把别人的儿子留下来抚养，我又不曾有什么好处到他，他为何肯替我守节？你把那两个淫妇要出门的光景，与这个节妇不肯出门的光景，备细说来我听。”老仆又把罗氏、莫氏一心要嫁，只因孩子缠住了身，不好去得，把孩子朝打一顿，暮咒一顿，磨得骨瘦如柴；碧莲看不过，把他领在身边，抱养熟了。后来罗氏、莫氏要嫁，莫氏又怕送儿子还他，叫罗氏与碧莲断过，碧莲力任不辞。罗氏见他肯挑重担，情愿把守节之事让他，各人磕他三个头，欢欢喜喜出门去了的话，有头有脑说了一遍。

麟如听到实处，不觉两泪交流。正在感激之时，只见碧莲抱了孩子，走到身边道："相公，看看你的儿子，如今这样大了。"麟如张开两手，把碧莲与孩子一起搂住，放声大哭，碧莲也陪他哭了一场，方才叙话。麟如道："你如今不是通房，竟是我的妻子了；不是妻子，竟是我的恩人了。我的门风被那两个淫妇坏尽，若不亏你替我争气，我今日回来竟是丧家狗了。"又接过儿子，抱在怀中道："我儿，你若不是这个亲娘，被淫妇磨作齑粉了，怎么捱得到如今，见你亲爹的面？快和爹爹一起拜谢恩人。"说完，跪倒就拜，碧莲扯不住，只得跪在下面同拜。

麟如当晚重修花烛，再整洞房，自己对天发誓，从今以后与碧莲做结发夫妻，永不重婚再娶。这一夜枕席之欢自然加意，不比从前草草。竣事之后，搂着碧莲问道："我当初大病之时，曾与你们永诀，你彼时原说要嫁的，怎么如今倒守起节来？你既肯守节，也该早对我讲，待我把些情意到你，此时也还过意得去。为什么无事之际倒将假话骗人，有事之时却把真情为我？还亏得我活在这边，万一当真死了，你这段苦情叫谁人怜你？"说罢，又泪下起来。碧莲道："亏你是个读书人，话中的意思都详不出。我当初的言语，是见他们轻薄我，我气不过，说来讥诮他们的，怎么当做真话？他们一个说结发夫妻与婢妾不同，一个说只有守寡的妻妾，没有守寡的梅香。分明见得他们是节妇，我是随波逐浪的人了；分明见得节妇只许他们做，不容我手下人僭位的了。

我若也与他们一样，把牙齿咬断铁钉，莫说他们不信，连你也说是虚言。我没奈何，只得把几句绵里藏针的话，一来讥讽他们，二来暗藏自己的心事，要你把我做个防凶备吉之人。我原说若还孤儿没人照管，要我抚养成人，我自然不去。如今生他的也嫁了，抚他的也嫁了，当初母亲多不过，如今半个也没有，我如何不替你抚养？我又说你百年以后，若还没人守节，要我烧钱化纸，我自然不去。如今做大的也嫁了，做小的也嫁了。当初你家风水好，未死之先，一连就出两个节妇；后来风水坏了，才听得一个死信，把两个节妇一起遣出大门，弄得有墓无人扫，有屋无人住，我如何不替你看家？这都是你家门不幸，使妻妾之言不验，把梅香的言语倒反验了。如今虽有守寡的梅香，不见守寡的妻妾，到底是桩反事，不可谓之吉祥。还劝你赎他们转来，同享富贵。待你百年以后，使大家践了前言，方才是个正理。”麟如惭愧之极，并不回言。

在家绸缪数日，就上公车，春闱得意，中在三甲头，选了行人司。未及半载，赍诏还乡，府县官员，都出郭迎接，锦衣绣裳，前呼后拥，一郡之中，老幼男妇，人人争看。罗氏、莫氏见前夫如此荣耀，悔恨欲死，都央马族之人劝麟如取赎。那后夫也怕麟如的势焰，情愿不取原聘，白白送还。马族之人，恐触麟如之怒，不好突然说起，要待举贺之时，席间缓缓谈及。谁想麟如预知其意，才坐了席，就点一本朱买臣的戏文，演到覆水难收一出，喝彩道：“这才是个男子！”众人都说事不谐矣，大家绝口不提，次日回复两家。

罗氏的后夫放心不下，又要别遣罗氏，以绝祸根，终日把言语伤触他，好待他存站不住。当面斥道：“你当初要嫁的心也太急了些，不管死信真不真，收拾包裹竟走，难道你的枕头边一日也少不得男子的？待结发之情尚且如此，我和你半路相逢，哪里有什么情意？男子志在四方，谁人没有个离家的日子，我明日出门，万一传个死信回来。只怕我家的东西又要卷到别人家去了。与其死后做了赔钱货，不如生前活离，还不折本。”罗氏终日被他凌辱不过，只得自缢而死。

莫氏嫁的是个破落户，终日熬饥受冻，苦不可言，几番要寻死，又痴心妄想道：“丈夫虽然恨我，此时不肯取赎，儿子到底是我生的，焉知他大来不劝父亲赎我？”所以熬着辛苦，耐着饥寒，要等他大来。及至儿子长大，听说生母从前之事，愤恨不了，终日裘马翩翩，在莫氏门前走来走去，头也不抬一抬。莫氏一日候他经过，走出门来，一把扯住道：“我儿，你嫡嫡亲亲的娘在这里，为何不来认一认？”儿子道：“我只有一个母亲，现在家中，那里还有第二个？”莫氏道：“我是生你的，那是领你的。你不信，只去问人就是。”儿子道：“这等待我回去问父亲，他若认你为妻，我就来认你为母；倘若父亲不认，我也不好来冒认别人。”莫氏再要和他细说，怎奈他扯脱袖子，头也不回，飘然去了。从此以后，宁可迂道而行，再不从他门首经过。莫氏以前虽不能够与他近身说话，还时常在门缝之中张张他的面貌，自从这番抢白之后，连面也不得见了，终日捶胸顿足抢地呼天，怨恨而死。

碧莲向不生育，忽到三十之外，连举二子，与莫氏所生，共成三凤。后来麟如物故，碧莲二子尚小，教诲扶持，俱赖长兄之力。长兄即莫氏所生。碧莲当初抚养孤儿，后来亦得孤儿之报，可见做好事的原不折本，这叫做皇天不负苦心人也。

申　集

寡妇设计赘新郎　众美齐心夺才子

词云：

潘安貌，无才也使佳人好。佳人好，若逢才女，还须同调。才多加上容颜俏，风流又值人年少。人年少，不愁天上，花星不照。

——右调《忆秦娥》。

这首词，乃说世间做风流子弟的，“才貌”二字缺一不可。有貌无才，要老实又老实不得；有才无貌，要风流也风流不来。要做第一等风流之人，须要在赋生之初，把这两件东西放在天平上弹一弹过，然后并在一处，合为一身，方才没有缺陷之恨。这两件之中，又要分个难易，易得的是貌，难得的是才。世间绝标致的男子，一百个之中常有一两个。莫说富贵人家的儿子，居移气，养移体，自然生得娇皮细肉，俊雅可观；就是僮仆厮养之辈，梨园小唱之流，尽有面似潘安，腰同沈约，令妇人女子见之，不觉魂摇心荡者，正自不少。只是这样的男子，容易使人动兴，也容易使人败兴。看了他的容颜举止，正要打点害相思；及至想到他是何等之人，所作所为的是何等之事，就不觉情兴索然，那场相思病就值不得去害他了。天下极俊雅的才人，一万个之中选不出一两个。无论才貌两件都有十分的，使天下妇人见之，个个愿为之死；即使易得之貌有了七分，难得之才有了三分，那些怜才好色的妇人，也就肯截长补短，替他总算起来，一般是两样俱全，十分并之的才子。知书识字的佳人，爱其才而愿为之妇；就是不通文墨的女子，也慕其名而欲得为夫。所以“才貌”二字虽然并称，毕竟“才”字在“貌”字之前，是说有了才方重其貌，不曾说有了貌可以不问其才也。

从古及今，标致男子之中极惹看的，只有两个。一个叫做潘安，是晋朝人，生得姿容既好，神情亦佳，同时的美男子甚多，比并起来，要算他第一个。常挟了弹子出游，竟像张仙下界。那些少年女子一见了他，个个都如颠如狂，不惜廉耻，竟赶到街市之中，你扯我曳起来。所以《世说新语》上面载他这一段道：“潘岳挟弹出洛阳道，妇人遇者莫不连手共萦之。”萦者，即扯曳之意也；连手共萦者，即你扯我曳之意也。潘安是个立名砥行①的人，被这些妖冶妇人缠扰不过，恐怕生出物议来，竟不敢在街市上行走，有事出门，只得坐了车子。车上与地下有高低俯仰之分，又且行走得快，使他爬不上，赶不着，就可以平安无事了。谁想那些妇人究竟放他不过，就是爬不上，赶不着，吵也要吵他一场，打也要打他几下。大家不约而同，预先买了果子，放在袖中，等他车子经过，就一起抛掷出来，做个半爱半恨之意。爱者，爱他多才多貌；恨者，恨他寡情寡意。所以潘安掷果一事，至今流传，以为风流话柄。这个才子虽然生得惹事，还亏他命根牢固，经得起那些玩皮妇人摆布得起，终日在果子缝中钻来钻去，不曾被人掷得死。

另有一个孱弱的才子，生得花一般娇，粉一般嫩，莫说果子掷来承受不起，就把眼睛多相他几相，也要相出病来，可怜他活不多年，竟被天下之人看杀。这个风流话柄，比掷果之事更奇。

---

① 立名砥行——建立功名，磨砺德行。

那才子姓卫名玠，也是晋朝人，生得神清骨秀，体不胜衣，常坐白羊车行于洛阳市上，使人看了，竟像是一块白璧雕洗出来的人物一般，就替他取个美号，叫做“璧人”。与他同时的也有许多美男子，如王澄、王济、王玄，都有绝美的姿容，为世人所艳羡，及至见了卫玠，就把那几个相形下来。当时的人有两句批评道：“王家三子，不如卫家一儿。”卫玠被这两句批评、一个美号传播开去，莫说天下的妇人个个思量，人人爱慕，不知把没形没影的相思，害杀人家多少女子，就是男子里面，也没有一个不眷恋他。卫玠一日有事，从豫章行至下都，路上的人听见说卫璧人从此经过，哪一个妇人不艳妆以待，哪一个男子不拭目而观？把那车子两旁挤个没缝，只当是几千里的官塘大路，每边筑了一堵肉墙，待他的车子从人气之中碾将过去。及至到了下都，那下都的人无论相知不相知，有旧没有旧，都来拜访，要借璧人一观。若回他不在寓处，他今日去了，明日又来，直到见了才住。卫玠是个孱弱书生，那里经得这般劳碌？不上几时，就被人看出病来，竟以弱疾而死。所以当时的人编句巧话出来，叫做“看杀卫玠”。这段事实也出在《世说新语》，不是做小说的人编造出来的。

这两个标致男子，都是极有才思、极有名望的文人，所以他的姿貌因其才而益重，从来的风流才子，毕竟要数他这两个；不然弥子瑕、龙阳君的面孔尽有可观，为什么“风流”二字不归与他，提起这两个名字，反觉得可鄙而可贱者何也？这等说起来，“才貌”二字果然是分开不得的。只是这两件东西，造物再不肯兼付与人，不是使他少这件，就是使他缺那件，这不是造物的刻薄处，正是造物的忠厚处。若还兼付与人，这个人就不能够循规蹈矩，守着自家的妻子，终身定有许多风流罪过犯将出来，不是授以善身之资，反是予以丧德之具了。从古及今，有几个才貌兼全的人能够完名全节的？若还有才有貌，又能循规蹈矩，不做妨伦背理之事，方才叫做真正风流。风者，有关风化之意；流者，可以流传之意。原是两个正经字眼，为什么不加在道学先生身上，常用在才人韵士身上？只因道学先生做来的事，板腐处多，活动处少，与风流的字义不甚相合，所以不敢加他，才人韵士做出事来，如风之行，如水之流，一毫沾滞也没有，一毫形迹也不着，又能不伤风化，可以流传，与这两个字眼切而且当，所以拿来称赞他。如今世上的人不解字义，竟把偷香窃玉之事做了“风流”二字的注脚，岂不可笑！

方才所说的两个古人，都是有才有貌，又能循规蹈矩，不做妨伦背礼之事的。如今再说个古人以后、今人以前的标致男子，虽不十分循规蹈矩，却不曾做出妨伦背礼之事来，与“风流”二字不甚相合，也还不甚相离，说来做个消闲的话柄。

这个标致男子姓吕名旭，表字哉生，是明朝弘治年间人，祖籍原是福建，因父亲吕春阳在扬州小东门外开个杂货铺子，做起家业来，就不回福建，竟在扬州地方娶了妻室。从来女色出在扬州，男色出在福建，这两件土产是天下闻名的。吕春阳少年时节原是个绝标致的龙阳，娶的那位妻子又是个极美丽的瘦马，俗语四句道得好：

低铜铸低钱，好土烧好瓦；
要生上相骡，先拣好驴马。

往常人家只消一个标致妻子，就生得好儿好女出来，何况他这一底一盖，都是绝精的印子，印出来的花样，岂有不齐整的？吕哉生未曾蓄发之时，竟像个粉团捏就的孩子，随你什么妇人，没有他那种白法，性子又聪明，口齿又伶俐，走出去上学，那些路上

人家的妇人，无论老少，都要扯进去玩耍，心上爱他不过。又因他年纪幼小，再不称名道姓，只以“心肝儿子”呼之，搂在怀中，扑了又扑，叫了又叫。及至叫熟了口，搂惯了手，等他到头发披肩、情窦将开的时节，依旧扯进去玩耍。有几个不识廉耻的，扑他几扑，也要他回扑几扑；叫他几声，也要他回叫几声。又以摩疼擦痒为名，竟要他浑身摸索起来，把个不曾出幼的孩子，未及十三岁，就弄得无件不知，无般不晓。

看官你说，这等一个惹事的孩子，又遇着那许多作孽的妇人，处此地步，比干柴烈火更胜一倍，自然要做出事来，弄坏为人的根脚，这个正人君子就做不成了。谁想吕哉生的命好，当此万难摆脱之时，亏一个救命的恩人，替他临崖勒马，还不至于堕落火坑，使后来翻身不得。他这位恩人不是别个，就是一位训蒙的先生，全亏他教诲得严，拘束得紧，所以留得这条性命，到后来还做个好人。如今世上的父母不知教子之法，只说蒙馆先生是可以将就得的，往往造次相延，不加选择，直到开笔行文之后，用着经馆先生，方才去求签问卜，访问众人，然后开筵下榻。不知道孩子从师，就如病人服药，空心吃下去的方才有效，到用过饮食之后，就有灵丹吃下去，也与五脏六腑隔着一层，不能够粘脾着肾了。开手从的那位先生，就是得病之初空心吃的一服丸散。吃得着也是这一服，吃不着也是这一服。投了个方正的先生，那孩子后来自然会方正；投了个苟且的先生，那孩子后来毕竟要苟且。不信但看写字的笔法，若还开手把笔的先生是个会写楷书的，教来的学生个个会写楷书，就是写得不好，也到底有些端庄之意，决不至于连行带草；若还开手把笔的先生是个善写草字的，教来的学生个个会写草字，即使写不到家，也究竟带些龙蛇之体，再不能够一点一画。即此一事，就是教方即方、教圆即圆的证据了。所以发蒙的先生，比经馆先生更有关系，不可不严加选择。吕春阳的儿子只因这位蒙师从得着，所以不至于失身。教他写字读书，还不十分严厉；独有进退出入之间，管得十分严紧。放他回去吃饭，不住的教人踪迹他，若还来迟一刻，就要盘问到底。稍有差错之处，不是罚跪，就要记打。不打则已，一打定要打得皮破血流。所以吕哉生往来之际，不敢十分耽搁。那些作孽的妇人正要留他玩耍，他想到先生身上，就不觉毛骨竦然，洒脱袖子，就跑了去。故此保得住童子原身，不至于十分破坏。

那位蒙师把他教到十三岁上，见他聪明日进，文程日深，就对吕春阳道："你这位令郎，如今大有进益，可谓青出于蓝了。我这样先生，只好替他训蒙，不敢替他开笔，须要另寻一位经馆，替他讲书作文，后来方有出息。只是一件，你令郎的容貌生得太齐整了，恐有不积德的男子，不正气的妇人，要看相他。须要独请一位西席，关在家中读书，方才保得他成器；不然'功名'二字或者骗得到手，'品行'二字只怕保不到头也。"吕春阳虽是个市井之人，也还有些志气，况且少年时节也曾吃过男子的苦，也曾受过妇人的亏，怎么肯把这掌上之珠与人去前钻后刺，就依了蒙师的话，独请一位老成先生，关在家中，朝攻夜习，半步也不放出门。一来是他寿长，二来是他命好，这位经馆先生也与蒙师一样，专在行止上做工夫，把讲书作文之事都做了第二义，常说："举人进士是前世修的，正人君子是今世学的。今世的正人君子，就是来世的举人进士。可见一生的行止，关了两世的功名富贵。要做举人进士者，岂可不于此加严！"每到朔望①之日，教他把《太上感应篇》朗颂一过，然后看书作文。说到色欲

① 朔望——农历每月的初一和十五。

之事，就把奸淫的报应委曲诫谕他。总是见他五官四肢都是些诲淫之具，他就不去惹事，定有事来惹他，故此下药于未病之先，使他取法乎上、仅得乎中之意。

吕哉生的书馆，逼近于内室之中，他的知识又多，凡家中之人一举一动，都瞒他不过。一日，有个老仆的妻子与个少年管家，在僻静之处解带宽衣，正要做些瞒人的勾当，被吕哉生劈面撞着，呵叱了一顿，回到书房余怒未尽，还有些怒发冲冠之意。先生问他的缘故，他就把僮婢相奸的话说了一遍，要转去告诉父亲，求他正个家法，先生问道："那个少年管家，想是没有妻室的么?"吕哉生道："若是没有妻室，也还情有可原；他自己的老婆还好似别人的，心上偏不中意，要睡别人的老婆，所以可恨。"先生道："既然如此，不消你管闲事。他睡人的妻子，自然会把妻子还人。'我不淫人妻，人不淫我妇'，这两句古语，是铁板铸定的，随你什么好汉，再逃这两句不过。你若不信，再去留心伺察他，只怕你令尊的家法，没有这般处得他痛快。"吕哉生听了这些话，只说是寻常因果之言，那里字字不差，人人都验？谁想过不多时，又看见一个妇人与一个男子，在暗室之中如此如此。吕哉生看不明白，还只说是一对旧人，因前日的阵势被人冲散，不曾上得战场，所以今日复来打仗。吕哉生见他在云雨之时，要走去拿他，恐怕近于失体，就去唤那老仆来，叫他自己捉奸。那个老仆也只说是自己的妻子，心上愤恨不过，拿了一条绳索，悄悄走到卧榻之前，把这一男一女，连头连颈捆在一处，使他叫喊不出。又央了一个管家，把他抬到中堂，听凭家主发落。吕哉生父子叫人解开一看，谁想那个妇人不是老仆的妻子，却是前日奸夫的老婆；那个男子不是前日的奸夫，是一名新进之仆，却好是个无妻无室情有可原之人。正在审问之时，那个少年管家听见妻

子被人淫污，赶到跟前，不消家主动手，自家揪住老婆，打个不停，又与奸夫扭做一团，要与他拼命。吕哉生道："你不消发极，这分明是天理昭彰，一报还你一报。我前日要处你之时，先生念两句古语劝我，说道：'我不淫人妻，人不淫我妇。'我还只说是套话，谁想一字不差。你前日奸淫别人的妻子，是我亲眼见的，今日你的妻子被人奸淫，也是我亲眼见的：刚刚合着那两句古语，只是不该这等应验得快。可见奸淫之事，果然是做不得的。"吕春阳见儿子的话说得中听，心上十分欢喜，倒把这一对男女当做儿子的恩人，不是他一番警省，如何知道奸淫有报？就不施鞭朴，只把说话诫谕一番，从轻发落过了。

却说吕哉生见过这番报应，就把那两句古语写来贴在面前，以便出入之间，不时警省。见了那些无耻妇人，平日引诱他的，就像虎狼一般，头也不抬，急急的走过，唯恐惹出事来，要把妻子还债。他自从警醒之后，不但行止分明，一事不苟，连学业也大进起来。但凡人家子弟长进不长进，读得书与读不得书，全看情窦初开的那几年。若还情窦一开，终日想着色欲之事，就要与书本为仇，巴不得撇开了他，好去寻花问柳，这个举人进士就有几分做不成了；若还情窦既开，看得色欲之事也不过如此，除了妻妾之外，不想去窥伺别人，就要与书本为缘，没有分心之处，这个举人进士就有几分做得成了。吕哉生见过那番报应，知道别人的妻子是奸淫不得的，要做风流才子，只好多娶几房姬妾，随我东边睡到西边，既不损于声名，又无伤于阴骘，何等不妙。要想姬妾众多，除非中了科甲，方才娶得像意；不然就拼了银子娶来，那些姬妾也是勉强相从，不觉得十分遂意，见了富贵之人未免要羡慕他，这个风流才子依旧做得没兴。所以尽心竭力，只想读书，一毫不去外务，他的学业岂有不进之理？十四岁出来赴

考，县尊就取他第一。扬州的人见他不是本处籍贯，就攻起冒籍来，写了知单，各处粘贴，要等府试院试之日，一起攻打，不容他进场。吕春阳只有这个儿子，怎肯把性命去换功名？就丢了扬州不考，竟领他回到故乡，复还本籍。俗语道得好：“是个老虎，到处吃肉。”吕哉生在扬州地方考了案首，回到福建，也不曾考个第二。由县而府，由府而道，处处都是他领批。吕哉生进在本处，虽然是父母之邦，怎奈声音不对，与亲友说话，定要个通事之人，觉得十分不便。就与父亲商议，不如援例做了监生，移到南京居住。一来声音相近，便于交游；二来监中科举，又容易得中。吕春阳就依着儿子，替他纳了南监，连家小搬到南京。

吕哉生入监之后，没有一次考试不在前列，未及一两年，就做了积分的贡士。有个流寓①的显宦，见吕哉生气度非凡，又考得起，就要把女儿招他。吕春阳住在异乡，正要攀结一门高亲，好做靠壁，岂有不允之理？就把儿子送上显宦之门，做了贵人之婿。谁想这一对夫妻，正合着古语二句：

呆郎娶巧妇，美男得丑妻。

吕哉生的容貌，竟像个绝美的妇人，那位小姐的形状，反像个极丑的男子，又麻又黑，又且痴蠢。吕哉生一见，几乎气死，悔又悔不得，就又就不得，只得勉强睡了几夜，就寻个僻静书馆，到外面去读书。只说这段姻缘是终身改正不得的了，谁想他到底命好，不上一年，那位小姐就得暴病而死。

吕哉生脱得这个难星，唯恐离了东施，又要遇着嫫姆，再不敢轻易续弦，终日孤眠独宿；直到父母双亡，丁艰起复之后，方才出去择配。怎奈他自己的姿色生得太美了，那里寻得着对头？

① 流寓——在异乡日久而定居。

择来择去，只是不中。自己又鳏旷不过，思想良家女子是儿戏不得的，只好到章台楚馆嫖嫖妓妇，还不十分损伤阴骘。彼时各院之中名妓甚多，看见吕哉生的容貌竟是仙子一般，又且才名藉甚，那一个不爱慕他？闻得他在院中走动，有几个声价最高，不大留客的妇人，也为他变节起来，都艳妆盛饰，立在门前，候他经过。一见了面，定要留进去盘桓一番。吕哉生眼力最高，一百个之中没有一两个中意，大率寡门闯得多，实事做得少。

起先是吕哉生去嫖妇女，谁想嫖到后来，竟做出一桩反事：男子不去嫖妇人，妇人倒来嫖男子，要宿吕哉生一夜，那个妓女定费十数两嫖钱，还有携来的东道在外。甚至有出了嫖钱，陪了东道，吕哉生托故推辞，不肯留宿，只闯得一次寡门，做了个乘兴而来，尽兴而返的，也不知多少。这是什么缘故？只因吕哉生风流之名播于遐迩，没有一处不知道他，竟把他的取舍定了妓妇的优劣，但是吕哉生赏鉴过的，就称他为名妓，门前的车马渐渐会多起来。都说吕哉生自己身上何等温柔，何等香腻，不是第一等妇人，怎肯容他粘皮靠肉，所以一经品题，便成佳士。若还吕哉生不曾识面，或是见过一两次，不去亲近他的，任你名高六院，品重一时，平昔的声价也会低微起来。都说吕哉生不赏鉴他，毕竟有些古怪，不是风姿欠好，就是情意未佳，不然第一等妇人与第一等男子，怎肯当面错过？这叫做“伯乐失顾，即成驽马”。那妇人嫖男子的规矩，不是有心做出来的，只因吕哉生嫖妓之时，被那些寻常妇人扯曳不过，竟不敢在院中走动，有几个能书善画、稍通文墨的，吕哉生不忍绝他，许他常来就教。谁想就教之端一开，这两扇大门就关闭不住，那些好名的姊妹，那一个不来物色他；又怕吕哉生闭户不纳，损了自己的声名，都预先央了分上，讨了荐书，替自己先容过了，然后来载酒问奇。吕哉

生却不得情面，只得勉强应承。若还走到面前，看见是作养不得的，就只好吃几杯酒，说几句话，假托一桩事故，送他起身；若还是作养得的，定要留宿一晚，消了那头分上，那妇人到临行之际，都有几两参价赠他，为偿精补肾之费。虽不叫做嫖金，其实与嫖金无异，此妇人嫖男子之名所由来也。吕哉生受了参价，没有别样回礼，只做一首无题之诗，或是写在扇头，或是题在帕上，做个投琼报李之意。诗后不落姓字，只用一方小小图书，是“红颜知己”四个字。他生平不喜务名，凡作诗文都不肯落款，也不去刊刻，所以姓名不传，这是他生性如此，不独待妓妇为然。古人有两句名言，合着他的心事，常写来贴在面前道：

使我有身后名，不如生前一杯酒。

彼时名妓虽多，内中只有三个是吕哉生许可之人，竟与三房姬妾一般，许他轮流当夕。一个叫做沈留云，一个叫做朱艳雪，一个叫做许仙俦。这三个妓女原不叫这三个名字，只因吕哉生相与之初，曾做几首诗词赠他，诗词之中有这几个新鲜字眼，那妓女重他不过，就取来做了名字。吕哉生之见重于妇人，大率类此。他赠沈留云的是一首绝句，其诗云：

叆叆霓裳淡欲飞，人间若个许相依？

襄王爱作巫山梦，留住行云不放归。

这三个之中，态度要算他第一，轻飘无着，竟像要飞去的一般，所以这等赞他。

赠朱艳雪的是一首小令，名为《风入松》，其词云：

十年留意访婵娟，今日始逢仙。梅花帐里偕鸳梦，闲评品、柳媚花妍。气似幽兰馥馥，神凝秋水涓涓。

醒来疑在雪中眠，莹质最堪怜。又怪人间无艳雪，多应是、玉映霞天。焉得良宵不旦，百年长卧花前。

这三个之中，肌肤要算他第一，白到极处，又从白里透出红来，所以这等赞他。

赠许仙俦的是一只曲子，名为《黄莺儿》，其词云：

处处惹人愁，最关情，是两眸，等闲一转教人瘦。腰肢恁柔，肌香恁稠，凡夫端的难消受。与卿谋，人间天上，若个许相俦。

这三个之中，眉眼风情要算他第一，骚到极处，又能骚而不淫，毕竟要择人而与，所以这等赞他。

这三个名姬起先不甚相合，自与吕哉生相与之后，就同船合命起来，竟像嫡亲姊妹一般，一毫妒心也没有，都拼了大注财物结识吕哉生。吕哉生的身子被这三个大老官成年包定了，就一个嫖客也不接，终日守着他。这三个姊妹渐渐有起权柄来，竟成了鼎足之势。大家立定主意，要嫁吕哉生，不顾他情愿不情愿。把这三首情词当作铁券一般，紧紧的藏了，若还不允，就要执此为凭，和他硬做。吕哉生心上也要并纳三人，只因正室未娶，不好把妓女为妻，要待续弦之后，然后收纳他们。这三个姊妹也许他先娶正妻，自己随后来做小，只怕娶了个妒妇回来，不容吕哉生做主，负了从前之约，竟要自己替他择配，不容吕哉生私自议婚，连聘金也不要他出，都是自己包管到底，好使新来之人感激他们，不忍与他们为难。他三个身边都有千金积蓄，又是自己做主，没有鸨母的，所以敢作敢为，把吕哉生拿住了做。吕哉生又怕说来的亲事未必中意，毕竟要拣个将就的方才下聘，怎肯娶个美貌妇人来夺自家的宠？故此口便应承他们，依旧央了媒人，在外面访择。谁想这三个姊妹却是一片好心，都说寻常的女子不但配他不来，就与自己三个也搭配不上；况且自己三个，又不是过路的媒人走得开的，万一新妇不中意，恨起媒人来，以后相从的

事，就不稳了。所以尽心竭力，要寻个绝世佳人，为施恩之计。

有个姓乔的寡妇，只生一女，颇有才名，又会写字作画，与这三个姊妹神交已久，只是不曾见面。这一日，三个姊妹以拜访同社为名，去看乔小姐。见他生得奇娇异媚，又且贤慧绝伦，就问他母亲道："闻得令爱小姐还不曾许人家，不知要选个什么女婿？"乔寡妇道："别样都可以不论，只有'才貌'二字是少不得的。"这三个姊妹道："如今现有一个才子，容貌是当今第一，若还去了方巾，与小姐立在一处，只怕辨不出那个是男，那个是女，不知肯许他么？"乔寡妇问是那一家，这三个姊妹就把吕哉生说去。乔寡妇一向留心择婿，男子里面略有几分才貌的，都在他肚里，岂有闺阁之中家弦户颂的才子，反不知道之理？就满口应承，没有一个含糊字眼。乔小姐闻之，自然喜出望外，唯恐错了机会，竟不肯顾惜廉耻，又扯到背后去叮嘱一番。这三个姊妹就对乔小姐道："他与我们三个都有终身之约，小姐进门之后，要留着三个坐位等我们的。"乔小姐也满口应承，不作一毫难色。这三个姊妹见女家允了，不怕男家不允，就便宜行事起来，竟把下聘的事宜与过门的日子，都与乔寡妇当面订过，然后去知会吕哉生。吕哉生一来不肯见信，二来自己也相中一个，正要选期纳彩，那里肯依允他们？只说婚姻大事，不是草草得的，且待我从容占卜。这三个姊妹到背后去商议道："若还要他自出聘礼，就不好瞒他做事；如今聘礼是我们出，要他做个现成新郎，不是什么歹事。竟替他做成了，到娶亲之日，捉他上场，不怕他走上天去！若还新人不好，还怕他到临期埋怨；有这等一个绝世佳人，不知不觉抬到面前，却像天上掉下来的一般，也不是什么苦事，料想不肯推他出门。"大家商议定了，竟把吕哉生的名字写了婚启，备下礼物，齐齐整整的送聘过门。吕哉生只当在睡梦之中，哪里知道？一心去做那一头。

那头亲事不是男子相中妇人，是妇人看上男子，生个巧计出来，诱他成事的。那女子姓曹，名婉淑，住在国子监前，是个少年寡妇，年纪虽过二八，却有绝世的姿容，又且长于笔墨。吕哉生入监攻书，时常在他门首经过。曹婉淑之居孀，原像卓文君之守节，不曾想起节妇牌坊的，看见这个美貌相如走来走去，那点琴心不消人去挑得，自然会动掸起来，思想这样男子，怎么好不嫁他？就着人访问姓名。还只说是有了妻室的人，只要做得他的阿娇，就住他第二间金屋也是甘心的，不想又是久旷之夫，与自家这个怨女正好凑成一对，就去央人说亲。那个说亲的媒婆是知道吕哉生的，就把三个妓女占定了他，要敛资择配，不容吕哉生做主的话，说了一遍。谁想曹婉淑这头亲事还不曾起影，就预先吃起醋来，把眉头蹙了几蹙，想出一个主意。对媒婆道："既然如此，这头亲事不是上门去说得的了，须要在别处候他。就是遇见之时，也不要把这头亲事突然说起，须要如此如此，这般这般，然后说到我身上，他方才肯做。一有应承之意，就领他来相亲，无论成不成，都有媒钱谢你。"

媒婆答应了去，果然依计而行。立在太学门前，见吕哉生走过，问他跟随的人道："这位郎君莫非就是吕相公么？"跟随的人道："正是，你问他怎的？"媒婆道："前日院子里三位姑娘，央我寻一头亲事，说是娶与吕相公的，如今有了一头，正打点去说，故此要认一认，日后好来领赏。"吕哉生听见，就回转头来对他道："只怕所说的亲事未必中意。"媒婆道："他们出的题目是极容易的，有什么不中意？"吕哉生道："他们出什么题目与你？"媒婆道："他们说只要二三分姿色的，若还十分标致就不要了，这样女子怕寻不出？"吕哉生听了这一句，正合着自己的疑

心，就变起色来道："原来如此，这等你不要理他们。若有十分姿色的，你便来讲；就是九分九厘，我也不做，不要枉费了精神。"媒婆道："相公若要好的，莫说十分，就是二十分的也有，只是那三位姑娘立定了主意，只怕你拗他们不过。"吕哉生道："他们又不是我的亲人，那里有得与他们做主？"媒婆道："既然如此，眼面前就有一个，何不去相一相？"吕哉生道："住在那里？"媒婆指了曹家道："就在这里面"。吕哉生往常走过，看见这户人家有个绝色的女子，只说是有丈夫的，所以不想去做，如今听了这一句，就不觉高兴起来，盘问他们的来历。媒婆把少年丧夫，将要改醮的话说了一遍，吕哉生欢喜不了，就叫媒婆进去知会，自己随后去相亲。

只见曹婉淑淡妆素服，风致嫣然，没有一毫脂香粉气。媒婆要替他卖弄温柔，不但浑身肌体凭他相验，连那三寸金莲也替他高高擎起，并那一捻腰肢都把手去抱过，要见他细得可怜。又取出笔砚诗笺，叫吕哉生出题面试。吕哉生先赋一绝，要他依韵和来，其诗云：

自是琼花种，还须着意栽。
今宵归别业，先筑避风台。

曹婉淑不假思索，就提起笔来，和一首在后面道：

有意怜春色，还须独榭栽。
灵和宫畔柳，岂屑并章台？

吕哉生见了，十分叹服，说谢家咏雪之才，不过如此。只怪他醋意太重，知道是媒婆告诉他的，就一味模糊赞赏，不说他所以然的妙处。当面就定了婚议，只等选期下聘，择日完婚。曹婉淑恐怕那三个妓女与他相处在先，嫁去之后，一时不能杜绝，定有几场气啕，要想居重驭轻，又且以静待动，就叫媒婆传话，说自家颇有积蓄，尽够赡养终身，不过为无人倚靠，要招个男子做主，须是男子弃了家室过来就他，自己不肯挟赀往嫁。吕哉生也虑做亲之日，那三个姊妹必来聒噪，肚里思量，正要寻个避秦之地，不想他这句话巧中机谋，就欣然应允。曹婉淑要卖弄家私，不但聘礼不要他出，铺陈不要他办，连接他上门的轿子也是自家的，索性赔钱到底，不要他破费半文，使那三个妓妇知道，说吕哉生的身子只当卖与他的一般，不好走来争论。吕哉生的身子也是卖与妇人惯的，就是自己倒做新人，坐了花花轿子嫁到他家去，也不是什么奇事，就满口应承，袖了诗笺而去。

却说那三个姊妹定了乔小姐，正要替他择吉完姻，不想听见风声，知道吕哉生瞒着自己，做成了一头亲事，心下十分惊恐。起先还在疑信之间，一日吕哉生脱下衣服，这三个姊妹拿去浆洗，忽然在袖子里面抖出一副诗笺，展开一看，竟是妇人与男子亲口订婚之词，大家就动了公愤，要与吕哉生为难起来。说前面一首是他的亲笔，后面一首，分明是妇人要嫁他，不屑与我们并处，要他拒绝我们，独娶他一人之意。这个淫妇还不曾进门，就这般放肆，成亲以后的光景不问而可知了。此时若不阻他，明日娶了回来，如何了得？正要打点出兵，内中有个知事的道："他的亲事既然做成了，我们空做冤家，料想没有退亲之理，不如且藏在胸中，隐而不发，使他不防备我，大家用心去打听，看他聘的是那一家，拣的是那一日，要在何处成亲，大家搜索枯肠，想个计策出来，与那不贤之妇斗一斗聪明，显一显本事，且看哪个的手段高强。如今这两头亲事都是翻悔不得的了，为今之计，只有抢先的一着。倘若预先弄得他成亲，等乔小姐占了坐位，就是娶了他来，也与我们一样做小，不怕他强到哪里去；若还正事不做，去讨那口上的便宜，万一他使起性来，断然不容我们做主，

那位乔小姐叫他如何着落，难道好娶在我们家里，与他一同接客不成？”那两个道：“极说得是。”就一味撒漫，不惜银子，各处央人伺察他。

却说吕哉生选定吉日，叫媒婆知会过了，自己度日如年，盼不到那个日子。一心要见新人，把这三个旧交当了仇家敌国，恨不得早离一刻也是好的。及至到了成亲之日，脱去旧衣，换了新服，坐在家中，只等轿子来接。那三个姊妹自从闻信之后，大家跟定吕哉生，一刻也不离，唯恐他要背夫逃走。及至到了这一日，不知什么缘故，反宽宏大量起来，只留一个没气性的与他做伴，那两个涵养不足的，反飘然去了。吕哉生与他坐了一会，只见轿子来到门前，就只说朋友相招，要拂袖而去，那个姊妹也并不稽查，凭他上轿。吕哉生出了大门，就放下这头心事，一心想着做亲，不管东南西北，随着那两个轿夫抬着径走。及至抬进大门，走出轿子，把光景一看，谁想不是前日的所在，另是一户人家，就疑心起来，问轿夫道：“这是哪里？为什么不到曹家去，把我抬到这边来？”轿夫道：“曹家娘子说，他那所房子是前夫物故的所在，不十分吉利，要另在一处成亲。这座房子也是他自己的，请相公先来等候，他的轿子随后就到了。”吕哉生见他说得近理，就不十分疑惑，独自一个坐了一会，忽然听见鼓乐之声，从远而近，渐渐响到门前。吕哉生心上又有些疑惑起来，思量孀妇再醮①，没有吹打出门之理，况且又不是别人娶他，难道自己叫了吹手，迎着自己去嫁人不成？及至新妇出了轿子，走到面前，见他一般戴了方巾，穿了团袄，与处女出嫁无异。新人面上是有珠帘盖着的，吕哉生看不分明，未知是与不是，只得随了傧

① 再醮——再婚。指寡妇改嫁。

相的口，叫拜就拜，叫兴就兴，行了成亲的大礼，同入绣房之中，又对坐一会，然后替他除去方巾，把面容仔细一看，就大惊大怪起来。原来这个新妇并非曹婉淑，另是一位绝色的佳人，年纪只好二八，丰姿绰约，态度翩跹，大有仙子临凡之意。吕哉生不解其故，正要开口问他，不想绣榻之后另有一间暗房，门环响了一下，闪出两个女子，却像有些面善的一般。正要走去识认，不想房门外又有一个女子喊叫进来，捏了拳头，要替这新郎打喜。种种怪异之事，叫吕哉生应接不暇。

原来这三位女子不是别人，就是吕哉生的仇家敌国，替他硬主婚姻、强做好事的人。那位新妇就是乔小姐。只因吕哉生做事不密，把曹婉淑赘他为夫，连轿子不叫他雇，要迎接上门的话，告诉了朋友。朋友替他漏泄出来，被这三个有心人打听得明明白白，故此预先赁下一所房屋，定了两乘轿子。一乘去娶乔小姐，只说是吕哉生的；一乘去接吕哉生，只说是曹婉淑的。都把大块银子买嘱了轿夫，叫他不要漏泄，把这一对佳人才子骗在一处，硬逼他成亲。一来遂了自己的意，二来报了妒妇的仇，叫做“一举两得”。吕哉生看了新人，正在惊疑之际，又被这三个姊妹从两处夹攻进来，弄得进退无门，不知从哪里说起。那三个姊妹道：“这一位小姐，是我姊妹三个娶来奉送的。容貌虽不甚佳，还将就看得过；别样的文字虽做不来，像你袖子里面紧紧藏着的那样歪诗，也还做得出几首。只有一件不中式，你是喜欢古董的人，偏是破碎家伙倒用得着，新鲜物件是不要的，所以立定主意，要娶寡妇续弦，不使我们知道。这位小姐是一件簇新的玩器，不曾有人赏鉴过的，恐怕你这古董新郎不大十分中意。古语道得好：‘衣不穿新，何由得旧？’求你不要憎嫌，留在身边，自己用旧了罢。”吕哉生被他们这些巧话说得满面羞惭，半句也答

应不出，只好赔着笑脸，自家认个不是。那三个姊妹还有许多言语要发泄出来，见他羞得可怜，也就不忍再说。五个人坐在一处，吃了合欢的酒席。这三个姊妹不但把他送归锦幕，扶上牙床，连那喷香的被窝都替他撒好了，方才去睡。吕哉生这一夜本是来寻已放之花，不想逢着未开之蕊，乔小姐那种香艳又是生平不曾受用过的，这番得意的光景，哪里形容得出？只是想到曹婉淑身上，未免有些不安。还想今晚就了这一头，明日去补那一头，做个二美兼收，才是他的心事。谁想那三个姊妹自他成亲之后，就把里外的门户重重锁了，一个闲人也不放进来，一毫信息也不放出去，大家伴住了他，要待一年两年之后，打听曹婉淑别嫁了人，方才容他出去。

却说曹婉淑那一日打发轿子出门，自家脱去素服，改了艳妆，只等新郎一到，就完亲事。不想新郎并不见面，抬了一乘空轿回来，说："吕相公不在家中，到朋友家吃酒去了，只有一封书札与一件东西，是他出门的时节留在家中，家中人递出来的。"曹婉淑听了这句话，气得浑身冰冷，心上思量道："不信有这等异事，拣了好时好日约他来做亲，谁想亲不来做，反去吃起酒来，难道哪一席酒是皇帝的御宴不成？"此时气便气，恼便恼，还有些原谅他，说他毕竟有意外之事，万不得已之情，决不单为吃酒，这封书定是写来告限的，要我另拣好日也不可知。及至拆开一看，谁想那封书札倒不是告限，是写来退亲的。书里面的意思，大概是说招亲之事，非大丈夫所为，自己还有薄产，足以聊生，不屑靠妇人养活。又有几句阴讽的话，说他丈夫骸骨未冷，还该再守几年，即使熬不过，也只该出去嫁人，没有坐产招夫之理。死者的阴灵，未必不在故土，万一成亲之夜，忽然出现起来，这一夜的枕席之欢就不能够终局了。故此深谋熟虑，不便相从，特地写书来回绝他，叫他另选才郎，别图佳会。书上的话，说得有文有理，不像这等直致。又说相许一场，忽然谢绝，也觉得难以为情，特寄小物一件，叫他不时佩用，只当自己相随。书尾后面又夹着半幅诗笺，就是那日相亲之时，曹婉淑和他的亲笔，割去自己那一首，送来返璧，一来取信于他，二来要示决绝婚姻之意。

曹婉淑见了，竟像几十瓢冷水从头上浇将下来，激得浑身乱抖，又像发摆子的一般，身上冷一阵，热一阵。思量天地之间，竟有这等刻毒的男子，既说新寡之人，不该就嫁，为什么走来相我？既然相中了我，又当面订了婚议，岂有反悔的道理？你既不愿招亲，当初就该直说，难道你立意要娶我过去，我难道好却你不成？为什么许了入赘，骗人家的轿子上门，使远近的人都知道了，忽然变起卦来？叫我这张面皮放在哪里？就指定吕哉生的名字，咒骂了一场。又自己悲悲切切，哭个不了。那说亲的媒婆立在旁边，替他思想道："他既然谢绝婚姻，就不该拿东西来送你；既有东西送来，可见还有眷恋之意。何不取出来看看，是件什么东西？"曹婉淑道："也说得是。"就把带回之物取到面前，与他同看。原来那件东西是有绵纸封着的，约有二寸多阔，七寸多长，又且有棱有角，却像是个扇匣一般。曹婉淑只道是把扇子，或者另有新诗写在上面也不可知。谁想拆开一看，扇匣倒是个扇匣，只是匣中之物，非扇非诗，出人意料之外。你说是件什么东西？有《西江月》一首为证：

俗号景东人事，雅称角氏先生。锄强扶弱有声名，惯受萎男央倩。常伴愁孀怨女，最能医痒摩疼，保全玉洁与冰清，夜夜何曾孤另。

曹婉淑见了，羞得满面通红，没有存身之地。连那丫环使婢都替

他惭愧起来，笑得一声，就急急的走了开去。那媒婆道："他把这件东西送你，还有个怜孤恤寡之意，或者身子被人缠住，不得过来，先央这位先生替他代职，改日还要来娶你也不可知，待我明日走去问他，且看是什么缘故？"曹婉淑这一夜心事不佳，难以独宿，把媒婆留在家中，相伴了一夜。第二日起来，就央他去见吕哉生，讨个悔亲的来历。只见媒婆去了两日，不见回音，直到第三日走来，问他就里，他说："吕哉生并不见面，连自已的家人也不知他去向，只说他在妓妇家中；及至走去打探，连那三个妓妇也不知那里去了。"曹婉淑道："这等说起来，那一个男子与三个妇人毕竟同在一处，只要访得着妇人，就晓得男子的下落了。还央你去打听打听。"那媒婆又去访问几日，不见一毫踪影，只得丢过一边。

却说曹婉淑守寡不坚，做出这桩诧事，邻近的人那一个不耻笑他？内中有个恶少，假捏他的姓名，做一张寻人的招子，各处粘贴起来道：

立招子人曹婉淑，今因自不小心，失去新郎一个，名唤吕哉生。头戴黑飘巾，身穿玄色袄，脚踏大红鞋，腰间并无财物，只有相亲绝句一首。忽于赘婚之日，未及到门，即被奸人拐去。屡次访寻，不知下落。此系急切要用之人，断断不容久匿，如有四方君子，知风报信者，愿谢白银三十两；收留送出者，愿谢黄金五十两。决不食言，请揭招子为证。

那贴招子的人原是一片歹意，一来看上曹婉淑，要想娶他；二来妒忌吕哉生，要想破他，使两边知道，怕人谈论，不好再结婚姻，做个鹬蚌相争，渔翁得利的意思。不想机缘凑巧，歹意反成了好意，果然从招子里面寻出人来。

本处地方有个篦头[1]的女待诏，叫做殷四娘，极会按摩修养，又替妇人梳得好头，常在院子里走动。吕哉生与那三个姊妹，都是他服侍惯的，虽然闭在幽室之中，依旧少他不得，殷四娘竟做了入幕之宾，是人都防备，独不防备他。一日从街上走过，看见这张招子，只说果然是他贴的，就动了射利之心，揭下一张，竟到曹家去报信，说吕哉生现在一处，要待赏钱到手，才说地方。曹婉淑正要寻人，竟把假招子认做真的，就取三十两银子交付与他，然后问他隐藏的来历。殷四娘把三个妓妇聘定乔小姐，见他不允，预先赁下房屋，雇了轿子，假说曹家去接，骗他入屋成亲的话，有头有脑说了一遍。曹婉淑听了，才知道那封书札与那件东西，都是这三个妓妇瞒着吕哉生，弄来取笑他的。心上恨不过，咬牙顿齿，狠骂了一场。还不曾知道地方，就一面叫了轿子，一面吩咐丫环奴仆，要点齐人马，一起出兵，叫殷四娘领了，去征剿那些劫贼。

殷四娘道："这等说起来，倒是我报信的不是了。吕相公与那三个姊妹都是我极好的主顾，难道为你这几两银子，叫我断了生意不成？况且你是个少年寡妇，走到妓妇家中与他们争论起来，知道的说他们拐你丈夫，不知道的只说你争他们的孤老，这个名声不大十分好听。两下争论不决，毕竟要投人讲理，你是一张嘴，他们是三张嘴，你做寡妇的人要惜体面，他们做妓妇的人不怕羞耻，什么话讲不出，什么事做不来？况且你那个丈夫又是不曾实受的，哪一个处事的人，肯在他肚皮上面扯来还你？这桩

[1] 篦（bì）头——篦，一种齿比梳子密的梳头工具。篦头，指用篦子梳头。

有输没赢的事，劝你不做也罢。”曹婉淑八面威风，被他这些言语说得垂头丧气，想了一会，又对他道：“你说的话虽是有理，难道我相定的丈夫被他冒名拐了去，不但自家受用，还拿去做人情，既慷他人之慨，又燥自己之脾，写那样刻薄的书来羞辱我，这等的冤仇难道不报一报，就肯干休不成？你既不肯领我去，须要想个计较出来，成就我这桩亲事。我除了赏钱之外，还要重重谢你。”殷四娘想了一会，回复他道：“若要成亲，只有调停一法。寻个两边相熟的人在里面讲和，你也不要自专，他也莫想独得，把男子放出来大家公用，这还说得有理。”曹婉淑道：“两边相熟莫过于你，这等就央你去调停，叫他们早些放出来，不要耽搁了日子，后来不好算账。”殷四娘道：“我这个和事老人，倒是做得来的，只怕讲成之后，大小次序之间有些难定。请问你的意思，还是要做大，要做小？”曹婉淑道：“自然是做大，岂有做小之理？”殷四娘道：“这等说起来，成亲之事，今生不能够了，只好约到来世罢。莫说乔小姐是个处女，又是明婚正娶过来的，自然不肯做小；就是那三个姊妹，一来与他相处在先，一来又以恩义相结，不费他一毫气力，不破他一文钱钞，娶个美貌佳人与他，也可谓根深蒂固，摇动不得的了。如今若肯听人调处，将就搭你一份，也是个天大的人情，公道不去的了；你还想自己做大，把他做起小来。譬如成亲的那一日，被你先抢进门，做了夫妇，他如今要搀越进来，自己做了正室，逼你做第二、三房，你情愿不情愿？”曹婉淑见他说得有理，也就不好强辩。思想这样男人，断断舍他不得，为才子而受屈，还强如嫁俗子而求伸。口便不肯转移，还说做小的事，断成不得，只是说话的气概，渐渐和软下来，不像以前激烈。殷四娘未来之先，知道这头亲事将来定是完聚的，原要贪天之功以为己力，故此走来报信，先弄些赏钱到手，再生个方法成就他，好弄他的谢礼。如今见他性气渐平，知道这桩事是调停得来的了，就逐项与他断过：做第一房是多少，做第二房是多少，就不能够第一、第二，只要做得成亲，坐了第四、五把交椅，也要索个平等谢仪。直等曹婉淑心上许了，讨个笑而不答的光景做了票约，方才肯去调停。

却说吕哉生做亲之后，虽则新婚燕尔，乐事有加，当不得一个“曹”字横在胸中，使他睹婉容而不乐，见淑女兮增悲，既不能够脱身出去，与他成就婚姻，又不能够通个消息，与他说明心事，终日思量，除了女待诏之外，再没有第二个。

一日，殷四娘进来篦头，吕哉生等众人不在面前，就把心腹的话与他说了一遍，要托他传书递柬。殷四娘正要调停此事，就把曹婉淑贴了招子各处寻他，自己走去报信，曹婉淑又托他调停的话，细细说了一遍。吕哉生道：“我也正要如此，巴不得弄在一处，省得苦乐不均，怎奈势不由己。倒是新来的人还有一线开恩之意，当不得那三个冤家恨他入骨，提也不容提起，这桩事怎么调处得来?”殷四娘道：“只要费些心血，有什么调处不来?”吕哉生见他有担当之意，就再三求告，要他生个妙计出来。也许他说成之后，重重相谢。殷四娘也与他订过谢仪，弄了第二张票约到手，方才与他画策。想了一会，就对吕哉生道：“若要讲和，须要等这三个冤家倒来求我，方才说得成；若还我去求他们，不但不听，反要疑心起来，把我当做奸细，连传消递息之事都做不得了。”吕哉生道：“他如今自夸得计，好不兴头，怎么倒肯来求

你?”殷四娘道：“不难，我自有驾驭之法。这三个妇人，肚里又有智谋，身边又有积蓄，真是天不怕，地不怕，没有法子处他们。只好把他们心上最爱的人去处他们一处，把他们心上最怕的事去吓他们一吓，才可以逼得上场。”吕哉生道：“他们心上最爱的人是那一个？心上最怕的事是那一桩?”殷四娘道：“他们最爱的人就是你了。只因你的才貌是当今第一，把三付心肠死在你一个人身上，千方百计要随你终身。你若肯把个‘死’字吓他们，他们自然害怕起来，要救你的性命，自然件件依从了。”吕哉生道：“说便说得有理，只是没有个寻死之法，难道一个男子汉大丈夫，好去投河上吊不成?”殷四娘摇头道：“不消这等激烈，全要做得婉转。你从今以后，对了这些妇人，只是不言不语，长嗟短叹，做个心事不足的光景。做了几日，就要装起病来，或说头昏脑晕，或说腹痛心疼，终日不茶不饭，口里只说要死，他们三四个自然会慌张起来。到那时节，我自有引他们上路之法，决不使你弄假成真。只要你做作得好，不可露出马脚来。”吕哉生听了这些话，赞服不已，与他们商议定了，就依计而行。果然先作愁容，后装病态，装做了几日，竟像有鬼神相助起来，把些伤风咳嗽的小症替他装点病容，好等人着急的一般。身上发寒发热，口里叫疼叫苦，把那几个妇人弄得日不敢食，夜不敢眠，终日替他求签问卜。那些算命打卦的人都说他难星在命，少吉多凶，若要消灾，除非见喜，须要寻些好事把难星冲一冲，方才得好，不然还要沉重起来，保不得平安无事。及至延医调治，那医生诊过了脉，都说是七情所感，病入膏肓，非药所能医治，须要问他自己，所思念者何人，所图谋者何事，一面替他医心，一面替他医病，内外夹攻，方能取效；若还只医病体，不医心事，料想不能霍然①，只好捱些日子而已。看官你说，那些医生术士为什么这等灵验，从假病之中看出真脉息来？要晓得是殷四娘的缘故，预先吩咐了他，叫他如此如此，所以字字顶真，没有一句不着。

那三个姊妹自吕哉生得病之后，就知道纵这场灾晦是我们弄出来的，不消医生诊脉，术士谈星，他这几个散瘟使者已是预先明白的了。如今听了这些话，句句都说着自己，就有些反躬罪己，竟要把醋制的饮片替他医起心病来。又当不得一位乔小姐在旁边撺掇，叫把曹婉淑迎接过来替他冲喜，省得难星不退，一日重似一日，到后面懊悔不来。大家商议，要弄个心腹之人到曹家去说合，恰好殷四娘走到面前，就把心上的话对他说了一遍。殷四娘随口答应，只当不知，还问："曹家住在那里，如今嫁了不曾？就作不曾嫁，恐怕知道新郎病重，自己是伤弓之鸟，未必肯嫁个垂死之人，再做一番寡妇。说便去说，只怕这头亲事不能够就成。"那三个姊妹怕他不肯用命，大家许了一份公礼，待事成之后与他酬劳。殷四娘弄了第三个票约到手，方才出门。出门之后，并不曾到曹家去，只在外面走了一转，坐了一会，就进来回复他们。乔小姐与三个姊妹问他们亲事何如，殷四娘摇摇手道："不妥不妥，他们说吕相公是个薄幸之人，当初相中了他们，约定日子过去招亲，及至轿子上门，忽然变起卦来，使他做人不得。这也罢了，又不该使心用计，写一封刻薄不过的书札去讥讽他，送一件村俗不过的东西去戏弄他。他心上愤恨不了，做寡妇

① 霍然——突然，此指疾病迅速消除。

的人，又不好出头露面同他讲话，只好诉之于神，请了几份纸马，终日烧香礼拜，定要咒死了他，方才遂意。及至我走过去，说了吕相公生病，他就拍掌大笑起来，说天地神明这样灵感，又去添香祷告，许了一付猪羊，只求吕相公早死一日，他早还一日的愿心。看了这样光景，料想他不肯结亲，所以这桩心事开不得口。”

那三个姊妹听了这些话，一发懊悔起来，只说男子的病果然是他咒出来的，恨不得自己上门认个不是，宁可咒死自己，不要冤杀男人。从来鬼神之事，单为妇人而设，没有一个妇人不信邪说，所以殷四娘这番说话更来得巧。乔小姐道：“这等说起来，病人一日不死，他那张毒口是一日不住的了。你说这样一个病人，哪里还咒得起？不如把真情实话对殷四娘讲了，等他过去说个明白。一来止住那张毒口，省得替病人加罪；二来自己认个不是，等他回心转意，好过来冲喜。”那三个姊妹一来要救病人，二来知道这桩事情瞒不到底，就把托名写书的话说了一遍。又怕殷四娘直说出来，曹婉淑要迁怒于他，未必不丢了病人，咒害自己，叫殷四娘善为词说，只推那封书札与那件东西，吕相公与他们三四个都不知情，想是外面的人冒他名字写来破亲的，这等说去，方才不碍体面。殷四娘道：“既然如此，还可以调停，等我再去说一说。”又到外面走了一转，坐了一会，进来回复他道：“这头婚姻如今有些诚意了，只有三件事要你们做，你们未必肯依。”众人道：“那三件事？”殷四娘道：“第一件他要做大，要你们做小；第二件要你们随着病人过去就他，他不肯来就你们；第三件说你们三位不该做定圈套，拐骗他的丈夫，进门之日，都要负荆请罪。这三件里面，若有一件不依，他宁可一世守寡，决不嫁与仇人做小，还受你们的轻薄。”众人听了这些话，都变起色来，说：“宁可拼了病人等他咒死，这三件事是断断不依的。”殷四娘道：“他这等对我说，我也这等对你们说，明晓得是做不来的。”说了这一句，起身就走。

乔小姐见这三个姊妹性子不好，弄出这般事来，恐怕他们执意太过，把殷四娘放走了，没人替他收拾，就把他留到房中，再三叮嘱道：“那边虽是这等说，还要仗你调停，难道他说一句，就依他一句不成？或者三件之中依了一件，也就全他的体面了。”殷四娘道：“你的意思要依他哪一件？”乔小姐道：“只有请罪的一桩，还可以依得，那两件事都是讲不去的。”殷四娘道：“我看他的意思，三件之中极重的做大，大事不依，就依了小事，也是讲不来的。据我看起来，他们三个是妓女出身，又不曾明婚正娶，就认些下贱，做了第二、三房，也不叫做有屈。只有你一位，是个良家女子，做了偏房，觉得不体面。当不得那边一个与这边三个都不肯圆通，叫我也不好做主。”乔小姐道：“我的意思也是这等说，要他们三个吃些小亏，好扶持病人再活几岁，只是这句碍口的话我不好说得，还求你行个方便，把那边一个与这边三个都宛转劝谕一番。若还劝谕得来，使我做得正室，我除了公礼之外，还要私自谢你。”殷四娘见他说到此处，方才踊跃起来，只当第四张票约又弄到手，除此之外再没有别样生发了，就依着他的话，走出房门，先把那三个姊妹婉婉转转劝了一顿，说：“请罪一事，乔小姐方才许过了，不必再说，只有‘大小’二字最难调停。据我说起来，乔小姐的体面关系你们三位，是断断受

屈不得的，只有你们三位还可以圆通。除非把乔小姐做大，你们三位做小，把新来的那一个夹在里面，使他不大不小，介乎妻妾之间，这还有些道理。乔小姐是你们的人，他若做大，就与你们做大一般，还有什么不慊意①？只怕那边一个未必肯依。至于成亲之处，他又不肯来，你们又不肯去，难道把一个男子切做两块不成？又有个妙法在此，两处地方都不用，另寻一所房子，大家抬在一处，只当会亲的一般，何等不妙？”那三个姊妹听了这些话，都快活起来，说他至公至正，没有一毫偏区，“只要那边肯了，我们一一依从就是。”

殷四娘到了此时，知道这些倔强的人都心服了，料想没有更翻，方才去见曹婉淑，把自家的神机妙算，细细夸张了一番；又把那一位小姐与三个姊妹起先如何强横，后来如何软款，都是他的回天之力，少不得手舞足蹈，说个尽情。曹婉淑见他前次的话来得凶狠，连婚姻之事还有些疑虑，只要说得成亲，就做临了一个，也是情愿的了；如今不但婚姻成就，还俨然做了二乔，驾乎诸妓之上，有什么不欢喜？就欣然许了，托他早寻房屋，以便成亲。还怕众人要贿赂他，把第二张交椅又夺了去，就不等事成，预先付出谢礼，只当下了定钱，使他不好移易。

殷四娘看见大势已成，恐怕众人到了一处，大家和好起来，说出两相情愿的话，这个和事老人就不但无功，反有过了。棺材出门之后，去讨挽歌郎钱，哪里还得清楚？所以两边终日催促，要想完姻，殷四娘故意作难，只是延挨推阻，直等那三主谢仪陆

① 慊（qiè）意——即满意。

续收完了，方才与他们成事。这五位佳人，个个要卖弄家私，你不肯住我的房，我不肯住你的屋，大家争买居庭，求为地主。又是殷四娘调停，叫他们各出二百金，凑成一千两房价，买了一所绝大的花园，朱楼画槛，暖阁凉亭，无所不有。拣了吉日，一个才子、五位佳人合来住在一处。莫说吕哉生的病症原是假的，即使患病是真，到了这个时候，也会痊可起来。起先吃的是四物汤。如今加上一味，改做五积散了，有什么不健脾胃？那五位佳人起先甚是水火，及至相见之后，就合着俗语一句："要好打场官司。"大家合力同心，把水火变成胶漆，真是手足不啻，骨肉相同。吕哉生据了五美，也就心满意足，不想再遇佳人，终日埋头读书，要替妇人争气。后来联科中了两榜，由县令起家，做到宪副之职。从来标致男人，像这般结果的甚少，他只因善听长者之言，不为才貌所误，故有这等的收成。若不亏那两位先生替他临崖勒马，莫说功名不保，富贵难期，连这五位佳人也不能够必得；即使得了，也不勾他抵偿淫债，还要赔一副身家性命做利钱也。

酉　集

吃新醋正室蒙冤　续旧欢家堂和事

词云：

齑菜瓶翻莫救，葡萄架倒难支。阃内烽烟何日靖，报云死后班师。欲使妇人不妒，除非阉尽男儿。　　醋有新陈二种，其间酸味同之。陈醋止闻妻妒妾，近来妾反先施。新醋更加有味，唇边咂尽胭脂。

这首词名为《何满子》，单说妇人吃醋一事。人只晓得醋乃妒之别名，不知这两个字也还有些分辨。“妒”字从才貌起见，是男人、女人通用得的；“醋”字从色欲起见，是妇人用得着、男子用不着的。虽然这两个名目同是不相容的意思，究竟咀嚼起来，妒是个歪字眼，醋是件好东西。当初古人命名，一定有个意思，开门七件事，醋是少不得的，妇人主中馈，凡物都要先尝，吃醋是他本分，怎么比做争锋夺宠之事？要晓得争锋争得好，夺宠夺得当，也就如调和饮食一般，醋用得不多不少，那吃的人就但觉其美而不觉其酸了；若还不当争而争，不当夺而夺，只顾自己，不管别人，就如性喜吃醋的妇人安排饮食，只像自己的心，不管别人的口，当用盐酱的都用了醋，那吃的人自然但觉其酸而不觉其美了。可见吃醋二字，不必尽是妒忌之名，不过说他酸的意思，就如秀才悭吝，人叫他酸子的一般。究竟妇人家这种醋意，原是少不得的。当醋不醋谓之失调，要醋没醋谓之口淡。怎叫做当醋不醋？譬如那个男子，是姬妾众的，外遇多的，若有个会吃醋的妻子钳束住了，还不至于纵欲亡身；若还见若不见，闻若不闻，一味要做女汉高，豁达大度，就像饮食之中，有油腻而无齑盐，多甘甜而少酸辣，吃了必致伤人，岂不叫做失调？怎叫做要醋没醋？譬如富贵人家，珠翠成行，钗环作队，若有个会吃醋的妻子夹在中间，愈加觉得津津有味；若还听我自去，由我自来，不过像个家鸨母迎商奉客。譬如饮食之中，但知鱼肉之腥膻，不觉珍馐之贵重，滋味甚是平常，岂不叫做口淡？只是这件东西，原是拿来和作料的。不是拿来坏作料的，譬如药中的饮子，姜只好用三片，枣只好用一枚，若用多了，把药味都夺了去，不但无益，而反有损，那服药的人，自然容不得了。

从来妇人吃醋的事，戏文、小说上都已做尽，哪里还有一桩剩下来的？只是戏文、小说上的妇人，都是吃的陈醋，新醋还不曾开坛，就从我这一回吃起。陈醋是大吃小的，新醋是小吃大的。做大的醋小，还有几分该当，就酸也酸得有文理；况且他说的话，丈夫未必心服，或者还有几次醋不着的。唯有做小的人倒转来醋大，那种滋味，酸到个没理的去处，所以更觉难当；况且丈夫心上，爱的是小，厌的是大。他不醋就罢，一醋就要醋着了。区区眼睛看见一个，耳朵听见一个。

眼睛看见的是浙江人，不好言其姓氏。丈夫因正妻无子，因十岁上娶了一个美妾。这妾极有内才，又会生子，进门之后，每年受一次胎，只是小产的多，生得出的少。他又能钳制丈夫，使他不与正妻同宿。一日正妻五旬寿诞，丈夫禀命于他，说：“大生日比不得小生日，不好叫他守空房。我权过去宿一晚，这叫做‘百年难遇岁朝春’，此后不以为例就是了。”其妾变下脸来道：“你去就是了，何须对我说得！”他这句话是煞气的声口，原要激他中止的。谁想丈夫要去的心慌，就是明白禁止，尚且要矫诏而

行，何况得了这个似温不严的旨意，哪里还肯认做假话，调过头去竟走。其妾还要唤他转来，不想才走进房，就把门窗紧闭，同上牙床，大做生日去了。十年割绝的夫妻，一旦凑做一处，在妻子看了，不消说是久旱逢甘雨，在丈夫看了，也只当是他乡遇故知，诚于中而形于外，自然有许多声响做出来了。其妾在门外听见，竟当做一桩怪事，不说他的丈夫被我占来十年，反说我的丈夫被他夺去一夜。要勉强熬到天明，与丈夫厮闹，一来十年不曾独宿，捱不过长夜如年；二来又怕做大的趁这一夜工夫，把十年含忍的话在枕边发泄出来，使丈夫与他离心离德。想到这个地步，真是一刻难容，要叫又不好叫得，就生出一个法子，走到厨下点一盏灯，拿一把草，跑到猪圈屋里放起火来，好等丈夫睡不安宁，起来救火。他的初意，只说猪圈屋里没有什么东西，拼了这间茨房子，做个火攻之计，只要吓得丈夫起来，救灭了火，依旧扯到他房里睡，就得计了。不想水火无情，放得起，浇不息，一夜直烧到天明，不但自己一户人家化为灰烬，连四邻八舍的屋宇都变为瓦砾之场。次日丈夫拷打丫环，说："为什么夜头夜晚点灯到猪圈里去？"只见许多丫环众口一词，都说："昨夜不曾进猪圈，只看见二娘立在大娘门口，悄悄的听了一会，后来慌忙急促走进厨房，一只手拿了灯，一只手抱了草，走到后面去，不多一会，就火着起来，不知什么缘故？"丈夫听了这些话，才晓得是奸狠妇人做出来的歹事。后来邻舍知道，人人切齿，要写公呈出首，丈夫不好意思，只得私下摆布杀了。这一个是区区目击的，乃崇祯九年之事。

耳闻的那一个是万历初年的人，丈夫叫做韩一卿，是个大富长者，在南京淮清门外居住。正妻杨氏，偏房陈氏。杨氏嫁来时节，原是个绝标致的女子，只因到二十岁外，忽地染了疯疾，如花似玉的面庞，忽然臃肿，一个美貌佳人，变做疯皮癞子。丈夫看见，竟要害怕起来，只得另娶了一房，就是陈氏，他父亲是个皂隶，既要接人的重聘，又不肯把女儿与人做小，因见一卿之妻染了此病，料想活不久，贪一卿家富，就许了他。陈氏的姿色虽然艳丽，若比杨未病之先，也差不得多少，此时进门与疯皮癞子比起来，自然一个是西施，一个是嫫母了。治家之才，驭下之术，件件都好，又有一种笼络丈夫的技俩。进门之夜，就与他断过："我在你家，只可与一人并肩，不可使二人敌体。自我进门之后，再不许你娶别个了。"一卿道："以后自然不娶。只是以前这一个，若医不好就罢了；万一医得好，我与他是结发夫妻，不好抛撇，少不得一边一夜，只把心向你些就是了。"陈氏晓得是绝死之症，落得做虚人情，就应他道："他先来，我后到，凡事自然要让他。莫说一边一夜，就是他六我四，他七我三，也是该当的。"

从此以后，晓得他医不好，故意催丈夫赎药调治；晓得形状恶赖，丈夫不敢近身，故意推去与他同睡。杨氏只道是个极贤之妇，心上感激不了，凡是该说的话，没有一句不教诲他。一日对他道："我是快死的人，不想在他家过日子了，你如今一朵鲜花才开，不可不使丈夫得意。他生平有两桩毛病，是犯不得的，一犯了他，随你百般粉饰，再医不转。"陈氏问那两桩，杨氏道："第一桩是多疑，第二桩是悭吝。我若偷他一些东西到爷娘家去，他查出来，不是骂，就是打，定有好几夜不与我同床，这是他悭吝的毛病。他眼睛里再着不得一些嫌疑之事。我初来的时节，满月之后，有个表兄来问我借银子，见他坐在面前，不好说得，等他走出去，靠了我的耳朵说几句私话。不想被他看见，当时不说，直等我表兄去了，与我大闹，说平日与他没有私情，为什么

附耳讲话？竟要写休书休起我来。被我再三折辨，方才中止。这桩事至今还不曾释然。这是他疑心的毛病。我把这两桩事说在你肚里，你晓得他的性格，时时刻刻要存心待他，不可露出一些破绽，就离心离德，不好做人家了。”陈氏得了这些秘诀，口中感激不尽，道是：“母亲爱女儿也不过如此，若还医得你好，叫我割股也情愿。”

却说杨氏的病，起先一日狠似一日，自从陈氏过门之后，竟停住了。又有个算命先生，说他“只因丈夫命该克妻，所以累你生病；如今娶了第二房，你的担子轻了一半，将来不会死了”。陈氏听见这句话，外面故意欢喜，内里好不担忧。就是他的父亲，也巴不得杨氏死了，好等女儿做大，不时弄些东西去浸润他，谁想终日打听，再不见个死的消息。一日来与女儿商量说：“他万一不死，一旦好起来，你就要受人的钳制了，倒不如弄些毒药，早些结果了他，省得淹淹缠缠，叫人记挂。”陈氏道：“我也正要如此。”又把算命先生的话与他说了一遍，父亲道：“这等一发该下手了。”就去买一服毒药，交与陈氏。陈氏搅在饮食之中，与杨氏吃了，不上一个时辰，发狂发躁起来，舌头伸得尺把长，眼睛乌珠挂山 寸。陈氏知道着手了，故意叫天叫地，哭个不了；又埋怨丈夫，说他不肯上心医治。一脚把衣衾棺椁办得剪齐，只等断了气，就好收殓。谁想杨氏的病，不是真正麻疯，是吃着毒物引起的。如今以毒攻毒，只当遇了良医，发过一番狂躁之后，浑身的皮肉一起裂开，流出几盆紫血，那眼睛舌头依旧收了进去。昏昏沉沉睡过一晚，到第二日，只差得黄瘦了些，形体面貌竟与未病时节的光景一毫不差。再将养几时，疯皮癞子依旧变做美貌佳人了。陈氏见药他不死，一发气恨不平，埋怨父亲，说他毒药买不着，错买了灵丹来，倒把死人医活了，将来怎么受制得过？

一卿见妻子容貌复旧，自然相爱如初，做定了规矩，一房一夜。陈氏起先还说三七、四六，如今对半均分还觉得吃亏，心上气忿不了，要生出法来离间他。思量道："他当初把那两桩毛病来教导我，我如今就把这两桩毛病去摆布他。疑心之事，家中没有闲杂人往来，没处下手；只有悭吝之隙可乘。他爷娘家不住有人来走动，我且把贼情事冤屈他几遭。一来使丈夫变变脸，动动手，省得他十分得意；二来多呕几次气，也少同几次房。他两个鹬蚌相持，少不得是我渔翁得利。先讨他些零碎便宜，到后来再算总账。"计较定了，着人去对父亲说："以后要贵重些，不可常来走动，我有东西，自然央人送来与你。"父亲晓得他必有妙用，果然绝迹不来。一卿隔壁有个道婆居住，陈氏背后与他说过："我不时有东西丢过墙来，烦你送到娘家去，我另外把东西谢你。"道婆晓得有些利落，自然一口应承。

却说杨氏的父母见女儿大病不死，喜出望外，不住教人来亲热他。陈氏得他来一次，就偷一次东西丢过墙去，寄与父亲。一卿查起来，只说陈家没人过往，自然是杨氏做的手脚，偷与来人带去了。不见一次东西，定与他呕一次气；呕一次气，定有几夜不同床。杨氏忍过一遭，等得他怒气将平、正要过来的时节，又是第二桩贼情发作了。冤冤相继，再没有个了时。只得寄信与父母，叫以后少来往些，省得累我受气。父母听见，也像陈家绝迹不来。一连隔了几月，家中渐觉平安。鹬蚌不见相持，渔翁的利息自然少了。陈氏又气不过，要寻别计弄他，再没有个机会。

一日将晚，杨氏的表兄走来借宿，一卿起先不肯留，后来见城门关了，打发不去，只得在大门之内、二门之外收拾一间空房，等他睡了。一卿这一晚该轮着陈氏，陈氏往常极贪，独有这

一夜，忽然廉介起来，等一卿将要上床，故意推到杨氏房里去。一卿见他固辞，也就不敢相强，竟去与杨氏同睡。杨氏又说不该轮着自己，死推硬㧐，不容他上床，一卿费了许多气力，方才钻得进被。只见睡到一更以后，不知不觉被一个人掩进房来，把他脸上摸了一把，摸到胡须，忽然走了出去。一卿在睡梦之中被他摸醒，大叫起来道："房里有贼！"杨氏吓得战战兢兢，把头钻在被里，再不作声。一卿就叫丫环点起灯来，自己披了衣服，把房里、房外照了一遍，并不见个人影。丫环道："二门起先是关的，如今为何开着，莫非走出去了不成？"一卿再往外面一照，那大门又是闩好的。心上思量道："若说不是贼，二门为什么会开？若说是贼，大门又为什么不开？这桩事好不明白。"正在那边踌躇，忽然听见空房之中有人咳嗽，一卿点点头道："是了，是了，原来是那个淫妇与这个畜生日间有约，说我今夜轮不着他，所以开门相等。及至这个畜生扒上床去，摸着我的胡须，知道干错了事，所以张惶失措，跑了出来。我一向疑心不决，直到今日才晓得是真。"一卿是个有血性的人，详到这个地步，哪里还忍得住？就走到咳嗽的所在，将房门踢开，把杨氏的表兄从床上拖到地下，不分皂白，捶个半死。那人问他什么缘故，一卿只是打，再不说。那人只得高声大叫，喊妹子来救命。谁想他越喊得急，一卿越打得凶。杨氏是无心的人，听见叫喊，只得穿了衣服走出来，看为什么缘故。哪里晓得那位表兄是从被里扯出来的，赤条条的一个身子，没有一件东西不露在外面。起先在暗处打，杨氏还不晓得，后来被一卿拖到亮处来，杨氏忽然看见，才晓得自家失体，羞得满面通红，掉转头来要走，不想一把头发已被丈夫揪住，就捺在空房之中，也像令表兄一般，打个无数。杨氏只说自己不该出来，看见男子出身露体，原有可打之道，还不晓得那桩冤情。直等陈氏叫许多丫环把一卿扯了进去，细问缘由，方才说出杨氏与他表兄当初附耳绸缪、如今暗中摸索的说话。陈氏替他苦辨，说：“大娘是个正气之人，决无此事。”一卿只是不听。

等到天明，要拿奸夫与杨氏一起送官，不想那人自打之后，就开门走了。一卿写下一封休书，叫了一乘轿子，要休杨氏到娘家去。杨氏道：“我不曾做什么歹事，你怎么休得我？”一卿道：“奸夫都扒上床来，还说不做歹事？”杨氏道：“或者他有歹意，进来奸我，也不可知。我其实不曾约他进来。”一卿道：“你既不曾约他，把二门开了等哪一个？”杨氏赌神罚咒，说不曾开门，一卿哪里肯信？不由他情愿，要勉强扯进轿子。杨氏痛哭道：“几年恩爱夫妻，亏你下得这双毒手。就要休我，也等访的实了，休也未迟。昨夜上床的人，你又不曾看见他的面貌，听见他的声音，糊里糊涂，焉知不是做梦？就是二门开了，或者是手下人忘记，不曾关也不可知。我如今为这桩冤枉的事休了回去，就死也不得甘心。求你积个阴德，暂且留我在家，细细的查访，若还没有歹事，你还替我做夫妻；若有一毫形迹，凭你处死就是了，何须休得？”说完，悲悲切切，好不哭得伤心。一卿听了，有些过意不去，也不叫走，也不叫住，低了头只不作声。陈氏料他决要中止，故意跪下来讨饶，说：“求你恕他个初犯，以后若再不正气，一总处他就是了。”又对杨氏道：“从今以后要改过自新，不可再蹈前辙。”一卿原要留他，故意把虚人情做在陈氏面上，就发落他进房去了。

从此以后，留便留在家中，日间不共桌，夜里不同床，杨氏只吃得他一碗饭，其实也只当休了的一般。他只说那夜进房的果然是表兄，无缘无故走来沾污人的清名，心上恨他不过，每日起来，定在家堂香火面前狠咒一次。不说表兄的姓名，只说走来算

计我的，叫他如何如何；我若约他进来，叫我如何如何。定要求菩萨神明昭雪我的冤枉，好待丈夫回心转意。咒了许多时，也不见丈夫回心，也不见表兄有什么灾难。

忽然一夜，一卿与陈氏并头睡到三更，一起醒来，下身两件东西，无心凑在一处，不知不觉自然会运动起来，觉得比往夜更加有趣。完事之后，一卿问道："同是一般取乐，为什么今夜的光景有些不同？"一连问了几声，再不见答应一句。只说他怕羞不好开口，谁想过了一会，忽然流下泪来。一卿问是什么缘故，他究竟不肯回言。从三更哭起，哭到五更，再劝不住，一卿只得搂了同睡。睡到天明，正要问他夜间的缘故，谁想睁眼一看，不是陈氏，却是杨氏，把一卿吓了一跳。思量昨夜明明与陈氏一起上床，一起睡去，为什么换了他来？想过一会，又疑心道："这毕竟是陈氏要替我两个和事，怕我不肯，故意睡到半夜，自己走过去，把他送了来，一定是这个缘故了。"起先不知，是搂着的；如今晓得，就把身离开了。

却说杨氏昨夜原在自家房里一人独宿，谁想半夜之后从梦中醒来，忽然与丈夫睡在一处，只说他念我结发之情，一向在那边睡不过意，半夜想起，特地走来请罪的。所以丈夫回他，再不答应，只因生疏了许久，不好就说肉麻的话，想起前情，唯有痛哭而已。及至睡到天明，掀开帐子一看，竟不在自己房中，却睡在陈氏的床上，又疑心，又没趣，急急爬下床来，寻衣服穿，谁想裙袄褶裤都是陈氏所穿之物，自己的衣服半件也没有。正在张惶之际，只见陈氏倒穿了他的衣服走进房来，掀开帐子，对着一卿骂道："奸巧乌龟，做的好事！你心上割舍不得，要与他私和，就该到他房里去睡，为什么在睡梦之中把我抬过去，把他扯过来，难道我该替他守空房，他该替我做实事的么？"一卿只说陈氏做定圈套，替他和了事，故意来取笑他，就答应道："你倒趁我睡着了，走去换别人来，我不埋怨你就够了，你反装聋做哑来骂我！"陈氏又变下脸来，对杨氏道："就是他扯你过来，你也该自重，你有你的床，我有我的铺，为什么把我的毡条褥子垫了你们做把戏？难道你自家的被席只该留与表兄睡的么？"杨氏羞得顿口无言，只得也穿了陈氏的衣服走过房去。夫妻三个都像做梦一般，一日疑心到晚，再想不着是什么缘故。

及至点灯的时节，陈氏对一卿道："你心上丢不得他，趁早过去，不要睡到半夜三更，又把我当了死尸抬来抬去！"一卿道："除非是鬼摄去的，我并不曾抬你。"两人脱衣上床，陈氏两只手死紧把一卿搂住，睡梦里也不肯放松，只怕自己被人抬去。上床一觉直睡到天明，及至醒来一看，搂的是个竹夫人①，丈夫不知那里去了。流水爬起来，披了衣服，赶到杨氏房中，掀开帐子一看，只见丈夫与杨氏四只手搂做一团，嘴对嘴，鼻对鼻，一线也不差，只有下身的嘴鼻盖在被中，不知对与不对。陈氏气得乱抖，就趁他在睡梦之中，把丈夫一个嘴巴，连杨氏一起吓醒。各人睁开眼睛，你相我，我相你，不知又是几时凑着的。陈氏骂道："奸乌龟，巧王八！教你明明白白的过来，偏生不肯，定要到半夜三更瞒了人来做贼。我前夜着了鬼，你难道昨夜也着了鬼不成？好好起来对我说个明白！"一卿道："我昨夜不曾动一动，为什么会到这边来，这桩事着实有些古怪。"陈氏不信，又与他争了一番。一卿道："我有个法子，今夜我在你房里睡，把两边门都锁了，且看可有变动。若平安无事，就是我的诡计；万一再

① 竹夫人——古时消暑用具。又叫青奴，用青竹编制的长笼，可拥抱，可搁脚。

有怪事出来，就无疑是鬼了，毕竟要请个道士来遣送。难道一家的人把他当做傀儡，今日挈过东、明日挈过西不成?”陈氏道：“也说得是。”

到了晚间，先把杨氏的房门锁了。二人一起进房，叫丫环外面加锁，里面加栓，脱衣上床，依旧搂做一处。这一夜只因怕鬼，二人都睡不着，一直醒到四更，不见一些响动，直到鸡啼方才睡去。一卿醒转来，天还未明，伸手把陈氏一摸，竟不见了。只说去上马桶，连唤几声，不见答应，就着了忙。叫丫环快点起灯来，把房门开了，各处搜寻，不见一毫形迹。及至寻到毛坑隔壁，只见他披头散发，在猪圈之中搂着一个癞猪同睡。唤也不醒，推也不动，竟像吃酒醉的一般。一卿要叫丫环抬他进去，又怕醒转来，自己不晓得，反要胡赖别人；要丢他在那边，自己去睡，心上又不忍。只得坐在猪圈外，守他醒来。杨氏也坐在那边，一来看他，二来与一卿做伴。一卿叹口气道：“好好一户人家，弄出这许多怪事，自然是妖怪了，将来怎么被他搅扰得过?”杨氏道：“你昨日说要请道士遣送，如今再迟不得了。”一卿道：“口便是这等说，如今的道士个个是骗人的，那里有什么法术?”杨氏道：“遣得去遣不去，也要做做看，难道好由他不成?”

两个不曾说得完，只见陈氏在猪圈里伸腰叹气，丫环晓得要醒了，走到身边把他摇两摇道：“二娘，快醒来，这里不便，请进去睡。”陈氏蒙蒙眬眬的应道：“我不是什么二娘，是个有法术的道士，来替你家遣妖怪的。”丫环只说他做梦，依旧攀住身子乱摇，谁想他立起身来，高声大叫道：“捉妖怪，捉妖怪!”一面喊，一面走，不像往常的脚步，竟是男子一般。两三步跨进中堂，爬上一张桌子，对丫环道：“快取宝剑法水来!”一家人个个吓得没主意，都定着眼睛相他。他又对丫环道：“你若不取来，我就先拿你做了妖怪，试试我的拳头。”说完，一只手捏了丫环的头髻，轻轻提上桌子；一只手捏了拳头，把丫环乱打。丫环喊道：“二娘不要打，放我下去取来就是。”陈氏依旧把丫环提了，朝外一丢，丢去一丈多路。

一卿看见这个光景，晓得有神道附住他了，就叫丫环当真去取来。丫环舀一碗净水，取一把腰刀，递与他。他就步罡捏诀，竟与道士一般做作起来。念完一个咒，把水碗打碎，跳下一张台子，走到自己房中，拿一条束腰带子套在自家颈上，一只手牵了出来，对众人道：“妖怪拿到了，你家的怪事，是他做起，待我叫他招来。”对着空中问道：“头一桩怪事，你为什么用毒药害人？害又害不死，反把他医好，这是什么缘故？”问了两遭，空中不见有人答应，他又道：“你若不招，我就动手了！”将刀背朝自己身上重重打了上百，自己又喊道：“不消打，招就是了。我当初嫁来的时节，原说他害的是死证，要想自己做大的。后来见他不死，所以买毒药来催他，不知什么缘故反医活了，这桩事是真的。”歇息一会，自己又问道：“第二桩怪事，你为什么把丈夫的东西偷到爷娘家去，反把贼情事冤屈做大的？这是那个教你的法子？”自己又答应道：“这个法子是大娘自己教我的。他疯病未好之先，曾对我讲，说丈夫有悭吝的毛病，家中不见了东西，定要与他啕气，啕气之后，定有几夜不同床。我后来见他们两个相处得好，气忿不过，就用这个法子摆布他。这桩事也是真的。”自己又问道：“第三桩怪事，杨氏是个冰清玉洁之人，并不曾做歹事，那晚他表兄来借宿，你为什么假装男子，走去摸丈夫的胡须，累他受那样的冤屈？这个法子又是那个教你的？”自己又应道：“这也是大娘教我的。他说初来之时，与表兄说话，丈夫疑他有私。后来他的表兄恰好来借宿，我就用这个法子离间他。这

桩事是他自己说话不留心，我固然该死，他也该认些不是。我做的怪事只有这三桩，要第四件就没有了。后来把我们抬来抬去的事不知是那个做的，也求神道说个明白。”自己又应道：“抬你们的就是我。我见杨氏终日哀告，要我替他伸冤，故此显个神通惊吓你，只说你做了亏心之事，见有神明帮助他，自然会惊心改过。谁想你全不懊悔，反要欺凌丈夫，殴辱杨氏，故此索性显个神通，扯你与癞猪同宿。今日把他的冤枉说明。破了一家人的疑惑，你以后却要改过自新，若再如此，我就不肯轻恕你了。”杨氏听了这些话，快活到极处，反痛哭起来，只晓得是神道，不记得是仇人，倒跪了陈氏，磕上无数的头。

一卿心上思量道：“是便是了，他又不曾到哪里去，娘家又不十分有人来，当初的毒药是哪个替他买来的？偷的东西又是哪个替他运去的？毕竟有些不明白。”正在那边疑惑，只见他父亲与隔壁的道婆听见这桩异事，都赶来看。只说他既有神道附了，毕竟晓得过去未来，都要问他终身之事。不想走到面前，陈氏把一只手揪住两个的头发，一只手掉转了刀背，一面打，一面问道：“毒药是哪个买来的？东西是哪个运去的？快快招来！”起先两个还不肯说，后来被他打得头破血流，熬不住了，只得各人招出来。一卿到此，方才晓得是真正神道，也对了陈氏乱拜。

拜过之后，陈氏舞弄半日，精神倦了，不觉一跤跌倒，从桌上滚到地下，就动也不动。众人只说他跌死，走去一看，原来还像起先闭了眼，张了口，呼呼的睡，像个醉汉的一般，只少个癞猪做伴。众人只得把他抬上床去，过了一夜，方才苏醒。问他昨日舞弄之事，一毫不知，只说在睡梦之中，被个神道打了无数刀背。一卿道：“可曾叫你招什么话么？”他只是模糊答应，不肯说明。哪里晓得隐微之事，已曾亲口告诉别人过了。后来虽然不死，也染了一桩恶疾，与杨氏当初的病源大同小异。只是杨氏该造化，有人把毒药医他；他自己姑息，不肯用那样虎狼之剂，所以害了一世，不能够与丈夫同床。你道陈氏他染的是什么恶疾？原来只因那一晚搂了癞猪同睡，猪倒好了，把癞疮尽过与他，雪白粉嫩的肌肤，变做牛皮蛇壳，一卿靠着他，就要喊叫起来，便宜了个不会吃醋的杨夫人，享了一生忠厚之福，可见新醋是吃不得的。

我这回小说，不但说做小的不该醋大，也要使做大的看了，晓得这件东西，不论新陈，总是不吃的妙。若使杨氏是个醋量高的，终日与陈氏吵吵闹闹，使家堂香火不得安生，那鬼神不算计他也够了，哪里还肯帮衬他？无论疯病不得好，连后来那身癞疮，焉知不是他的晦气？天下做大的人，忠厚到杨氏也没处去了，究竟不曾吃亏，反讨了便宜去。可见世间的醋，不但不该吃，也尽不必吃。我起先那些吃醋的注解，原是说来解嘲的，不可当了实事做。

戊　集

重义奔丧奴仆好　贪财殒命子孙愚

诗云：

古云有子万事足，多少茕民怨孤独。
常见人生忤逆儿，又言无子翻为福。
有子无儿总莫嗟，黄金不尽便传家。
床头有谷人争哭，俗语从来说不差。

话说世间子嗣一节，是人生第一桩大事。祖宗血脉要他绵①，自己终身要他养，一生挣来的家业要他承守。这三件事，本是一样要紧的，但照世情看起来，为父为子的心上，各有一番轻重。父亲望子之心，前面两桩极重，后面一件甚轻；儿子望父之心，前面两件还轻，后面一桩极重。若有了家业，无论亲生之子生前奉事殷勤，死后追思哀切；就是别人的骨血承继来的，也都看银子面上，生前一样温衾扇枕，死后一般戴孝披麻，却像人的儿子尽可以不必亲生。若还家业凋零，老景萧索，无论螟蛉之子孝意不诚，丧容欠戚；就是自己的骨髓流出来结成的血块，也都冷面承欢，愁容进食，及至送终之际，减其衣衾，薄其棺椁，道他原不曾有家业遗下来，不干我为子之事。待自己生身的尚且如此，待父母生身的一发可知。就逢时遇节，勉强祭奠一番，也与呼蹴之食无异，祖宗未必肯享。这等说来，岂不是三事之中，只有家

① 绵——绵延。

业最重？

当初有两个老者，是自幼结拜的弟兄，一个有二子，一个无嗣。有子的要把家业尽数分与儿子，待他软流供膳；无嗣的劝他留住一份自己养老，省得在儿子项下取气，凡事不能自由。有子的不但不听，还笑他心性刻薄，以不肖待人，怪不得难为子息，竟把家业分析开了，要做个自在之人。不想两位令郎都不孝，一味要做人家，不顾爷娘死活，成年不动酒，论月不开荤，那老儿不上几月，熬得骨瘦如柴。一日在路上撞着无嗣的，无嗣的问道："一向不见，为何这等清减了？"有子的道："只因不听你药石之言，以致如此。"就把儿子鄙吝，舍不得奉养的话告诉一遍。无嗣的叹息几声，想了一会道："令郎肯作家，也是好事，只是古语云：'五十非肉不饱。'你这样年纪，如何断得肉食？我近日承继了两个小儿，倒还孝顺，酒肉鱼鲞，拥在面前，只愁没有两张嘴，两个肚。你不如随我回去，同住几日，开开荤了回去，何如？"有子的熬炼不过，顾不得羞耻，果然跟他回去。

无嗣的道："今日是大小儿供给，且看他的饮馔何如？"少顷，只见美味盈前，异香扑鼻，有子的与他豪饮大嚼，吃了一顿，抵足睡了。次日起来道："今日轮着二房供膳，且看比大房丰俭何如？"少刻，又见佳酥美馔，不住的搬运出来，取之无穷，食之不竭。一连过了几日，有子的对无嗣的叹息道："儿子只论孝不孝，哪论亲不亲？我亲生的那般忤逆，反不如你承继的这等孝顺。只是小弟来了两日，再不见令郎走出来，不知是怎生两个相貌，都一般有这样的孝心，可好请出来一见？"无嗣的道："要见不难，待我唤他们出来就是。"就向左边唤道："请大官人出来。"伸手在左边袋里摸出一个银包，放在桌上。又向右边唤道："请二官人出来。"伸手又在右边袋里摸出一个银包，放在桌上。

对有子的指着道："这就是两个小儿，老兄请看。"有子的大惊道："这是两包银子，怎么说是令郎？"无嗣的道："银子就是儿子了，天下的儿子哪里还有孝顺似他的？要酒就是酒，要肉就是肉，不用心焦，不消催促，何等体心。他是我骨头上挣出来的，也只当自家骨血。当初原教他同家过活，不忍分居，只因你哪一日分家，我劝你留一分养老，你不肯听，我回来也把他分做两处，一个居左，一个居右，也叫他们轮流供膳，且看是你家的孝顺，我家的孝顺？不想他们还替我争气，不曾把我熬瘦了，到如今还许我请人相陪，岂不是古今来第一个养老的孝子？不枉我当初苦挣他一场。"说完，依旧塞进两边袋里去了。那有子的听了这些话，不觉两泪交流，无言可答。后来无子的怜他老苦，时常请他吃些肥食，滋补颐养，才得尽其天年。

看官，照这桩事论起来，有家业分与儿子的，尚且不得他孝养之力，那白手传家、空囊授子的，一发不消说了。虽然如此，这还是入世不深，只知其一，不知其二的话。若照情理细看起来，贫穷之辈，囊无蓄贯，仓少余粮，做一日吃一日的人家，生出来的儿子，倒还有些孝意。为什么缘故？只因他无家可传，无业可受，那负米养亲、采菽供膳之事，是自小做惯的，也就习以为常，不自知其为孝，所以倒有暗合道理的去处。偏是富贵人家儿子，吃惯用惯，却像田地金银是他前世带来的，不关父母之事，略分少些，就要怨恨，竟像刻剥了他已财一般。若稍稍为父母吃些辛苦，就道是尽瘁竭力，从来未有之孝了，哪里晓得当初曾、闵、大舜，还比他辛苦几分。所以人的孝心，大半丧于膏粱纨袴，不可把金银产业当做传家之宝，既为儿孙做马牛，还替他开个仇恨爷娘之衅。我如今说个争财背本之人，以为逆子贪夫之戒。

明朝万历年间，福建泉州府同安县有个百姓，叫做单龙溪，以经商为业。他不贩别的货物，单在本处收荔枝圆眼，到苏杭发卖。长子单金早丧，遗腹生下一孙，就叫做遗生。次子单玉，是中年所得，与遗生虽是叔侄，年相上下，却如兄弟一般。两个同学读书，不管生意之事。家中有个义男，叫做百顺，写得一笔好字，打得一手好算，龙溪见他聪明，时常带在身边服侍，又相帮做生意。百顺走过一两遭，就与老江湖一般惯熟。为人又信实，说一是一，说二是二，所以行家店户，没有一个不抬举他。龙溪不在面前，一般与他同起同坐。又替他取个表德，叫做顺之。做到后来，反厌龙溪古板，喜他活动。龙溪脱不去的货，他脱得去；龙溪讨不起的账，他讨得起。龙溪见他结得人缘，就把脱货讨账之事，索性教他经手，自己只管总数。就有人在背后劝百顺，叫他聚些银子，赎身出去自做人家。百顺回他道："我前世欠人之债，所以今世为人之奴，拼得替他劳碌一生，偿还清了，来世才得出头；若还鬼头鬼脑偷他的财物，赎身出去自做人家，是债上加债了，哪一世还得清洁？或者家主严厉，自己苦不过，要想脱身，也还有些道理；我家主仆犹如父子一般，他不曾以寇仇待我，我怎忍以土芥①视他？"那劝的人听了，反觉得自家不是，一发敬重他。

却说龙溪年近六旬，妻已亡故，自知风烛草霜，将来日子有限，欲待丢了生意不做，又怕账目难讨，只得把本钱收起三分之二，瞒了家人掘个地窖，埋在土中，要待单玉与遗生略知世务，就取出来分与他们。只将一份客本贩货往来，答应主顾，要渐渐刮起陈账，回家养老。谁想经纪铺户规矩做定了，毕竟要一账搭

① 土芥（jiè）——土和草。比喻微贱的东西，无足轻重。

一账，后货到了，前账才还，后货不到，前账只管扣住，龙溪的生意再歇不得手。他平日待百顺的情分与亲子无异，一样穿衣，一般吃饭，见他有些病痛，恨不得把身子替他。只想到银子上面，就要分个彼此，子孙毕竟是子孙，奴仆毕竟是奴仆。心上思量道："我的生意一向是他经手，倘若我早晚之间有些不测，那人头上的账目总在他手里，万一收了去，在我儿孙面前多的说少，有的说无，叫他们哪里去查账？不如趁我生前，把儿孙领出来认一认主顾，省得我死之后，众人不相识，就有银子也不肯还他们。"算计定了，到第二次回家，收完了货，就吩咐百顺道："一向的生意都是你跟去做，把两个小官人倒弄得游手靠闲，将来书读不成，反误他们终身大事。我这番留你在家，叫他们跟我出去，也受些出路的风霜，为客的辛苦，知道钱财难趁，后来好做人家。"百顺道："老爷的话极说得是，只怕你老人家路上没人服侍，起倒不便。两位小官人不曾出门得惯，船车上担干受系，反要费你的心。"龙溪道："也说不得，且等他们走一两遭再做区处。"

却说单玉与遗生听见叫他们丢了书本，去做生意，喜之不胜。只道做客的人，终日在外面游山玩水，风花雪月，不知如何受用，哪里晓得穿着草鞋游山，背着被囊玩水，也不见有甚山水之乐。至于客路上的风花雪月，与家中大不相同，两处的天公竟是相反的。家中是解愠之风，兆瑞之雪，娱目之花，赏心之月；客路上是刺骨之风，僵体之雪，断肠之花，伤心之月。二人跟了出门，耐不过奔驰劳碌，一个埋怨阿父，一个嗟怅阿祖，道："好好在家快活，为什么领人出来受这样苦？"及至到了地头，两个水土不服，又一起生起病来，这个要汤，那个要药，把个六十多岁的老人家磨得头光脚肿，方才晓得百顺的话句句是金石之言，懊悔不曾听得。服侍得两人病痊，到各店去发货，谁想人都嫌货不好，一箱也不要，只得折了许多本钱，滥贱的撺去。要讨起前账回家，怎奈经纪铺行都回道："经手的不来，不好付得。"单玉、遣生与他争论，众人见他大模大样，一发不理，大家相约定了，分文不付。龙溪是年老之人，已被一子一孙磨得七死八活，如今再受些气恼，分明是雪上加霜，哪里撑持得住？一病着床，再医不起。自己知道不济事了，就对单玉、遗生道："我虽然死在异乡，有你们在此收殓，也只当死在家里一般。我死之后，你可将前日卖货的银子装我骸骨回去。这边的账目料想你们讨不起，不要与人啕气，回去叫百顺来讨，他也有些良心，料不致全然乾没。我还有一句话，论理不该就讲，只恐怕临危之际说不出来，误了大事，只得讲在你们肚里。我有银子若干，盛做几坛，埋在某处地下，你们回去可掘起来均分，或是买田，或是做生意，切不可将来浪费。"说完，就叫买棺木，办衣衾，只等无常①一到，即便收殓。

却说单玉、遗生见他说出这宗银子埋在家中，两人心上如同火发，巴不得乃祖乃父早些断气，收拾完了，好回去掘来使用。谁想垂老之病，犹如将灭之灯，乍暗乍明，不肯就息。二人度日如年，好生难过。一日遗生出去讨账，到晚不见回来，龙溪央人各处寻觅，不见踪影。谁想他要银子心慌，等不得乃祖毙命，又怕阿叔一同回去，以大欺小，分不均匀，故此瞒了阿叔，背了乃祖，做个高才捷足之人，预先赶回去掘藏了。龙溪不曾设身处地，哪里疑心到此？单玉是同事之人，晓得其中决窍，遗生未去之先，他早有此意，只因意思不决，迟了一两天，所以被人占了

① 无常——迷信的人指人将之死时勾魂的鬼。

先着。心上思量道：“他既然瞒我回去，自然不顾道理，一总都要掘去了，哪里还留一半与我？我明日回去取讨，他也未必肯还，要打官司，又没凭据，难道孙子得了祖财，儿子反立在空地不成？如今父亲的衣衾棺椁都已有了，若还断气，主人家也会殡殓，何必定要儿子送终？我若与他说明，他决然不放我走，不如便宜行事罢了。”算计已定，次日瞒了父亲，以寻访遗生为名，雇了快船，兼程而进的去了。

龙溪见孙子寻不回来，也知道为银子的缘故，懊悔出言太早，还叹息道：“孙子比儿子到底隔了一层，情意不相关切，只要银子，就做出这等事来。还亏得我带个儿子在身边，不然骸骨都没人收拾了。可见天下孝子易求，慈孙难得。”谁想到第二日，连儿子也不见了，方才知道不但慈孙难得，并孝子也不易求。只有钱财是嫡亲父祖，就埋在土中，还要急急赶回去掘他起来；生身的父祖，到临终没有出息，竟与路人一般，就死在旦夕，也等不得收殓过了带他回去。财之有用，亦至于此；财之为害，亦至于此。叹息了一回，不觉放声大哭。又思量：“若带百顺出来，岂有此事？自古道：‘国难见忠臣。’不到今日，如何见他好处？怎得他飞到面前，待我告诉一番，死也瞑目。”

却说百顺自从家主去后，甚不放心，终日求签问卜，只怕高年之人，外面有些长短。一日忽见遗生走到，连忙问道：“老爷一向身体何如？如今在哪里？为什么不一起回来，你一个先到？”遗生回道：“病在外面，十分危笃①，如今死了也不可知。”百顺大惊道：“既然病重，你为何不在那边料理后事，反跑了回来？”遗生只道回家有事，不说起藏的缘故。百顺见他举止乖张，言语

① 危笃——形容病势危险。

错乱，心上十分惊疑，思想家主病在异乡，若果然不保，身边只有一个儿子，又且少不更事，叫他如何料理得来？正要赶去相帮，不想到了次日，连那少不更事的也回来了。百顺见他慌慌张张，如有所失，心上一发惊疑，问他缘故，并不答应，直到寻不见银子，与遗生争闹起来，才晓得是掘藏的缘故。

百顺急了，也不通知二人，收拾行囊竟走。不数日赶到地头，喜得龙溪还不曾死，正在恹恹[①]待毙之时，忽见亲人走到，悲中生喜，喜处生悲，少不得主仆二人各有一番疼热的话。次日龙溪把行家铺户一起请到面前，将忤逆子孙贪财背本，先后逃归，与义男闻信，千里奔丧的话告诉一遍。又对众人道："我舍下的家私与这边的账目，约来共有若干，都亏这个得力义子帮我挣来的，如今被那禽兽之子、狼虎之孙得了三分之二，只当被强盗劫去一般，料想追不转了。这一份虽在账上，料诸公决不相亏。我如今写张遗嘱下来，烦诸公做个见证，分与这个孝顺的义子。我死之后，叫他在这里自做人家，不可使他回去。我的骸骨也不必装载还乡，就葬在这边，待他不时祭扫，省得靠了不孝子孙，反要做无祀之鬼。倘若那两个逆种寻到这边来与他说话，烦诸公执了我的遗嘱，送他到官，追究今日背祖弃父，死不奔丧之罪。说便是这等说，只怕我到阴间，也就有个报应，不到寻来的地步。"说完，众人齐声赞道："正该如此。"百顺跪下磕头，力辞不可，说："百顺是老爷的奴仆，就粉身为主，也是该当，这些小勤劳，何足挂齿？若还老爷这等溺爱起来，是开幼主慭仆之端，贻百顺叛主之罪，不是爱百顺，反是害百顺了，如何使得？"龙溪不听，勉强挣扎起来，只是要写。众人同声相和道："幼主

---

① 恹（yān）恹——形容因有病而精神萎靡。

摆布你，我们自有公道。”一面说，一面取纸的取纸，磨墨的磨墨，摆在龙溪面前。龙溪虽是垂死之人，当不得感激百顺的心坚，愤恨子孙的念切，提起笔来，精神勃勃，竟像无病的一般，写了一大幅。前面半篇说子孙不孝，竟是讨逆锄凶的檄文；后面半篇赞百顺尽忠，竟是义士忠臣的论断。写完，又求众人用了画押，方才递与百顺。百顺怕病中之人，违拗不得，只得权且受了，磕头谢恩。

却也古怪，龙溪与百顺想是前生父子，夙世君臣，在生不能相离，临死也该见面。百顺未到之先，淹淹缠缠，再不见死；等他来到，说过一番永诀的话，遗嘱才写得完，等不得睡倒，就绝命了。百顺号天痛哭，几不欲生，将办下的衣衾棺椁殡殓过了，自己戴孝披麻，寝苫枕块①，与亲子一般，开丧受吊。七七已完，就往各家讨账，准备要装丧回去。众人都不肯道：“你家主临终之命不可不遵。若还在此做人家，我们的账目一一还清，待你好做生意；若要装丧回去，把银子送与禽兽狼虎，不但我们不服，连你亡主也不甘心。况且那样凶人，岂可与他相处？待生身的父祖尚且如此，何况手下之人？你若回去跟他，将来不是饿死，就是打死，断不可错了主意。”百顺见众人的话来得激切，若还不依，银子决难到手，只得当面应承道：“蒙诸公好意为我，我怎敢不知自爱？但求把账目赐还，待我置些田地，买所住宅，娶房家小在此过活，求诸公青目就是。”众人见他依允，就把一应欠账如数还清。

百顺讨足之后，就备了几席酒，把众人一起请来，拜了三

---

① 寝苫（shān）枕块——睡在草垫上，以土块为枕头。古时居父母丧的礼节。

拜，谢他一向抬举照顾之情，然后开言道："小人奉家主遗言，蒙诸公盛意，叫我不要还乡，在此成家立业，这是恩主爱惜之心，诸公怜悯之意，小人极该仰承；只是仔细筹度起来，毕竟有些碍理。从古以来，只有子承父业，那有仆受主财？我如今若不装丧回去，把客本交还幼主，不但明中犯了叛主之条，就是暗中也犯了昧心之忌，有几个受了不义之财，能够安然受享的？我如今拜别诸公，要扶灵柩回去了。"众人知道劝不住，只得替他踌躇道："你既然立心要做义仆，我们也不好勉强留你。只是你那两个幼主，未必像阿父能以恩义待人，据我们前日看来，却是两个凶相，你虽然忠心赤胆的为他们，他们未必推心置腹的信你。他父亲生前货物是你放，死后账目是你收，万一你回去之后，他倒疑你有私，要恩将仇报起来，如何了得？你的本心只有我们知道，你那边有起事来，我们远水救不得近火。你如今回去，银子便交付与他们，那张遗嘱切记要藏好，不可被他看见，抢夺了去。他们若难为你起来，你还有个凭据，好到官去抵敌他。"百顺听到此处，不觉改颜变色，合起掌来念一声"阿弥陀佛"道："诸公讲的什么话？自古道：'君欲臣死，臣不得不死；父欲子亡，子不得不亡。'岂有做奴仆之人与家主相抗之理？说到此处，也觉得罪过。那遗嘱上的言语，是家主愤怒头上偶然发泄出来的，若还此时不死，连他自己也要懊悔起来；何况子孙看了，不说他反常背理，倒置尊卑？我此番若带回去，使幼主知道，叫他何以为情？若使为子者怨父，为孙者恨祖，是我伤残他的骨肉，搅乱他的伦理，主人生前以恩结我，我反以仇报他了，如何使得？我不如当诸公面前毁了这张遗嘱，省得贻悔于将来。"说完，取出遗嘱捏在手中，对灵柩拜了三拜，点起火来烧化了。四座之中，人人叹服，个个称奇，道他是僮仆中的圣人，可惜不曾做官

做吏，若受朝廷一命之荣，自然是个托孤寄命之臣了。

百顺别了众人，雇下船只，将旅榇装载还乡，一路烧钱化纸，招魂引魄，自不必说。一日到了同安县，将灵柩停在城外，自己回去，请幼主出来迎丧。不想走进大门，家中烟消火灭，冷气侵人，只见两个幼主母，不见了两位幼主人。问到哪里去了？单玉、遗生的妻子放声大哭，并不回言，直待哭完了，方才述其缘故。原来遗生得了银子，不肯分与单玉，二人终日相打，遗生把单玉致命处伤了一下，登时呕血而死。地方报官，知县把遗生定了死罪，原该秋后处决，只因牢狱之中时疫大作，遗生入监不上一月，暴病而死。当初掘起的财物都被官司用尽，两口尸骸虽经收殓，未曾殡葬。百顺听了，捶胸跌足，恸痛一场，只得寻了吉地，将单玉、遗生合葬龙溪左右。

一夜百顺梦见龙溪对他大怒道："你是明理之人，为何做出背理之事？那两个逆种是我的仇人，为何把他们葬在面前，终日使我动气？若不移他开去，我宁可往别处避他！"百顺醒来，知道他父子之仇，到了阴间还不曾消释，只得另寻一地，将单玉、遗生迁葬一处。一夜又梦见遗生对他哀求道："叔叔生前是我打死，如今葬在一处，时刻与我为仇，求你另寻一处，把我移去避他。"百顺醒来，懊悔自己不是，父子之仇尚然不解，何况叔侄？既然得了前梦，就不该使他合茔，只得又寻一地，把遗生移去葬了，三处的阴魂才得安妥。

单玉、遗生的妻子年纪幼小，夫死之后，各人都要改嫁。百顺因他无子，也不好劝他守节，只得各寻一户人家，送他去了。龙溪没有亲房，百顺不忍家主绝嗣，就刻个"先考龙溪公"的神主，供奉在家，祭祀之时，自称不孝继男百顺，逢时扫墓，遇忌修斋，追远之诚，比亲生之子更加一倍。后来家业兴隆，子孙繁衍，衣冠累世不绝，这是他盛德之报。

我道单百顺所行之事，当与嘉靖年间之徐阿寄一样流芳；单龙溪所生之子，当与春秋齐桓公之五子一般遗臭。阿寄辅佐主母，抚养孤儿，辛苦一生，替他挣成家业，临死之际，搜他私蓄，没有分文，其事载于《警世通言》。齐桓公卒于宫中，五公子争嗣父位，各相攻伐，桓公的尸骸停在床上六十七日，不能殡殓，尸虫出于户外，其事载于《通鉴》。这四桩事，却好是天生的对偶。可见奴仆好的，也当得子孙；子孙不好的，尚不如奴仆。凡为子孙者，看了这回小说，都要激发孝心，道为奴仆的尚且如此，岂可人而不如奴仆乎？有家业传与子孙，子孙未必尽孝；没家业传与子孙，子孙未必不孝。凡为父祖者，看了这回小说，都要冷淡财心，道他们因有家业，所以如此，为人何必苦挣家业？这等看来，小说就不是无用之书了。若人贪财好利的子孙，问舍求田的父祖，不原作者之心，怪我造此不情之言，离间人家骨肉者，请述《孟子》二句回复他道：“知我者其唯《春秋》乎？罪我者其唯《春秋》乎？”

亥 集

贞女守贞来异谤 朋侪[1]相谑致奇冤

诗云：

治国齐家道本同，看来难做是家翁。
五刑不为妻孥设，一吼能教法令穷。
小忿最能妨爱欲，至明才可学痴聋。
古人尽昧调停术，只有文王在个中。

这首诗是说齐家一事，比治国更难。治国的人，遇了是非曲直之事，可以原情而论，据理而推。情理上说不去的，就把刑罚加他，那怕他不服服贴贴？至于齐家的人，遇了是非曲直之事，只好用那调和鼎鼐[2]的手段调剂拢来，使他是者忘其是，非者忘其非，曲者冥其曲，直者冥其直，才能够使一门之内，尽奏雍熙[3]，五伦之中，不生变故。若还也像治国一般，要把情理去压服他，无论蛮妻拗子，不是“情理”二字压得服的，连这情理两件东西先不肯同心协力，替他做和事老人，预先要在问官胸中，打起斗殴官司来了。譬如兄弟两个相争，告在父亲手里，原起情来，自然是以大欺小，该说为兄的不是；若还据起理来，自然是以下犯上，又该说为弟的不是了。妻妾两个吵闹，告在丈夫手

---

① 朋侪（chái）——朋辈。

② 调和鼎鼐——在鼎鼐中调味。比喻治理国家大事。

③ 雍熙——和乐升平。

里，原起情来，自然是正妻吃醋，磨灭偏房，该说做大的不是；若还据起理来，自然是爱妾恃宠，欺凌正室，又该说做小的不是了。情要左袒这一边，理要左袒那一边，还是把“情”字做了干证，难为阿兄与阿正的好？还是把“理”字做了干证，难为阿弟与阿妾的好？还是把情理扭做一团，预先和了干证，着他去与两边解纷的好？可见“情理”二字，是家庭之内用不着的东西。情理尚且用不着，那刑名法律，一发不消说了。所以古语道得好：“清官难断家务事。”但凡做官的遇着有家庭之事调处不明来告状的，只好以不治治之，学那当家人的藏拙之法，叫做“不痴不聋，难做家翁”，只是不准他便了。他见官府不准，自然回去调停。就如街市上相打的人，看见有人扯劝，他两边再不住手；及至扯劝的人一起走开，他知道不好收煞，也就两下收兵，不解而自散了。

说便是这等说，古语之中又有两句道：

若无解交人，冤家抱树死。

万一有家庭之事，屡次调处不来，毕竟要经官动府，官府要藏拙，他不肯容你藏拙，定要借重一番。试试官府的裁断，比家主公的裁断何如。难道好说我裁断不济，不敢领教不成？

如今说桩奇事。明朝弘治年间，广东琼州府定安县，有个廪膳①秀才，姓马名镳，字既闲，是个少年名士。娶妻上官氏，也是个名族。兄弟三四个，也都是考得起的秀才。上官氏生得千娇百媚，又且贤慧端庄，自十四岁进马氏之门，到二十四岁这十年之中，夫妻两口恩爱异常，再不曾有一句参商②的话。

---

① 廪（lǐn）膳——官府供给在学生员的膳食津贴。

② 参（shēn）商——参星和商量。比喻人与人感情不和睦。

既闲有个同社的朋友，姓姜名玄，字念兹，也是同学的秀才。还有几个年少斯文，或是姓张，或是姓李，序不得许多名字。他这几辈名流结为一社，终日会文讲学，饮酒赋诗，一年到头没有几十个不见面的日子。一日马既闲去访朋友，那朋友正在家里宴客，见既闲走到，就拉他入席同饮。饮到半中间，那姜念兹也闯了来，恰好一班同社之人，都做了不速之客，大家坐在一处，少不得要开怀畅饮。众人之中唯有姜念兹的酒量不济，吃不上几杯就有些醉意了。说话之间，忽然正颜厉色对马既闲道："老兄你便在此饮酒，尊嫂在家做了一件不端之事，朋友有相规之义，不得不说出来，但不知你容小弟说，不容小弟说？"马既闲变起色来道："有何不端之事，快请说来。"姜念兹道："不但尊嫂，连小弟方才也做了一件不轨之事。若对兄说，兄定要变脸，只是事体相连，要说都要说，要瞒都要瞒，不好单说那一件。"马既闲道："都求说来就是。"姜念兹道："小弟方才到宅上奉访，不想老兄公出在外，只因失于回避，劈面撞着了尊嫂。尊嫂的芳容不该生得那样标致，真所谓冶容诲淫，小弟生平其实不曾见过这样女子，苟非圣人，未有不动心者，就不觉手舞足蹈起来。若还尊嫂坚词以拒，或者还带挈小弟做个鲁男子也不可知，不想尊嫂也见小弟有几分贱容，不肯十分见外，竟使小弟越闲败检，做了一桩死有余辜之事。这也罢了。正与尊嫂在绸缪之际，不想有个盛婢走进房来，不言不语，立在旁边，却像有个临渊羡鱼①之意，就如今日主人邀宾，小弟与兄走来闯席，主人岂有不纳之理？若还不纳，就要招起怪来，今日这席酒决不能够欢然而

① 临渊羡鱼——站在水边，希望得到鱼。比喻只有愿望而没有行动，难收实效。

散了，只得也拉他入坐，吃了一杯残酒。这是小弟方才造宅之时，与尊嫂二人做的不端不轨之事。论起理来，这样碍口的话不该对老兄面陈，只是老兄平日是个明见万里的人，万一久后觉察出来，这段仇恨就终身不解了，倒不如预先讲明，还可以自首免罪。如今只求老兄汪洋大度，恕小弟一念之差，饶个初犯；以后若再如此，莫说老兄该与小弟绝交，连同社诸兄都排斥小弟，不容见面就是了。”说完这些话，又走出位来，深深唱了一个喏，然后坐到原位上去。

马既闲听了这些诧异之谈，不觉面如土色，当真又不是，当假又不是。若说他是真话，世间没有奸了人的妻子，肯对原夫说出之理，况且妻子是个正气的人，想来决无此事；若说他是取笑的话，为什么正颜厉色，没有一毫嬉笑之容？他一面说，既闲肚里一面踌躇，思量这样的事，无论虚实，总来没有认真之理，任凭他说，自己只当不听见，直等他说完了下来作揖的时节，方才把他骂了几声，也拿几句尖酸的话讨了回席，然后吃酒。众人都说他是戏谑之词，就对姜念兹道：“谑浪诙谐，虽是我辈的常事，只是也要存些大体。自古道：‘朋友妻，不可嬉。’什么笑话说不得，定要把朋友的内眷来做戏谈，该罚你一碗冷酒才是。”姜念兹道：“小弟方才的言语句句是真，列位不要认做笑话。若还不信，待我把他尊嫂与盛婢身体上的光景略说几句，且看对不对就是了。”就对马既闲道：“老兄莫怪小弟说，你那位尊嫂，姿容态度果然妩媚，只是身上肉少骨多，又且寒冷，没有一毫温柔之趣。别处冷还冷得好，独有豚尖上那两块肉，分外冷得怕人，小弟的贱腿方才被他冰了一冰，直到如今还不得热。倒不如那位盛婢，容貌虽不甚佳，身上的肌肉倒暖得有趣。别处虽暖，还与寻常妇人差不多，独有胸前那一块，可称至宝，随你什么妇人，再

没有那种热法。据小弟评品起来，尊嫂中看不中用，盛婢中用不中看。若还把两个并做一个，存其所长，去其所短，则为绝世之佳人，古之所谓温柔乡，不是过矣。”众人见他说到这个地步，一发替马既闲不平，大家走起身来道：“你如今若不受罚，我们满席的人都要激变起来了。”就把起先零星折下的冷酒，共有一大碗，放在姜念兹面前，又委一个催酒的人，限三催要干，如迟倍罚。姜念兹道：“诸公若要罚我，宁可换一碗热的，我方才行了房事，吃不得冷酒；若还逼我吃下去，岂不弄出阴症病来?”众人起先见他说得有凭有据，却像是桩真事一般，心上正有些疑惑；如今听了这一句，一发疑上加疑，正要借这一碗冷酒，试验他的真假出来，那里肯换？就把一席的人分做三班，揪耳的揪耳，捻手的捻手，灌酒的灌酒，不上两口气，灌个倾江倒海，一泻无遗。姜念兹原是已醉之人，又加了这一碗冷酒，自然把持不定，一吐之后，不觉狂躁起来，连衣服也穿不住，都脱去了。众人见他醉得不堪，就着家人扶送回去。大家再吃几钟，也就散了。

却说马既闲听了这些话，心上十分狐疑，思量自家的妻子平素为人正气，难道一旦做出这样事来？若还没些影响，他为什么平空白地造出此言来羞辱我？我妻子身上骨多肉少其实是真，只不十分寒冷；婢女生得肥胖，身上暖热也是真的，只是胸前一块也与身上一般，不觉得十分诧异。止有这句说得不像，其余的话句句逼真。天下的事尽有不可意料的，或者人身上的血气，一日之间，有时而衰，有时而旺，衰者愈觉其冷，旺者愈觉其热，也不可知。我如今急急走回去，各人验他一验就知道了。想到此处，就巴不得跨进大门，把两步并做一步，急急的赶到家中，只说要与妻子行房，把他扯进房去，不由情愿，将上身的衣服尽数解开，浑身一摸，竟像一朵水仙花，但觉寒韵侵人，不见温香袭体，比往常受用的光景，似有高唐、洛浦之分；再把裤带解开，将他两豚一摸，果然冷得异常，与上身较量起来，又有凉水、寒冰之别矣。马既闲十分的疑心，已有五、六分开交不得了，就托故爬起身来，不果行房，做了件请客不诚，虚邀见意之事。走出房去，又到厨下寻着丫环，也像调戏他的一般，从背后一把搂住。别样的暖法都是往常领教过的，不消再试，只有胸前那块至宝，虽然也曾靠着几次，只是家主偷婢，大约在慌忙急遽之时，就如蜻蜓点水，一着便开，也不知水冷水热，直到此时用意抚摩，才晓得是两袋温香，一片暖玉，果然有些诧异，不愧至宝之名。马既闲到了此时，已十分开交不得了，就放下脸来道："我方才出去之后，曾有人来寻我不曾？"丫环道："有一位姜相公来寻相公说话，我回道不在家，他就去了。"马既闲道："只怕未必肯就去。这等娘子与他相见不曾？"丫环道："他立在篱笆外面张得一张，看见娘子，就像没趣的一般，连忙走了开去。他又不曾进门，娘子为何与他相见？"马既闲道："只怕也未必就肯没趣。这等你与他近身说话不曾？"丫环道："我与大娘时刻不离，大娘不见面，我也不见面了，为何与他近起身来？这些话都问得好笑。"马既闲满肚不平之气正要发泄出来，只见他答应的时节举止如常，颜色不变，还有个理直气壮，不肯让人，要与家主说个明白的光景。马既闲十分疑心，看见这种气象，就减了一、二分，只得隐忍住了，且慢慢的察其动静。晚间与妻子睡在一处，不住的把言语试他，也有可信之处，也有可疑之处。既闲踌躇了一夜，还不能决其有无。

到第二日起来，虽然没有实据，也觉得有些羞惭，不好出去见朋友。心上思量道："他若是酒后出的狂言，今日朋友对他说

了，他毕竟要来请罪；若还不来请罪，就愈加可疑，不但不是酒后出狂言，还是酒后吐真言了。”谁想等了一日，不见人来。到第二日又等一日，也不见人来。等到第三日，有些熬不住了，就吩咐一个书僮到外面去打听：“看姜相公与众位相公连日相会不相会，说我不说我？”只见书僮去了一会，转来回复道：“众位相公都在一处，只有姜相公不曾出来，闻得害了阴症病，睡在家里，起身不得。众位相公相约了要去看他，不知相公也去不去？”马既闲听了这一句，不觉面色铁青，头毛直竖，连身上都发寒发热起来，知道这桩丑事是千真万确的了。还有等姜念兹病好之后，别寻他一桩过失，面叱他一场，然后与他绝交；绝交之后，也别寻妻子一桩过失，休他回去，以塞众人之口，省得贻笑于乡邻。谁想天下的事，再不由人计较，你要塞人的口，天下肯塞人的口，偏要与你传播开来。再过几日，姜念兹竟死了，那“阴症病”三个字，是他未曾得病之先，自己逆料出来的，难道好替他赖做别的症候？淫欲某人妻子的话，是他不肯隐过，自己表白出来的，难道好说没有这桩事情？往常人家闺阃之事，没些影响，尚且有人捕风捉影，生出话来，何况这桩实实有凭、凿凿可据之事，没人谈论之理？马既闲休妻之念到了此时，即欲不决，也不能够了。心上思量道：“我要休他，少不得要把这桩事情说个明白，才好塞他的口，使他没得分辩。要说明白，少不得要把那坏事的丫环严刑拷打，方才肯招。只是招出之后我要休他，他赖死赖活不肯回去，也是一桩难处的事。不如且瞒了他，把丫环带到别处拷问一番，真情出于丫环之口，就当得他自己的招供了，哪怕他不服？只消写封休书，遣他回去就是，何必定要说明？”主意定了，就生个计较出来。

他有个嫡亲妹子嫁在近处，只说叫丫环去看妹子，丫环先去，自己也随在后边。走到妹子家中，就叫丫环跪下，把那日自己出门，家中做出丑事的话，叫他直招。丫环不但不招，反说家主青天白日见神见鬼，想是自己平日做惯此事，故此以己之心，度人之心，在这边胡猜乱试。岂有没缘没故，一个男子进门，就与他通奸之理？就作主母要做此事，难道不怕丫环碍眼；丫环要做此事，难道不怕主母害羞？“这样没志气的话，亏你说得出口？”马既闲被他以前那些硬话掩饰过一次，后来分外可疑，如今就说得理直气壮，也不信了。思量不加刑罚，哪里肯招？就把他浑身衣服尽皆剥去，又把一根索子将他两手两脚悬空吊起，自己执了皮鞭，打个不停，直等招了才住。那丫环是个精赤的身子，被他打了数百，不但皮破血流，亦且筋伤骨损，就喊叫道：“相公不消再打，待我招来就是。”马既闲就放下皮鞭，听他细说。丫环道：“那日姜相公进来，并不曾敢调戏娘子，只扯我一个到厨下去说话是真。”马既闲道：“这等你被他奸了不曾？”丫环道：“我扯他不过，被他强奸一次，也是真的。娘子并不曾失节，不敢乱招。”马既闲道：“我家又没有三层厅、四层屋，不过几间破房子，岂有丫环被奸、主母不曾失节之理？难道袖了一双手，立在旁边看你们做事不成？这等说起来，不必再审，自然是千真万确的了。”当日回去，就写了一封休书，叫了一乘轿子，只说娘家来接他，把上官氏打发回去。又恨那丫环不过，说毕竟是他勾引奸夫，引诱主母，才做出这等事来，若仍旧卖他为奴，不足以赎其罪，就把他卖到琼州府一个娼妓人家，倚门接客。

却说上官氏当日抬到母家，父母兄弟见他无因而至，正有些疑心，及至看了那封休书，一发惊慌不了。问他被出的缘故，上官氏一毫不知。那兄弟几个只得赶来见既闲，问他讨个明示。既闲道：“是令姊令妹做的事，只消问他就是了，何须赶来见我？”

那兄弟几个道："方才问过，他说一毫不知。"马既闲道："这等小弟是个有血性的人，这样的事说不出口，只请到背后去访，但问姜念兹之死由于何病，得病之故起于何人，就知道了。只是列位自己去问，恐怕那说话的人碍了列位的体面，不好直说，须要托人去访，方才探得真话出来。"那兄弟几个见他不肯说，只得依他的话，托了别人又去访问别人；及至别人说与别人，别人走来回复，方才知道其中就里。他那父母兄弟都是要体面的人，见他做出此事，连自家也无颜，大家你一句，我一句，把上官氏说得满面羞惭，半个低钱也不值。上官氏并不回言，直等他说到气平之后，方才辨论几句道："真的假不得，假的真不得。我若果有此事，莫说丈夫休我，就是父母兄弟，也该置我于死地，为什么容此不肖之女玷辱家门？若还没些影响，平空受此奇冤，只怕父母兄弟也难替我坐视。"那父母兄弟道："如今外面的人众口一词，都是这等说了，你还有什么辨得？"上官氏道："众人的话，都由于一个人的酒后之言，哪有个酒后之言是作得准的？只是那说话的人不该就死，故此把虚话都弄实了。焉知此人之死，不是因他无端造谤，平地生非，玷污人的清名，离间人的夫妇，故此天理不容，使他言出于口，祸中于身，故有此番显报也不可知。如今这桩事体若还不曾张扬，或者还该隐忍，瞒得一个是一个，宁可受屈于己，不可贻笑于人；他若不曾休我，或者还该忍耐，过得一年是一年，宁可受些不白之冤，不可做那不祥之事。如今休的业已休了，你就送我转去，料想他也不收；谈论的业已谈论了，你就挨家逐户去辨，料想他也不听。隐瞒也是出丑，张扬也是出丑；好说他也不要，歹说他也不要。倒不如待我出头露面，当官与他分理一场，万一遇得着一位清官，把这件冤枉事情审得明白，固然是桩好事；就作审不出来，也是前生的冤业了。我拼得一刀自刎，死在官府面前，做个有气性的女子，为什么包羞忍耻，坐在家中，使父母兄弟做人不得，岂不是两败俱伤?”那父母兄弟见他这些言语说得激烈，或者果是冤情也不可知，就替他写张状子，到定安县里去告，柱语是辨惑明冤事。

恰好那个知县是广东第一位清官，姓包名继元，人都说是包龙图的后身，故此改名不改姓。不但定安县里没有一桩冤狱，就是外府外县，但有疑难事情，官府断不来的，就到上司告了，求批与他审决，果然审得情形毕露，就像眼见的一般。当日包知县准了状词，就出牌拘审。马既闲见他告了，也诉一状，柱语是无惑可辨，无冤可明，恳恩雪耻诛淫以维风化事。原差把马既闲夫妇与状上有名的干证个个拘齐，只有丫环卖在别处，知县不肯越境提人，故此不到。

临审的时节，先叫马既闲上去，问他休妻的来历。马既闲就把姜念兹饮酒之时，当面讥诮的言语，与回来试验件件不差，数日之后姜念兹病死的话，有头有脑说了一遍。知县道：“据你说来，都是些捕风捉影、以虚作实的话，一毫凭据也没有，如何就把妻子出了?”马既闲道：“这些话虽然涉于影响，那丫环口里的话却是明明白白的。”又把丫环招出的言语，细细述了一遍，道：“老父师若还不信，此婢现在府城，拘来一审就明白了。”知县道：“他这些话，还是你不曾加刑，他情愿说出来的，还是被你拷打不过，没奈何了招出来的?”马既闲见官府问到此处，有些不好答应，只得含含糊糊，说了一句。知县道：“我知道了，你且下去。叫那妇人上来。”

上官氏走到面前，知县问道：“你主婢二人若与姜秀才无奸，他怎么知道你身上寒冷，丫环身上暖热，说来一些不差，难道是个神仙不成?”上官氏道：“这个缘故，莫说丈夫疑心，就是小妇

人自己也不明白。或者是他取笑的话，偶然猜着了也不可知。只是小妇人平日是个冰清玉洁的人，不但与姜秀才无奸，并不知道他面长面短，平空白地受此奇谤，就是死也不肯甘心。若还是别的老爷在此为官，小妇人只好含冤抱屈而死，也不敢前来告状；闻得老爷是龙图转世，没有审不出的冤情，所以才敢萌此妄想。如今只求老爷原情度理，把这桩怪事替小妇人筹想一筹想，释得小妇人自己之疑，就辩得丈夫心上之惑。”知县道：“再没有不曾贴身，知道冷热之理，这等你便与他奸，那个丫环可曾被他淫污？或者你身上的寒冷丫环知道，丫环对他说了，故此他冒认有私，做个赖风月的话柄，也不可知。”上官氏道：“丫环平日与小妇人半步不离，小妇人替他发得誓过，并无此事。”知县道：“你且下去。”叫马生员的干证上来。

那些干证就是当初同席的朋友。马既闲恐怕审输了官司，要正他无故出妻之罪，故此央了这班朋友，来证姜念兹席上之言。又把医姜念兹的医生也借重在里面，要他说出“阴症”二字，为定罪之由，使将来没有反复。知县先问那些朋友道：“当日姜生员席上之言，是诸兄亲耳听见的么？”那些朋友道：“奸情的真假，其实难明，只是这些说话，却是出于姜生之口，入于马生之耳，门生辈众耳众目，一起听见的。”知县道：“这等姜生员平日是个老成的人，还是个不正气的人？”众朋友道：“平日做人极老成，独有这些言语说得不正气。”知县道：“这等他平日是个板腐的人，还是个喜诙谐好玩耍的人？”众朋友道：“他平日也善诙谐，也喜玩耍，只是小节虽然不拘，大体也还不失，不曾戏谑到这个地步。”知县道：“这等他当日之死，果然由于何病？”众朋友道：“他未吃冷酒之先，就说出‘阴症’二字，后来果以阴症而死。现有用药的医生，是一方之国手，求老父师审他就是。”

知县问医生道：“姜秀才死于阴症，本县已知道了，不消你再说。只是这‘阴症’二字，还是在他脉息里面诊出来的，还是在他自家口里侦探出来的？”医生道：“他自己害羞，不对医生说，是众位相公要救他的性命，背后对医生说的。就是他的脉息，也与众人的说话一般，明明是个阴症。”知县笑了一笑，就吩咐叫马生员上来。

马既闲只说奸情审实了，叫他跪上去，好看妻子用刑，谁想全然不是。知县见他走到，又笑一笑道：“这张状子，本县审出来了，不是一桩奸情，倒是一桩人命。姜秀才饮酒的时节，又不丧心病狂，为什么奸了你的妻子，肯对你说？此是必无之理。不过是平日戏谑惯了，故意造出这番说话，要讨你的便宜。就是‘阴症’二字，也是见众人罚他冷酒，又为谑中之谑，随口说出来的，原没有什么成见。及至得病之后，众朋友以为前言既验，奸必是真，要救他性命，背后吩咐医生叫他作阴症医治。近来的医生那里知道诊什么脉，不过把‘望闻问切’四个字做了秘方，去撞人的太岁。撞得着，医好几个；撞不着，医死几个，这都是常事。他见众人说是阴症，无论是何病体，都作阴症医了。药不对科，自然医死，还有什么讲得？若还果然阴症，姜生员怕死，自然该对医生直说，为什么酒席之间不怕羞，到性命相关之际，反怕起羞来？可见姜生员与你的妻子一毫无染，只是这位国手不该做庸医误人，白白断送他一条性命，以致显而易见之事，做了冥然不白之冤。如今只消把他问罪，雪你夫妇二人之恨，依旧回去做夫妻，自然没得说了。”就要叫妇人上来，要与他当面和事。马既闲道：“弃妇不端之事，昭然在人耳目之间，不是老父师的片言，可以折得这桩大狱的。宁可受了违断之罪，那完聚之事，万不敢遵。”知县道：“照你说来，难道这等一个少年妇人，就被

这桩莫须有之事耽搁他一世不成？”马既闲道：“生员只是不要罢了，何必耽搁他，任凭改嫁就是。”知县对上官氏道：“这等看起来，他是决不要你的了。我今日替你断过，男子另娶，女子另嫁，以后不得再起讼端。”上官氏听了这一句，就在堂上发起性来，说：“老爷是做官的人，一言之下，风化所关，岂有叫一个妇人嫁两个丈夫之理？他要娶任凭他娶，小妇人有死而已，决不二夫。”说了这几句，就在衣袖里面取出一把剃刀，竟要自刎。知县慌了，连忙叫他父母兄弟一起扯住。又对马既闲道：“但看这种光景，就知道是个贞节妇人，那桩疑事不辩而自明了。如今听我解纷，还是与他完聚的是。”马既闲只是摇头，不肯依断。知县道：“你如今心上之疑，还有那几桩不解？说来我听。”马既闲道：“别的事都可解说，只有‘冷热’二字解说不来。”知县听了这句话，不言不语，踌躇了一会，就对他道：“你这句话也说得有理，别的疑事，本县方才都替他说明白了，只有‘冷热’二字不曾有个注解，如何服得你的心？这还是本县思虑不到，以致如此。也罢，你们今日都且散去，待本县慢慢的思想，思想出来，再替你审断就是。”众人一起叩谢道：“但愿如此。”当日各人散去，个个都说这个官府枉负了一世的清名，没有决断，有奸就说有奸，无奸就说无奸，何须要到背后去想？

一连过了几日，不见差人来唤复审，正要写状去催，谁想他又往府公干去了，数日方回。众人不等票拘，等他投文之后，就跪过去求审。知县道：“这件事，本县也曾大费揣摩，只是思想不出。就是思想出来，也只好自己肚里明白；若还对诸兄说，诸兄也未必就肯释然。古语说得好：‘解铃还用系铃人。’当初那些话，原出于姜生员之口，如今要知虚实，除非还是问他。只是本县乃阳世之官，不能审阴间之事，待我移一角文书到城隍司那边去，烦他把姜生的魂魄提到面前，问他当日之言，是虚是实，讨个的确回文过来，才好与诸兄定案。”众人听了这些话，大家都冷笑起来，道：“鬼神之事，极是渺茫，哪有城隍司的回文是讨得来的？”知县道：“别的官府问他，他未必就答；只怕本县发去的文书，他没有不回之理。诸兄不信就试一试看。我如今若差衙役去投，恐怕讨来的回文诸兄未必见信，不如就着马生赍去，讨了回文转来，有奸无奸，自然明白，再没有疑心的了。”就对马既闲道：“你如今回去，预先斋戒沐浴起来，本县退堂之后，就备一角牒文，明早给发与你。你赍到那边，虔诚祷告一番，把文书烧了，当日不可回去，就宿在神位之旁。第二日起来，他定有回文给发；即使没有回文，少不得梦也托一个与你，决不使你空返就是。”说了这几句，竟自退堂进去了。众人心上都不明白，对马既闲道：“无论真假，你便去走一次，不要认做投文书，只当去求梦罢了。或者弄假成真，有些应验，也不可知。”

马既闲回去，果然斋戒沐浴，发起一片诚心。到第二日，领了本县的牒文，到城隍庙中投递，少不得拜了几拜，把以前的情节告诉一番，然后把牒文化去。当晚就在神位之前和衣而睡，只说回文断断没有，或者日之所思，夜之所梦，无论验不验，定有些梦境也不可知。谁想昏昏沉沉睡了一夜，不见半毫影响。清早起来，又在神位前坐了一会，也不见一毫动静。正要转身回去，只见本庙的道官进来装香，劈面撞着马既闲，把他相了几眼，却像认得的一般，口里唧唧哝哝，只管说“奇事奇事”。马既闲问他是什么奇事，那道官道：“小道是本司掌印的道官，今夜三更时候，忽然梦见城隍老爷唤我带印上堂，说要印一角牒文，回到县里去。我果然带印上来，走到老爷眼前，老爷递一角文书、一个封套与我，我就在文书年月上用了一颗，挂号处用了一颗，封

筒铃缝之处用了两颗，共是四颗印信。老爷又教我粘封好了，递与本告拿去，小道递与一人，那面孔模样至今俨然在目，竟与老相公一般，所以方才撞见，诧为奇事。请问老相公为何到此？”马既闲听见这些话，也吃了一大惊，就把本县父母教他赍牒前来，并讨回文的话，说了一遍。两个人惊诧不已，只是回文不见，使人疑惑。马既闲又等一会，不见响动，只得走回家中，要吃些点心，好去回复知县。那些状内有名的朋友，听说马既闲转来，大家不约而齐都来问信。马既闲先把梦与回文两件俱无的话，略说几句，又把道士撞见，惊奇说梦的话，细述一番，众人也惊诧不已。内中有几个聪明的道：“神道的回文，岂有与人看见之理？或者就在梦中发去，本县的父母也在梦中拆看，也不可知。我们换了衣服，同去见他，他毕竟有些话说。”马既闲就在众人面前脱去见神的色衣，换了见官的青衣，不想就在换衣之际，胸前掉下一角文书。众人大惊，拾起来一看，上面写着两行字道：

　　定安县城隍司牒文一角，仰本告赍赴定安县正堂包当堂开拆。

那封筒铃缝之处，果然有印二颗，就是城隍道纪司的印信，那年月之旁，又有几个小字道：

　　内贰件。

众人见了这角文书，大家你看了我，我看了你，都觉得毛骨悚然，就一起赞叹道：“这等看起来，本县的父母不但是包龙图的后身，竟是包龙图的正身了。只是县里发去的文书，只得一件，如今为何有两件，难道连前文也发回不成？”有几个少年要私自餂①开一看，然后送与包公；那些老成的不肯，说私开官府的文

---

① 餂（tiǎn）——探取。

书，尚且有罪，何况赫赫有灵的神道，是儿戏得的？还是赍送与官，当堂求看的是。就大家换了衣服，走到县前，恰好遇着知县坐堂，一起挨挤上去，说：“城隍司的回文有了，求老父师当堂开拆看。”

马既闲递与门子，门子放在知县面前，众人巴不得早些拆开，好看城隍腹中的文理，鬼判写来的字迹。谁想包知县故意作难，不肯就拆，且标一枝火签，差人去提上官氏与他父母兄弟，并那做干证的医生，直等这些人犯一起拘到面前，方才拆开文书。仔细一看，就大笑起来道：“原来是这个缘故。”叫上官氏过来，“那一日你丈夫不在家，姜秀才来寻他的时节，还是冷天，还是热天？”上官氏道：“是十月初旬，热天过了，正是初冷的时节。”知县道：“这时节你穿什么衣服，坐在哪里，做什么事？丫环穿什么衣服，坐在哪里，做什么事？都被姜秀才看见不曾？”上官氏想了一会，就答应道：“那个时节，小妇人因寒衣不曾浆洗，只穿得一件纱衫，坐在石板上捶衣服。丫环穿的是青布夹袄，坐在灶前烧火。姜秀才只在篱笆外面张得一张，也不知他看得明白，看不明白。”知县点点头道：“是了，你这些说话正合着来文，果然是这个缘故。”就对众人道：“本县前日所说的话一字不差，如今都凑着了。姜秀才与诸兄是一班忘形的朋友，终日笑耍诙谐，绝无忌惮。那日去寻马生，隔着篱笆看见这些动静，他就见景生情，造出那番话来取笑你。上官氏乃瘦怯之人，遇了乍凉的天气，只穿一件纱衫，身上岂有不寒之理？以极寒的身子，坐在石板上面，犹如雪上加霜，那豚间两块自然是冷极的了。丫环乃肥胖之人，况在寒冷的时节，穿了一件夹袄，身上岂有不暖之理？以极暖的身子，对着灶门烧火，犹如炉中加炭，那胸前一块自然是热极的了。此乃必然之理，一定之情，不必定要

贴身着肉，方才知道这种光景。他说话的意思，不过是使乖弄巧，要你回去试验出来，疑心一夜。到第二日相见，就说出真情，要博同社之人哄然一笑而已，原没有别的意思。不想第二日就病起来，不能够与你见面。那得病的缘故，是吃了冷酒之后，又脱衣服，寒冷之气，内外交攻，犯的是伤寒症候。庸医不解，误听人言，作了阴症病医，所以越医越重，以致昏眩而死，此乃上官氏受谤之由也。如今回文现在这边，诸兄拿下去细看。不但城隍司有回文，连那冥犯姜念兹也具有一张供状在此，但不知可是亲笔，诸兄也拿下去细认一番。”说完，就把回文与供状一起递下来。众人捏了仔细一看，只见城隍的文理也与阳间官府的口气一般，鬼判的笔踪字与阳间书办的字迹无异，众人看了还不十分吃惊；独有那张供状，使人看了一遍，不觉害怕起来。不但笔踪字迹俨若生前，就是那篇文理，也宛然是姜念兹的口气。只因他长于四六，下笔便是骈丽之词，不但古作里面排偶最多，就是八股文字之中，也句句是锦联锦对。那供状云：

冥犯姜玄，供为庸医害命、谑语伤伦、恳雪两大奇冤以安人鬼事：念玄生居阳世，偕马镳等素笃嘤鸣；恪守清规，与上官氏毫无苟且。只以交情太昵，忌讳两忘，谈锋有暇即交，谑浪无风亦起。访友非关窃妇，窥墙岂为偷情？临风着单薄之衫，想见香肌欲粟；捣衣坐寒凉之石，悬知玉股如冰。睹衣厚即知肥体之加温，奚必粘皮而靠肉；观火近则识酥胸之倍暖，何尝倚翠而偎红？甚矣，东方之善诙谐；冤哉，西子之蒙不洁。至于有因之疾，实起于驴背冲寒；奈何无恒之医，谬认作花间中酒。攻之不效，尚不悔过于己，犹曰“药不瞑眩，厥疾不瘳①”；既而云亡，则能借口于人，而曰“夫人不言，言必有中”。嗟乎！生者之冤不白，止当归罪于方生忽死之游魂；死者之忿难消，行将索命于起死回生之国手。伏望神天移文旧父，寄语良朋，速完夫妇之伦，早结神人之案。免使阳间弃妇，终朝讼屈而呼冤；以致冥府羁魂，尽日披枷而带锁。今蒙召质，理合陈情，一字非虚，所供是实。

众人看过之后，依旧递还知县。都说不但字迹宛然，亦且口吻逼肖，是亡友的亲笔无疑。若非老父师聪明正直，威镇幽明，怎能够役鬼驱神，审出这桩奇事？龙图再见之名，真不诬也。就叫马既闲夫妻二人跪在一处，拜谢了恩官。谢过之后，众人一起禀道：“这等看起来，马生夫妇之冤，与亡友姜玄之死，都起于医生一人，求大爷师惩治一番，逐他出境，省得以后再误别人。”知县道：“我前日原要处他，如今看了回文，倒可以置之不问了。姜生员的供状，开口就说庸医害命，后面又说行将索命，他少不得就来相招了，何须本县惩治他？况且这样的医生，满城都是，哪里逐得许多？自古道：‘学医人废。’就是卢医扁鹊，开手用药之时，少不得也要医死几个，然后试得手段出来。从古及今，没有医不死人的国手，只好叫服药之人，委之于命罢了。”说过一番，众人唯唯而退。

知县自从审了这桩奇事，名声愈震，龙图再出之号，从广东直传到京师，未满三年，就钦取做了吏部。那做干证的医生，自

① 瘳（chōu）——病愈。

从审了官司回去，夜夜见神见鬼，说有人问他讨命，不多几时，就忧郁死了。

却说马既闲与上官氏，自从在公堂完聚之后，夫妻恩爱之情，比前更加十倍，三年之中，连生二子。一日上官氏对马既闲道："我当初那桩冤枉，虽然是官府有才，推详得出；也亏得城隍老爷有灵有感，拘得鬼犯到来，讨得供状转去，方才审决得下。不然，我夫妻二人此时还不能见面。几时该办些祭礼，同去拜谢一番才是。"马既闲道："我也正要如此。"就拣了一个好日，办下一付猪羊，夫妇二人，连那两个儿子一起抱了前去，叫道士撞钟击鼓，通起诚来，然后拜谢。只见那通诚的道士，就是一向掌印的道官，见他夫妻拜得志诚，不住的在旁边冷笑，却像这桩事情有些什么缘故的一般。马既闲疑心起来，到拜完之后，扯住他细问，他只是东遮西掩，不肯直说。后来见马既闲问之不已，方才吐出真情。原来当初那一角回文，不是真正城隍给发的。就是包知县付与道官，叫道官做的手脚。当日在堂上吩咐之后，马既闲的公文还不曾领得到手，他倒先做一角回文，叫个得用的门子密密的交与道官，叫他待马秀才求梦的时节，乘他在睡梦之中，悄悄塞在他怀里。第二日早些起来，只说到殿上装香，自然撞着，把夜间做梦如何如何的话，说与马秀才知道。又叮嘱道官，叫他全要做得秘密，连自家的徒弟也不可使他得知；若还泄漏出来，要拿道官去打死。所以道官性命为重，熬了三年，不曾敢说出一字。如今见官府升选去了，马既闲的夫妻又十分相得，料想没有反复之理，故此才敢吐出真情。马既闲夫妻听了这番说话，虽然如梦初醒，如睡初觉，也还半信半疑。倒说这道官之言未必尽确，岂有做官的人，肯替百姓这等用心，这般出力，做得完完全全，一些马脚也不露？就作回文可假，难道那张供状也是假得来的？死者的文理，死者的笔迹，分分明明，一毫不错，怎么说是做造出来的？况且供状上面那些捶衣、烧火的话，句句都是真情，他当初又不曾看见，如何逆料得来？这毕竟是道官说谎，要以神明之力冒为己功，见得当初全亏了他，才有今日，要起发我们赏赐的意思，不要听他。

直等又过三年，马既闲联科中了进士，在京师遇着包公，拜谢他昔日之恩，说：“当初这桩不幸之事，不知费老父师多少深心。且莫说别样周全，即如假借回文一事，也使人感入骨髓。他人处此，无论不肯做，就做了也要露些形迹出来，怎么能够这般周到？”包公听了这些话，故作惊诧之容，说：“当日那角文书，的真是城隍的回牒，如何说‘假借’二字？兄这些话，小弟甚是不解。”马既闲道：“老父师不必再瞒，其中情节门生都已知道了。某道官尚在，老父师在任，封得住他的口，如今高迁已久，他口上的封条也朽烂了，怎么还禁止得住？只是门生闻得之后，又添了两桩疑事，踌躇三载，再解说不出，如今正要请问。那张回文是出于老父师之手，不必说了；请问那张供状，为何酷肖亡友之笔，捶衣、烧火二事，又从何处得来？快些赐教明白，省得门生终日疑心。”包公见他说得对针，知道瞒不到底，就大笑起来道：“那角回文，果然是小弟扭捏出来的。令正受枉的情节，小弟胸中甚是了然，只因兄是当局之人，又且为先入之言所惑，所以执迷不解，若不把神道设教，如何扯得拢来？所以做出那桩欺人的勾当。捶衣、烧火之事，乃得之于盛婢之口。当初拘审的

时节，小弟若还要他到官，有何难处？只消一纸关文，就提到了。只因他当日被兄拷打，胡招乱说了一次，若提到官，他必然惧怕，说私刑尚且熬不过，如何受得官刑？少不得略加捶楚，他就仍前乱说。要晓得官府审事，重刑之下，必少真情；盛怒之时，绝多冤狱。他在私下乱招，还作不得准，若在公堂之上，说几句胡话出来，就使人移动不得了。所以不肯提他到官，要留在那边，做个退步。若还卖在别处地方，还一时见他不着，又喜得卖在府城，小弟参谒上台，不时往府，带便问他一问，有何难处？所以那日回复诸兄，要待从容思想者，正是为此。后来往府公干，拘他到寓处一鞫①，就探出这种真情。若回来与兄直说，兄自然不信，没奈何只得略施小巧，假口于既死之人，此讨回文、索供状之所由来也。既然要做这桩事，毕竟要做得周匝，不然反要弄巧成拙，贻笑于诸兄了。小弟做官几载，并不曾与姜生往来，何从知道他的文理，寻访他的笔迹？只因小弟初到之时，曾季考一次，姜生与兄都取在优等，原卷尚在敝衙，搜寻出来一看，只见他文字之中工于对偶，笔下又来得溜喨，所以学他口气，做了那篇四六供招，叫内衙书办摹仿他的笔迹誊写出来，所以俨然无二。这段因缘，虽是小弟费了些心血，果然断得不差；也还是兄与尊阃夙缘未断，该当如此，故使小弟侥天之幸，不曾露得马脚出来。不然道官口上的封条，不消三日就朽烂了，怎能够熬到如今方才泄露？”说完又大笑了一场。马既闲听了这些话，感激到极处，不觉掉下泪来，又跪倒在地，拜了几拜，方才

① 鞫（jū）——审讯。

分别。

后来包知县直做到尚书，子子孙孙富贵不绝，人以为虚心折狱之报。马既闲只因自家妻子受过这番冤屈，又听了包公许多金石之言，后来做官，无论大小词讼，都要原情度理，虚衷审鞫，不肯造次用刑，不敢草草定罪，也做到三品才住。

这回小说是做与贵官长者看的，但愿当事诸公，人人都买一册，不时翻阅翻阅，但学包知县之存心，不必定要学他弄巧，若还学他弄巧，定有马脚露出来，恐怕没有许多封条封得住小民之口也。

连城璧外编

一

落祸坑智完节操　借仇口巧播声名

词云：

女性从来似水，人情近日如丸。《春秋》责备且从宽，莫向长中索短。　　治世柏舟易矢，乱离节操难完。靛缸捞出白齐纨，纵有千金不换。

话说忠孝节义四个字，是世上人的美称，个个都喜欢这个名色。只是奸臣口里也说忠，逆子对人也说孝，奸夫何曾不道义，淫妇未尝不讲节，所以真假极是难辨。古云："疾风知劲草，板荡识忠臣。"要辨真假，除非把患难来试他一试。只是这件东西是试不得的，譬如金银铜锡，下炉一试，假的坏了，真的依旧剩还你；这忠孝节义将来一试，假的倒剩还你，真的一试就试杀了。我把忠孝义三件略过一边，单说个节字。明朝自流寇倡乱，闯贼乘机，以至沧桑鼎革①，将近二十年，被掳的妇人车载斗量，不计其数。其间也有矢志不屈，或夺刀自刎，或延颈受诛的，这是最上一乘，千中难得遇一；还有起初勉强失身，过后深思自愧，投河自缢的，也还叫做中上；又有身随异类，心系故乡，寄信还家，劝夫取赎的，虽则腼颜可耻，也还心有可原，没奈何也

① 鼎革——建立新的，革除旧的。多指改朝换代。

把他算做中下；最可恨者，是口餍肥甘，身安罗绮，喜唱奋调①，怕说乡音，甚至有良人千里来赎，对面不认原夫的，这等淫妇，才是最下一流，说来叫人腐心切齿。虽曾听见人说，有个仗义将军，当面斩淫妇之头，雪前夫之恨，这样痛快人心的事，究竟只是耳闻，不曾目见。看官，你说未乱之先，多少妇人谈贞说烈，谁知放在这欲火炉中一炼，真假都验出来了。那些假的如今都在，真的半个无存，岂不可惜。我且说个试不杀的活宝，将来做个话柄，虽不可为守节之常，却比那忍辱报仇的还高一等。看官，你们若执了《春秋》责备贤者之法，苛求起来，就不是末世论人的忠厚之道了。

崇祯年间，陕西西安府武功县乡间有个女子，因丈夫姓耿，排行第二，所以人都叫他耿二娘。生来体态端庄，丰姿绰约，自不必说；却又聪慧异常，虽然不读一句书，不识一个字，他自有一种性里带来的聪明。任你区处不来的事，遇了他，他自然会见景生情，从人意想不到之处生个妙用出来，布摆将去。做的时节，人都笑他无谓，过后思之，却是至当不易的道理。在娘家做女儿的时节，有个邻舍在河边钓鱼，偶然反钓钩含在口里与人讲话，不觉的吞将下去。钩在喉内，线在手中，要扯出来，怕钩住喉咙；要咽下去，怕刺坏肚肠。哭又哭不得，笑又笑不得，去与医生商议，都说医书上不曾载这一款，哪里会医？那人急了，到处逢人问计。二娘在家听见，对阿兄道："我有个法儿，你如此如此，去替他扯出来。"其兄走到那家道："有旧珠灯取一盏来。"那人即时取到。其兄将来拆开，把糯米珠一粒一粒穿在线上，往喉咙里面直推，推到推不去处，知道抵着钩了，然后一手往里面

① 奋（tǎi）调——说话带外地口音。

勒珠，一手往外面抽线，用力一抽，钩扯直了，从珠眼里带将出来，一些皮肉不损，无人不服他好计。到耿家做媳妇，又有个妯娌从架上拿箱下来取衣服，取了衣服，依旧把箱放上架去，不想架太高，箱太重，用力一擎，手骨兜住了肩骨，箱便放上去了，两手朝天，再放不下，略动一动，就要疼死。其夫急得没主意，到处请良医，问三老，总没做理会处。其夫对二娘道："二娘子，你是极聪明的，替我想个主意。"二娘道："要手下来不难，只把衣服脱去，叫人揉一揉就好了。只是要几个男子立在身边，借他们阳气蒸一蒸，筋脉才得和合，只怕他害羞不肯。"其夫道："只要病好，哪里顾得！"就把叔伯兄弟都请来周围立住，把他上身衣服脱得精光，用力揉了一会，只不见好。又去问二娘，二娘道："四肢原是通连的，单揉手骨也没用，须把下身也脱了，再揉一揉腿骨，包你就好。"其夫走去，替他把裙脱了，解到裤带，其妇大叫一声："使不得！"用力一挣，两手不觉朝下，紧紧捏住裤腰。彼时二娘立在窗外，便走进去道："恭喜手已好了，不消脱罢。"原来起先那些揉四肢、借阳气的话，都是哄他的，料他在人面前决惜廉耻，自然不顾疼痛，一挣之间，手便复旧，这叫做"医者意也"。众人都大笑道："好计，好计！"从此替他进个徽号，叫做女陈平。但凡村中有疑难的事，就来问计。二娘与二郎夫妻甚是恩爱，虽然家道贫穷，他惯会做无米之炊，绩麻拈草，尽过得去。

忽然流贼反来，东蹂西躏，男要杀戮，女要奸淫。生得丑的，淫欲过了，倒还甩下；略有几分姿色的，就要带去。一日来到武功相近地方，各家妇女都向二娘问计。二娘道："这是千百年的一劫，岂是人谋算得脱的？"各妇回去，都号啕痛哭，与丈夫永诀，也有寻剃刀的，也有买人言的，带在身边，都说等贼一到，即寻自尽，决不玷污清白之身。耿二郎对妻子道："我和你死别生离，只在这一刻了。"二娘道："事到如今，也没奈何。我若被他们掳去，决不忍耻偷生，也决不轻身就死。须尽我生平的力量，竭我胸中的智巧去做了看。若万不能脱身，方才上这条路；倘有一线生机，我决逃回来与你团聚。贼若一到，你自去逃生，切不可顾恋着我，做了两败俱伤。我若去后，你料想无银取赎，也不必赶来寻我，只在家中死等就是。"说完，出了几点眼泪，走到床头边摸了几块破布放在袖中；又取十个铜钱，叫二郎到生药铺中去买巴豆。二郎道："要他何用?"二娘道："你莫管，我自有用处。"二郎走出门，众人都拦住问道："令正作何料理?"二郎把妻子的话述了一遍，又道："他寻几块破布带在身边，又叫我去买巴豆，不知何用?"众人都猜他意思不出。二郎买了巴豆回来，二娘敲去了壳，取肉缝在衣带之中，催二郎远避，自己反梳头匀面，艳妆以待。

不多时，流贼的前锋到了。众兵看见二娘，你扯我曳。只见一个流贼走来，标标致致，年纪不上三十来岁，众兵见了，各各走开。二娘知道是个头目，双膝跪下道："将爷，求你收我做了婢妾罢。"那贼头慌忙扶起道："我掳过多少妇人，不曾见你这般姿色，你若肯随我，我就与你做结发夫妻，岂止婢妾?只是一件，后面还有大似我的头目来，见你这等标致，他又要夺去，哪里有得到我?"二娘道："不妨，待我把头发弄蓬松了，面上搽些锅煤，他见了我的丑态，自然不要了。"贼头搂住连拍道："初见这等有情，后来做夫妻，还不知怎么样疼热。"二娘装扮完了，大队已到。总头查点各营妇女，二娘掩饰过了。贼头放下心，把二娘锁在一间空房，又往外面掳了四五个来，都是二娘的邻舍，交与二娘道："这几个做你的丫环使婢。"到晚叫众妇煮饭烧汤，

贼头与二娘吃了晚饭，洗了脚手。二娘欢欢喜喜脱了衣服，先上床睡。贼头见了二娘雪白的肌肤，好像：

馋猫遇着肥鼠，饿鹰见了嫩鸡。

自家的衣服也等不得解开，根根衣带都扯断，身子还不曾上肚，那翘然一物已到了穴边，用力一抵，谁想抵着一块破布。贼头道：“这是什么东西？”二娘从从容容道：“不瞒你说，我今日恰好遇着经期，月水来了。”贼头不信，拿起破布一闻，果然烂血腥气。二娘道：“妇人带经行房，定要生病。你若不要我做夫妻，我也禁你不得；你若果然有此意，将来还要生儿育女，权且等我两夜。况且眼前替身又多，何必定要把我的性命来取乐？”贼头道：“也说得是，我且去同他们睡。”二娘又搂住道：“我见你这等年少风流，心上爱你不过，只是身不自由。你与他们做完了事，还来与我同睡，皮肉靠一靠也是甘心的。”贼头道：“自然。”他听见二娘这几句肉麻的话，平日官府招不降的心，被他招降了；阎王勾不去的魂，被他勾去了。勉强爬将过去，心上好不难丢。

看官，你说二娘的月经为什么这等来得凑巧？原来这是他初出茅庐的第一计，预先带破布，正是为此。那破布是一向行经用的，所以带血腥气。掩饰过这一夜，就好相机行事了。彼时众妇都睡在地下，贼头放出平日打仗的手段来，一个个交锋对垒过去。一来借众妇权当二娘，发泄他一天狂兴；二来要等二娘听见，知道他本事高强。众妇个个欢迎，毫无推阻。预先带的人言、剃刀，只做得个备而不用；到那争锋夺宠的时节，还像恨不得把人言药死几个，剃刀割死几个，让他独自受用才称心的一般。二娘在床上侧耳听声，看贼头说什么话。只见他雨散云收，歇息一会，喘气定了，就道：“你们可有银子藏在何处么？可有首饰寄在谁家么?”把众妇逐个都问将过去，内中也有答应他有的，也有说没有的。二娘暗中点头道：“是了。”贼头依旧爬上床来，把二娘紧紧搂住，问道：“你丈夫的本事比我何如?”二娘道：“万不及一。不但本事不如，就是容貌也没有你这等标致，性子也没有你这等温存，我如今反因祸而得福了。只是一件，你这等一个相貌，哪里寻不得一碗饭吃，定要在鞍马上做这等冒险的营生?”贼头道：“我也晓得这不是桩好事，只是如今世上银子难得，我借此掳些金银，够做本钱，就要改邪归正了。”二娘道：“这等你以前掳的有多少了?”贼头道：“连金珠首饰算来，也有二千余金。若再掳得这些，有个半万的气候，我就和你去做老员外、财主婆了。”二娘道：“只怕你这些话是骗我的，你若果肯收心，莫说半万，就是一万也还你有。”贼头听见，心上跳了几跳，问道：“如今在哪里?”二娘道：“六耳不传道，今晚众人在此，不好说得，明夜和你商量。”

贼头只得勉强捱过一宵，第二日随了总头，又流到一处。预先把众妇安插在别房，好到晚间与二娘说话。才上床就问道：“那万金在哪里?”二娘道：“你们男子的心肠最易改变，如今说与我做夫妻，只怕银子到了手，又要去寻好似我的做财主婆了。你若果然肯与我白头相守，须要发个誓，我才对你讲。”贼头听见，一个筋斗就翻下床来，对天跪下道：“我后来若有变更，死于万刀之下。”二娘搀起道：“我实对你说，我家公公是个有名财主，死不多年。我丈夫见东反西乱，世事不好，把本钱收起，连首饰酒器共有万金，掘一个地窖埋在土中。你去起来，我和你一世哪里受用得尽?”贼头道：“恐怕被人起去了。”二娘道：“只我夫妻二人知道，我的丈夫昨日又被你们杀了，是我亲眼见的。如今除了我，还有哪个晓得?况又在空野之中，就是神仙也想不

到。只是我自己不好去，怕人认得。你把我寄在什么亲眷人家，我对你说了那个所在，你自去起。”贼头道：“我们做流贼的人，有什么亲眷可以托妻寄子？况且哪个所在生生疏疏，教我从哪里掘起？究竟与你同去才好。”二娘道：“若要同行，除非装做叫化夫妻，一路乞丐而去。人才认不出。”贼头道：“如此甚好。既要扮做叫化，这辎重都带不得了，将来寄在何处？”二娘道：“我有个道理，将来捆做一包，到夜间等众人睡静，我和你抬去丢在深水之中，只要记着地方，待起了大窖转来，从此经过，捞了带去就是。”贼头把他搂住，“心肝乖肉”叫个不了，道他又标致，又聪明，又有情意，“我前世不知做了多少好事，修得这样一个好内助也够得紧了，又得那一主大妻财。”当晚与二娘交颈而睡。料想明日经水自然干净，预先养精蓄锐，好奉承财主婆，这一晚竟不到众妇身边去睡。

到第三日，又随总头流到一处。路上恰好遇着一对叫化夫妻，贼头把他衣服剥下，交与二娘道：“这是天赐我们的行头了。”又问二娘道：“经水住了不曾？”二娘道：“住了。”贼头听见，眉欢眼笑，摩拳擦掌，巴不得到晚，好追欢取乐。只见二娘到午后，忽然睡倒在床，娇啼婉转，口里不住叫痛。贼头问他那里不自在，二娘道：“不知什么缘故，下身生起一个毒来，肿得碗一般大，浑身发寒发热，好不耐烦。”贼头道：“生在哪里？”二娘举起纤纤玉指，指着裙带之下。贼头大惊道：“这是我的命门，怎么生得毒起？”就将他罗裙揭起，绣裤扯开，把命门一看，只见：

玉肤高耸，紫晕微含。深痕涨作浅痕，无门可入；两片合成一片，有缝难开。好像蒸过三宿的馒头，又似浸过十朝的淡菜。

贼头见了，好不心疼。替他揉了一会，连忙去捉医生，讨药来敷，谁想越敷越肿。那里晓得这又是二娘的一计。他晓得今夜断饶不过，预先从衣带中取出一粒巴豆，拈出油来，向牝户周围一擦。原来这件东西极是利害的，好好皮肤一经了他，即时臃肿。他在家中曾见人验过，故此买来带在身边。这一晚，贼头搂住二娘同睡，对二娘道："我狠命熬了两宵，指望今夜和你肆意取乐，谁知又生出意外的事来，叫我怎么熬得过？如今没奈何，只得做个太监行房，摩靠一摩靠罢了。"说完，果然竟去摩靠起来。二娘大叫道："疼死人，挨不得！"将汗巾隔着手，把他此物一捏。原来二娘防他此着，先把巴豆油染在汗巾上，此时一捏，已捏上此物，不上一刻，烘然发作起来。贼头道："好古怪，连我下身也有些发寒发热，难道靠得一靠就过了毒气来不成？"起来点灯，把此物一照，只见肿做个水晶棒槌。从此不消二娘拒他，他自然不敢相近。二娘千方百计，只保全这件名器不肯假人，其余的朱唇绛舌，嫩乳酥胸，金莲玉指，都视为土木形骸，任他含咂摩捏，只当不知，这是救根本不救枝叶的权宜之术。

睡到半夜，贼头道："此时人已睡静，好做事了。"同二娘起来，把日间捆的包裹抬去丢在一条长桥之下，记了桥边的地方，认了岸上的树木。回来把叫化衣服换了，只带几两散碎银子随身，其余的衣服行李尽皆丢下，瞒了众妇，连夜如飞的走。走到天明，将去贼营三十里，到店中买饭吃。二娘张得贼眼不见，取一粒巴豆拈碎，搅在饭中。贼头吃下去，不上一个时辰，腹中大泻起来，行不上二三里路，倒登了十数次东。到夜间爬起爬倒，泻个不住。第二日吃饭，又加上半粒。好笑一个如狼似虎的贼头，只消粒半巴豆，两日工夫，弄得焦黄精瘦，路也走不动，话也说不出，晚间的余事，一发不消说了。贼头心上思量道："妇人家跟着男子，不过图些枕边的快乐。他前两夜被经水所阻，后

两夜被肿毒所误，如今经水住了，肿毒消了，正该把些甜头到他，谁想我又疴起痢来。要勉强奋发，怎奈这件不争气的东西，再也扶他不起。”心上好生过意不去，谁知二娘正为禁止此事。自他得病之后，愈加殷勤，日间扶他走路，夜间搀他上炕，有时爬不及，泻在席上，二娘将手替他揩抹，不露一毫厌恶的光景。贼头流泪道：“我和你虽有夫妻之名，并无夫妻之实。我害了这等龌龊的病，你不但不憎嫌，反愈加疼热，我死也报不得你的大恩。”二娘把好话安慰了一番。

第三日行到本家相近地方，隔二三里寻一所古庙住下，吃饭时，又加一粒巴豆。贼头泻倒不能起身，对二娘道：“我如今元气泻尽，死多生少，你若有夫妻之情，去讨些药来救我，不然死在目前了。”二娘道：“我明日就去赎药。”次日天不亮，就以赎药为名，竟走到家里去。耿二郎起来开门，恰好撞着妻子，真是天上掉下来的，那里喜欢得了？问道：“你用什么计较逃得回来？”二娘把骗他起窖的话大概说了几句。二郎只晓得他骗得脱身，还不知道他原封未动。对二娘道：“既然贼子来在近处，待我去杀了他来。”二娘道：“莫慌，我还有用他的所在。你如今切不可把一人知道，星夜赶到某处桥下，深水之中有一个包裹，内中有二千多金的物事，取了回来，我自有处。”二郎依了妻子的话，寂不漏风，如飞赶去。二娘果然到药铺讨了一服参苓白术散，拿到庙中，与贼头吃了，肚泻止了十分之三，将养三四日，只等起来掘窖。二娘道：“要掘土，少不得用把锄头，待我到铁匠店中去买一把来。”又以买锄头为名，走回家去，只见桥下的物事，二郎俱已取回。二娘道：“如今可以下手他了。只是不可急遽，须要如此如此，这般这般，不可差了一着。”说完换了衣服，坐在家中，不往庙中去了。

二郎依计而行，拿了一条铁索，约了两个帮手，走到庙中，大喝一声道："贼奴！你如今走到哪里去？"贼头吓得魂不附体。二郎将铁索锁了，带到一个公众去处，把大锣一敲，高声喊道："地方邻里，三党六亲，都来看杀流贼！"众人听见，都走拢来。二郎把贼头捆了，高高吊起，手拿一条大棍，一面打一面问道："你把我妻子掳去，奸淫得好！"贼头道："我掳的妇人也多，不知哪一位是你的奶奶？"二郎道："同你来的耿二娘，就是我的妻子。"贼头道："他说丈夫眼见杀了，怎么还在？这等看起来，以前的话都是骗我的了。只是一件，我掳便掳他去，同便同他来，却与他一些相干也没有，老爷不要错打了人。"二郎道："利嘴贼奴，你同他睡了十来夜，还说没有相干，哪一个听你？"擎起棍子又打。贼头道："内中有个缘故，容我细招。"二郎道："我没有耳朵听你。"众人道："便等他招了再打也不迟。"二郎放下棍子，众人寂然无声，都听你说。贼头道："我起初见他生得标致，要把他做妻子，十分爱惜他。头一晚同他睡，见他腰下夹了一块破布，说经水来了，那一晚我与别的妇人同睡，不曾舍得动他。第二晚又熬了一夜。到第三晚，正要和他睡，不想他要紧去处生起一个毒来，又动不得。第四晚来到路上，他有肿毒才消，我的痢疾病又发了，一日一夜泻上几百次，走路说话的精神都没有，哪里还有气力做那桩事？自从出营直泻到如今，虽然同行同宿，其实水米无交。老爷若不信时，只去问你家奶奶就是。"众人中有几个伶俐的道："是了是了，怪道那一日你道他带破布、买巴豆，我说要他何用，原来为此。这等看来，果然不曾受他淫污了。"内中也有妻子被掳的，又问他道："这等前日掳去的妇人，可还有几个守节的么！"贼头道："除了这一个，再要半个也没有，内中还有带人言、剃刀的，也拚不得死，都同我睡了。"问

的人听见，知道妻子被淫，不好说出，气得面如土色。二郎提了棍子，从头打起，贼头喊道："老爷，我有二千多两银子送与老爷，饶了我的命罢。"众人道："银子在哪里？"贼头道："在某处桥下，请去捞来就是。"二郎道："那都是你掳掠来的，我不要这等不义之财，只与万民除害！"起先那些问话的人，都恨这贼头不过，齐声道："还是为民除害的是！"不消二郎动手，你一拳，我一棒，不上一刻工夫，呜呼哀哉尚飨了。还有几个害贪嗔病的，想着那二千两银子，瞒了众人，星夜赶去掏摸，费尽心机，只做得个水中捞月。

看官，你说二娘的这些计较奇也不奇，巧也不巧？自从出门，直到回家，那许多妙计，且不要说，只是末后一着，何等神妙！他若要把他弄死在路上，只消多费几粒巴豆，有何难哉。他偏要留他送到家中，借他的口，表明自己的心迹，所以为奇。假如把他弄死，自己一人回来，说我不曾失身于流贼，莫说众人不信，就是自己的丈夫，也只说他是撇清的话，哪见有靛青缸里捞得一匹白布出来的？如今奖语出在仇人之口，人人信为实录，这才叫做女陈平。陈平的奇计只得六出，他倒有七出。后来人把他七件事编做口号云：

一出奇，出门破布当封皮；二出奇，馒头肿毒不须医；三出奇，纯阳变做水晶槌；四出奇，一粒神丹泻倒脾；五出奇，万金谎骗出重围；六出奇，藏金水底得便宜；七出奇，梁上仇人口是碑。

二

仗佛力求男得女　格天心变女成男

诗云：

梦兆从来贵反详，梦凶得吉理之常。

却更有时明说与，不须寤①后搅思肠。

话说世上人做梦一事，其理甚不可解，为什么好好的睡了去，就会见张见李，与他说起话、做起事来？那做张做李的人，若说不是鬼神，渺渺茫茫之中，哪里生出这许多形象？若说果是鬼神，那梦却尽有不验的，为什么鬼神这等没正经，等人睡去就来缠扰？或是醉人以酒，或是迷人以色，或是诱人以财，或是动人以气，不但睡时搅人的精神，还到醒时费人的思索，究竟一些效验也没有，这是什么缘故？要晓得鬼神原不骗人，是人自己骗自己。梦中的人，也有是鬼神变来的，也有是自己魂魄变来的。若是鬼神变来的，善则报之以吉，恶则报之以凶。或者凶反报之以吉，要转他为恶之心；吉反报之以凶，要励他为善之志。这样的梦，后来自然会应了。若是自己魂魄变来的，他就不论你事之邪正，理之是非，一味只要投其所好。你若所好在酒，他就变做刘伶、杜康，携酒来与你吃；你若所好在色，他就变做西施、毛嫱，献色来与你淫；你若所重在财，他就变做陶朱、猗顿，送银子来与你用；你若所重在气，他就变做孟贲、乌获，拿力气来与

① 寤（wù）——睡醒。

你争。这叫做日之所思，夜之所梦，自己骗自己的，后来哪里会应？我如今且说一个验也验得巧的，一个不验也不验得巧的，做个开场道末，以起说梦之端。

当初有个皮匠，一贫彻骨，终日在家堂香火面前烧香礼拜道："弟子穷到这个地步，一时怎么财主得来？你就保祐我生意亨通，每日也不过替人上两双鞋子，打几个楦头①，有什么大进益？只除非保祐我掘到一窖银子，方才会发迹。就不敢指望上万上千，便是几百、几十两的横财也见赐一主，不枉弟子哀告之诚。"终日说来说去，只是这几句话。忽一夜就做起梦来，有一个人问他道："闻得你要掘窖，可是真的么？"皮匠道："是真的。"那人道："如今某处地方有一个窖在那里，你何不去掘了来？"皮匠道："底下有多少数目？"那人道："不要问数目，只还你一世用他不尽就是了。"皮匠醒来，不胜之喜，知道是家堂香火见他祷告志诚，晓得那里有藏，叫他去起的了。等得到天明，就去办了三牲，请了纸马，走到梦中所说的地方，祭了土地，方才动土。掘下去不上二尺，果然有一个蒲包，捆得结结实实，皮匠道："是了，既然应了梦，决不止一包。如今不但几十几百，连上千上万都有了。"及至提起来，一包之下，并无他物，那包又是不重的，皮匠的高兴先扫去一半了。再拿来解开一看，却是一蒲包的猪鬃。皮匠大骇，欲待丢去，又思量道："猪鬃是我做皮匠的本钱，怎好暴弃天物。"就拿回去穿线缝鞋，后来果然一世用他不尽。这或者是因他自生妄想，魂魄要投其所好，信口教他去起窖，偶然撞着的；又或者是神道因他聒絮得厌烦，有意设这个巧法，将来回复他的，总不可知。这一个是不验的巧处了。

---

① 楦（xuàn）头——制鞋用的木质模型。

如今却说那验得巧的。杭州西湖上有个于坟，是少保于忠肃公的祠墓。凡人到此求梦，再没有一个不奇验的。每到科举年，他的祠堂竟做了个大歇店，清晨去等的才有床，午前去的就在地下打铺，午后去的，连屋角头也没得蹲身，只好在阶檐底下、乱草丛中打几个瞌铳而已。那一年有同寓的三个举子，一起去祈梦，分做三处宿歇。次日得了梦兆回来，各有忧惧之色，你问我不说，我问你不言。直到晚间吃夜饭，居停主人道："列位相公各是何梦？"三人都攒眉蹙额道："梦兆甚是不祥。"主人道："梦凶得吉，从来之常，只要详得好。你且说来，待我详详看。"内中有一个道："我梦见于忠肃公亲手递个象棋与我，我拿来一看，上面是个'卒'字，所以甚是忧虑。卒者死也，我今年不中也罢了，难道还要死不成？"那二人听见，都大惊大骇起来，这个道："我也是这个梦，一些不差。"那个又道："我也是这个梦，一些不差。"三人愁做一堆，起先去祈梦，原是为功名；如今功名都不想，大家要求性命了。主人想了一会道："这样的梦，须得某道人详，才解得出，我们一时解他不来。"三人都道："那道人住在哪里？"主人道："就在我这对门，只有一河之隔。他平素极会详梦，你们明日去问他，他自然有绝妙的解法。"三人道："既在对门，何须到明日，今晚便去问他就是了。"主人道："虽隔一河，无桥可度，两边路上俱有栅门，此时都已锁了，须是明日才得相见。"三人之中有两个性缓的，有一个性急的，性缓的竟要等到明日了，那性急的道："这河里水也不深，今晚便待我涉过水去，央他详一详，少不得我的吉凶就是你们的祸福了，省得大家睡不着。"说完，就脱了衣服，独自一个走过水去，敲开道人的门，把三人一样的梦说与他详。道人道："这等夜静更深，栅门锁了，相公从哪里过来的？"此人道："是从河里走过来的。"

道人道："这等那两位过来不曾?"祈梦的道："他们都不曾来。"道人大笑道："这等那两位都不中，单是相公一位中了。"此人道："同是一样的梦，为什么他们不中，我又会中起来?"道人道："这个'卒'字，既是棋子上的，就要到棋子上去详了。从来下象棋的道理，卒不过河，一过河就好了。那两位不肯过河，自然不中；你一位走过河来，自然中了，有什么疑得?"此人听见，虽说他详得有理，心上只是有些狐疑；及至挂出榜来，果然这个中了，那两个不中。可见但凡梦兆，都要详得好，鬼神的聪明，不是显而易见的，须要深心体认一番，方才揣摩得出。这样的梦是最难详的了；却一般有最易详的，明明白白，就像与人说话一般，这又是一种灵明，总则要同归于验而已。

万历初年，扬州府泰州盐场里，有个灶户，叫做施达卿。原以烧盐起家，后来发了财，也还不离本业，但只是发本钱与别人烧，自己坐收其利。家赀虽不上半万，每年的出息倒也有数千，这是什么缘故?只因灶户里面，赤贫者多，有家业者少，盐商怕他赖去，不肯发大本与他；达卿原是同伙的人，哪一个不熟?只见做人信实的，要银就发，不论多寡，人都要图他下次，再没有一个赖他的。只是利心太重，烧出盐来，除使用之外，他得七分，烧的只得三分。家中又有田产屋业，利上盘起利来，一日富似一日，灶户里边，只有他这个财主。古语道得好：

地无朱砂，赤土为佳。

海边上有这个富户，哪一个不奉承他?夫妻两口，享不尽素封之乐。只是一件，年近六十，尚然无子。其妻向有醋癖，五十岁以前，不许他娶小，只说自己会生，谁想空心蛋也不曾生一个。直到七七四十九岁之后，天癸已绝，晓得没指望了，才容他讨几个通房。达卿虽不能够肆意取乐，每到经期之后，也奉了钦差，走去下几次种。却也古怪，那些通房在别人家就像雌鸡、母鸭一般，不消家主同衾共枕，只是说话走路之间，得空偷偷摸摸，就有了胎；走到他家，就是阉过了的猪，揭过了的狗，任你翻来覆去，横困也没有，竖困也没有，秋生冬熟之田，变做春夏不毛之地，达卿心上甚是忧煎。

他四十岁以前闻得人说，准提菩萨感应极灵，凡有吃他的斋、持他的咒的，只不要祈保两事，求子的只求子，求名的只求名，久而久之，自有应验。他就发了一点虔心，志志诚诚铸一面准提镜，供在中堂。每到斋期，清晨起来，对着镜子，左手结了金刚拳印，右手持了念珠，第一诵净法界真言二字道：

唵嚂。

念了二十一遍。第二诵护身真言三字：

唵啮嚂。

也是二十一遍。第三诵大明真言七字：

唵么抳钵讷铭吽。

一百零八遍。第四才诵准提咒廿七字：

南无飒哆喃三藐三菩提俱胝喃怛你也他唵折隶主隶准提娑婆诃。也是一百零八遍。然后念一首偈：

稽首皈依苏悉帝，头面顶礼七俱胝。我今称赞大准提，唯愿慈悲垂加护。

讽诵完了，就把求子的心事祷告一番，叩首数通已毕，方才去吃饭做事。

那准提斋每月共有十日，哪十日？

初一，初八，十四，十五，十八，廿三，廿四，廿八，廿九，三十。

若还月小，就把廿七日预补了三十，又有人恐怕琐琐碎碎记他不

清，将十个日子编做两句话道：

一八四五八，三四八九十。

只把这两句念得烂熟，自然不会忘了。只是一件，这个准提菩萨是极会磨炼人的，偏是不吃斋的日子再撞不着酒筵；一遇了斋期，便有人请他赴席。那吃斋的人，清早起来，心是清的，自然记得，偏没人请他吃早酒；到了晚上，百事分心，十个九个都忘了，偏要撞着头脑，遇着荤腥，自然下箸，等到忽然记起的时节，那鱼肉已进了喉咙，下了肚子，挖不出了。独有施达卿专心致志，自四十岁上吃起，吃到六十岁，这二十年之中，再不曾忘记一次，怎奈这桩求子的心事再遂不来。

那一日是他六十岁的寿诞，起来拜过天地，就对着准提镜子哀告道："菩萨，弟子皈依你二十年，日子也不少了；终日烧香礼拜，头也磕得够了；时常苦告苦求，话也说得烦了。就是我前世的罪多孽重，今生不该有子，难道你在玉皇上帝面前，这个小小份上也讲不来？如今弟子绝后也罢了，只是使二十年虔诚奉佛之人，依旧做了无祀之鬼，那些向善不诚的都要把弟子做话柄，说某人那样志诚，尚且求之不得，可见天意是挽回不来的。则是弟子一生苦行不唯无益，反开世人谤佛之端，绝大众皈依之路，弟子来生的罪业一发重了。还求菩萨舍一舍慈悲，不必定要宁馨之子、富贵之儿，就是痴聋喑哑的下贱之坯，也赐弟子一个，度度种也是好的。"说完，不觉孤恓起来，竟要放声大哭，只因是个寿日，恐怕不祥，哭出声来，又收了进去。

及至到晚，寿酒吃过了，贺客散去了，老夫妻睡做一床，少不得在被窝里也做一做生日。睡到半夜，就做起梦来，也像日间对着镜子呼冤叫屈，日间收进去的哭声此时又放出来了。正哭到伤心之处，那镜子里竟有人说起话来，道："不要哭，不要哭，子嗣是大事，有只是有，没有只是没有，难道像哪骗孩童的果子一般，见你哭得凶，就递两个与你不成?”达卿大骇，走到镜子面前仔细一看，竟有一尊菩萨盘膝坐在里边。达卿道：“菩萨，方才说话的就是你么?”菩萨道：“正是。”达卿就跪下来道：“这等弟子的后嗣毕竟有没有，倒求菩萨说个明白，省得弟子痴心妄想。”菩萨道：“我对你说，凡人‘妻财子禄’四个字，是前生分定的，只除非高僧转世，星宿现形，方才能够四美俱备，其余的凡胎俗骨，有了几桩，定少几桩，哪里能够十全？你当初降生之前，只因贪嗔病重，讨了‘妻财’二字竟走，不曾提起‘子禄’来，那生灵簿上不曾注得，所以今生没有。我也再三替你挽回，怎奈上帝说你利心太重，刻薄穷民，虽有二十年好善之功，还准折不得四十载贪刻之罪，哪里求得子来？后嗣是没有的，不要哄你。”达卿慌起来道：“这等请问菩萨，可还有什么法子，忏悔得来么?”菩萨道：“忏悔之法尽有，只怕你拼不得。”达卿道：“弟子年已六十，死在眼前，将来莫说田产屋业都是别人的，就是这几根骨头，还保不得在土里土外，有什么拼不得?”菩萨道：“大众的俗语说得好：‘酒病还须仗酒医。’你的罪业原是财上造来的，如今还把财去忏悔。你若拼得尽着家私拿来施舍，又不可被人骗去，务使穷民得沾实惠，你的家私十分之中散到七、八分上，还你有儿子生出来。”达卿稽首道：“这等弟子谨依法旨，只求菩萨不要失信。”菩萨道：“你不要叮嘱我，只消叮嘱自家。你若不失信，我也决不失信。”说完，达卿再朝镜子一看，菩萨忽然不见了。正在惊疑之际，被妻子翻身碍醒，才晓得是南柯一梦。心上思量道：“我说在菩萨面前哀恳二十年，不见一些影响，难道菩萨是没耳朵的？如今这个梦，分明是直接回音了，难道还好不信？无论梦见的是真菩萨，假菩萨，该忏悔，不该忏悔，总

则我这些家当将来是没人承受的，与其死了待众人瓜分，不如趁我生前散去。”

主意定了，次日起来就对镜子拜道：“蒙菩萨教诲的话，弟子句句遵依，就从今日做起，菩萨请看。”拜完了，叫人去传众灶户来，当面会付：“从今以后，烧盐的利息要与前相反，你们得七分，我得三分。以前有些陈帐，你们不曾还清的，一概蠲免①。”就寻出票约来，在准提镜前，一火焚了。又吩咐众人：“以后地方上凡有穷苦之人，荒月没饭吃的，冬天没绵袄穿的，死了没棺材盛的，都来对我讲，我察得是实，一一舍他，只不可假装穷态来欺我；就是有什么该砌的路，该修的桥，该起建的庙宇，只要没人侵欺，我只管捐赀修造。烦列位去传谕一声。”众人听见，不觉欢声震天，个个都念几声“阿弥陀佛”而去。不曾传谕得三日，达卿门前就捱挤不开，不是求米救饥的，就是讨衣遮寒的；不是化砖头砌路的，就是募石板修桥的；至于募缘抄化的僧道，讨饭求丐的乞儿，一发如蜂似蚁，几十双手还打发不开。达卿胸中也有些泾渭，紧记了菩萨吩咐不可被人骗去的话，宗宗都要自己查核得确，方才施舍与他；那些假公济私的领袖，一个也不容上门。他那时节的家私，齐头有一万，舍得一年有余，也就去了二千。

忽然有个通房，焦黄精瘦，生起病来，茶不要，饭不贪，只想酸甜的东西吃，达卿知道是害喜了。问他经水隔了几时，通房道：“三个月不洗身上了。”达卿喜欢得眼闭口开，不住嘻嘻的笑。先在菩萨面前还个小小愿心，许到生出的时节做四十九日水陆道场，拜酬佛力。那些劝做善事的人，闻得他有了应验，一发

① 蠲（juān）免——免除，减免。

踊跃前来。起先的募法还是论钱论两的多，到此时募缘的眼睛忽然大了，多则论百，少则论十，要拿住他施舍。若还少了，宁可不要，竟像达卿通房的身孕是他们做出来的一般。众人道："他要生儿子，毕竟有求于我。"他又道："我有了儿子，可以无求于人。"达卿起先的善念，虽则被菩萨一激而成，却也因自己无子，只当拿别人的东西来撒漫的。此时见通房有了身孕，心上就踌躇起来道："明日生出来的无论是男是女，总是我的骨血，就作是个女儿，我生平只有半子，难道不留些奁产嫁他？万一是个儿子，少不得要承家守业，东西散尽了，叫他把什么做人家？菩萨也是通情达理的，既送个儿子与我，难道叫他呷风不成？况且我的家私也散去十分之二，譬如官府用刑，说打一百，打到二、三十上也有饶了的，菩萨以慈悲为本，决不求全责备，我如今也要收兵了。"从此以后，就用着俗语二句：

无钱买茄子，只把老来推。

募化的要多，他偏还少，好待募化的不要，做个退兵之策。俗语又有四句道得好：

善门难开，善门难闭。

招之则来，推之不去。

当初开门喜舍的时节，欢声也震天；如今闭门不舍的时节，怨声也震地。一时间就惹出许多谤詈之言，道他为善不终，"且看他儿子生得出，生不出？若还小产起来，或是死在肚里，那时节只怕懊悔不及"。谁想起先祝愿的话也不灵，后来诅咒之词也不验，等到十月满足，一般顺顺溜溜生将下来。达卿立在卧房门前，听见孩子一声叫响，连忙问道："是男是女？"收生婆子把小肚底下摸了一把，不见有碍手的东西，就应道："只怕是位令爱。"达卿听见，心上冷了一半。过了一会，婆子又喊起来道：

“恭喜，只怕是位令郎。”达卿就跳起来道：“既然是男，怎么先说是女，等我吃这一惊?”口里不曾说得完，两只脚先走到菩萨面前了，磕一个头，叫一声“好菩萨”，正在那边拜谢，只见有个丫环如飞的赶来道：“收生婆婆请老爹说话。”达卿慌忙走去，只说产母有什么差池，赶到门前，立住问道：“有什么话讲?”婆子道：“请问老爹，这个孩子还是要养他起来、不养他起来?”达卿大惊道：“你说的好奇话，我六十多岁，才生一子，犹如麒麟、凤凰一般，岂有不养之理?”婆子道：“不是个儿子。”达卿道：“难道依旧是女儿不成?”婆子道：“若是女儿，我倒也劝你养起来了。”达卿道：“这话一发奇，既不是儿子，又不是女儿，是个什么东西?”婆子道：“我收了一世生，不曾接着这样一个孩子，我也辨不出来，你请自己进来看。”达卿就把门帘一掀，走进房去，抱着孩子一看，只见：

肚脐底下，腿胯中间。结子丁香，无其形而有其迹；含苞豆蔻，开其外而闭其中。凹不凹，凸不凸，好像个压匾的馄饨；圆又圆，缺又缺，竟是个做成的肉饺。逃于阴阳之外，介乎男女之间。

原来是个半雌不雄的石女。达卿看了，叹一口气，连叫几声“孽障”，将来递与婆子道：“领不领随在你们，我也不好做主意。”说完，竟出去了。达卿之妻道：“做一世人，只生得这些骨血，难道忍得淹死不成?就当不得人养，也只当放生一般，留在这边积个阴德也是好的。”就教婆子收拾起来，一般叫通房抚养。

却说达卿走出房去，跑到菩萨面前，放声大哭。哭了一场，方才诉说道：“菩萨，是你亲口许我的，叫我散去家私，还我一个儿子，我虽不曾尽依得你，这二三千两银子也是难出手的。别人在佛殿上施一根缘，舍一个柱，就要祈保许多心事；我舍去的东西，若拿来交与银匠，也打得几个银孩子出来，难道就换不得一个儿子？便是儿子舍不得，女儿也还我一名，等我招个女婿养养老也是好的。再作我今生罪深孽重，祈保不来，索性不叫我生也罢了，为什么弄出这个不阴不阳的东西，留在后面现世？”说完又哭，哭完又说，竟像定要与菩萨说个明白的一般。哭到晚间，精神倦了，昏昏的睡去。那镜子里面依旧像前番说起话来道：“不要哭，不要哭，我当初原与你说过的，你不失信，我也不失信。你既将就打发我，我也将就打发你，难道舍不得一分死宝，就要换个完全活宝去不成？”达卿听见，又跪下来道：“菩萨，果然是弟子失信，该当绝后无辞了。只是请问菩萨，可还有什么法子忏悔得么？”菩萨道：“你若肯还依前话，拼着家私去施舍，我也还依前话，讨个儿子来还你就是。”达卿还要替他讨个明白，不想再问就不应了，醒来又是一梦。心上思量道：“菩萨的话原说得不差，是我抽他的桥板，怎么怪得他拔我的短梯？也罢，我这些家私依旧是没人承受的了，不如丢在肚皮外散尽了他，且看验不验？”到第二日，照前番的套数，菩萨面前，重发誓愿，呼集众人，叫他“不可因我中止善心，不来劝我布施，凡有该做的好事，不时相闻，自当领教。”众人依旧欢呼念佛而去。

那一年恰好遇着奇荒，十家九家绝食，达卿思量道：“古语云：‘饥时一口，饱时一斗。’此时舍一分，强如往常舍十分，不可错了机会。”就把仓中的稻子尽数发出来，赈济饥民；又把盐本收起来，叫人到湖广、江西买米来赈粥，一连舍了三月，全活的饥民不止上千，此时家私将去一半。心上思量道：“如今也该有些动静了。”只管去问通房：“经水来不来？肚子大不大？可想吃什么东西？”通房都道：“一些也不觉得。”达卿心上又有些疑惑起来道：“我舍的东西虽然不曾满数，只是菩萨也该把个消息与我，为什么比前倒迟钝起来?”

忽一日，丫环抱了那个石女，走到达卿面前道：“老爹抱抱孩子，我要去有事。”这孩子生了半年，达卿不曾沾手，因他是个怪物，见了就要气闷起来。此时欲待不接，怎奈那丫环因小便紧急，不由家主情愿，丢在怀中，竟上马桶去了。达卿把孩子仔细一看，只见眉清目秀，耳大鼻丰，尽好一个相貌。就叹口气道：“这样一个好孩子，只差得那一些，就两无所用。我的罪业固然重了，你前世作了什么恶，就罚你做这样一件东西?”说完，把他抱裙揭开，看那腰下之物，不想看出一场大奇事来。你道什么奇事？那孩子生出来的时节，小便之处男女两件东西都是有的，只是男子的倒缩在里面，女子的倒现在外边，所以男不像男，女不像女；如今不知什么缘故，女子的渐渐长平了，男子的又拖了半截出来，竟不知是几时变过的。他母亲夜间也不去摸他，日间也不去看他。此时达卿无心看见，就惊天动地叫起来道：“你们都来看奇事!”一时间，妻子通房、丫环使婢都走拢来道：“什么奇事?”达卿把孩子两脚扒开与众人看。众人都大惊道：“这件东西是那里变出来的？好怪异!”达卿道：“这等看起来，分明是菩萨的神通了。想当初降生的时节，他原做个两可的道理，试我好善之心诚与不诚，男也由得他，女也由得他，不男不女也由得他。如今见我的家私舍去一半，所以也拿一半来安慰我。这等看来，将来还不止于此。只是这一半也还是拿不稳的，我若照以前中止了善心，焉知伸得出来的缩不进去？如今没得说，只是发狠施舍就是了。”当日率了妻子通房，到菩萨面前磕了无数的头，就去急急寻好事做。

不多几时，场下瘟病大作，十个之中，医不好两三个。薄板棺材，从一两一口卖起，卖到五、六两还不住。达卿就买了几篰木头，叫上许多匠作，昼夜做棺材施舍。又着人到镇江请明医，苏州买药料，把医生养在家中，施药替人救治。医得好的，感他续命之恩；医不好的，衔他掩尸之德。不上数月，又舍去二、三千金。再把孩子一看，不但人道又长了许多，连肾囊肾子都褪出来了。达卿一来因善事圆满。二来因孩子变全，就往各寺敦请高僧，建七七四十九日水陆道场，酬还夙愿。功德完日，正值孩子周试之期，数百里内外受惠之人都来庆贺。以前达卿因孩子不雌不雄，难取名字，直到此时，方才拿得定是个男子，因他生得奇异，取名叫做奇生。后来易长易大，一些灾难也没有，资性又聪明，人物又俊雅，全不像灶户人家生出来的。达卿延请明师，教他诵读，十六岁就进学，十八岁就补廪①。补廪十年，就膺了恩选，做过一任知县，一任知州。致仕之时，家资仍以万计。达卿当初只当不曾施舍，白白得了一个贵子，又还饶了一个封君，你道施舍的利钱重与不重？

可见作福一事，是男人种子的仙方，女子受胎的秘诀，只是施舍的银子，不可使他落空，都要做些眼见的功德。如今世上无子的人，十个九个是财上安命的，那里拼得施舍？究竟那些家产终久是别人的，原与施舍一样。他宁可到死后分赃，再不肯在生前作福，这是什么缘故？只因有两个主意横在胸中，所以不肯割舍。第一个主意，说焉知我后来不生，生出来还要吃饭；不知天有生人，必有养人，那有个施恩作福修出来的儿子会饿死的？第二个主意，说有后无后，是前生注定的，哪里当真修得来？不知因果一事，虽未必个个都像施达卿应得这般如响，只是钱财与子

① 补廪——明清科举制度，生员经岁、科两试成绩优秀者，增生可依次升廪生。

息这两件东西，大约有些相碍的。钱财多的人家，子息定少；子息多的人家，钱财必希。不信但看打鱼船上的穷人，卑田院中的丐妇，衣不遮身，食不充口，那儿子横一个，竖一个，止不住只管生出来；盈千叠万的财主，妻妾满堂，眼睛望得血出，再不见生，就生了也养不大。可见银子是妨人的东西，世上无嗣的诸公，不必论因果不因果，请多少散去些，以为容子之地。

三

说鬼话计赚生人　显神通智恢旧业

词云：

是害俱从利得，懒向刀头舐蜜。欲作寡营人，无奈妻孥交谪。叹息，叹息，没个点金神术。

——右调《如梦令》

这首词，是一个恬淡无求之人不肯贪财贾祸，又当不得家计萧条，没穿少吃，被妻子埋怨不过，做来寄感慨的。古语云："酒食朋友，柴米夫妻。"做丈夫的人，不能够封妻荫子，也就于夫纲有愧了；连"柴米"二字尚不周全，使妻妾子女熬饥受冻，这等的丈夫，怎怪得妻子埋怨？只是做丈夫的人，使妻子终日埋怨的，固然不是个有用的男子；做妻子的人，终日埋怨丈夫的，也叫不得个有用的妇人。据我说起来，若还是个没用的妇人，就不该去埋怨丈夫；若还是个有用的妇人，又不消去埋怨丈夫。别样生理妇人家虽做不得，那些蚕桑织纴之事，浣纱刺绣之工，哪一件是做不得的？古时的妇人，嫁了做官做吏的丈夫，尚且有纺绩之声达于中外；何况做了贫士之妻，不肯受些辛苦，替男子做人家，终日张了大口等丈夫的饭吃，赤了身子等丈夫的衣穿，稍有不足，就做起《狮吼记》来，与他吵闹。这样妇人，与朱买臣的妻子同是一流人物，到穷极无聊之际，那逼写休书的事，都是做得出的。

崇祯末年，淮安府盐城县有个极恶的妇人，只因好吃懒做，

丈夫养赡他不来，要想卖与别人。他恐怕第二个丈夫也与前面的一样，不能够穿好吃好，竟要自家择婿。遇着一个远方之人，是做大伙强盗的，见他丰衣足食，只道是个富翁，就随了他去。谁想未及一年，就被官府拿住，问了死罪，禁在狱中，把妻子发与媒婆变卖。不料前面的丈夫恰好来在本处，因卖了妻子不曾另娶，闻得有个官卖的妇人要寻受主，就约了几个客商，都是要买妇人的，一同去相。及至走到跟前，竟是自家的妻子，这前夫不好意思，掉转头来竟走。那妇人一把扯住，哭哭啼啼跪在前夫面前，叫他莫记旧情，只当修福一般，赎我回去。前夫不理，他只是哀告。那些同来的客商，都是轻裘缓带、丰衣足食之人，见前夫不赎，都想要买他，这妇人抵死不从，只要跟了前夫回去。那官媒立在旁边，问他什么缘故？他说当初错了主意，只想穿好吃好，不问来历，嫁与歹人，故此有这个日子。如今这些客商个个丰衣足食，焉知不是歹人？倒不如跟了前夫，虽则贫穷，还可以相信得过，将来决没有这个日子。所以不愿从新，只想复旧。前夫见他说得可怜，只得备了官价，写张领字，当官带了回去。这妇人走到家中，竟换了一番性格。起先极懒，后来极勤；起先极奢，后来极俭；起先极强悍，后来极温柔：这都是走过一家，尝着滋味的缘故。后来帮助丈夫成家立业，做了个有名的财主。当初若不嫁与强盗，吃过好食，穿过好衣，受过好衣好食之累，哪里晓得衣食两件是好不得的？倒不如粗衣淡饭，虽然吃不饱，也还饿不死；虽然穿不暖，也还冻不杀。不像好衣好食要饱出祸来，暖出事来，到祸发事出之后，求为饥寒而不可得也。

如今世上好吃懒做、埋怨丈夫的妇人，可惜不曾嫁与强盗；若还做过压寨夫人，犯了金科玉律，等官府做媒改嫁出来的，自然会感激丈夫，宁受饥寒，不做歹事，使自己安乐一生，不受丰衣足食之累了。可见贫贱人家的女子，只该劳筋动骨，替男子挣家，切不可拿丈夫来嗟怨。是便是了，古语云："虽有巧妇，不能做无米之炊。"做妇人的就是极勤极苦，趁来的钱财也只好养活自己，难道丈夫的身子也靠他养活不成？况且丈夫之外，还有儿女，还有丫环奴仆，都是要穿衣吃饭的。若还男子没有出息，这一世的无米之饭，叫他如何炊煮得来？少不得早晚之间，定有几句言语埋怨丈夫的了。要晓得那有本事的男子，不消妇人埋怨，自然挣得衣食来；没本事的男子，就是早骂一顿，晚咒一场，那衣食两件也咒骂不出，白白伤了夫妇之情。不如自己搜索枯肠，想个计策出来，去炊那无米之饭。炊得熟，做个巧妇；炊不熟，也还做个贤妇。我如今说个惯炊无米之饭，不愁不熟，只愁太熟的妇人，与贫家女子做个榜样，省得他埋怨丈夫。

这个妇人叫做顾云娘，是万历初年的人，住在淮安府桃源县。丈夫顾有成，是个读死书的秀才，只有文墨之事略知道些，除了读书之外，竟像个未雕未斫①的孩子。不但钱财不知数目，米粮不辨升斗，连吃饭的饥饱、穿衣的冷热都不知道，竟像吃在别人肚里、穿在别人身上一般。穿衣吃饭的时节，定要人立在旁边，替他记着碗数件数，才不至于伤饥失饱、寒暖不均；若还一次没人照管，凭他自穿自吃，就要弄出病来。至于出门走路不辨东西，与人行礼不记左右，一发不消说了。同窗的朋友替他取个别号，叫做"顾混沌"。父母在日，也有三千余金的家产。只因丧过二亲之后、未娶云娘以前，有个结发的妻子，比丈夫略高一成，仅仅知道饥饱，晓得冷热，除了吃着之外，一毫人事不懂，连开门七件事，只晓得是家用之物，问他是树上生的，泥里长

① 未雕未斫（zhuó）——意为没有精心培育。

的？就不知道了。与丈夫两个恰好一阴一阳，凑成个混沌世界。夫妻两口，只管穿衣吃饭，一毫家务不管，不上三年，把一份好家私消磨殆尽。这位有福的夫人命里不该熬饥受冻，过完好日子，就升天去了。苦得这位顾云娘嫁来续弦，替他还了饥寒之债。

云娘是个贫士之女，未嫁之先，也曾许过一户人家，未及于归，丈夫就死了。守过三年，将近二十岁，只因父母嫁女之心太急了些，不肯从容择婿，所以把个聪明女子，配了个懵懂儿郎。云娘走进大门，看见新郎的举止与家人的动静，就知道这户人家，不是做妇人的家数做得来的，连“女中丈夫”四个字都用不着，还要截去上二字，不肯列于女子之中，俨然以丈夫自命。就不等三期，竟出来理事，把丫环奴仆叫到面前，逐件吩咐过去，竟像新官到任设立堂规的一般，都要依令而行，不许违他一件。说完之后，就叫丫环奴仆领了去查盘仓库。只说顾有成是个旧家，除了田产之外，定有几年的积蓄；哪里晓得仓无一粒，囊无半文，连娶他的聘金与成亲的酒水，都是借欠来的。及至查问田产，并没有寸土尺地。云娘看见这些光景，十分忧虑。心上思量道：“这等看起来，连‘丈夫’二字也用不着，竟要做神仙了。除非有个点金神术，能作无米之炊，方才做得这户人家，不然只好束手待毙。这一家老小，如何养活得来？”就终日思量，要想个点铁成金的法子，好试他无米能炊的手段。

自从吩咐众人之后，那些丫环奴仆个个没有笑容，人人都含愠色，好像衙役遇到了清官，知道没有利落，有个不愿充当，只求革退之意。只有个老实丫环，年近三十岁，没有丈夫的，举止并不改常，做事十分踊跃。云娘知道是个好人，就叫他贴身服侍，把以前的话，细细问他道：“你相公这户人家，是一向清淡的，还是以前富足，如今消乏下来的？”那丫环道：“数年之前，还是个财主，则这两三年里面消乏下来的。”云娘道：“这等相公的钱财，还是他好嫖好赌，邪路上花用去的？还是他结识亲戚，相交朋友，正事上费用去的？”丫环道：“相公是个老实人，并不喜欢嫖赌，也不与人往来，只因老实太过，不会当家；前面那位主母也与相公一般，不管闲账，又且好穿喜吃，与三姑六婆往来。所以不上三年，就把家私费尽了。”云娘道：“既然家主家婆不管闲账，家中大小事务都是何人料理？”丫环道：“米粮出入，是几个得用的丫环轮流掌管；钱财出入，是个能事的管家一人经手；其余辛苦劳碌的事，是我做得多。”云娘道：“丫环的好歹，我都看见了，不消问得。只是那个能事的管家，平日光景如何？只怕相公不嫖不赌，他倒在外面嫖赌；相公不与人往来，他倒结识亲戚，相交朋友，拿了家主的钱财去做畅汉，也不可知。”丫环道：“没有此事。他平日谨慎不过，并不与一人往来。又把钱财当做性命，就是我们瞒了家主，要支几个铜钱使用，他都是不敢的。哪里肯做畅汉？”

云娘听了这些话，甚是疑心。思量男子又不嫖赌，又不结交，没有什么取穷之道；就是妇人好穿喜吃，也用不了这许多；毕竟是手下的人与外面的人欺他没用，大家诓骗去了。我如今思想起来，败落未及三年，日子也还不久，外面人骗去的虽然追取不转，手下人落去的还可以稽查得出。米粮不是久藏之物，况且又是几个丫环轮流掌管，即使稽查出来，也是看得见的赃物；独有钱财之事，是一个家人经手。这一个家人若还好嫖好赌，所落的钱财自然花费去了；若肯结识亲戚，相交朋友，所落的钱财自然寄到亲友家中去了。既然两件都不好，可见这些积蓄还不曾运出大门，定有个安顿私囊之处。只消费些心血，拼双冷眼，不时

去伺察他，这主钱财还可以搜寻得出。

从此以后，就把一片心计分为两处，用二分监守丫环，用八分去稽察奴仆。看见丫环打米出去，再不就淘，决要延捱一会。云娘知道他的意思，故意走开，闪在幽僻之处，远远的照瞭他，看他弄些什么手脚。只见他兜了几碗往墙角头一倒，就取米下锅。原来那条夹墙里面有个小小仓廒①，容得一石多米，是这几个得用的丫环共同制造的，轮着那一个管粮，就是那一个盛米，到交代之日，上手的人出空了，交与下手的人。仓廒虽小，倒喜得丰歉常平，一年到头，再没有空闲的日子。云娘看了，就叹口气道："不想一个小小墙洞，竟漏去一户人家。手下人之可畏，亦至于此！"看便看见了，再不去觉察他，要把这个小小仓廒，留到荒歉之时取来救命，故不肯小用了他。

米粮的弊窦已被他察出来了，只有钱财的漏孔还寻不着。只见厨房后面有一片小小荒园，云娘要开辟出来，做个菜圃。正要叫人动手，那个管事的家人不肯叫别人出力，竟要自己一个独任其劳。云娘就交付与他，等他独锄独种。那个家人平日极懒，及至锄园种菜，就忽然勤力起来。叫他外面去做事，到临行之际，定要把锄头藏过了，只怕又有勤力的人要偷了锄头，去替他畢地；转来的时节，茶饭不曾吃，先要到菜园里面巡视一番，看见别人的脚迹，就疑心起来，定要查问到底。云娘口中不说，心上思量道："他的精神命脉都聚在那一处，可见除了菜园，没有第二桩心事，只消一把锄头，就了得他三年的积蓄了。"从此以后，不往别处搜寻，也把精神命脉聚在那一处，合着古语二句，叫做：

---

① 仓廒（áo）——粮库。

主仆同心，黄土变金。

只是菜园虽小，也有一块地方，不知道这主钱财落在那一棵菜根下面。又想个计较出来，等他出门做事将要转来的时节，自己先到园中等候，看他进来那一刻，眼光落在那一处，就知道这主钱财埋在那一处了，连这一把锄头还不消用第二下，割开一寸地皮，就可以和盘托出了。果然用了此法，把他注目之处看在眼中。知道丈夫一份家私，墙洞里漏去一半，泥孔里漏去一半。还亏得土地有灵，替他守住泥孔，漏得下来，不曾漏得出去；不像壁公壁婆，不会看守墙洞，一边收得进来，一边就放出去也。

云娘把这无影的弊端尽皆察出，也可谓巧到极处，能到至处了。若把别个妇人，一面看出来，一面就要做出来，巴不得早取一刻，早得一刻的用处，哪里还肯容忍？他却不然，心上思量道："这主钱财虽是我丈夫的故物，如今取了出来，依旧交还原主，有什么损伤阴骘？只是那个家人，也费了三年心血趱积起来，如今不知不觉被人偷掘了去，叫他何以为情？况且我掘起来，就不与他说明，他也知道是我。口便不敢怨怅，心上岂有不恨之理；既有怨恨之心，未必不起逃走之念；即使不敢逃走，也要离心离德起来，要他尽心竭力帮助我做人家，断断不能够了。还要想个妙法，取了他的银子来，又不使他怨恨我；不但不怨恨，还要使他尽心竭力帮助我做人家；这才叫做聪明，这样的聪明方才有些用处。若还只顾财物，不结人心，就合着《四书》一句'财聚则民散'，有了死宝，没了活宝，所得不偿所失，这样聪明反是败家之具也。"

踌躇了几日，将到满月之期，只见那些讨债的人络绎不绝。讨到后面，见没得还他，竟扯住顾有成羞辱起来，说："你娶妻子，与别人何干？要我们代出聘金，帮贴酒水，难道生出来的儿

子，肯叫我们父亲不成？”云娘听了这些话，气愤不过，把丈夫叫进去道：“你既没有银子，为什么做这般险事？如今这些债负有得还他，没得还他？不妨直对我说。”顾有成满面羞惭，没有一句回复。那个管事的家人立在旁边，替他答应道：“这些债负是没有抵偿的。当初听了媒人的话，说娘子妆奁极厚，压箱的银子尽够还人，所以做了这桩险事。如今有得还没得还，只问娘子就是了。”云娘听见这句话，笑了一笑，想了一想，就对家人道：“这等你出去回他，说我妆奁虽少，还债的东西也还略有几件，只是要待满月之后，才肯开箱。如今到满月之期，也不多几日了，叫他请回，竟到彼时来取，决不少他一厘就是。”家人依了这些话，出去回复众人，众人欣然而去。顾有成听见云娘的话说得硬朗，只说果有银子带来，等云娘不在房中，偷了他的钥匙，把箱笼开来一看，只见箱中之物，都是些破衣旧袄，残针断线，莫说银子没有一厘，就是值钱的首饰，像样的衣服，也没有一件。顾有成看过之后，依旧替他锁好，就害怕起来。正要打点问他，只见云娘吩咐家人，叫他明日去唤卖婆，说有值钱的首饰、像样的衣服多送些来，我要换要买；又吩咐那些丫环，叫他们去请尼姑道婆，说要修斋礼忏，超度亡灵。那些丫环奴仆一起回复他道：“家中的饭米只够明日一顿早粥，午饭就没有了。先要发些银子出来，办下明日的粮草，才好出去请人。”云娘道：“不消你们挂念，我这个家主婆是惯炊无米饭的，只消几块湿柴，一锅白水，就可以煮出饭来，何须用米？你们不信，明日就试一试，还你转来的时节，决有饭吃就是了。”众人不信，只说他讲笑话。

到了第二日，把家中余剩的米尽数下锅，煮了一顿早粥，大家吃了，去请三姑六婆，竟像败家妇人的举动。众人去后，又寻些事故，把丈夫也打发出门，竟像要避去众人，好烧丹炼石，省得被人厌坏的一般。顾有成原是个混沌之人，到了此时，一发混沌起来，竟不知他葫芦里面卖的什么怪药。就不往别处走动，只在大门外面立了半日，等丫环奴仆转来，与他一同进去。丫环奴仆把三姑六婆的话，各人回复一遍，都说明日就来。云娘对众人道："你们去了半日，肚中饥了，午饭已煮熟多时，快些去吃，省得说我不会当家，定要等米来做饭。"顾有成随了丫环奴仆走到灶前，只见揭开锅盖，果然有一锅好饭，煮得喷香。只是饭煮得早，人来得迟，觉得太熟了些，盛在碗中，有些糍软之意。顾有成与丫环奴仆大家呆了半晌，方才走散。

及至到了第二日，那些尼姑道婆一起走到。云娘相见过了，对他们说道："轮回因果之事，我往常再不信的。如今看起来，果然不是虚话。自从我进门之后，夜夜梦见前面的大娘，说他生前不会当家，听人哄骗，把丈夫一份好家私平空败尽。如今死在阴司，被公婆懊恨不过，告诉阎王，要罚他变猪变狗。他他无可奈何，夜夜来求告我，要我做些功果超度一超度。故此借重列位师父，念些经忏与他，等他早生早化。只是家中柴米欠缺，银钱短少，只好备些斋供，经钱等项，却是没有的。求列位师父，只当修福一般，念平日相与之情，替他忏悔一忏悔。"那些尼姑道婆，终日在他家走动，死者的银钱不知骗过多少，如今听了这句话，都害怕起来。思想被人欺骗的，尚且如此；欺骗别人的，还不知如何报应。巴不得忏悔别人，又替自己忏悔，省得死者发极，要告诉阎王，扳出自己来，未必不捉生替死。大家不约而同，都许他不要经钱，白做一堂功德。云娘订过之后，就拣个起忏的日子，急急打发他出门，好等卖婆来做交易。

只见卖婆走到，取出许多衣服首饰，都是值钱像样的。云娘拣了几件，放在面前，与他说价，大约值多还少，要讨些眼下的

便宜，与面前吃亏的人扯直。那个卖婆见他才嫁过来，就总成自己，只说是个好主顾，也与前面的人一般，是好欺好骗的。初次相交，正要放松一着，等买主好思念他，后来自有取偿之处。值一两的还不上八钱，也就肯了。云娘议定之后，一面叫人去借天平，一面进房去取银子。顾有成与丫环奴仆，大家拥在一堂，看他交兑。只见取出来的银子，也有成锭的，也有散碎的，总是细丝，一块搭头也没有。兑明白了，交与卖婆取去。那些丫环奴仆，个个伸头，人人吐舌，也有欢喜的，也有忧愁的，也有说他是娘家带来的，也有疑他是别处取来的。虽然惊诧，还不说神道鬼，独有个混沌丈夫，心上惊骇不过，知道他箱笼之中并无一物，这些银子是哪里变出来的？一定是个仙女无疑了。从此以后，竟把妻子当作神仙，恨不得顶在头上，莫说言语之间不敢侮慢，就是云雨绸缪之际，想到此处，也忽然惊悚起来，唯恐亵渎了神仙，后来必有罪过。

到了满月之后，那些大小债主一起上门，云娘叫人传话道："银子是没有的，若要首饰衣服，还有几件。列位用得着，待我取些出来，清了账目；若还用不着，须要到一年半载之后，待我做些女工针织，趱积起来奉还。"那些讨债的人，那个肯丢了现的，去讨赊账？只得将计就计，来俯就他，要首饰的取首饰，要衣服的取衣服。云娘又不相应，件件都作了重价，值一两的东西起先是八钱买下来，如今作了一两五六钱，方才打发出去。银子的来历还不曾说明，先趁个对合上手，且把显而易见之事，露些小小聪明，与手下人看一看，使他改心换意，知道这位主母是要欺骗别人、不受别人欺骗的。

到了起忏之日，自家至至诚诚斋戒沐浴过了，随着尼姑道婆一同拜忏。拜了三日三夜，到收拾道场的时节，跪在公婆神位之前，再三哀告道："你前面的媳妇，虽然不会当家，把你吃辛吃苦挣来的家业，一朝败尽，叫他变猪变狗，其实是该当的，只可怜他是个没用的人，当初并无歹意，只因被人欺骗，以至于此。如今忏悔以后，求你看佛天面上，饶恕他些，舍个人身与他，等他托生去罢。"说完之后，又走到死者神位之前，拜了几拜，高声劝谕道："承你所托的事，我如今都做过了；蒙你教导的话，我前日都试过了，果然一毫不差，桩桩都有应验。只是那些偷骗的人，照你说来，一个不肯饶他，定要明彰报应，其实都是该当的。只可怜那些男女，都是愚蠢之人，不过因贪财好利，以至于此。如今又取了转来，使他虚累其名，不曾做得实事，也甚觉得可怜。如今忏悔以后，求你也看佛天面上，饶恕他些，舍他一条性命，再过几年，等他做些功劳，准折了罪过罢。"那些丫环奴仆听了这些话，个个都毛骨悚然。起先吃了他的无米之饭，看了他的倘来之财①，心上甚是疑虑，只怕是自己的东西，走去摸摸仓廒，探探库藏，就捶胸顿足起来，知道贼情败露，被他获着真赃，愧恨之心，自然不消说了。只是一半恨他，还有一半疑他，说他是新来的人，哪里知道从前之事？自己藏匿的东西又十分牢固，为什么一到即知，一搜便着，难道是个神仙不成？正在猜疑不决之时，听了这番说话，就豁然大悟起来。只说以前的话，都是死者阴灵不散，托梦与他，指引了藏匿之处，叫他取出来的。竟把怨恨生者之心，变做惧怕死者之念，大家抖做一团。等云娘拜过之后，一起跪在神位之前，一面磕头，一面祷祝，只求大舍慈悲，赦了他的偷骗之罪。独有一个老实丫环于心无愧，立在旁边嘻笑自如。

① 倘来之财——意外得到的或不应得而得到的钱财。

云娘自从礼忏之后，就把三姑六婆概行谢绝，连那放松一着的卖婆也没处取偿原本，白白折了一个加二。那些丫环奴仆受过他这一番惊哄，都说这一位主母是有鬼神附着的，别人失去的东西尚且搜寻得着，何况自己的财物，有得把人窃去？落得不要欺心。所以个个改了心肠，人人换了主意，再不敢去欺骗他。他待下人，又能知甘识苦，有赏有罚。只因他会驾驭英雄，竟把奸党邪人，变做忠臣义士，这一份家业哪能不中兴起来？他以前掘着的银子共有千金，还去一、二百金之债，余剩下来的，也不买田，也不放账，只拿来堆积粮食。自古道："堆金不如积谷。"当不得他贱买贵卖，日长夜大起来，不上三十年，做了桃源县中第一个财主。生出来的儿子喜得肖母不肖父，没有一毫混沌家风。顾有成时常对儿子谈说旧事，说你母亲是个仙女，有点铁成金的妙术，又能做无米之炊。把他进门以后、满月以前的话，细细说与他听。那儿子不信，说他明明是个凡人，怎么叫做仙女？那些奇巧之事，毕竟有些根据，不是凭空设出来的，就在母亲面前，要穷究这些来历。云娘恐怕漏泄出来，使下人识破，依旧要欺骗他，只是不说。直到儿子长成，娶了媳妇，唯恐媳妇不会当家，要被下人欺骗，方才背了家人奴仆，把这些原委直说出来，做个防欺御骗的样子。所以这桩妙事流传至今，使《连城璧外集》之中，又添一段佳话也。

四

待诏喜风流攒钱赎妓　运弁持公道舍米追赃

词云：

访遍青楼窈窕，散尽黄金买笑。金尽笑声无，变作吠声如豹。承教，承教，以后不来轻造。

这首词名为《如梦令》，乃说世上青楼女子，薄幸者多，从古及今，做郑元和、于叔夜的不计其数，再不见有第二个穆素徽、第三个李亚仙。做嫖客的人，须趁莲花未落之时，及早收拾锣鼓，休待错梦做了真梦，后来不好收场。世间多少富家子弟，看了这两本风流戏文，都只道妓妇之中一般有多情女子，只因嫖客不以志诚感动他，所以不肯把真情相报，故此尽心竭力，倾家荡产，去结识青楼，也要想做《绣襦记》、《西楼梦》的故事。谁想个个都有开场，无煞尾，做不上半本，又有第二个郑元和、于叔夜上台，这李亚仙、穆素徽与他从新做起，再不肯与一个正生扮演到头，不知什么缘故？

万历年间，南京院子里有个名妓，姓金名茎，小字就叫做茎娘。容貌之娇艳，态度之娉婷，自不必说，又会写竹画兰，往来的都是青云贵客。有个某公子在南京坐监，费了二、三千金结识他，一心要娶他作妾，只因父亲在南直做官，恐生物议，故此权且消停。自从相与之后，每月出五十两银子包他，不论自己同宿不同宿，总是一样。日间容他会客，夜间不许他留人。后来父亲转了北京要职，把儿子改做北监，带了随任读书。某公子临行，

又兑六百两银子与他为一年薪水之费，约待第二年出京，娶他回去。荃娘办酒做戏，替他饯行，某公子就点一本《绣襦记》。荃娘道："启行是好事，为何做这样不吉利的戏文?"某公子道："只要你肯做李亚仙，我就为你打莲花落也无怨。"当夜枕边哭别，吩咐他道："我去之后，若听见你留一次客，我以后就不来了。"荃娘道："你与我相处了几年，难道还信我不过？若是欲心重的人，或者熬不过寂寞，要做这桩事；若是没得穿、没得吃的人，或者饥寒不过，没奈何要做这桩事。你晓得我欲心原是淡薄的，如今又有这主银子安家，料想不会饿死，为什么还想接起客来?"某公子一向与他同宿，每到交媾之际，看他不以为乐，反以为苦，所以再不疑他有二心。此时听见这两句话，自然彻底相信了。分别之后，又曾央几次心腹之人，到南京装做嫖客，走来试他；他坚辞不纳，一发验出他的真心。

未及一年，就辞了父亲，只说回家省母，竟到南京娶他。不想走到之时，荃娘已死过一七了。问是什么病死的，鸨儿道："自从你去之后，终日思念你，茶不思，饭不想，一日重似一日。临死之时，写下一封血书，说了几句伤心话，就没有了。"某公子讨书一看，果然是血写的，上面的话叙得十分哀切，煞尾那几句云：

生为君侧之人，死作君旁之鬼。乞收贱骨，携入贵乡，他日得践同穴之盟，吾目瞑矣。老母弱妹，幸稍怜之。

某公子看了，号簇痛哭，几不欲生。就换了孝服，竟与内丧一般。追荐已毕，将棺木停在江口，好装回去合葬，刻个"副室金氏"的牌位供在柩前，自己先回去寻地。临行又厚赠鸨母道："女儿虽不是你亲生，但他为我而亡，也该把你当至亲看待。你第二个女儿姿色虽然有限，他书中既托我照管，我转来时节，少不得也要培植一番，做个屋乌之爱。总来你一家人的终身，都在我身上就是了。”鸨母哭谢而别。

却说某公子风流之兴虽然极高，只是本领不济，每与妇人交感，不是望门流涕，就是遇敌倒戈，自有生以来，不曾得一次颠鸾倒凤之乐。相处的名妓虽多，考校之期都是草草完篇，不交白卷而已。所以到处便买春方，逢人就问房术，再不见有奇验的。一日坐在家中，有个术士上门来拜谒，取出一封荐书，原来是父亲的门生，晓得他要学房中之术，特地送来传授他的。某公子如饥得食，就把他留在书房，朝夕讲究。那术士有三种奇方，都可以立刻见效。第一种叫做坎离既济丹，一夜止敌一女，药力耐得二更；第二种叫做重阴丧气丹，一夜可敌二女，药力耐得三更；第三种叫做群姬夺命丹，一夜可敌数女，药力竟可以通宵达旦。某公子当夜就传了第一种，回去与乃正一试，果然欢美异常。次日又传第二种，回去与阿妾一试，更觉得矫健无比。

术士初到之时，从午后坐到点灯，一杯茶汤也不见，到了第二、三日，那茶酒饮食渐渐的丰盛起来，就晓得是药方的效验了。及至某公子要传末后一种，术士就有作难之色。某公子只说他要索重谢，取出几个元宝送他。术士道：“不是在下有所需索，只因那种房术，不但微损于己，亦且大害于人，须是遇着极淫之妇，屡战不降，万不得已，用此为退兵之计则可，平常的女子动也是动不得的。就是遇了劲敌，也只好偶尔一试；若一连用上两遭，随你铁打的妇人，不死也要生一场大病。在下前日在南京偶然连用两番，断送了一个名妓。如今怕损阴德，所以不敢传授别人。”某公子道：“那妓妇叫什么名字，可还记得么?”术士道：“姓金名茎，小字叫做茎娘，还不曾死得百日。”某公子大惊失色，呆了半晌，又问道：“闻得那妇人近来不接客，怎么独肯留

兄？”术士道：“他与个什么贵人有约，外面虽说不接客，要掩饰贵人的耳目，其实暗中有个牵头，夜夜领人去睡的。”某公子听了，就像发疟疾的一般，身上寒一阵，热一阵。又问他道：“这个妇人，有几个敝友也曾嫖过，都说他的色心是极淡薄的。兄方才讲那种房术，遇了极淫之妇方才可用，他又不是个劲敌，为什么下那样毒手摆布他？”术士道：“在下阅人多矣，妇人淫者虽多，不曾见这一个，竟是通宵不倦的；或者去嫖他的贵友本领不济，不能饱其贪心，故此假装恬退耳。他也曾对在下说过，半三不四的男子，惹得人渴，救不得人饥，倒不如藏拙些的好。”某公子听到此处，九分信了，还有一分疑惑，只道他是赖风月的谎话，又细细盘问那妇人下身黑白何如，内里蕴藉何如，术士逐件讲来，一毫也不错。又说小肚之下、牝户之上有个小小香疤，恰好是某公子与他结盟之夜，一起炙来做记认的。见他说着心窍，一发毛骨悚然，就别了术士进去，思量道：“这个淫妇吃我的饭，穿我的衣，夜夜搂了别人睡，也可谓负心之极了。到临终时节，又不知哪里弄些猪血狗血，写一封遗嘱下来，叫我料理他的后事。难道被别人弄死，叫我偿命不成？又亏得被人弄死，万一不死，我此时一定娶回来了。天下第一个淫妇，嫁着天下第一个本领不济之人，怎保得不走邪路，做起不尴不尬的事来？我这个龟名万世也洗不去了。这个术士竟是我的恩人，不但亏他弄死，又亏他无心中肯讲出来。他若不讲，我哪里晓得这些缘故？自然要把他骨殖装了回来，百年之后，与我合葬一处，分明是生前不曾做得乌龟，死后来补数了，如何了得！”当晚寻出那封血书，瞒了妻妾，一边骂，一边烧了。次日就差人往南京，毁去“副室金氏”的牌位，吩咐家人，踏着妈儿的门槛，狠骂一顿了回来。

从此以后，刻了一篇《戒嫖文》，逢人就送。不但自己不嫖，看见别人迷恋青楼，就下苦口极谏。这叫做：

要知山下路，须问过来人。

这一桩事，是富家子弟的呆处了。后来有个才士，做一回《卖油郎独占花魁》的小说，又有个才士，将来编做戏文，那些挑葱卖菜的看了，都想做起风流事来。每日要省一双草鞋钱，每夜要做一个花魁梦。攒积几时，定要到妇人家走走，谁想卖油郎不曾做得，个个都做一出贾志诚了回来。当面不叫有情郎，背后还骂叫化子，那些血汗钱岂不费得可惜！

崇祯末年，扬州有个妓妇，叫做雪娘，生得态似轻云，腰同细柳，虽不是朵无赛的琼花，钞关上的姊妹，也要数他第一。他从幼娇痴惯了，自己不会梳头，每日起来，洗过了面，就叫妈儿替梳；妈儿若还不得闲，就蓬上一两日，只将就掠掠，做个懒梳妆而已。

小东门外有个篦头的待诏，叫做王四。年纪不上三十岁，生得伶俐异常，面貌也将就看得过。篦头篦得轻，取耳取得出，按摩又按得好，姊妹人家的生活，只有他做得多。因在坡子上看见做一本《占花魁》的新戏，就忽然动起风流兴来，心上思量道："敲油梆的人尚且做得情种，何况温柔乡里、脂粉丛中摩疼擦痒之待诏乎？"一日走到雪娘家里，见他蓬头坐在房中，就问道："雪姑娘要篦头么？"雪娘道："头到要篦，只是舍不得钱，自己篦篦罢。"王四道："哪个想趁你们的钱，只要在客人面前作养作养就够了。"一面说，一面解出家伙，就替他篦了一次。篦完，把头发递与他道："完了，请梳起来。"雪娘道："我自己不会动手，往常都是妈妈替梳的。"王四道："梳头什么难事，定要等妈妈？待我替你梳起来罢。"雪娘道："只怕你不会。"王四原是聪明的人，又常在妇人家走动，看见梳惯的，有什么不会？就替他

精精致致梳了一个牡丹头。雪娘拿两面镜子前后一照，就笑起来道："好手段，倒不晓得你这等聪明。既然如此，何不常来替我梳梳，一总算银子还你就是。"王四正要借此为进身之阶，就一连应了几个"使得"。雪娘叫妈儿与他当面说过，每日连梳连篦，算银一分，月尾支销，月初另起。王四以为得计，日日不等开门就来伺候。每到梳头完了，雪娘不叫修养，他定要捶捶捻捻，好摩弄他的香肌。一日夏天，雪娘不曾穿裤，王四对面替他修养，一个陈抟大睡，做得他人事不知。及至醒转来，不想按摩待诏做了针灸郎中，百发百中的雷火针已针着受病之处了。雪娘正在麻木之时，又得此欢娱相继，香魂去而未来，星眼开而复闭，唇中齿外唧唧哝哝，有呼死不辍而已。从此以后，每日梳完了头，定要修一次养，不但浑身捏高，连内里都要修到。雪娘要他用心梳头，比待嫖客更加亲热。

一日问他道："你这等会趁钱，为什么不娶房家小，做户人家?"王四道："正要如此，只是没有好的。我有一句话，几次要和你商量，只怕你未必情愿，故此不敢启齿。"雪娘道："你莫非要做卖油郎么?"王四道："然也。"雪娘道："我一向见你有情，也要嫁你，只是妈妈要银子多，你哪里出得起?"王四道："他就要多，也不过是一二百两罢了。要我一主兑出来便难，若肯容我陆续交还，我拼几年生意不着，怕挣不出这些银子来?"雪娘道："这等极好。"就把他的意思对妈儿说了。妈儿乐极，怕说多了，吓退了他，只要一百二十两，随他五两一交，十两一交，零碎收了，一总结算。只是要等交完之日，方许从良；若欠一两不完，还在本家接客。王四一一依从，当日就交三十两。那妈儿是会写字的，王四买个经折叫他写了，藏在草纸袋中。

从此以后，搬在他家同住，每日算饭钱还他，聚得五两、十两，就交与妈儿上了经折。因雪娘是自己妻子，梳头篦头钱一概不算，每日要服侍两三个时辰，才得出门做生意。雪娘无客之时，要扯他同宿，他怕妈儿要算嫖钱，除了收账，宁可叫妻子守空房，自己把指头替代。每日只等梳头之时，张得妈儿不见，偷做几遭铁匠而已。王四要讨妈儿的好，不但篦头修养分内之事，不敢辞劳，就是日间煮饭，夜里烧汤，乌龟忙不来的事务，也都肯越俎代疱。地方上的恶少就替他改了称呼，叫做“王半八”，笑他只当做了半个王八，又合着第四的排行，可谓极尖极巧。王四也不以为惭，见人叫他，他就答应，只要弄得粉头到手，莫说半八，就是全八也情愿充当。

准准忙了四五年，方才交得完那些数目。就对妈儿道：“如今是了，求你写张婚书，把令爱交卸与我，待我赁间房子，好娶他过门。”妈儿只当不知，故意问道：“什么东西是了？要娶那一位过门？女家姓什么？几时做亲？待我好来恭贺。”王四道：“又来取笑了，你的令爱许我从良，当初说过一百二十两财礼，我如今付完了，该把令爱还我去，怎么假糊涂，倒问起我来？”妈儿道：“好胡说！你与我女儿相处了三年，这几两银子还不够算嫖钱，怎么连人都要讨了去？好不欺心？”王四气得目定口呆，回他道：“我虽在你家住了几年，夜夜是孤眠独宿，你女儿的皮肉我不曾沾一沾，怎么假这个名色，赖起我的银子来？”王四只道雪娘有意到他，日间做的勾当都是瞒着妈儿的，故此把这句话来抵对，那晓得古语二句，正合着他二人：

落花有意随流水，流水无心恋落花。

雪娘不但替妈儿做干证，竟翻转面孔做起被害来。就对王四道：“你自从来替我梳头，哪一日不歪缠几次？怎么说没有相干？一日只算一钱，一年也该三十六两。四、五年合算起来，不要你找

账就够了，你还要讨什么人？我若肯从良，怕没有王孙公子，要跟你做个待诏夫人？”王四听了这些话，就像几十桶井花凉水从头上浇下来的一般，浑身激得冰冷，有话也说不出。晓得这主银子是私下退不出来的了，就赶到江都县去击鼓。

江都县出了火签，拿妈儿与雪娘和他对审。两边所说的话与私下争论的一般，一字也不增减。知县问王四道：“从良之事，当初是那个媒人替你说合的？”王四道：“是他与小的当面做的，不曾用媒人说合。”知县道：“这等那银子是何人过付的？”王四道：“也是小的亲手交的，没有别人过付。”知县道：“亲事又没有媒人，银子又没有过付，叫我怎么样审？这等他收你银子，可有什么凭据么？”王四连忙应道：“有他亲笔收账。”知县道：“这等就好了，快取上来。”王四伸手到草纸袋中，翻来覆去，寻了半日，莫说经折没有，连草纸也摸不出半张。知县道：“既有收账，为什么不取上来？”王四道：“一向是藏在袋中的，如今不知哪里去了？”知县大怒，说他既无媒证，又无票约，明系无赖棍徒要霸占娼家女子，就丢下签来，重打三十。又道他无端击鼓，惊扰听闻，枷号了十日才放。看官，你道他的经折哪里去了？原来妈儿收足了银子，怕他开口要人，预先吩咐雪娘，与他做事之时，一面搂抱着他，一面向草纸袋摸出去了，如今哪里取得出？

王四前前后后共做了六七年生意，方才挣得这主血财，又当了四五年半八，白白替他梳了一千几百个牡丹头，如今银子被他赖去，还受了许多屈刑，叫他怎么恨得过？就去央个才子，做一张四六冤单，把黄绢写了，缝在背上，一边做生意，一边诉冤，要人替他讲公道。哪里晓得那个才子又是有些作孽的，欺他不识字，那冤单里面句句说鸨儿之恶，却又句句笑他自己之呆。冤单云：

诉冤人王四，诉为半八之冤未洗，百二之本被吞，请观书背之文，以救刳肠①之祸事。念身向居蔡地，今徙扬州，执贱业以谋生，事贵人而糊口。蹇遭孽障，勾引痴魂。日日唤梳头，朝朝催挽髻。以彼青丝发，系我绿毛身。按摩则内外兼修，唤不醒陈抟之睡；盥沐则发容兼理，忙不了张敞之工。缠头锦日进千缗，请问系何人执栉；洗儿钱岁留十万，不知亏若个烧汤。原不思破彼之悭，只妄想酬吾所欲。从良密议，订于四五年之前；聘美重资，浮于百二十之外。正欲请期践约，忽然负义寒盟。两妇舌长，雀角鼠牙易竞；一人智短，鲢清鲤浊难分。搂吾背而探吾囊，乐处谁防窃盗；笞我豚而枷我颈，苦中方悔疏虞。奇冤未雪于厅阶，隐恨求伸于道路。伏乞贵官长者，义士仁人，各赐乡评，以补国法。或断雪娘归己，使名实相符，半八增为全八；或追原价还身，使排行复旧，四双减作两双。若是则鸨羽不致高张，而龟头亦可永缩矣。为此泣诉。

妈儿自从审了官司出去，将王四的铺盖与篦头家伙尽丢出来，不容在家宿歇。王四只得另租房屋居住，终日背了这张冤黄，在街上走来走去。不识字的只晓得他吃了衏衏②的亏，在此伸诉，心上还有几分怜悯；读书识字的人看了冤单，个个掩口而笑，不发半点慈悲，只喝彩冤单做得好，不说那代笔之人取笑他的缘故。王四背了许久，不见人有一些公道，心上思量：“难道罢了不成？纵使银子退不来，也叫他吃我些亏，受我些气，方才晓得穷人的银子不是好骗的！”就生个法子，终日带了篦头家伙，背着冤黄，不往别处做生意，单单立在雪娘门口，替人篦头，见

---

① 刳（kū）肠——剖腹摘肠。

② 衏衏（hángyuàn）——同“行院”。这里指妓院。

有客人要进去嫖他，就扯住客人，跪在门前控诉。那些嫖客见说雪娘这等无情，结识他也没用，况且篾头的人都可以嫖得，其声价不问可知，有几个跨进门槛的，依旧走了出去。妈儿与雪娘打又打他不怕，赶又赶他不走，被他截住咽喉之路，弄得生计索然。

忽一日王四病倒在家，雪娘门前无人吵闹，有个解粮的运官进来嫖他。两个睡到二更，雪娘睡熟，运官要小解，坐起身来取夜壶。那灯是不曾吹灭的，忽见一个穿青的汉子跪在床前，不住的称冤叫枉。运官大惊道："你有什么屈情，半夜三更走来告诉？快快讲来，待我帮你伸冤就是。"那汉子口里不说，只把身子掉转，依旧跪下，背脊朝了运官，待他好看冤帖。谁想这个运官是不大识字的，对那汉子道："我不曾读过书，不晓得这上面的情节，你还是口讲罢。"那汉子掉转身来，正要开口，不想雪娘睡醒，咳嗽一声，那汉子忽然不见了。运官只道是鬼，十分害怕，就问雪娘道："你这房中为何有鬼诉冤？想是你家曾谋死什么客人么？"雪娘道："并无此事。"运官道："我方才起来取夜壶，明明有个穿青的汉子，背了冤黄，跪在床前告诉。见你咳嗽一声，就不见了，岂不是鬼！若不是你家谋杀，为什么在此出现？"雪娘口中只推没有，肚里思量道："或者是那个穷鬼害病死了，冤魂不散，又来缠扰也不可知。"心上又喜又怕，喜则喜阳间绝了祸根，怕则怕阴间又要告状。

运官疑了一夜，次日起来，密访邻舍。邻舍道："客人虽不曾谋死，骗人一项银子是真。"就把王四在他家苦了五六年挣的银子，白白被他骗去，告到官司，反受许多屈刑，后来背了冤黄，逢人告诉的话，说了一遍。运官道："这等那姓王的死了不曾？"邻舍道："闻得他病在寓处好几日了，死不死却不知道。"

运官就寻到他寓处，又问他邻舍说：“王四死了不曾?”邻舍道：“病虽沉重，还不曾死，终日发狂发躁，在床上乱喊乱叫道：‘这几日不去诉冤，便宜了那个淫妇。’说来说去，只是这两句话，我们被他聒噪不过。只见昨夜有一、二更天不见响动，我们只说他死了。及至半夜后又忽然喊叫起来道：‘贼淫妇，你与客人睡得好，一般也被我搅扰一场。’这两句话，又一连说了几十遍，不知什么缘故。”运官惊诧不已，就叫邻舍领到床前，把王四仔细一看，与夜间的面貌一些不差。就问道：“老王，你认得我么?”王四道：“我与老客并无相识，只是昨夜一更之后，昏昏沉沉，似梦非梦，却像到那淫妇家里，有个客人与他同睡，我走去跪着诉冤，那客人的面貌却像与老客一般。这也是病中见鬼，当不得真，不知老客到此何干?”运官道：“你昨夜见的就是我。”把夜来的话对他说一遍，道：“这等看来，我昨夜所见的，也不是人，也不是鬼，竟是你的魂魄。我既然目击此事，如何不替你处个公平?我是解漕粮的运官，你明日扶病到我船上来，待我生个计较，追出这项银子还你就是。”王四道：“若得如此，感恩不尽。”

运官当日依旧去嫖雪娘，绝口不提前事，只对妈儿道：“我这次进京，盘费缺少，没有缠头赠你女儿。我船上耗米尚多，你可叫人来发几担去，把与女儿做脂粉钱。只是日间耳目不便，可到夜里着人来取。”妈儿千感万谢。果然到次日一更之后，叫龟子挑了箩担，到船上扒了一担回去，再来发第二担，只见船头与水手把锣一敲，大家喊起来道：“有贼偷盗皇粮，地方快来拿获!”惊得一河两岸，人人取棒，个个持枪，一起赶上船来，把龟子一索捆住，连箩担交与夜巡。夜巡领了众人，到他家一搜，现搜出漕粮一担。运官道：“我船上空了半舱，约去一百二十余

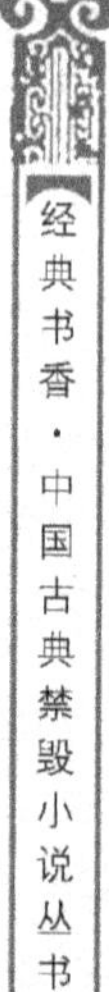

担，都是你偷去了，如今藏在哪里？快快招来！”妈儿明知是计，说不出叫我来挑的话，只是跪下讨饶。运官喝令水手，把妈儿与龟子一起捆了，吊在桅上，只留雪娘在家，待他好央人行事。自己进舱去睡了，要待明日送官。

地方知事的去劝雪娘道：“他明明是扎火囤的意思，你难道不知？漕米是紧急军粮，官府也怕连累，何况平民？你家赃证都搜出来了，料想推不干净。他的题目都已出过，一百二十担漕米，一两一担，也该一百二十两。你不如去劝母亲，叫他认赔了罢，省得经官动府，刑罚要受，监牢要坐，银子依旧要赔。”雪娘走上船来，把地方所劝的话对妈儿说了，妈儿道：“我也晓得，他既起这片歹心，料想不肯白过，不如认了晦气，只当王四那宗银子不曾骗得，拿来舍与他罢。”就央船头进舱去说，愿偿米价，求免送官。舱中允了，就叫拿银子来交。妈儿是个奸诈的人，恐怕银子出得容易，又要别生事端，回道：“家中分文没有，先写一张票约，待天明了，挪借送来。”运官道：“朝廷的国课，只怕他不写，不怕他不还，只要写得明白。”妈儿就央地方写了一张票约，竟如供状一般，送与运官，方才放了。

等到天明，妈儿取出一百二十两银子，只说各处借来的，交与运官。谁想运官收了银子，不还票约，竟叫水手开船。妈儿恐贻后患，雇只小船，一路跟着取讨，直随至高邮州，运官才教上船去，当面吩咐道：“我不还票约，正要你跟到途中，与你说个明白。这项银子，不是我有心诈你的，要替你偿还一主冤债，省得你到来世变驴变马还人。你们做娼妇的，哪一日不骗人，哪一刻不骗人？若都叫你偿还，你也没有许多银子。只是那富家子弟，你骗他些也罢了，为什么把做手艺的穷人当做浪子一般耍骗？他服侍你五六年，不得一毫赏赐，反把他银子赖了，又骗官府枷责他，你于心何忍？他活在寓中，病在床上，尚且愤恨不过，那魂魄现做人身，到你家缠扰；何况明日死了，不来报冤？我若明明劝你还他，就杀你剐你，你也决不肯取出，故此生这个法子，追出那主不义之财。如今原主现在我船上，我替你当面交还，省得你心上不甘，怪我冤民诈贼。”就从后舱唤出来，一面把银子交还王四，一面把票约掷与妈儿。妈儿磕头称谢而去。

王四感激不尽，又虑转去之时，终久要吃淫妇的亏，情愿服侍恩人，求带入京师，别图生理。运官依允，带他随身而去，后来不知如何结果。

这段事情，是穷汉子喜风流的榜样。奉劝世间的嫖客及早回头，不可被戏文小说引偏了心，把血汗钱被他骗去，再没有第二个不识字的运官肯替人扶持公道了。

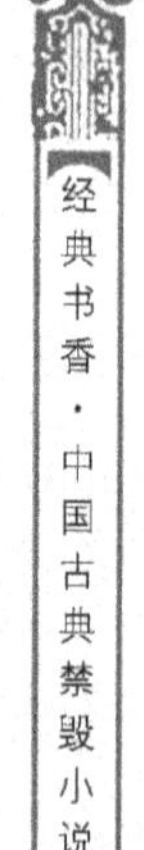

五

婴[1]众怒舍命殉龙阳　抚孤茕全身报知己

词云：

南风不识何由始，妇人之祸贻男子。翻面凿洪濛，无雌硬打雄。　　向隅悲落魄，试问君何乐？龌龊甚难当，翻云别有香。

这首词民做《菩萨蛮》，单为好南风的下一针砭。南风一事，不知起于何代，创自何人，沿流至今，竟与天造地设的男女一道争锋比胜起来，岂不怪异？怎见男女一道是天造地设的？但看男子身上凸出一块，女子身上凹进一块，这副形骸岂是造作出来的？男女体天地赋形之意，以其有余，补其不足，补到恰好处，不觉快活起来，这种机趣岂是矫强得来的？及至交媾以后，男精女血，结而成胎，十月满足，生男育女起来，这段功效岂是侥幸得来的？只为顺阴阳交感之情，法乾坤覆载之义，象造化陶铸之功，自然而然，不假穿凿，所以亵狎而不碍于礼，玩耍而有益于正。至于南风一事，论形则无有余不足之分，论情则无交欢共乐之趣，论事又无生男育女之功，不知何所取义，创出这桩事来，有若于人，无益于己，做他何用？亏那中古之时，两个男子好好的立在一处，为什么这一个忽然就想起这桩事，哪一个又欣然肯做起这桩事来？真好一段幻想。况且那尾闾一窍，是因五脏之内污物无所泄，秽气不能通，万不得已生来出污秽的。造物赋形之

① 婴——触犯。

初，也怕男女交媾之际，误入此中，所以不生在前而生在后，即于分门别户之中，已示云泥霄壤之隔；奈何盘山过岭，特地寻到那幽僻之处去掏摸起来？或者年长鳏夫，家贫不能婚娶，借此以泄欲火，或者年幼姣童，家贫不能糊口，借此以觅衣食，也还情有可原；如今世上，偏是有妻有妾的男子酷好此道，偏是丰衣足食的子弟喜做此道，所以更不可解。此风各处俱尚，尤莫盛于闽中，由建宁、邵武而上，一府胜似一府，一县胜似一县。不但人好此道，连草木是无知之物，因为习气所染，也好此道起来。深山之中有一种榕树，别名叫做南风树。凡有小树在榕树之前，那榕树毕竟要斜着身子去勾搭小树，久而久之，勾搭着了，把枝柯紧紧缠在小树身上，小树也渐渐倒在榕树怀里来，两树结为一树，任你刀锯斧凿，拆他不开，所以叫做南风树。近日有一才士听见人说，只是不信，及至亲到闽中，看见此树，方才晓得六合以内，怪事尽多，俗口所传、野史所载的，不必尽是荒唐之说。因题一绝云：

并蒂芙蓉连理枝，谁云草木让情痴？

人间果有南风树，不到闽天那得知。

看官，你说这个道理解得出，解不出？草木尚且如此，那人的癖好一发不足怪了。如今且说一个秀士与一个美童，因恋此道而不舍，后来竟成了夫妻，还做出许多义夫节妇的事来。这是三纲的变体，五伦的闰位，正史可以不载、野史不可不载的异闻，说来醒一醒睡眼。

嘉靖末年，福建兴化府莆田县有个廪膳秀才，姓许名葳，字季芳，生得面如冠玉，唇若涂朱。少年时节，也是个出类拔萃的龙阳，有许多长朋友攒住他，终日闻香嗅气，买笑求欢，哪里容他去攻习举业？直到二十岁外，头上加了法网，嘴上带了刷牙，渐渐有些不便起来，方才讨得几时闲空，就去奋志萤窗，埋头雪案，一考就入学，入学就补廪，竟做了莆田县中的名士。到了廿二三岁，他的夫星便退了，这妻星却大旺起来。为什么缘故？只因他生得标致，未冠时节，还是个孩子，又像个妇人，内眷们看见，还像与自家一般，不见得十分可羡；到此年纪，雪白的皮肤上面，出了几根漆黑的髭须，漆黑的纱巾底下，露出一张雪白的面孔，态度又温雅，衣饰又时兴，就像苏州虎丘山上绢做的人物一般，立在风前，飘飘然有凌云之致。你道妇人家见了，哪个不爱？只是一件，妇人把他看得滚热，他把妇人却看得冰冷。为什么缘故？只因他的生性以南为命，与北为仇，常对人说："妇人家有七可厌。"人问他那七可厌？他就历历数道："涂脂抹粉，以假为真，一可厌也；缠脚钻耳，矫揉造作，二可厌也；乳峰突起，赘若悬瘤，三可厌也；出门不得，系若匏瓜，四可厌也；儿缠女缚，不得自由，五可厌也；月经来后，濡席沾裳，六可厌也；生育之余，茫无畔岸，七可厌也。怎如美男的姿色，有一分就是一分，有十分就是十分，全无一毫假借，从头至脚，一味自然。任我东南西北，带了随身，既少嫌疑，又无挂碍，做一对洁净夫妻，何等不妙？"听者道："别的都说得是了，只是'洁净'二字，恐怕过誉了些。"他又道："不好此者，以为不洁；那好此道的，闻来别有一种异香，尝来也有一种异味。这个道理，可为知者道，难为俗人言也。"听者不好与他强辨，只得由他罢了。

他后来想起"不孝有三，无后为大"，少不得要娶房家眷，度个种子。有个姓石的富家，因重他才貌，情愿把女儿嫁他，倒央人来做媒，成了亲事。不想嫁进门来，夫妇之情甚是冷落，一月之内，进房数次，其余都在馆中独宿。过了两年，生下一子，其妻得了产痨之症，不幸死了。季芳寻个乳母，每年出些供膳，把儿子叫他领去抚养，自己同几个家僮过日。因有了子嗣，不想再娶妇人，只要寻个绝色龙阳，为续弦之计，访了多时，再不见有。福建是出男色的地方，为什么没有？只因季芳自己生得太好了，虽有看得过的，那肌肤眉眼，再不能够十全。也有几个做毛遂自荐，来与他暂效鸾凤，及至交欢之际，反觉得珠玉在后，令人形秽。所以季芳鳏居数载，并无外遇。

那时节城外有个开米店的老儿，叫做尤侍寰，年纪六十多岁，一妻一妾都亡过了，只有妾生一子，名唤瑞郎，生得眉如新月，眼似秋波，口若樱桃，腰同细柳，竟是一个绝色妇人。别的丰姿都还形容得出，独有那种肌肤，白到个尽头的去处，竟没有一件东西比他。雪有其白而无其腻，粉有其腻而无其光。在襁褓之时，人都叫他做粉孩儿。长到十四岁上，一发白里闪红，红里透白起来，真使人看见不得。兴化府城之东有个胜境，叫做湄洲屿，屿中有个天妃庙。立在庙中，可以观海，晴明之际，竟与琉球国相望。每年春间，合郡士民俱来登眺。那一年天妃神托梦与知府，说："今年各处都该荒旱，因我力恳上帝，独许此郡有七分收成。"彼时田还未种，知府即得此梦，及至秋收之际，果然别府俱荒，只有兴化稍熟。知府即出告示，令百姓于天妃诞日，大兴胜会，酬他力恳上帝之功。到那赛会之时，只除女子不到，合郡男人，无论黄童白叟，没有一个不来。尤侍寰一向不放儿子出门，到这一日，也禁止不住。自己有些残疾，不能同行，叫儿子与邻舍家子弟做伴同去。临行千叮万嘱："若有人骗你到冷静所在去讲闲话，你切不可听他。"瑞郎道："晓得。"竟与同伴一起去了。

这日凡是好南风的，都预先养了三日眼睛，到此时好估承色。又有一班作孽①的文人，带了文房四宝，立在总路头上，见少年经过，毕竟要盘问姓名，穷究住处，登记明白，然后远观气色，近看神情，就如相面的一般，相完了，在名字上打个暗号。你道是什么缘故？他因合城美少辐辏②于此，要攒造一本南风册，带回去评其高下，定其等第，好出一张美童考案，就如吴下评骘妓女一般。尤瑞郎与同伴四五人都不满十六岁，别人都穿红着紫，打扮得妖妖娆娆；独有瑞郎家贫，无衣妆饰，又兼母服未满，浑身俱是布素。却也古怪，那些估承色的、定考案的，都有几分眼力，偏是那穿红着紫的，大概看看就丢过了，独有浑身布素的尤瑞郎，一千一万双眼睛都盯在他一人身上，要进不放他进，要退不放他退，扯扯拽拽，缠个不了。尤瑞郎来看胜会，谁想自家反做了胜会把与人看起来。等到赛会之时，挨挤上去，会又过了，只得到屿上眺望一番。有许多带攒盒上山的，这个扯他吃茶，那个拉他饮酒，瑞郎都谢绝了，与同伴一起转去。

偶然回头，只见背后有个斯文朋友，年可二十余岁，丰姿甚美，意思又来得安闲，与那扯扯拽拽的不同，跟着瑞郎一同行走。瑞郎过东，他也过东；瑞郎过西，他也过西；瑞郎小解，他也小解；瑞郎大便，他也大便，准准跟了四五个时辰，又不问一句话，瑞郎心上甚是狐疑。及至下山时节，走到一个崎岖所在，青苔路滑，瑞郎一脚踏去，几乎跌倒。那朋友立在身边，一把搀住道："尤兄仔细。"一面相扶，一面把瑞郎的手心轻轻摸了几摸，就如搔痒的一般。瑞郎脸上红了又白，白了又红，白是惊白

① 作孽（niè）——佛教用语，做坏事（将来要受报应）。也作"造孽"。

② 辐辏（còu）——集中，聚集。

的，红是羞红的，一霎时露出许多可怜之态，对那朋友道：“若不是先生相扶，一交直滚到山下。请问尊姓大号?”那朋友将姓名说来，原来就是鳏居数载、并无外遇的许季芳。彼此各说住处，约了改日拜访。说完，瑞郎就与季芳并肩而行，直到城中分路之处，方才作别。

瑞郎此时情窦已开，明晓得季芳是个眷恋之意，只因众人同行，不好厚那一个，所以借扶危济困之情，寓惜玉怜香之意，这种意思也难为他。莫说情意，就是容貌丰姿也都难得。今日见千见万，何曾有个强似他的?“我今生若不相处朋友就罢，若要相处朋友，除非是他，才可以身相许。”想了一会，不觉天色已晚，脱衣上床。忽然袖中掉出两件东西，拾起来看，是一条白绫汗巾，一把重金诗扇。你道是哪里来的?原来许季芳跟他行走之时，预先捏在手里等候，要乘众人不见，投入瑞郎袖中；恰好遇着个扶跌的机会，两人袖口相对，不知不觉丢将过来，瑞郎还不知道。此时见了，比前更想得殷勤。

却说许季芳别了瑞郎回去，如醉如痴，思想兴化府中竟有这般绝色，不枉我选择多年，“我今日搔手之时，见他微微含笑，绝无拒绝之容，要相处他，或者也还容易。只是三日一交，五日一会，只算得朋友，叫不得夫妻，定要娶他回来，做了填房，长久相依才好。况且这样异宝，谁人不起窥伺之心?纵然与我相好，也禁不得他相处别人，毕竟要使他从一而终，方才遂我大志。若是小户人家，无穿少吃的，我就好以金帛相救；万一是旧家子弟，不希罕财物的，我就无计可施了。”翻来覆去，想到天明。正要出城访问，忽有几个朋友走来道：“闻得美童的考案出了，贴在天妃庙中，我们同去看看何如?”季芳道：“使得。”就与众人一同步去。走到庙中，抬头一看，竟像殿试的黄榜一般，

分为三甲，第一甲第一名就是尤瑞郎。众人赞道："定得公道，昨日看见的，自然要算他第一。"又有一个道："可惜许季芳早生十年，若把你未冠时节的姿容留到今日，当与他并驱中原，未知鹿死谁手？"季芳笑了一笑，问众人道："可晓得他家事如何？父亲作何生理？"众人中有一个道："我与他是紧邻，他的家事瞒不得我。父亲是开米店的，当初也将就过得日子，连年生意折本，欠下许多债来，大小两个老婆俱死过了，两口棺木还停在家中不能殡葬，将来一定要受聘的。当初做粉孩儿的时节，我就看上他了，恨不得把气吹他大来。如今虽不曾下聘，却是我荷包里的东西，列位休来剪绺。"

季芳口也不开，别了众人回去。思想道："照他这等说，难道罢了不成？少不得要先下手。"连忙写个晚生帖子，先去拜他父亲，只说久仰高风，特来拜访，不好说起瑞郎之事。瑞郎看见季芳，连忙出来拜揖。季芳对侍寰道："令郎这等长大，想已开笔行文了。晚生不揣，敢邀入社何如？"侍寰道："庶民之子，只求识字记账，怎敢妄想功名？多承盛意，只好心领。"季芳、瑞郎两人眉来眼去，侍寰早已看见，明晓得他为此而来，不然一个名士，怎肯写晚生帖子，来拜市井之人？心上明白，外面只当不知。三人坐了一会，分别去了。侍寰次日要去回拜季芳，瑞郎也要随去，侍寰就引他同行。季芳谅他决来回拜，恨不得安排香案迎接。相见之时，少不得有许多谦恭的礼数，亲热的言词，坐了半晌，方才别去。

看官，你道侍寰为何这等没志气，晓得人要骗他儿子，全无拒绝之心，不但开门揖盗，又且送亲上门，是何道理？要晓得那个地方，此道通行，不以为耻；侍寰还债举丧之物，都要出在儿子身上，所以不拒窥伺之人。这叫做"明知好酒，故意犯令"。

既然如此，他就该任凭瑞郎出去做此道了，为何出门看会之时，又吩咐不许到冷静所在与人说话，这是什么缘故？又要晓得福建的南风，与女子一般，也要分个初婚、再醮。若是处子原身，就有人肯出重聘，三茶不缺，六礼兼行，一样的明婚正娶；若还拘管不严，被人尝了新去，就叫做败柳残花，虽然不是弃物，一般也有售主，但只好随风逐浪，弃取由人，就开不得雀屏，选不得佳婿了。所以侍寰不废防闲，也是韫椟待沽①之意。

且说兴化城中自从出了美童考案，人人晓得尤瑞郎是个状元。那些学中朋友只除衣食不周的，不敢妄想天鹅肉吃，其余略有家事的人，那个不垂涎咽唾？早有人传到侍寰耳中。侍寰就对心腹人道："小儿不幸，生在这个恶赖地方，料想不能免俗。我总则拚个蒙面忍耻，顾不得什么婚姻论财，夷虏之道。我身背上有三百两债负，还要一百两举丧，一百两办我的衣衾棺椁，有出得起五百金的，只管来聘，不然叫他休想。"从此把瑞郎愈加管束，不但不放出门，连面也不许人见。福建地方，南风虽有受聘之例，不过是个意思，多则数十金，少则数金，以示相求允之意，那有动半千金聘男子的？众人见他开了大口，个个都禁止不提。那没力量的道："他儿子的后庭料想不是金镶银裹的，'岂其娶妻，必齐之姜？'便除了这个小官，不用也罢。"那有力量的道："他儿子的年纪还不曾二八，且熬他几年，待他穷到极处，自然会跌下价来。"所以尤瑞郎的桃夭佳节，又迟了几时。只是思量许季芳，不能见面，终日闭在家中，要通个音信也不能够。不上半月，害起相思病来，求医不效，问卜无灵。邻家有个同伴过来看他，问起得病之由，瑞郎因无人通信，要他做个氤氲使

① 韫（yùn）椟（dú）待沽——藏在木柜里待价而沽。

者，只得把前情直告。同伴道："这等何不写书一封，待我替你寄去，叫他设处五百金聘你就是了。"瑞郎道："若得如此，感恩不尽。"就研起墨来，写了一个寸楮①，钉封好了，递与同伴。同伴竟到城外去寻季芳，问到他的住处，是一所高大门楣。同伴思量道："住这样房子的人，一定是个财主，要设处五百金，料也容易。"及至唤出人来一问，原来数日之前，将此房典与别人，自己搬到城外去住了。同伴又问了城外的住处，一路寻去，只见数间茅屋，两扇柴门，冷冷清清，杳无人迹。门上贴一张字道：

不佞有小事下乡，凡高明书札，概不敢领，恐以失答开罪，亮之宥之。

同伴看了，转去对瑞郎述了一事，道："你的病害差了，他门上的字明明是拒绝你的，况且房子留不住的人，那里有银子干风流事？劝你及早丢开，不要痴想。"瑞郎听了，气得面如土色，思量一会，对同伴道："待我另写一封绝交书，连前日的汗巾、扇子烦你一起带去。若见了他，可当面交还，替我骂他几句；如若仍前不见，可从门缝之中丢将进去，使他见了，稍泄我胸中之恨。"同伴道："使得。"瑞郎爬起来，气忿忿的写了一篇，依旧钉封好了，取出二物，一起交与同伴。同伴拿去，见两扇柴门依旧封锁未开，只得依了瑞郎的话，从门缝中塞进去了。

看官，你道许季芳起初何等高兴，还只怕贿赂难通；如今明白出了题目，正好做文字了，为何全不料理，反到乡下去游荡起来？要晓得季芳此行，正为要做情种。他的家事，连田产屋业，算来不及千金。听得人说尤侍寰要五百金聘礼，喜之不胜道："便尽我家私，换得此人过来消受几年，就饿死了也情愿。"竟将

① 寸楮（chǔ）——简短的信札。

住房典了二百金，其余三百金要出在田产上面，所以如飞赶到乡下去卖田。恐怕同窗朋友写书来约他做文字，故此贴字在门上，回复社友，并非拒绝瑞郎。忽一日得了田价回来，兴匆匆要央人做事，不想开开大门，一脚踏着两件东西，拾起一看，原来就是那些表记。当初塞与人，人也不知觉；如今塞还他，他也不知觉：这是造物簸弄英雄的个小小伎俩。季芳见了，吓得通身汗下，又不知是他父亲看见，送来羞辱他的；又不知是有了售主，退来回复他的，那一处不疑到？把汗巾捏一捏，里面还有些东西，解开却是一封书札。拆来细看，上写道：

窃闻有初者鲜终，进锐者退速。始以为岂其然，而今知真不谬也。妃宫瞥遇，委曲相随；持危扶颠，备示悯恤。归而振衣拂袂，复见明珠暗投。以为何物才人，情痴乃尔，因矢分桃以报，谬思断袖之欢。讵意后宠未承，前鱼早弃。我方织苏锦为献，君乃署翟门以辞。曩①如魍魉逐影，不知何所见而来？今忽鼠窜抱头，试问何所闻而去？君既有文送穷鬼，我宁无剑斩情魔？纨扇不载仁风，鲛绡枉沾泪迹。谨将归赵，无用避秦。

季芳看了，大骇道："原来他寄书与我，见门上这几行瘕字，疑我拒绝他，故此也写书来拒绝我。这样屈天屈地的事，叫我那里去伸冤？"到了次日，顾不得怪与不怪，肯与不肯，只得央人去做。尤侍寰见他照数送聘，一厘不少，可见是个志诚君子，就满口应承，约他儿子病好，即便过门。就将送来的聘金，还了债负，举了二丧，余下的藏为养老送终之费。这才合着古语一句道：

有子万事足。

---

① 曩（nǎng）——过去，从前。

且说尤瑞郎听见受了许多之聘，不消吃药，病都好了。只道是绝交书一激之力，还不知他出于本心。季芳选下吉日，领了瑞郎过门，这一夜的洞房花烛，比当日娶亲的光景大不相同。有撒帐词三首为证：

其一：

银烛烧来满画堂，新人羞涩背新郎。新郎不用相扳扯，便不回头也不妨。

其二：

花下庭前巧合欢，穿成一串倚阑干。缘何今夜天边月，不许情人对面看？

其三：

轻摩软玉嗅温香，不似游蜂掠蕊狂。何事新郎偏识苦？十年前是一新娘。

季芳、瑞郎成亲之后，真是如鱼得水，似漆如胶，说不尽绸缪之意。瑞郎天性极孝，不时要回去看父亲。季芳一来舍不得相离，二来怕他在街上露形，启人窥伺之衅，只得把侍寰接来同住，晨昏定省，待如亲父一般。侍寰只当又生一个儿子，喜出望外。只是六十以上之人，毕竟是风烛草露，任你百般调养，到底留他不住，未及一年，竟过世了。季芳哀毁过情，如丧考妣，追荐已毕，尽礼殡葬。瑞郎因季芳变产聘他，已见多情之至；后来又见待他父亲如此，愈加感深入骨，不但愿靠终身，还且誓以死报。

他初嫁季芳之时，才十四岁，腰下的人道，大如小指，季芳同睡之时，贴然无碍，竟像妇女一般。及至一年以后，忽然雄壮起来，看他欲火如焚，渐渐的禁止不住。又有五个多事的指头，在上面摩摩捏捏，少不得那生而知之、不消传授的本事，自然要试出来。季芳怕他辛苦，时常替他代劳，只是每到竣事之后，定要长叹数声。瑞郎问他何故，季芳只是不讲。瑞郎道："莫非嫌他有碍么？"季芳摇头道："不是。"瑞郎道："莫非怪他多事么？"季芳又摇头道："不是。"瑞郎道："这等你为何长叹？"季芳被他盘问不过，只得以实情相告。指着他的此物道："这件东西是我的对头，将来与你离散之根就伏于此，叫我怎不睹物伤情？"瑞郎大惊道："我两个生则同衾，死则共穴，你为何出此不祥之语，毕竟为什么缘故？"季芳道："男子自十四岁起，至十六岁止，这三年之间，未曾出幼，无事分心。相处一个朋友，自然安心贴意，如夫妇一般。及至肾水一通，色心便起，就要想起妇人来了。一想到妇人身上，就要与男子为仇。书上道：'妻子具而孝衰于亲。'有了妻子，连父母的孝心都衰了，何况朋友的交情？如今你的此物一日长似一日，我的缘分一日短似一日了。你的肾水一日多似一日，我的欢娱一日少似一日了。想到这个地步，叫我如何不伤心，如何不叹气？"说完了，不觉放声大哭起来。瑞郎见他说得真切，也止不住泪下如雨。想了一会道："你的话又讲差了，若是泛泛相处的人，后来娶了妻子，自然有个分散之日；我如今随你终身，一世不见女子，有什么色心起得？就是偶然兴动，又有个遣兴之法在此，何须虑他？"季芳道："这个遣兴之法，就是将来败兴之端，你哪里晓得？"瑞郎道："这又是什么缘故？"季芳道："凡人老年的颜色不如壮年，壮年的颜色不如少年者，是什么缘故？要晓得肾水的消长，就关于颜色的盛衰。你如今为什么这等标致？只因元阳未泄，就如含苞的花蕊一般，根本上的精液总聚在此处，所以颜色甚艳，香味甚浓。及至一开之后，精液就有了去路，颜色一日淡似一日，香味一日减似一日，渐渐的干瘪去了。你如今遣兴遣出来的东西，不是什么无用之物，就是你皮里的光彩，面上的娇艳，底下去了一分，上面

就少了一分。这也不关你事，是人生一定的道理，少不得有个壮老之日，难道只管少年不成？只是我爱你不过，无计留春，所以说到这个地步，也只得由他罢了。”瑞郎被他这些话说得毛骨悚然，自己思量道：“我如今这等见爱于他，不过为这几分颜色，万一把元阳泄去，颜色顿衰，渐渐的惹厌起来，就是我不丢他，他也要弃我了，如何使得？”就对季芳道：“我不晓得这件东西是这样不好的，既然如此，你且放心，我自有处。”

过了几日，季芳清早出门去会考。瑞郎起来梳头，拿了镜子，到亮处仔细一照，不觉疑心起来道：“我这脸上的光景，果然比前不同了。前日是白里透出红来的，如今白到增了几分，那红的颜色却减去了。难道他那几句说话就这等应验，我那几点脓血就这等利害不成？他为我把田产卖尽，生计全无，我家若不亏他，父母俱无葬身之地，这样大恩一毫也未报，难道就是这样老了不成？”仔细踌躇一会，忽然发起狠来道：“总是这个孽根不好，不如断送了他，省得在此兴风起浪。做太监的人一般也过日子。如今世上有妻妾、没儿子的人尽多，譬如我娶了家小，不能生育也只看得。我如今为报恩绝后，父母也怪不得我。”就在箱里取出一把剃刀，磨得锋快，走去睡在春凳上，将一条索子一头系在梁上，一头缚了此物，高高挂起，一只手拿了剃刀，狠命一下，齐根去了，自己晕死在春凳上，因无人呼唤，再不得苏醒。

季芳从外边回来，连叫瑞郎不应，寻到春凳边，还只说他睡去，不敢惊醒，只见梁上挂了一个肉茄子，荡来荡去，捏住一看，才晓得是他的对头。季芳吓得魂不附体。又只见裤裆之内，鲜血还流，叫又叫不醒，推又推不动，只得把口去接气，一连送几口热气下肚，方才苏醒转来。季芳道：“我无意中说那几句话，不过是怜惜你的意思，你怎么就动起这个心来？”说完，捶胸顿足，哭个不了；又悔恨失言，将巴掌自己打嘴。瑞郎疼痛之极，说不出话，只做手势叫他不要如此。季芳连忙去延医赎药，替他疗治。却也古怪，别人踢破一个指头，也要害上几时；他就像有神助的一般，不上月余，就收了口。那疤痕又生得古古怪怪，就像妇人的牝户一般。他起先的容貌体态，分明是个妇人，所异者几希之间耳；如今连几希之间都是了，还有什么分辨？季芳就索性叫他做妇人打扮起来，头上梳了云鬟，身上穿了女衫，只有一双金莲不止三寸，也叫他稍加束缚。瑞郎又有个藏拙之法，也不穿鞋袜，也不穿褶裤，做一双小小皂靴穿起来，俨然是戏台上一个女旦。又把瑞郎的“郎”字改做“娘”字，索性名实相称到底。从此门槛也不跨出，终日坐在绣房，性子又聪明，女工针织不学自会，每日爬起来，不是纺绩，就是刺绣，因季芳家无生计，要做个内助供给他读书。那时节季芳的儿子在乳母家养大，也有三、四岁了，瑞娘道：“此时也好断乳，何不领回来自己抚养？每年也省几两供给。”季芳道：“说得是。”就去领了回来。瑞娘爱若亲生，自不必说。

季芳此时娇妻嫩子都在眼前，正好及时行乐，谁想天不由人，坐在家中，祸事从天而降。忽一日，有两个差人走进门来道：“许相公，太爷有请。”季芳道：“请我做什么？”差人道：“通学的相公有一张公呈，出首相公，说你私置腐刑，擅立内监，图谋不轨，太爷当堂准了，差我来拘；还有一个被害叫做尤瑞郎，也在你身上要。”季芳道：“这等借牌票看一看。”差人道：“牌票在我身上。”就伸出一只血红的手臂来。上写道：

立拿叛犯许葳、阉童尤瑞郎赴审。

原来太守看了呈词，诧异之极，故此不出票，不出签，标手

来拿，以示怒极之意。你道此事从何而起？只因众人当初要聘尤瑞郎，后来暂且停止，原是熬他父亲跌价的。谁想季芳拼了这主大钞，竟去聘了回来，至美为他所得，那个不怀妒忌之心？起先还说虽不能够独享，待季芳尝新之后，大家也普同供养一番，略止垂涎之意。谁想季芳把他藏在家中，一步也不放出去。天下之宝，不与天下共之，所以就动了公愤。虽然动了公愤，与还无隙可乘。若季芳不对人道痛哭，瑞郎也不下这个毒手；瑞郎不下这个毒手，季芳也没有这场横祸。所以古语道："无故而哭者不祥。"又道："运退遇着有情人。"一毫也不错。众人正在观衅之际，忽然闻得这件新闻，大家哄然起来道："难道小尤就有这等痴情？老许就有这等奇福？偏要割断他那种痴情，享不成这段奇福。"故此写公呈出首起来。做头的就是尤瑞郎的紧邻，把瑞郎放在荷包里，不许别个剪绺的那位朋友。

当时季芳看了朱臂，进去对瑞郎说了。瑞娘惊得神魂俱丧，还要求差人延捱一日，好钻条门路，然后赴审。那差人知道官府盛怒之下，不可迟延，即刻就拘到府前，伺候升堂，竟带过去。太守把棋子一拍道："你是何等之人，把良家子弟阉割做了太监？一定是要谋反了！"季芳道："生员与尤瑞郎相处是真，但阉割之事，生员全不知道，是他自己做的。"太守道："他为什么自己就阉割起来？"季芳道："这个缘故生员不知道，就知道也不便自讲，求太宗师审他自己就是。"太守就叫瑞郎上去，问道："你这阉割之理，是他动手的，是你自己动手的？"瑞郎道："自己动手的。"太守道："你为什么自己阉割起来？"瑞郎道："小的父亲年老，债负甚多，二母的棺柩暴露未葬，亏许秀才捐出重资，助我作了许多大事；后来父亲养老送终，总亏他一人独任。小的感他大恩，无以为报，所以情愿阉割了，服侍他终身的。"太守大怒道："岂有此理！你要报恩，哪一处报不得，做起这样事来？身体发肤，受之父母，怎么为无耻私情，把人道废去？岂不闻'不孝有三，无后为大'么？我且先打你个不孝！"就丢下四根签来，皂隶拖下去，正要替他扯裤，忽然有上千人拥上堂来，喧嚷不住。福建的土音，官府听不出，太守只说审屈了事，众人鼓噪起来，吓得张惶无措。你道是什么缘故？只因尤瑞郎的美豚，是人人羡慕的，这一日看审的人将有数千，一半是学中朋友。听见要打尤瑞郎，大家挨挤上去，争看美豚。皂隶见是学中秀才，不好阻碍，所以直拥上堂，把太守吓得张惶无措。太守细问书吏，方才晓得这个情由。皂隶待众人止了喧哗，立定身子，方才把瑞郎的裤子扯开，果然露出一件至宝。只见：

嫩如新藕，媚若娇花。光腻无滓，好像剥去壳的鸡蛋；温柔有缝，又像熯①出甑的寿桃。就是吹一口，弹半下，尚且要皮破血流；莫道受屈棒，忍官刑，熬得不珠残玉碎。皂隶也喜南风，纵使硬起心肠，只怕也下不得那双毒手；清官也好门子，虽一时怒翻面孔，看见了也难禁一点婆心。

太守看见这样粉嫩的肌肤，料想吃不得棒起。欲待饶了，又因看的人多，不好意思。皂隶拿了竹板，只管沿沿摸摸，再不忍打下去。挨了一会，不见官府说饶，只得擎起竹板。

方才么喝一声，只见季芳拼命跑上去，伏在瑞郎身上道："这都是生员害他，情愿替打。"起先众人在旁边赏鉴之时，个个都道："便宜了老许。"那种醋意，还是暗中摸索；此时见他伏将上去，分明是当面骄人了，怎禁得众人不发极起来？就一起鼓掌哗噪道："公堂上不是干龙阳的所在，这种光景看不

---

① 熯（hàn）——烘烤。

得！”太守正在怒极之时，又见众人哗噪，就立起身来道：“你在本府面前尚且如此，则平日无耻可知。我少不得要申文学道，革你的前程，就先打后革也无碍！”说完，连签连筒推下来。皂隶把瑞郎放起，拽倒季芳，取头号竹板，狠命的砍。瑞郎跪在旁边乱喊，又当磕头，又当撞头，季芳打一下，他撞一下，打三十板上，季芳的腿也烂了，瑞郎的头也碎了，太守才叫放起，一起押出去讨保。众人见打了季芳，又革去前程，大家才消了醋块，欢然散了。太守移文申黜之后，也便从轻发落，不曾问那阉割良民的罪。

季芳打了回来，气成一病，恹恹不起。瑞郎焚香告天，割股相救，也只是医他不转。还怕季芳为他受辱亡身，临终要埋怨，谁想易箦之际，反捏住瑞郎的手道：“我累你失身绝后，死有余辜。你千万不要怨怅。还有两件事叮嘱你，你须要牢记在心。”瑞郎道：“哪两桩事？”季芳道：“众人一来为爱你，二来为妒我，所以构此大难。我死之后，他们个个要起不良之心，你须要远避他方，藏身敛迹，替我守节终身，这是第一桩事。我读了半世的书，不能发达，只生一子，又不曾教得成人，烦你替我用心训诲，若得成名，我在九泉也瞑目，这是第二桩事。”说完，眼泪也没有，干哭了一场，竟奄然长逝了。

瑞郎哭得眼中流血，心内成灰，欲待以身殉葬，又念四岁孤儿无人抚养，只得收了眼泪，备办棺衾。自从死别之日，就发誓吃了长斋，七七替他看经念佛。殡葬之后，就寻去路。思量十六、七岁的人，带着个四岁孩子，还是认做儿子的好，认做兄弟的好？况且作孽的男子处处都有，这里尚南风，焉知别处不尚南风？万一到了一个去处，又招灾惹祸起来，怎么了得？毕竟要妆做女子，才不出头露面，可以完节终身。只是做了女子，又有两桩不便，一来路上不便行走，二来到了地方，难做生意。踌躇几日，忽然想起有个母舅，叫做王肖江，没儿没女，只得一身，不如叫他引领，一来路上有伴，二来到了地头，好寻生计。算计定了，就请王肖江来商量。肖江听见，喜之不胜道："漳州原是我祖籍，不如搬到漳州去。你只说丈夫死了，不愿改嫁，这个儿子，是前母生的，一同随了舅公过活。这等讲来，任他南风北风，都吹你不动了。"瑞郎道："这个算计真是万全。"就依当初把"郎"字改做"娘"字，便于称呼。起先季芳病重之时，将余剩的产业卖了二百余金，此时除丧事费用之外，还剩一半，就连夜搬到漳州，赁房住下。肖江开了一个鞋铺，瑞娘在里面做，肖江在外面卖，生意甚行，尽可度日。

孤儿渐渐长成，就拣了明师，送他上学，取名叫做许承先。承先的资质不叫做颖异，也不叫做愚蒙，是个可士可农之器。只有一件像种，那眉眼态度，宛然是个许季芳，头发也黑得可爱，肌肤也白得可爱。到了十二、三岁，渐渐的惹事起来。同窗学生，大似他的，个个买果子送与他吃。他又做陆绩怀桔的故事，带回来孝顺母亲。瑞娘思量道："这又不是好事了。我当初只为这几分颜色，害得别个家破人亡，弄得自己东逃西窜，自己经过这番孽障，怎好不惩戒后人？"就吩咐承先道："那送果子你吃的人，都是要骗你的，你不可认做好意。以后但有人讨你便宜，你就要禀先生，切不可被他捉弄。"承先道："晓得。"不多几日，果然有个学长挖他窟豚，他禀了先生，先生将学长责了几板。回来告诉瑞娘，瑞娘甚是欢喜。不想过了几时，先生又瞒了众学生，买许多果子放在案头，每待承先背书之际，张得众人不见，暗暗的塞到承先袖里来。承先只说先生决无歹意，也带回来孝顺母亲。瑞娘大骇道："连

先生都不轨起来，这还了得？”就托故辞了，另拣个须鬓皓然的先生送他去读。

又过几时，承先十四岁，恰好是瑞娘当初受聘之年，不想也有花星照命。一日新知县拜客，从门首经过，仪从执事，摆得十分齐整。承先在店堂里看，那知县是个青年进士，坐在轿上一眼觑着承先，抬过四五家门面，还掉过头来细看。王肖江对承先道：“贵人招眼看，便是福星临，你明日必有好处。”不上一刻，知县拜客转来，又从门首经过，对手下人道：“把那个穿白的孩子拿来。”只见两三个巡风皂隶，如狼似虎赶进店来，把承先一索锁住，承先惊得号啕痛哭。瑞娘走出来，问什么缘故，那皂隶不由分说，把承先乱拖乱扯，带到县中去了。王肖江道：“往常新官上任，最忌穿白的人，想是见他犯了忌讳，故此拿去惩治了。”瑞娘顾不得抛头露面，只得同了肖江赶到县前去看。原来是县官初任，要用门子，见承先生得标致，自己相中了，故此拿他来递认状的。瑞娘走到之时，承先已经押出讨保，立刻要取认状。瑞娘走到家中，抱了承先痛哭道：“我受你父亲临终之托，指望教你读书成名，以承先人之志；谁想皇天不佑，使你做下贱之人，我不忍见你如此。待我先死了，你后进衙门，还好见你父亲于地下。”说完，只要撞死。肖江劝了一番，又扯到里面，商议了一会，瑞娘方才住哭。当晚就递了认状。第二日就叫承先换了青衣，进去服役。知县见他人物又俊俏，性子又伶俐，甚是得宠。

却说瑞娘与肖江预先定下计划，雇了一舱海船，将行李衣服渐渐搬运下去。到那一日，半夜起来，与承先三人一同逃走下船，曳起风帆，顷刻千里，不上数日，飘到广东广州府。将行李搬移上岸，凭房住下，依旧开个鞋铺。瑞娘这番教子，不比前番，日间教他从师会友，夜间要他刺股悬梁，若有一毫怠惰，不是打，就是骂，竟像肚里生出来的儿子。承先也肯向上，读了几年，文理大进。屡次赴考，府县俱取前列；但遇道试，就被攻冒籍的攻了出来。直到二十三岁，宗师收散遗才，承先混进去考，幸取通场第一，当年入场，就中了举。回来拜谢瑞娘，瑞娘不胜欢喜。

却说承先丧父之时，才得四岁，吃饭不知饥饱，哪里晓得家中之事？自他说乳母家回来，瑞娘就做妇人打扮，直到如今。承先只说当真是个继母，哪里去辨雌雄？瑞娘就要与他说知，也讲不出口，所以鹘鹘突突过了二十三年。直到进京会试，与福建一个举人同寓，承先说原籍也是福建，两下认起同乡来。那举人将他齿录一翻，看见父许葳，嫡母石氏，继母尤氏，就大惊道："原来许季芳就是令先尊？既然如此，令先尊当初不好女色，止娶得一位石夫人，何曾再娶什么尤氏？"承先道："这个家母如今现在。"那举人想了一会，大笑道："莫非就是尤瑞郎么？这等他是个男人，你怎么把他刻做继母？"承先不解其故，那举人就把始末根由，细细的讲了一遍，承先才晓得这段希奇的故事。后来承先几科不中，选了知县。做过三年，升了部属。把瑞娘待如亲母，封为诰命夫人，终身只当不知，不敢提起所闻的一字。就是死后，还与季芳合葬，题曰"尤氏夫人之墓"，这也是为亲者讳的意思。

看官，你听我道：这许季芳是好南风的第一个情种，尤瑞郎是做龙阳的第一个节妇，论理就该流芳百世了；如今的人，看到这回小说，个个都掩口而笑，就像鄙薄他的一般。这是什么缘故？只因这桩事不是天造地设的道理，是那走斜路的古人穿凿出来的，所以做到极至的所在，也无当于人伦。我劝世间的人，断了这条斜路不要走，留些精神施于有用之地，为朝廷添些户口，为祖宗绵绵嗣续，岂不有益！为什么把金汁一般的东西，流到那污秽所在去？有诗为证：

阳精到处便成孩，南北虽分总受胎。

莫道龙阳不生子，蛆虫尽自后庭来。

六

连鬼骗有故倾家　受人欺无心落局

诗云：

世间何物最堪仇，赌胜场中几粒骰。
能变素封为乞丐，惯叫平地起戈矛。
输家既入迷魂阵，赢处还吞钓命钩。
安得人人陶士行，尽收博具付中流。

这首诗是见世人因赌博倾家者多，做业罪骰子的。骰子是无知之物，为什么罪他？不知这件东西虽是无知之物，却像个妖孽一般。你若不去惹他，他不过是几块枯骨，六面钻眼，极多不过三十六枚点数而已；你若被他一缠上了，这几块枯骨就是几条冤魂，六面钻眼就是六条铁索，三十六枚点数就是三十六个天罡，把人捆缚住了，要你死就死，要你活就活，任有拔山举鼎之力，不到乌江，他决不肯放你。如今世上的人迷而不悟，只要将好好的人家央他去送。起先要赢别人的钱，不想到输了自家的本；后来要翻自家的本，不想又输了别人的钱。输家失利，赢家也未尝得利，不知弄他何干？

说话的，你差了。世上的钱财定有着落，不在这边，就在那边，你说两边都不得，难道被鬼摄去了不成？看官，自古道：“鹬蚌相争，渔翁得利。”那两家赌到后来，你不肯歇，我不肯休，弄来弄去，少不得都归到头家手里。所以赌博场上，输的讨愁烦，赢的空欢喜，看的陪工夫，刚刚只有头家得利。

当初一人，有千金家事，只因好赌，弄得精穷。手头只剩得十两银子，还要拿去做孤注。偶从街上经过，见个道人卖仙方，是一口价，说十两就要十两，说五两就要五两，还少了就不肯卖。那方又是封着的，当面不许开，要拿回家去自己拆看。此人把他面前的方一一看过，看到一封，上面写着：

赌钱不输方，价银拾两。

此人大喜，思量道："有了不输方去赌，要千两就千两，要万两就万两，何惜这十两价钱?"就尽腰间所有，买了此方。拿回去拆开一看，止得四个大字道：

只是拈头。

此人大骇，说被他骗了，要走转去退。仔细想一想道："话虽平常，却是个至理。我就依着他行，且看如何应验?"从此以后，遇见人赌，就去拈头。拈到后来，手头有了些钞，要自己下场，想到仙方的话，又熬住了。拈了三年头，熬了三年赌，家赀不觉挣起一半，才晓得那道人不是卖的仙方，是卖的道理。这些道理人人晓得，人人不肯行。此人若不去十两银子买，怎肯奉为蓍蔡①？就如世上教人读书，教人学好，总是教的道理。但是先生教学生就听，朋友劝朋友就不听，是什么缘故？先生去束修、朋友不去束修故也。话休絮烦，照方才这等说来，拈头是极好的生意了；如今又有一人，为拈头反拈去了一户人家，这又是什么缘故？听在下说来便知分晓。

嘉靖初年，苏州有个百姓，叫做王小山。为人百伶百俐，真

---

① 蓍（shī）蔡——蓍草和大龟。古人用以占卜吉凶。

个是眉毛会说话，头发都空心的。祖上遗下几亩田地，数间住房，约有二、三百金家业。他的生性再不喜将本觅利，只要白手求财。自小在色盆行里走动，替头家分分筹，记记账，拈些小头，一来学乖，二来糊口。到后来人头熟了，本事强了，渐渐的大弄起来。遇着好主儿，自己拿银子放头；遇着不尴尬的，先叫付稍，后交筹马，只有得趁，没有得赔。久而久之，名声大了，数百里内外好此道的，都来相投，竟做了个赌行经纪。他又典了一所花园居住，有厅有堂，有台有榭，桌上摆些假古董，壁上挂些歪书画，一来装体面，二来有要赌没稍的，就作了银子借他，一倍常得几倍。他又肯撒漫，家中雇个厨子当灶，安排的肴馔极是可口，拈十两头，定费六、七两供给，所以人都情愿作成他。往来的都是乡绅大老，公子王孙，论千论百家输赢，小可的不敢进他门槛。常常有人劝他自己下场，或者扯他搭一份，他的主意拿得定定的，百风吹他不动，只是醒眼看醉人。却有一件不好，见了富家子弟，不论好赌不好赌，情愿不情愿，千方百计，定要扯他下场；下了场，又要串通惯家弄他一个，不输个干净不放出门。他从三十岁开场起到五十岁，这二十年间送去的人家，若记起账来，也做得一本百家姓。只是他趁的银子大来大去，家计到此也还不上千金。

那时齐门外有个老者，也姓王，号继轩，为人智巧不足，忠厚有余。祖、父并无遗业，是他克勤克苦挣起一份人家。虽然只有二、三千金事业，那些上万的财主，反不如他从容。外无石崇、王恺之名，内有陶朱、猗顿之实。他的田地都买在平乡，高不愁旱，低不愁水；他的店面都置在市口，租收得重，税纳得轻；宅子在半村半郭之间，前有秫田，后有菜圃，开门七件事，

件件不须钱买，取之宫中而有余。性子虽不十分慳吝，钱财上也没得错与人。田地是他逐亩置的，房屋是他逐间起的，树木是他逐根种的，若有豪家势宦要占他片瓦尺土，一草一木，他就要与你拼命。人知道他的便宜难讨，也不去惹他。上不欠官粮，下不放私债，不想昧心钱，不做欺公事，夫妻两口逍遥自在，真是一对烟火神仙。只是子嗣难得，将近五旬才生一子，因往天竺山祈嗣而得，取名唤做竺生。生得眉清目秀，聪颖可佳。将及垂髫，继轩要送他上学，只怕搭了村塾中不肖子弟，习于下流，特地请一蒙师在家训读，半步不放出门。教到十六、七岁，文理粗通，就把先生辞了。他不想儿子上进，只求承守家业而已。

偶有一年，苏州米粮甚贱，继轩的租米不肯轻卖，闻得山东、河南一路年岁荒歉，客商贩六陈去粜者，人人得利，继轩就雇下船只，把租米尽发下船，装往北路粜卖。临行吩咐竺生道："我去之后，你须要闭门谨守，不可闲行游荡，结交匪人，花费我的钱钞。我回来查账，若少了一文半分，你须要仔细！"竺生唯唯听命。送父出门，终日在家静坐。

忽一日生起病来，求医无效，问卜少灵。母亲道："你这病想是拘束出来的，何不到外面走走，把精神血脉活动一活动，或者强如吃药也不可知。"竺生道："我也想如此，只是我不曾出门得惯，东西南北都不知，万一走出门去，寻不转来，如何是好?"母亲道："不妨，我叫表兄领你就是。"次日叫人到娘家，唤了侄儿朱庆生来。庆生与竺生同年，只大得几月，凡事懵懂，只有路头还熟，当日领了竺生，到虎丘山塘游玩了一日，回来不觉精神健旺，竟不是出门时节的病容了。母亲大喜，以后日逐叫他出去踱踱。

一日走到一个去处，经过一所园亭，只见：

曲水绕门，远山当户。外有三折小桥，曲如之字；内有千重密槛，碎若冰纹。假山高耸出墙头，积雨生苔，画出个秋色满园关不住；芳树参差围屋角，因风散绮，弄得个春城无处不飞花。粉墙千堞白无痕，疑入凝寒雪洞；野水一泓青有翳①，知为消夏荷亭。可称天上蓬莱，真是人间福地。若非石崇之金谷，定为谢傅之东山。所喜者及肩之墙可窥，所苦者如海之门难入。

竺生看了，不觉动心骇目，对庆生道："我们游了几日名山，到不如这所花园有趣。外观如此富丽，里面不知怎么样精雅，可惜不能够遍游一游。"庆生道："这园毕竟是乡宦人家的，定有个园丁看守，若把几个铜钱送他，或者肯放进去也不可知，但不知他住在哪一间屋里？"竺生道："这大门是不闩的，我们竟走进去，撞着人问他就是了。"两人推开大门，沿着石子路走，走过几转回廊，并不见个人影。行到一个池边，只见许多金鱼浮在水面，见人全不惊避。两人正看得好，忽有一人，头戴一字纱巾，身穿酱色道袍，脚踏半旧红鞋，手拿一把高丽纸扇，走到二人背后，咳嗽一声，二人回头，吓出一身冷汗。看见如此打扮，定不是园丁了，只说是乡宦自己出来，怕他拿为贼论，又不敢向前施礼，又不敢转身逃避，只得假相埋怨。一个道："都是你要进来看花。"一个道："都是你要来看景致。"口里说话，脸上红一块，白一条，看他好不难过。这戴巾的从从容容道："二位不须作意，我这小园是不禁人游玩的，要看只管看，只是荒园没有什么景致。"二人才放心道："这等多谢老爷，小人们轻造宝园，得罪

---

① 翳（yì）——阴影。

了。”戴巾的道：“我不是什么官长，不须如此称呼。贱姓姓王，号小山，与兄们一样，都是平民，请过来作揖。”二人走下来，深深唱了两个喏，小山又请他坐下，问其姓名。庆生道：“晚生姓朱，贱名庆生；这是家表弟，姓王名竺生，是家姑夫王继轩的儿子。”看官，你说小山问他自己姓名，他为何说出姑夫名字？他说姑夫是个财主，提起他来，王小山自然敬重。却也不差，果然只因拖了这个尾声，引出许多妙处。

原来小山有一本皮里账簿，凡苏州城里城外有碗饭吃的主儿，都记在上面，这王继轩名字上，还圈着三个大圈的。当时听见了这句话，就如他乡遇了故知，病中见了情戚，脸色又和蔼了几分，眼睛更鲜明了一半。就回他道：“小子姓王，兄也姓王，这等五百年前共一家了。况且令尊又是久慕的，幸会幸会。”连忙唤茶来，三人吃了一杯。只见小厮禀道：“里面客人饥了，请阿爹去陪吃午饭。”小山对着二人道：“有几个敝友在里面，可好屈二兄进去，用些便饭。”二人道：“素昧平生；怎好相扰。”立起身来就告别。小山一把扯住竺生道：“这样好客人，请也请不至，小子决不轻放的，不要客气。”庆生此时腹中正有些饥了，午饭尽用得着，只是小山止扯竺生，再不来扯他，不好意思，只得先走。小山要放了竺生去扯他，只怕留了陪宾，反走了正客，自己拉了竺生往内竟走，叫小厮：“去扯那位小官人进来。”二人都被留入中堂。

只见里面捧出许多嗄饭，银杯金箸，光怪陆离，摆列完了，小山道：“请众位出来。”只见十来个客人一起拥出，也有戴巾的，也有戴帽的，也有穿道袍而科头的，也有戴巾帽、穿道袍而跣足的，不知什么缘故。二人走下来要和他们施礼，众人口里说个“请了”，手也不拱，竟坐到桌上狂饮大嚼去了，二人好生没趣。小山道：“二兄快请过来，要用酒就用酒，要用饭就用饭，这个所在是斯文不得的。”二人也只得坐下，用了一两杯酒，就讨饭吃。把各样菜蔬都尝一尝，竟不知是怎样烹调，这般有味。竺生平常吃的，不过是白水煮的肉，豆油煎的鱼，饭锅上蒸的鸭蛋，莫说口中不曾尝过这样的味，就是鼻子也不曾闻过这样的香。正吃到好处，不想被那些客人狼餐虎食，却似风卷残云，一霎时剩下一桌空碗。吃完了，也不等茶漱口，把筷子乱丢，一起都跑去了。竺生思量道：“这些人好古怪，看他容貌又不像俗人，为何都这等粗鲁？我闻得读书人都尚脱略①，想来这些光景就叫做脱略了。”

二人扰了小山的饭，又要告辞。小山道：“请里面去看他们呼卢，消消饭了奉送。”二人不知怎么样叫做呼卢，欲待问他，又怕妆村出丑。思量道：“口问不如眼问，进去看一看就晓得了。”跟着小山走进一座亭子，只见左右摆着两张方桌，桌上放了骰盆，三、四人一队，在那边掷色。每人面前又放一堆竹签，长短不齐，大小不一，又有一个天平法马搬来运去，再不见住。竺生道：“难道在此行令不成？我家请客，是一面吃酒一面行令的，他家又另是一样规矩，吃完了酒方才行令。”正在猜疑之际，忽地左边桌上二人相嚷起来，这个要竹签，那个不肯与，争争闹闹，喊个不休。这边不曾嚷得了，那边一桌又有二人相骂起来，你射我爷，我错你娘，气势汹汹，只要交手。竺生对庆生道：“看这样光景，毕竟要打得头破血流才住，我和你什么要紧，在

① 脱略——放任，不受拘束。

此耽惊受怕。”正想要走，谁知那两个人闹也闹得凶，和也和得快，不上一刻，两家依旧同盆掷色，相好如初；回看左桌二人，也是如此。竺生道：“不信他们的度量这等宽宏，相打相骂，竟不要人和事。想当初伯夷、叔齐不念旧恶，就是这等的涵养。”

看了一会，小山忽在众人手中夺了几根小签，交与竺生。少顷，又夺几根，交与庆生。一连几次，二人共接了一、二十根。捏便捏在手中，竟不知要他何用。又怕停一会还要吃酒，照竹签算杯数，自家量浅，吃不得许多；要推辞不受，又恐不是，惹众人笑，只得勉强收着。看到将晚，众人道：“不掷了，主人家算账。”小山叫小厮取出算盘，将众人面前的大小竹签一数一算，算完了，写一个账道：

某人输若干，某人赢若干，头家若干，小头若干。

写完，念了一遍，回去取出一个拜匣，开出来都是银子，分与众人。到临了各取一锭，付与竺生、庆生，将小签仍收了去。竺生大骇，扯庆生到旁边道：“这是什么缘故，莫非算计我们？”庆生道：“他若要我们的银子，叫做算计；如今倒把银子送与你我，料想不是什么歹意。只是也要问个明白，才好拿去。”就扯小山到背后道：“请问老伯，这银子是把与我们做什么的？”小山笑道：“原来二兄还不知道，这叫做拈头。他们在我家赌钱，我是头家。方才的竹签，叫做筹马，是记银子的数目。但凡赢了的，每次要送几根与头家，就如打抽丰一般；在旁边看的，都要拈些小头，这是白白送与二位的。以后不弃，常来走走，再没有白过的。就是方才的酒饭，也都出在众人身上，不必取诸囊中，落得常来吃些。二兄不来，又有别人来吃去。”二人听了，大喜道：“原来如此，多谢多谢。”

只见众人一起散去，竺生、庆生也别了小山回来，对母亲一五一十说个不了。又取出两锭银子与母亲看，不知母亲如何欢喜，说他二人本事高强，骗了酒饭吃，又袖了银子回来。庆生还争功道："都亏我说出姑夫，他方才如此敬重。"谁想母亲听罢，登时变下脸来，把银子往地下一丢道："好不争气的东西！那人与你一面不相识，为什么把酒饭请你，把银子送你？你是吃盐米大的，难道不晓得这个缘故？我家银子也取得几千两出来，那希罕这两锭？从明日起，再不许出门！"对庆生道："你将这银子明日送去还他，说我们清白人家，不受这等腌臜之物，丢还了就来，连你也不可再去。"骂得两人翻喜为愁，变笑成哭，把一天高兴扫得精光。竺生没趣，竟进房去睡了。庆生拾了两锭银子，弩着嘴皮而去。

看官，你说竺生的母亲为何这等有见识，就晓得小山要诱赌，把银子送去还他？要晓得他母亲所疑的，全不是诱赌之事。他只说要骗这两个孩子做龙阳，把酒食甜他的口，银子买他的心，如今世上的人，一百个之中，九十九个有这件毛病，哪晓得这王小山是南风里面的鲁男子。偏是诱赌之事，当疑不疑，为甚不疑？他只道竺生是个孩子，东西南北都不知，哪晓得赌钱掷色？不知这桩技艺不是生而知之，都是学而知之的；他又道赌场上要银子才动得手，二人身边骚铜没有一厘，就是要赌，人也不肯搭他，不知世上别的生意都要现实，独有这桩生意肯赊，空拳白手也都做得来的。他妇人家哪里晓得？

次日竺生被母亲拘住，出不得门。庆生独自一个，依旧走到花园里来。小山不见竺生，大觉没兴，问庆生道："令表弟为何不来？"庆生把他母亲不喜，不放出门之事，直言告禀，只是还银子的话，不说出来。小山道："原来如此。以后同令表弟到别处去，带便再来走走。"庆生道："自然。"说完了，小山依旧留他吃饭，依旧把些小头与他，临行叮嘱而去。

却说竺生一连坐了几日，旧病又发起来，哼哼嗄嗄，啼啼哭哭。起先的病倒不是拘束出来的，如今真正害的是拘束病了。庆生走来看他，姑娘问道："前日的银子拿还他不曾?"庆生道："还他了。"姑娘道："他说些什么?"庆生道："他说不要就罢，也没什么讲。"姑娘又问道："那人有多少年纪了?"庆生道："五六十岁。"姑娘听见这句话，半晌不言语，心上有些懊悔起来道："五六十岁的老人家，那里还做这等没正经的事，倒是我疑错了。"对庆生道："你再领表弟出去走走，只不要到那花园里去。就去也只是看看景致，不可吃他的东西，受他的钱钞。"庆生道："自然。"竺生得了这道赦书，病先好了一半，连忙同着庆生，竟到小山家去。小山接着，比前更喜十分。自此以后，叫竺生坐在身边，一面拈头，一面学赌。竺生原是聪明的人，不上三五日，都学会了。学得本事会时，腰间拈的小头也有了一二十两。小山道："你何不将这些做了本钱，也下场去试一试?"竺生道："有理。"果然下场一试，却也古怪，新出山的老虎偏会吃人，喝自己四五六，就是四五六，咒别人么二三，就是么二三，一连三日，赢了二百余金。竺生恐怕拿银子回去，母亲要盘问，只得借个拜匣封锁了，寄在小山家中，日日来赌。

赌到第四日，庆生见表弟赢钱，眼中出火，腰间有三十多两小头，也要下场试试，怎奈自己的聪明不如表弟，再学不上。小山道："你若要赌，何不与令表弟合了，他赢你也赢，坐收其利，何等不妙?"庆生道："说得有理。"就把银子与竺生合了。偏是

这日风色不顺，要红没有红，要六没有六，不上半日，二百三十余两输得干干净净。竺生埋怨表兄没利市，庆生埋怨表弟不用心，两个袖手旁观，好不心痒。众人道："小王没有稍，小山何不借些与他掷掷？"小山道："银子尽有，只要些当头抵抵，只管贷出来。"众人劝竺生把些东西权押一押，竺生道："我父亲虽不在家，母亲管得严紧，哪里取得东西出来？"众人道："呆子，哪个要你回去取东西？只消把田地房产写在纸上，暂抵一抵。若是赢了，兑还他银子，原取出来；就是输了，也不过放在他家，做个意思，待你日后自己当家，将银取赎，难道把你田地房产抬了回来不成？"竺生听了，豁然大悟，就讨纸笔来写。庆生道："本大利大，有心写契，多借几百两，好赢他们几千两回去。"竺生道："自然。"小山叫小厮取出纸墨笔砚，竺生提起笔来正要写，想一想，又放下来道："我常见人将产业当与我家，都要前写坐落何处，后开四至分明，方才成得一张典契。我那些田地，从来不曾管业过，不晓得坐落在何方，叫我如何写起？"众人都道他说得有理，呆了半晌。那晓得王小山又有一部皮里册籍，凡是他家的田地山塘，房产屋业，都在上面。不但亩数多寡，地方坐落，记得不差；连那原主的尊名，田邻的大号，都登记得明明白白。到此时随口念来，如流似水。他说一句，竺生写一句，只空了银子数目，中人名字，待临了填。小山道："你要当多少？"竺生道："二百两罢。"小山道："多则一千，少则五百，二三百两不好算账。"庆生道："这等就是五百两罢。"竺生依他填了。庆生对众人道："中人写你们那一位？"小山道："他们是同赌的人，不便作中，又且非亲非戚，这个中人须要借重你。"庆生道："只怕家姑娘晓得，埋怨不便。"众人道："不过暂抵一时，哪里到令

姑娘晓得的田地?”庆生就着了花押。小山收了，对竺生道：“银子不消兑出来，省得收拾费力，你只管取筹马赌，三、五日结一次账，赢了我替人兑还你，输了我替你兑还人。”竺生道：“也说得是。”收了筹马，依旧下场。也有输的时节，也有赢的时节，只是赢的都是小主。输的都是大主，赢了十次，抵不得输去一次的东西。起先把银子放在面前，输去的时节也还有些肉疼；如今银子成日不见面，弄来弄去都是些竹片，得来也不觉十分可喜，失去也不觉十分可惜。庆生被前次输怕了，再不敢去搭本，只管拈头，到还把稳。只是众人也不似前番，没有肥头把他拈去。小山晓得他家事不济，原不图他，只因要他作中，故此把些小头勾搭住他，不然早早遣开去了。

竺生开头一次写契，心上还有些不安，面上带些忸怩之色。写到后来，渐渐不觉察了，要田就是田，要地就是地，要房产就是房产。起先还是当与小山，小山应出来赌，多了中间一个转折，还觉得不耐烦；到后面一发输得直捷痛快了，竟写卖契付与赢家，只是契后吊一笔道：

待父天年，任凭管业。

写到后来，约有一二十张。小山肚里算一算道：“他的家事差不多了，不要放来生债。”便假正经起来，把众人狠说一顿道：“他是有父兄的人，你们为何只管挛住他赌？他父亲回来知道，万一难为他起来，你们也过意不去。况且他父亲苦挣一世，也多少留些与他受用受用，难道都送与你们不成?”众人拱手谢罪，情愿收拾排场。竺生还舍不得丢手，被他说得词严义正，也只得罢了，心上还感激他是个好人，肯留些与我受用。只说父亲的产业还不止于此，哪晓得连根都去了。

看官，假如他母亲是好说话的，此时还好求救于母，乘父未归，做个苦肉计，或者还退些田地转来也不可知；那晓得倒被前日那些峻厉之言，封住儿子的口。可见人家父母，严的也得一半，宽的也得一半，只要宽得有尺寸。

且说王继轩装米去卖，指望俏头上一脱便回，不想天不由人，折了许多本，还坐了许多时。只因山东、河南米价太贵，引得湖广、江南的客人个个装粮食来卖。继轩到时，只见米麦堆积如山，真是出处不如聚处，只得把货都发与铺家，坐在行里讨账。等等十朝，迟迟半月，再不得到手。又有几宗被主人家支去用了，要讨起后客的米钱应还前客，所以准准耽搁半年。身虽在外，心却在家，思量儿子年幼，自小不曾离爷，我如今出门许久，难保得没有些风吹草动。忧虑到此，银子也等不得讨完，丢此余账便走。

到了家中，把银两钱钞，文契账目，细细一查，且喜得原封不动，才放了心。只是伺察儿子的举止，大不似前。体态甚是轻佻，言语十分粗莽；吃酒吃饭，不等人齐，便先举箸；见人见客，不论尊卑，一概拱手；无论嘻笑怒骂，动辄伤人父母；人以恶言相答，恬然不以为仇；总不知是哪里学来的样子，几时变成的气质。继轩在外忧郁太过，原带些病根回来，此时见儿子一举一动，看不上眼，叫他如何不气？火上添油，不觉成了膈气之病。自古道："疯痨臌膈，阎罗王请的上客。"哪有医得好的？一日重似一日，眼见得不济事了。临危之际，叫竺生母子立在床前，把一应文券账目交付与他道："这些田产银两，不是你公公遗下来的，也不是你父亲做官做吏、论千论百抓来的，要晓得逐分逐厘、逐亩逐间从骨头上磨出来、血汗里挣出来的。我死之

后，每年的花利，料你母子二人吃用不完，可将余剩的逐年置些生产，渐渐扩充大来，也不枉我挣下这些基业。纵不能够扩充，也须要承守，饿死不可卖田，穷死不可典屋，一典卖动头，就要成破竹之势了。我如今虽死，精魂一时不散，还在这前后左右，看你几年，你须要谨记我临终之话。”说完，一口气不来，可怜死了。

竺生母子号天痛哭，成服开丧。头一个吊客就是王小山，其余那些赌友，吊的吊，唁的唁，往往来来，络绎不绝。小山又斗众人出份，前来祭奠，意思甚是殷勤。竺生之母起先只道丈夫在日，不肯结交，死后无人偢①睬；如今看此光景，心下甚是喜欢。及至七七已完，追荐事毕，只见有人来催竺生出丧，竺生回他年月不利，那人道：“趁此热丧不举，过后冷了，一发要选年择日，耽搁工夫。”竺生与他附耳唧哝，说了许多私话。那人又叫竺生领他到内室里面走了一遍，东看西看，就如相风水的一般，不知什么缘故。待他去后，母亲盘问竺生，竺生把别话支吾过了。

又隔几时，遇着秋收之际，全不见有租米上门。母亲问竺生，竺生道：“今年年岁荒歉，颗粒无收。”母亲道：“又不水，又不旱，怎么会荒起来？”要竺生领去踏荒，竺生不肯。一日自己叫家人雇了一只小船，摇到一个庄上，种户出来，问是那家宅眷，家人道：“我们的家主叫做王继轩，如今亡过了，这就是我们的主母。”种户道：“原来是旧田主，请里面坐。”竺生之母思量道：“田主便是田主，为何加个‘旧’字，难道父亲传与儿子，也分个新旧不成？”走进他家，就说：“今岁雨水调匀，并非荒

① 偢（chǒu）——同“瞅”。

旱，你们的租米为何一粒不交？”种户道：“租米交去多时了，难道还不晓得？”竺生之母道：“我何曾见你一粒？”种户道：“你家田卖与别人，我的租米自然送到别人家去，为什么还送到你家来？”竺生之母大惊道：“我家又不少吃，又不少穿，为什么卖田？且问你是何人写契？何人作中？这等胡说！”种户道：“是你家大官写契，朱家大官作中，亲自领人来召佃的。”竺生之母不解其故，盘问家人，家人把主人未死之先，大官出去赌博，将田地写还赌债之事，一一说明。竺生之母方才大悟，浑身气得冰冷，话也说不出来。停了一会，又叫家人领到别庄上去。家人道：“娘娘不消去得，各处的庄头都去尽了。莫说田地，就是身底下的房子也是别人的，前日来催大官出丧，他要自己搬进来住。如今只剩得娘娘和我们不曾有售主，其余家堂香火都不姓王了。”说得竺生之母眼睛直竖，就像泥塑木雕的一般，就叫收拾回去。到得家中，把竺生扯至中堂，拿了一根竹片道：“瞒了我做得好事！”打不得两三下，自己闷倒在地，口中鲜血直喷。竺生和家人扶了上床，醒来又晕去，晕去又醒来，如此三日，竟与丈夫做伴去了。竺生哭了一场，依旧照前殡殓不提。

却说这所住房原是写与小山的，小山自知管业不便，卖与一个乡绅。那乡绅也不等出丧，竟着几房家人搬进来住。竺生存身不下，只得把二丧出了，交卸与他，可怜产业窠巢，一时荡尽。还亏得父亲在日，定下一头亲事，女家也是个财主，丈人见女婿身无着落，又不好悔亲，只得招在家中，做了布袋。后来亏丈人扶持，他自己也肯改过，虽不能恢复旧业，也还苟免饥寒。王竺生的结果，不过如此，没有什么稀奇。

却说王小山以前趁的银子来来去去，不曾做得人家，亏得王

竺生这注横财，方才置些实产。起先诱赌之时，原与众人说过，他得一半，众人分一半的。所以王竺生的家事共有三千，他除供给杂用之外，净得一千五百两。平空添了这些，手头自然活动。只是一件，银子便得了一大主，生意也走了一大半。为什么缘故？远近的人都说他数月之中，弄完了王竺生一户人家，又坑死他两条性命，手也忒辣，心也忒狠，故此人都怕他起来。财主人家都把儿子关在家中，不放出来送命。王小山门前车马渐渐稀疏，到得一年之外，鬼也没得上门了。他是热闹场中长大的，那里冷静得过？终日背着手踱进踱出，再不见有个人来。

一日立在门前，有个客人走过，衣裳甚是楚楚，后面跟着两担行李，一担是随身铺盖，一担是四只皮箱，皮箱比行李更重，却像有银子的一般。那客人走到小山面前，拱一拱手道："借问一声，这边有买货的主人家，叫做王少山，住在哪里？"小山道："问他何干？"客人道："在下要买些绸缎布匹，闻得他为人信实，特来相投。"小山想一想道："他问的姓名，与我的姓名只差得一笔，就冒认了也不为无因。况我一向买货原是在行的，目下正冷淡不过，不如留他下来，趁些用钱，买买小菜也是好的。上门生意，不要错过。"便随口答应道："就是小弟。"客人道："这等失敬了。"小山把他留进园中，揖毕坐下，少不得要问尊姓大号，贵处那里。客人道："在下姓田，一向无号，虽住在四川重庆府酆都县，祖籍也原是苏州。"小山道："这等是乡亲了。"说过一会闲话，就摆下酒来接风。

吃到半中间，叫小厮拿色盆来行令，等了半日，再不见拿来。小山问什么缘故，小厮道："一向用不着，不知丢在那个壁角头，再寻不出。"小山骂道："没用奴才，还喜得是吃酒行令，若还正经事要用，也罢了不成？”客人道：“主人家不须着恼，我拜匣里有一个，取出来用用就是。”说完，就将拜匣开了，取出一付骰子，一个色盆。小山接来一看，那骰子是用得熟熟滑滑、棱角都没有的。色盆外面有黄蜡裹着，花梨架子嵌着，掷来是不响的。小山大惊道：“老客带这件家伙随身，莫非平日也好呼卢么？”客人道：“生平以此为命，岂特好而已哉！”小山道：“这等待我约几个朋友，与老客掷掷何如？”客人道：“在下有三不赌。”小山问那三不赌，客人道：“论钱论两不赌，略赢便歇不赌，遇贫贱下流不赌。”小山道：“这等不难，待我约几位乡绅大老，把主马放大些，赌到二、三千金，结一次账就是了。”客人道：“这便使得。”小山道：“既然如此，借稍看一看，是什么银水，待我好叫他们照样带来。”客人道：“也说得是。”就叫家人把四只皮箱一起掇出，揭去绵纸封，开了青铜锁，把箱盖掀开。小山一看，只见：

银光闪烁，宝色陆离。大锭如舡，只只无人横野渡；弯形似月，溶溶如水映长天。面上无丝不到头，细如蛛网；脚根有眼皆通腹，密若蜂窜窠。将来布满祇园，尽可购成福地；若使叠为阿堵，也堪围住行人。

小山道：“这样银水有什么说得，请收了罢。”客人道：“这外面冷静，我不放心，你不如点一点数目，替我收在里面去。输了便替我兑还人，赢了便替我买货。”小山道：“使得。”客人道：“我的银子都是五两一锭，没有两样的，拿天平来兑就是。”小山道：“这样大锭，自然有五两，不消兑得，只数锭数就是了。”一五一十，数完了一箱，齐头是二百锭，共银一千两，其余三箱，总是一样，合成四千两之数。小山看完，依旧替他锁好，自己写了封

皮，封得牢牢固固，叫小厮掇了进去。当晚一家欢喜，小山梦里也笑醒来，真是天上掉下来的生意。

到次日，等不得梳头，就往各乡绅家去道："我家又有一个好主儿上门，请列位去赢他几千两用用。"各乡绅道："只怕没有第二个王竺生了。"小山道："我也不知他的家事比王竺生何如，只是赊、现二字，也就有天渊之隔了。"各乡绅听见，喜不之胜，一起吩咐打轿，竟到小山家来。小山请客人出来见毕，吃了些点心，就下场赌。众人与小山又是串通的，起先故意输与客人，当日客人赢了六、七百两，次日又赢了二、三百两。到第三日，大家换过手法，接连赢了转来，每日四、五百两，赌到十日之外，小山道："如今该结账了。"就将筹马一数，账簿一结，算盘一打，客人共输四千五百两。小山道："除了箱内之物，还欠五百两零头，请兑出来再赌。"客人道："带来的本钱只有这些，求你借我千把，我若赢得转来，加利奉还；若再输了，总写一票，回去取来就是。"小山道："我与你并不相识，知道你是何等之人？你若不还，我哪里来寻你？这个使不得。大家收拾排场，不消再赌。五百两的零头，是要找出来的，不要大模大样。他们做乡宦的眼睛，认不得你什么财主，若不称出来，送官送府，不像体面。"客人道："你晓得我只有这些稍，都交与你了。如今回去的盘费尚且没有，叫我把什么还他？"小山变下脸来，走进房里，将行李一检，又把两个家人身上一搜，果然半个钱也没有。只得逼他写一张欠票，约至三月后，一并送还，明晓得没处讨的，不过是个拖绳放的方法。众人叫小山拿银子出来分散，小山肚里是有毛病的，原与从人说开，照王竺生故事，自己得一半，众人分一半的，如今客人在面前，不好分得。只得对众人道："今日且请回，待明早送客人去了，大家来取就是。”众人道：“这等要你出名，写几张欠票，明日好照票来支。”小山道：“使得。”提起笔来竟写，也有论千的，也有论百的，众人捏了票子，都回去了。小山当晚免不得办个豆腐东道，与客人饯行。客人道：“在下生平再不失信，你到三个月后，还约众人等我，我不但送银子来还，还要带些来翻本。”小山道：“但愿如此。”吃完了酒，又问客人讨了那四把钥匙过来，才打发他睡。

到次日送得出门，众乡绅一起到了。小山忙唤小厮掇皮箱出来。一面取天平伺候。只见一个小厮把四只皮箱叠做一撞，两只手捧了出来，全不吃力。小山惊问道：“这四只箱子有二百六七十斤重，怎么一次就掇了出来?”小厮道：“便是这等古怪，前日掇进去是极重的，如今都屁轻了。不知什么缘故?”小山吃了一惊，逐只把封皮验过，都不曾动，忙取钥匙开看，每箱原是二百锭，一锭也不少，才放了心。就把天平上一边放了法马，一边取银子来兑。掂一锭上手，果然是屁轻的，仔细一看，你道是什么东西？有《西江月》词为证：

硬纸一层作骨，外糊锡箔如银。原来面上细丝纹，都是盔痕板印。　看去自应五两，称来不上三分。下炉一试假和真，变做蝴蝶满空飞尽。

原来都是些纸锭。小山把眼睛定了一会，对众人道：“不好了，青天白日被鬼骗了，这四皮箱都是纸锭，要他何用?”众人都去取看，果然不差，你看我，我看你，一个也不做声。小山想了一会道：“怪道他说姓田，田字乃鬼字的头；又说在酆都县住，酆都乃出鬼的所在，详来一些不差。只有原籍苏州的话没有着落。是便是了，我和他前世无冤，今世无仇，为什么装这个圈套来弄

我？”把纸锭捏了又看，中间隐隐跃跃却像有行小字一般，拿到日头底下仔细一认，果然有印板印的七个字道：

不孝男王竺生奉。

小山看了，吓得寒毛直竖，手脚乱抖，对众人道：“原原原来是王竺生的父亲怪我弄去他的家事，变做人来报仇的。这等看来，又合着原籍苏州的话了。”

小山只说众人都是共事的，一起遇了鬼，大家都要害怕。哪里晓得乡绅里面有个不信鬼的，大喝一声道：“老王，你把客人的银子独自一个藏了，故意鬼头鬼脑弄这样把戏来骗人。世上那有鬼会赌钱的？他要报仇，怕扯你不到阎王面前去，要这等斯斯文文来和你玩耍？好好拿银子出来，不要胡说！”众人起先都在惊疑之际，听了这番正论，就一唱百和起来道：“正是，你把好好的人打发去了，如今说这样鬼话。就真正是鬼，也留他在这边，我们自会问鬼讨账，哪个叫你会了下来？这票上的字，若是鬼写的就罢了；若是人写的，不怕他少我们一厘！”小山被众人说得有口难分，又且寡不敌众，再向前分剖几句，被众人一顿“光棍奴才”，叫家人一起动手，打了一顿，将索子锁住，只要送官。小山跪下讨饶道：“列位老爷请回，待小人一一赔还就是。”众人道：“要还就还，这个账是冷不得的，任你田产屋业我们都要，只不许抬价。”小山思量道：“我这鸡蛋怎么对得石子过？若还到官，官府自然有他体面；况且票上又不曾写出‘赌钱’二字，怎么赖得？刑罚要受，监牢要坐，银子依旧要赔，也是我数该如此，不如写还了罢。”就唤小厮取出纸笔，照王竺生当日的写法，一扫千张，不完不住。只消半日工夫，把赌场上骗来的产业与祖父遗下的田地，尽铜铸钟，送得干干净净，连花园也住不成，依旧退还原主去了。文书匣内刚刚留得一张欠票，做个海底遗珠，展开一看，原来是田客人欠下的五百两赌债，约至三月后送还的。小山看了，又怕起来道：“他临去之时，曾说平生再不失信，倘若三月后果然又来，如何了得?”只得叫几个道士打了三日醮，将四皮箱纸锭连欠票一起烧还，只求免来下顾。亏这一番忏悔，又活了三年才死。那些赢钱去的乡绅，夜夜做梦，说田客人要来翻本，疑心成病，不上三年，也都陆续死尽。

可见赌博一事，是极不好的。不但赢来的钱钞做不得人家；就是送去了人家，也损于阴德。如今世上不知多少王小山在阳间趁钱，多少王继轩在阴间叹气。他虽未必个个到阳间来寻你，只怕你终有一日到阴间去就他。若阎罗王也是开赌场的便好，万一不好此道，这场官司就要输与原告了。奉劝世人，三十六行的生意桩桩做得，只除了这项钱财，不趁也好。

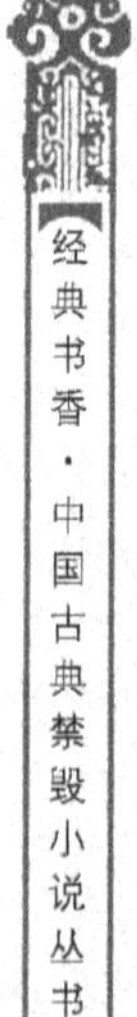